Der Einsiedler

Michael Eisele

Weitere Bücher
von
Michael Eisele
Rufe in der Nacht
Pangnirtung

In englischer Sprache
Without Tears and Other Tales
Twelve O'Clock Sharp
Odour of Rectitude
Gentle Author
Obeah

Inhaltsverzeichnis

Seite

Augentrost	1
Der Steckbrief	23
Das Gelübde	32
Sun Cheng	55
Flucht	103
Die Insel	113
Der Einsiedler	118
Unsichtbare Ketten	149
Der Fremde	183
Eine seltsame Begebenheit	214
Der Ombubaum	230
Mangel an Mitgefühl	259
Der einzige Ausweg	271

Augentrost

*I*ona eine Tlingit Indianerin, stammte aus Teslin, unweit über dem sechzigsten Breitengrad. Nicht viel geschah in ihrem Leben bis Lars Elblang erschien, der sich auf der Durchreise nach Irgendwo befand.

Die Gegend am Teslinsee gefiel ihm, der Anblick Augentrosts noch mehr. Elblangs Wanderlust nahm ein jähes Ende; der junge Schwede blieb. Ja, er begann um ihre Gunst zu werben. Augentrost zeigte ihm anfänglich die kalte Schulter, doch nach einer Woche machte sie ihm schöne Augen.

Kaum erklangen die ausgelassenen Rufe der Eistaucher über dem Wasser, als sie sich in den Armen lagen. Iona strahlte vor Wonne, ihr ganzes Sein drückte Freude aus. Sie zogen in eine Hütte am See, wo sie in Ruhe die Zukunft besprachen. Eine Heirat war vorgesehen, doch nicht sofort:

„Ich muß zuerst Fuß fassen," gab Lars zu verstehen.

Obwohl Iona nickte, empfand sie wenig Verständnis dafür. Die Dorfbewohner, fast ohne Ausnahme Tlingit Indianer, schüttelten stumm die Köpfe, als wollten sie sagen: „Wer soll das mal wieder verstehen."

Iona ließ sich ihre Enttäuschung nicht anmerken, sie arbeitete mit flinken Händen und regen Füßen, wie erwartet und geheißen. Sie beschwerte sich nie. Sollten Rückschläge eintreffen, erhellte sich ihre Miene und ihre Einsatzfreude nahm zu.

Dann kam Lance Briggs zu ihnen. Er und Lars kannten sich. Sie arbeiteten zusammen in Sudburys Nickelminen. Kaum fielen Ionas Augen auf Briggs, verfinsterte sich ihr Gesicht. Beim zweiten Blick traten Unmutsfalten auf ihre Stirn. Briggs mißfiel ihr auf Anhieb, der ganze Mann roch verkehrt. Sein lauerndes Verhalten berührte Iona unangenehm. Was bezweckte er mit Versprechungen von Reichtümern in geheimnisvollen Plätzen, welche er aber nicht auf der Landkarte finden konnte? „Mich und meinen Liebsten entfremden, das will er, weiter nichts," vermutete Iona.

Geriet Lars in Versuchung sie zu verlassen? Anfänglich rümpfte sie die Nase beim bloßen Gedanken daran. Hatte Lars nicht ewige Liebe und Treue geschworen? Außerdem kannte sie sein Bestreben nach Ansehen in der Umgebung und den Willen zeitlebens hier zu wohnen.

Als Iona ihre Bedenken wegen Briggs Machenschaften ausdrückte, winkte Lars ungehalten ab:

„Du kennst mich doch, Iona, was Lance sagt geht zu einem Ohr rein und zum anderen raus. Seine Luftschlösser sind mir ohnehin bekannt."

Seine tröstenden Worte beruhigten Iona, doch Spuren eines Argwohns blieben, und das mit Recht. Ihr vergötterter Lars nahm zusehends Abstand von ihr, er suchte mehr und mehr Briggs Nähe, dessen angebliches Geschwätz er nicht mehr so lästig empfand. Im Gegenteil, es erweckte Vorstellungen in ihm von unsagbarem Reichtum, der im nördlichen Hochland auf Bergung wartete. Gold, so hieß es, lag in Flußbetten, das mit bloßen Händen aufgerafft werden kann. Ionas Bedenken wurden bald bestätigt.

Eines Morgens, als die heimeligen Rufe der Wildgänse ertönten, erklärte Lars:

„Iona, ich ziehe weiter."

Sie wußte, vielmehr ahnte schon eine Zeitlang, was ihr bevorstand. Mit gesenktem Kopf fragte sie:

„Kann ich mitkommen?"

„Nicht jetzt," antwortete er barscher als beabsichtigt. Ihr trauriges Gesicht erweichte sein Gemüt:

„Ich werde dich später zu mir holen," tröstete er.

Iona begehrte auf:

„Lars, ich möchte bei dir sein."

„Später, sobald eine Grundlage geschaffen ist, komme ich dich holen, dann werden wir heiraten," versprach er.

Ein trübes Lächeln huschte über ihr Gesicht, welches Spuren von Weh einer enttäuschten Frau barg. Iona ahnte mehr als sie sich eingestehen wollte. Ihre Hingabe empfand Lars einerseits angenehm, doch sie webte ein Gespinst um ihn aus welchem er sich befreien wollte.

Die zwei Männer machten sich früh auf den Weg. Versuchte Briggs ein selbstgefälliges grinsen zu verbergen? Iona merkte nichts davon. Ihre Aufmerksamkeit galt Lars allein, er starrte verlegen ins Leere. Seine Miene drückte gegensätzliche Regungen aus; es spiegelte sich Freude und Ärger darin. Mit einem strahlenden Auge, dem anderen trübsinnig, sagte er: „Bis später, Iona."

Als er sich abwandte, überkamen sie zwiespältige Gefühle. Obwohl eine innere Stimme flüsterte, es gibt kein später, spürte sie eine Erleichterung. Das Leben hatte sie schon in jungen Jahren gelehrt, wenn das Unvermeidliche geschieht, verrinnt die Angst davor. Folglich fällt einem eine Last vom Herzen.

Herbst und Winter vergingen, der Frühling kam. Die Wildnis brach abermals in Farben aus. Land und Wasser schimmerten unter einer rasch steigenden Sonne. Eine Farbenpracht legte sich über das Grasland und schmückte die umliegenden Hügel. Kaum war das Eis auf dem See geschmolzen, als Wanderer erschienen, welche die Hiesigen als ein öffentliches Ärgernis betrachteten. Aber wer kümmerte sich schon um lärmende Wandervögel inmitten der erwachten Natur.

Monate waren vergangen seit ihr geliebter Lars sie verließ. Es kam Iona wie eine Ewigkeit vor. Keine Nachricht kam von ihm, kein tröstendes Wort, nicht mal ein Lebenszeichen gab er von sich.

Juli kam und verging. Die Weidenröschen, Wahrzeichen des Yukons, standen in voller Blüte. Iona merkte kaum etwas von der Farbenpracht, noch hörte sie die erwachten Stimmen der Wildnis. Seit der Schnee und das Eis schmolz, waren viele Menschen unterwegs. Iona stand von morgens bis abends an den Fußwegen:

„Habt ihr Lars gesehen, den blonden Schweden?" fragte sie jeden in Sicht.

„Nein," antworteten manche, während andere stumm den Kopf schüttelten.

Iona wurde unruhig. Ihre lachenden Augen verloren allmählich den Glanz, indessen sie den nördlichen Horizont absuchte.

Der Sommer ging zu Ende, lange Schatten des Herbstes bedeckten den See. Weiterhin nach Lars fragen war zwecklos, noch einmal einen langen, kalten Winter ohne ihn verbringen war undenkbar.

Von einer nagenden Ahnung gepeinigt, gehetzt von zunehmender Ungewißheit, hielt Iona weiterhin Wache an Wegen und Gassen. Jeder Reisende, Mann oder Frau, wurde gefragt: „Habt ihr Lars, den Schweden, gesehen?"

Eines spät nachmittags, als die Sonne über dem Tagish Hochland stand, erschien Lance Briggs. Sie erkannten sich sofort.

„Wo ist Lars?" rief Iona schon von weitem.

„Schlechte Nachricht," stieß Briggs zwischen den Zähnen hervor.

Bestürzt eilte sie ihm entgegen.

„Schlechte Nachricht?" wiederholte sie wie vor den Kopf geschlagen.

„Sehr schlecht," murmelte Lance.

„Ich verstehe Sie nicht. Ist ihm etwas zugestoßen?"

„Er ist tot."

Briggs erwartete einen Ausbruch, doch nichts dergleichen geschah. Iona erstarrte sichtlich, in ihrem Gesicht spiegelte sich weder Verzweiflung noch Überraschung; nur Spuren einer keimenden Ahnung huschten von Schläfe zu Schläfe. Sie starrte wie versteinert auf den Mann, den sie als den Fluch ihres Lebens betrachtete. Sie fragte mit gezwungener Ruhe:

„Tot, mein Lars ist tot?"

Dann stieß sie einen herzerschütternden Schrei aus:

„Lebt nicht mehr, mein Lars lebt nicht mehr? Wie ist das möglich?"

„Er stürzte in einen Abgrund, in der Nähe von Carmacks."

„Hat man ihn gefunden?" wollte Iona wissen.

„Noch nicht," kam eine zögernde Antwort.

Dann entfuhr Briggs eine Bemerkung, die Iona nicht gleich verstand.

„Was haben Sie eben gesagt?"

„Lars stürzte nicht, er wurde gestoßen."

„Von wem?"

„Von Les Hunt, seinem Teilhaber. Übrigens mag Lars nie gefunden werden."

Als er Ionas fragenden Blick sah, erklärte er:

„Sein Fall löste einen Geröllsturz aus, der ihm zum Grab wurde." Entsetzt schaute Iona auf Briggs. Die schlimme Nachricht wollte nicht gleich einsinken. Sie roch Unrat, etwas kam ihr, schlicht gesagt, hingestellt vor. Aber was und warum? Lars Elblang, ihre erste Liebe, besaß die Gewandtheit eines Dickhornschafes. Ihn in einen Abgrund stoßen war gewiß kein leichtes Spiel, vor allem in Anbetracht der angeblichen Feindschaft zwischen ihm und dem Täter. Die Nachricht, wie erwähnt, erschütterte Iona zutiefst. Sie erweckte Gefühle in ihr, welche sie bisher nicht kannte.

„Dieser Les Hunt ist Larses Teilhaber?"

„War, Iona, war. Ihr Abkommen, welches mir bekannt ist, besagte folgendes: Sollte einer der Teilhaber sterben, fällt dem anderen dessen Teil zu."

Iona nickte, sie verstand.

„Wurde der Unfall gemeldet? Sind Zeugen vorhanden?"

Briggs warf den Kopf zurück, die Frage schien ihm zu mißfallen. Er antwortete zögernd:

„Eine polizeiliche Untersuchung fand statt."

„Und?"

„Sie fanden keine Spur von einer Untat. Ihr Befund hieß: Von einem Erdrutsch verschüttet."

Iona kräuselte bedenklich die Stirn. Sie wollte etwas sagen, doch Briggs kam ihr voraus:

„Angeblich beteuerte ein alter Indianer alles gesehen zu haben," platzte er heraus, eh er sich auf die Zunge biß.

„Wo kann ich ihn finden?"

„Er verschwand spurlos."

Am nächsten Morgen bestieg Iona das erste Boot nach Carmacks. Sie unternahm die Reise mit leichtem Gepäck. Was getan werden mußte, sollte nicht lange dauern. Während sie an der Reling stand, griff sie hin und wieder in ihre Handtasche. Der kalte Stahl in ihrer Hand verstärkte ihr Selbstvertrauen. Ein Lächeln huschte dabei über ihr Gesicht, das sich verklärte.

„Alles wird gut, Großvaters Dolch wird gute Arbeit leisten," murmelte sie.

Am folgenden Morgen verließ Iona das Boot in Carmacks

wo Miner und Glückssucher umherstreiften, das heißt, herum lungerten, die auf den Flügeln der Hoffnung verheißenden Gerüchten folgten.

Obwohl das ungewohnte Gemenge Iona unangenehm berührte, wich sie kein Iota von ihrem Vorhaben ab. Nachdem sie im Hotel Unterkunft gefunden hatte, ging sie die Umgebung zu erforschen. Die Waffe trug sie in der räumigen Tasche. Hin und wieder liebäugelte sie mit dem Dolch aus der Vergangenheit, welcher manches Unrecht tilgte. Iona ging auf Kundschaft.

Les Hunt finden erwies sich als einfach; er war überall bekannt. Zu ihrer Überraschung machte der Mann einen guten Eindruck. Im Gegensatz zu Briggs Beschreibung drückte sein Gesicht, ja sein ganzes Wesen, eine freundliche Gesinnung aus. Zu ihrer Bestürzung besaß der Gezeichnete die Kraft eines Bären, wie dessen Behendigkeit.

„Unmöglich, den kann ich niemals bewältigen," sagte sich Iona.

Während sie zurück ins Hotel ging, kam ihr so manches in den Sinn. Gewalt anwenden gegen Hunt, dem offensichtlichen Kraftmenschen, kam nicht in Frage. Somit blieb nur weibliche List übrig. Verwirrt, in eine Wolke der Ungewißheit gehüllt, wanderte sie ziellos herum. Nagende Zweifel erschwerten ihre Schritte, keimende Bedenken trübten ihre Augen, die jedoch plötzlich aufleuchteten. Ein Schild, auffallend zur Schau gestellt, erregte ihre Aufmerksamkeit. Schlagzeilen über bunten Bildern luden zum Tanz ein. Damenwahl, hieß die verlockende Überschrift. Keinem Zweck gehorchend, außer vielleicht einem unbewußten Zwang, erkundigte sich Iona im Hotel nach der Bedeutung der Plakate, welche ebenfalls drinnen angebracht waren:

„Was bedeuten diese Plakate?" fragte sie den Wirt.

„Tanzfest am Wochenende, verkündet die Werbung."

Als er Ionas verdutztes Gesicht sah, erklärte er:

„Es ist ein alter Brauch. Zuweilen wird der Spieß umgedreht. Frauen führen die Männer zum Tanz."

Iona überkam ein seltsames Gefühl. Ihr Unterbewußtsein wurde wach, vor allem als sie einen Blick hinaus warf.

„Findet der Tanz draußen statt?" fragte sie.

„Bei günstigem Wetter schon," wurde ihr gesagt.
Dann fügte der Wirt hinzu:
„Gehen Sie nur hinaus, Fräulein, umschauen kostet nichts." Iona ließ sich nicht zweimal heißen, sie nahm den Wirt beim Wort. Was sie draußen sah verschlug ihr den Atem. Beim ersten Blick erfaßte sie eine unerklärliche Erregung. Unwillkürlich rührte sich ihr Unterbewußtsein. Vor ihren Augen erschien ein Schimmer der Hoffnung.
„Das ist die Lösung," fuhr es ihr durch den Sinn. Eine Mauer umgab den Platz, sie gewährte waghalsigen Zechern, Tänzern und anderen Besuchern Schutz. Die atemberaubende Sicht über dem bodenlosen Abgrund jagte Iona einen Schauder über den Rücken. Sie ließ ihren Gedanken freien Lauf.

Wie gebannt wanderten ihre Augen von der mit Bohlen belegten Tanzfläche, über welcher bunte Papierketten flatterten, zu den ragenden Eisfeldern in der Ferne. Die Schlucht fesselte Iona am meisten. Während sie in die Tiefe hinab blickte, regten sich innere Stimmen. Die eine mahnte zur Flucht, die andere hieß sie bleiben.

„Heute ist Freitag, morgen nach Sonnenuntergang beginnt die Feier," erklärte der Wirt.
Er beschrieb die jährliche Veranstaltung mit Überschwang:
„Es muß gesehen werden, wie draußen auf dem Tanzboden geschrubbte und geschniegelte Männer den ärgsten Vetteln den Hof machen; in anderen Worten: Die schlimmsten Radaubrüder werben um die Gunst zum Tanz geführt zu werden, von den bereitwilligen Frauen."

Iona nahm sich vor an dem Weibertanz teilzunehmen. Sie wechselte die europäische Kleidung mit der herkömmlichen Tlingittracht. Puder und Schminke verachtete sie; die Natur hatte bereits im Mutterleib für eine blühende Schönheit gesorgt.

Sie kam pünktlich an. Die Musikanten stimmten ihre Instrumente; sie waren bereit aufzuspielen. Ionas Erscheinung erregte allgemeines Aufsehen. Männer, von bartlosen Jugendlichen bis vollbärtigen Schürfern, reckten ihre Hälse um sie zu betrachten. Frauen, teilweise neidisch, teilweise wehmütig, tuschelten unter der Hand.

Die Musik begann, Frauen erhoben sich, Männer nahmen

Stellung. Sie luden die nahenden Frauen und Mädchen mit
Juchzern und Pfiffen ein gewählt zu werden. Iona merkte mit
Genugtuung, daß Les Hunt versuchte die Aufmerksamkeit auf
sich zu lenken, indem er wie andere Männer eine verlockende
Haltung annahm. Es war Iona recht. Während sie schnurstracks
auf ihn zusteuerte fiel ihr auf, daß die anderen Frauen den ur-
wüchsigen Mann mieden. Es störte sie nicht im geringsten. Im
Nu stand sie vor ihm. Mit ihrem geliebten Lars vor Augen,
verneigte sich Iona wie eine Hofdame:
„Darf ich bitten?" fragte sie mit einer Miene, welche ihren
gärenden Haß verbarg und ihr grausiges Vorhaben verdunkelte.
    Nach mehreren Tänzen, zumeist mit Hunt, begann Iona an
ihrem geplanten Unterfangen zu zweifeln. Was sie im Sinn
führte kann in wenigen Worten beschrieben werden: Den
Mörder ihres geliebten Lars in die Ewigkeit befördern; weiter
nichts. Wie? Mittels eines Dolches welchen ihre geübte Hand
dem Heimtücker mitten durch sein Herz stoßen wird. Aber,
aber, hatte sie die Rechnung ohne den Wirt gemacht? Es sah
zusehends so aus.
    Ihre Absicht, wohl erdacht, war die: Les Hunt betören, ihn
zum   trinken   anstacheln,   dann   den   liebeshungrigen
Schwerenöter zu einem gewählten Stelldichein führen, wo er
seinen verdienten Lohn empfangen würde, nämlich, einen fein
geschliffenen Dolch in seinen Leib.
    Ionas Vorstellungen blieben unerfüllt. Der ungeschlachte
Kerl blieb den ganzen Abend nüchtern, ferner benahm er sich
wie einst Joseph im Hause Potipher; keusch und gegen
weibliche Reize gefeit.
    Als Mitternacht heran rückte, somit das Ende des
Tanzfestes ankündete, erkannte Iona eine lästige Tatsache: Ihr
ursprüngliches Vorhaben stand auf des Messers Schneide,
folglich mußte ein anderer Vorgang ersonnen werden und das
schnell, denn die Ansage kam:
    „Kehraus, Kehraus." Letzter Tanz, in anderen Worten.
    Es war 'ein Hoedown', ein wilder, stürmischer Tanz. Die
Durchsage unterbrach Ionas quälende Gedanken, ihr fiel etwas
ein. Sie wußte, daß ein Hoedown stets lebhaft, wenn nicht
ausgelassen mit hohen Sprüngen getanzt wurde, was ihr sehr
gelegen kam. Während sie ein Stoßgebet zum Himmel sandte,

eilte Iona zum wartenden Hunt. Ihm gefielen wilde Tänze weitaus besser, als die Backe an Wange Schieber.

Der Lärm nahm zu, die Musikanten spielten auf, die Tänzer grölten und stampften mit den Füßen; es war ein ohrenbetäubender Lärm, der plötzlich von einem gellenden Schrei übertönt wurde. Leute vom Land des Känguruhs schmunzelten anerkennend; sie hielten ihn für einen Gruß aus ihrer Heimat. Nun, sie wurden bald eines besseren belehrt. Die Musik verstummte, die Tänzer hielten wie angewurzelt an. Alle Köpfe wandten sich nach der Quelle der grauenhaften Schreie. Was sie sahen, ließ viele erschreckt zurück prallen:

„Nein, oh nein, das ist nicht möglich," schrien einige.

Zwei eng umschlungene Gestalten rollten mit dem Geröll dem Abgrund entgegen.

„Es ist Les Hunt und die Indianerin," hieß es von einigen Anwesenden.

Man schaute sich entgeistert an:

„Welch ein schreckliches Unglück. Wie konnte das nur geschehen? Es widerstrebt der Vernunft zu glauben was man sieht."

Eine Woche später erschien Lars Elblang pfeifend und singend, wie schon lange nicht mehr. Warum? Er hatte einen Entschluß gefaßt, welchen er alles was Ohren hatte mitteilte:

„Bereitet euch vor, in zwei Wochen wird Hochzeit gehalten. Merkt's euch, nach schwedischem Brauch."

Die Zecher im Hotel schauten sich verwundert an, als wollten sie sagen: „Täuschen sich meine Augen und Ohren? Lars pfeift und singt wieder? Hm, er hat wohl die Hauptader gefunden."

Nichts dergleichen war geschehen. Er überkam lediglich den Wankelmut, jene drückende Last, die einem das Gemüt trübt und die Lebensgeister raubt. Elblang schien in vortrefflicher Verfassung zu sein. Heraus geputzt wie es sich für einen Hochzeiter geziemt, lud er alle zur Hochzeitsfeier ein.

„In zwei Wochen tanzen wir die Nacht durch," verkündete er.

September war halb vergangen. Man konnte nun frostige Nächte und kühle Tage erwarten. Schnee sammelte sich allmählich auf den Berggipfeln, eine weiße Decke legte sich schrittweise talabwärts. Die Landschaft nahm eine verlassene Schönheit an. Zugvögel hatten sich seit Wochen gesammelt, sie begannen scharenweise die Gegend zu verlassen. Eine wehmütige Stille herrschte. Als Rentierherden vom Polargebiet erschienen, wo sie ihre Jungen gebären, half keine Vorspiegelung mehr; klirrende Kälte, kurze Tage und lange Nächte waren im Anzug.

Trotz Elblangs Frohsinn zeigte er keine Neigung zur Redseligkeit. Dem Anschein nach bewegte ihn etwas, das er für sich behielt. Die Mühe hätte er sich allerdings sparen können, denn jeder Schürfer im Umkreis von hundert Kilometern wußte von seinen Schwierigkeiten. Man hatte ihn vielseitig gemahnt Lance Briggs zu meiden.

„Schwede, armer Schwede, Sie werden sich die Finger verbrennen am dem Taugenichts. Der Kerl riecht nach Verruchtheit, die Hinterlist ist ihm ins Gesicht geätzt."

Aber der Eigenbrötler von Malmö schlug alle Ratschläge in den Wind. Er rümpfte die Nase über ihre Behauptung, daß man einen Sack Mehl in der einsamen Wildnis miteinander verzehren muß, eh man sich kennt.

„Welch ein Gefasel," dachte Elblang anfänglich.

Zwei Wochen später, als der Sack noch ziemlich voll in einer Ecke stand, erkannte Lars eine unleugbare Tatsache: Die alten Griesgrame wußten so einiges. Briggs trieb ihn zur Verzweiflung, sie entzweiten sich mit bitteren Worten und verdrossenen Mienen. Nichtmal ein Handschlag wurde ausgetauscht.

Wie erwähnt erwarb Elblang Hunts Mutung am Ethelsee für seinen Anteil an der Salmom Mutung, welche er gleichwertig mit Briggs besaß. Da dieser Besitz mehr Unkosten und Schinderei als Nutzen bescherte, kümmerte sich niemand weiter darum; in anderen Worten, sie vernachläßigten amtliche Eintragungen zu machen, folglich geschah ein Unheil nach dem anderen. Les Hunt lag tief verschüttet im bodenlosen Schlund, Lars Elblang verlor seine geliebte Iona, und Lance Brigg? Ihn erwartete ein grauenhaftes Schicksal.

Wie erwähnt kam Elblang in Carmacks an. Er beabsichtigte mit dem nächsten Boot nach Teslin zu fahren. Schon auf der Straße hörte er von einem schrecklichen Unfall, der kürzlich geschah. Lars zollte den Gerüchten wenig Aufmerksamkeit. Er wußte, daß hierzulande alltägliche Begebenheiten leicht zu weltbewegenden Geschehnissen ausarten können. Allerdings horchte er auf, als die Rede von einer jungen Tlingit Indianerin war. Freilich bedeutete das nicht viel, denn schließlich konnte man junge Tlingit Frauen in Carmacks keine Seltenheit nennen. Lars ging zum Hotel, wo er mit landesüblicher Umsicht sich dem Wirt näherte. Nachdem belanglose Einzelheiten wie Wetter, Goldwert und laufende Gerüchte besprochen waren, bemerkte Elblang wie so nebenbei:

„Es scheint hier trug sich allerhand zu in den vergangenen Wochen."

„Mehr als mir lieb ist."

Lars gab sich einen Ruck:

„Erzählen Sie doch," ersuchte er den Wirt, welcher kopfschüttelnd bemerkte:

„Ich verstehe das Ganze heute noch nicht," indem er auf die erhöhte Tanzfläche draußen zeigte.

„Mir, wie auch anderen, kommt der Sturz in den Abgrund rätselhaft vor, ganz zu schweigen von der Bestürzung der Polizei, die immer noch hier herum schnüffeln. Ihre verfängliche Fragerei macht mir das Leben schwer. Zugegeben, die Mauer ist nicht sehr hoch, aber nach Vorschrift gebaut. Ein Tölpel kann begreifen, daß der ungehinderte Rundblick dem Hotel einen besonderen Reiz verleiht."

Lars nickte.

„Unleugbar, mein Lieber, unleugbar," stimmte er bei.

Lars kannte die Anlage. Wie jemand dort unabsichtlich hinunter stürzen konnte, vor allem ein gelenkiger Mann wie Les Hunt, erschien ihm unwahrscheinlich. Freilich war sein voriger Mitarbeiter etwas hochgeschossen, doch noch sicher auf den Beinen. Jemand stieß ihn über die Mauer, eine andere Auslegung gab es nicht, folgerte Elblang. Der Wirt stimmte bei:

„Ohne Zweifel, doch wer? Die Indianerin wohl kaum, denn schließlich wurde sie auch mit in den Tod gerissen."

Lars horchte auf, seine Miene verfinsterte sich, er wollte mehr hören. Der Hotelier zeigte sich verbindlich:

„Beim letzten Tanz, dem Kehraus, es war ein Hoedown, der wie immer mit viel Schwung und Übermut ausgeführt wird, fiel wie aus heiterem Himmel ein Unheil über uns her. Wie Sie wissen führten Frauen die Männer zum Tanz."

Lars zuckte mit den Achseln, als wollte er sagen: „Na und?" Er wurde umgehend belehrt:

Die Indianerin hatte es auf Les Hunt abgesehen. Warum, ist unbekannt. Sie folgte ihm wie sein eigener Schatten. Sie hing während des Tanzfestes, Frauenwahl genannt, wie eine Klette an seinen Fersen. Obwohl dem Anschein nach der beträchtlich ältere Hunt nicht von ihrer Aufmerksamkeit begeistert war, forderte sie ihn immer wieder zum Tanz auf. Beim Kehraus ging es stürmisch zu, gelinde ausgedrückt. Plötzlich zerriß ein unmenschlicher Schrei die Luft, welcher ein wildes Durcheinander auslöste."

„Ein unmenschlicher Schrei?" wiederholte Elblang.

Der Wirt nickte, wonach er fortfuhr:

„Der Großwildjäger Arnim, mit dem Spitznamen Nimrod, verkündete laut und deutlich:

„'Der Himmel sei mein Zeuge, Les Hunt ist samt der Indianerin in den Abgrund gestürzt.'

„So verhielt es sich, die beiden verschwanden vor unseren Augen."

„Verschwanden?" staunte Lars.

„Genau. Einen Augenblick hupften und stampften sie noch ausgelassen umher, im nächsten rollten sie eng umschlungen dem Jenseits entgegen. Ohne den gellenden Schrei, scheint es mir, hätte man ihren Sturz garnicht bemerkt."

„Geschah so etwas je zuvor?" erkundigte sich Elblang.

Der Hotelier schüttelte heftig den Kopf:

„Was meinen Sie?"

„Das jemand trotz der Mauer dort in den Abgrund stürzte."

„Nein. Wie bereits erwähnt ist die Mauer nach Vorschrift gebaut, amtlich geprüft und genehmigt. Von Nachlässigkeit kann nicht die Rede sein."

„Beide wurden bisher nicht gefunden, höre ich."

„Weder bisher, noch in der Zukunft."

Elblang stutzte. Seine Augen wanderten vom Wirt zur Tanzfläche über dem bodenlosen Abgrund.

„Wahrscheinlich hatten Les und die Indianerin zu tief ins Glas geguckt," meinte er.

Elblang, obwohl er immer noch arglos war, spürte eine sonderbare Ahnung, welche sich zunehmend regte. Der Wirt war froh ein williges Ohr gefunden zu haben; er kam in Fahrt. Vertraulich vorgeneigt machte er eine Anspielung.

„Das Mädel kam nicht zu uns aus gesundheitlichen Gründen."

„Was meinen Sie?"

„Mich täuscht man nicht so leicht, ihr Besuch diente einem Zweck, den bald die Spatzen von den Dächern pfeifen werden."

„Reden Sie schon," ermunterte Lars.

„Na ja, sie wollte Hunt umgarnen. Ich laß mich hängen, sollte das nicht wahr sein."

Elblang spürte einen Drang zum Kai zu eilen, doch eine unsichtbare Hand hielt ihn zurück. Er hing wie gebannt an den Lippen des Hoteliers, der offensichtlich mehr sagen wollte.

„Sie sagten was von einem Plan der fehlschlug."

„Ich tat es, aber erst möchte ich Ihnen versichern, daß Hunt weder trank, wie es sich für einen Mann geziemt, noch sich mit Frauen vergnügte. Er war ein eingefleischter Junggeselle, der den Alkohol mied wie der Teufel das Weihwasser."

Lars grinste, indessen er dachte: Gut gezielt, Alter, aber daneben getroffen. Er hatte so manchen feuchten Abend mit Les Hunt verbracht. Aber das behielt er für sich.

„Sie kannten doch Les Hunt?"

„Nur flüchtig," log Lars.

Der Wirt runzelte verdutzt die Stirn, denn er wußte, wie auch viele andere in der Gegend, von dem Handel der beiden.

Der Hotelier reckte sich:

„Hier ist meine Auslegung von der Geschichte: Das Indianermädel suchte Les, der seinen Unmut nicht verbergen konnte, als sie ihn fand."

Elblang winkte ab:

„Nichts wie eitle Vermutungen, die wenig Licht auf das unheilvolle Geschehen werfen," wandte er ein.

Er stand wie auf Nadeln. Einerseits zog es ihn runter zum Kai, anderseits forderte eine innere Stimme zu bleiben.

Der Wirt wiegte bedenklich den Kopf:

„Vielleicht, vielleicht auch nicht," meinte er.

Auf dem Weg zum Kai wurde Lars angesprochen. Jemand rief hinter ihm:

„Schwede, halt mal."

Als sich Lars umdrehte erkannte er den Rufer sofort:

„Skukum, was machst du hier?"

„Sachen packen," gab er zu verstehen.

Lars schaute ihn verdutzt an:

„Ich verstehe dich nicht."

„Hast du nichts gehört?"

„Gehört, was?"

Lars Elblang schwirrte der Kopf. Skukums Bemerkung machte wenig Sinn, bis ihm die Andeutungen des Hoteliers einfielen. Konnte die verunglückte Indianerin Augentrost sein? Nein, nein, Augentrost wartete in Teslin auf ihren Freier, der sie an den Traualtar führen wollte.

„Skukum, rede doch. War es Iona die mit Les in den Abgrund stürzte?"

„So ist es, Schwede," versicherte der Alte.

Sein Gesicht verriet weder Zorn noch Trauer. Das zeitige, schreckliche Ende seiner Nichte schien ihn nicht zu berühren. Elblang hatte viel von den eigentümlichen Menschen gelernt. Gefühle blieben tief verschlossen in dem ungekünstelten Wesen aus einer anderen Welt. Trotz Skukums unergründlicher Miene, ahnte Lars seinen inneren Schmerz. Ebenso fühlte er seinen Wunsch mehr zu sagen.

„Was ist, Skukum, rede doch," spornte er den Alten an.

„Schwede, etwas stimmt hier nicht."

Eh Lars noch weitere Fragen stellen konnte, war er im Gedränge verschwunden.

Die Worte 'Die Leuchte Teslins', wie man Skukum nannte, gingen Lars nicht aus dem Sinn. Er fühlte sich genötigt der Sache auf den Grund zu gehen. Viele Fragen tauchten auf, wenig Antworten wurden gefunden. Iona kam sicherlich nicht wegen des jährlichen Frauenfestes nach Carmacks, noch weniger um ein Techtelmechtel mit Les Hunt zu beginnen. Doch er hatte es ihr angetan, daran bestand kein Zweifel. Was Lars bedenklich stimmte ist mit wenigen Worten erklärt: Briggs Besuch brachte Iona auf den Sprung. Etwas trug sich in Teslin zu, das verborgene Eigenschaften in der gehorsamen

Tochter anregten.

Je mehr Elblang darüber nachdachte, desto rätselhafter dünkte ihm das Ganze. Ja, er glaubte zuweilen in einen tiefen Traum versunken zu sein, von welchem er sich gewaltsam befreien mußte. Ionas mutmaßliches Geschick erschien ihm unwahrscheinlich. Es war ein Rätsel, umwölkt von düsteren Geheimnissen, welche er weder fassen noch glauben konnte, bis ihm Skukum einfiel, der Dorfälteste von Teslin, den man alles außer redselig nennen konnte. Der einsilbige Onkel erzählte das Schicksal seiner Nichte in wenigen Worten. Ob er wollte oder nicht, Lars Eblang roch Unrat.

„Iona, Friede deiner Seele. Iona, du wirst gerächt werden," versprach er.

In Teslin erfuhr Lars erstaunliche Neuigkeiten, von einem Goldfund im Nordwesten, der sogar den Reichtum des Klondikes übertreffen könnte. Er schenkte dem Gerücht wenig Beachtung, bis ihm der Fundort zu Ohren kam; der Große Lachsfluß. Gold und mehr Gold wurde dort entdeckt, versicherte man ihm. Über die genaue Stelle erhielt er wenig zuverlässige Auskunft; im Gegensatz zu Carmacks wo Lars nach seiner Rückkehr mehr erfuhr.

Der ganze Ort schien auf den Beinen zu sein, jeder mit einer Zunge im Mund hatte etwas zu sagen. Was? Von dem fabelhaften Reichtum im Flußbett des Lachses. Die Wirtshäuser waren voll mit lärmenden Gästen. Stimmen in mehreren Sprachen und radebrechendem Englisch überschrien sich. Man hätte meinen können, daß die Dachsparren zu zittern anfangen. Alkohol war nie eine Mangelware im Yukon, das heißt, bis jetzt.

Als Elblang den großen Saal des Hotels betrat, verstummte der Heidenlärm wie auf Geheiß. Viele Köpfe wandten sich ihm zu. Manche betrachteten ihn verstohlen, andere mit unverhohlener Schadenfreude. Viele der versammelten Krakeler kannten den Hintergrund der Mutungen am Lachsfluß, dem augenscheinlichen Fund aller Funde. Er kann sich mit Dawsons Ruhm und Reichtum messen, hieß es vielerseits. Ferner waren die einstigen, wie auch gegenwärtigen Besitzer des neuen Eldorados bekannt. Namen wie Lance

Briggs und Les Hunt benötigten keiner Erläuterung, man kannte sie als die gegenwärtigen Eigentümer.

Lars Elblang, einstiger Teilhaber mit Briggs, nun als Pechvogel bekannt, stand immer noch wie angewurzelt da. Er machte den Eindruck eines versonnenen Mannes der sich in einer Zwangslage befindet. Plötzlich erhellte sich seine Miene. Er senkte den Kopf und kicherte unter der Hand. Mit einem Ruck machte er eine Kehrtwende, eilte zum Ausgang und verschwand wortlos.

Der Wirt schüttelte mißbilligend den Kopf: „Da schau her, versteh einer den Schweden. Ihm entging ein Vermögen, seine Braut hinterging ihn schmählichst und der sonderbare Kauz lacht."

„Vielleicht hat er den Verstand verloren," meinte einer der Gäste.

Nichts dergleichen ging in Elblang vor. Im Gegenteil, er fühlte sich selten so wachsam und sicher auf den Beinen. Eine drängende Berufung schärfte seine Sinne, eine Stimme trieb ihn voran: Iona rächen, hieß der Kehrreim. Wen und wie blieb vorläufig noch in der Schwebe.

Der Winter näherte sich, Michaelsgänse wurden bereits gemästet. Der nördliche Himmel nahm bedenklich an Farben zu, die Luft roch nach Kälte und Schnee. Die Bewohner seufzten und zuckten unbekümmert mit den Achseln. Der lange, strenge Winter wäre erträglich ohne die kurzen Tage, meinten viele.

Elblang beachtete weder den Anmarsch des Winters noch die Aufregung wegen des Goldfundes. Ionas Schicksal ging ihm Tag und Nacht durch den Kopf. Was veranlaßte die Tochter einer stolzen Sippe zu dem ungehörigen Schritt der ihr frühzeitiges Ende herbei führte? Was wohl? Ermuntert von Skukums orakelhafter Andeutung, angestachelt von Briggs Besuch in Teslin, folgerte Lars dies und das. Aber leider mangelten Beweise für die eine wie die andere Mutmaßung. Tatsachen konnten auf einem Schnipfel Papier geschrieben werden: Iona sprach mit Lance Briggs, wonach sie am nächsten Morgen auf einem Boot nach Carmacks fuhr. Sie nahm an dem jährlichen Frauenfest teil, wo sie wiederholt Les Hunt zum Tanz führte. Beim Kehraus stürzten beide in den Abgrund ohne

Wiederkehr; also in den sicheren Tod.

Den Beteuerungen des Wirtes und anderen schenkte Lars wenig Bedeutung. Er kannte Les Hunt, wie auch Augentrost. Beide hegten keinen Wunsch zu sterben; beide kannten sich nicht. Beide waren gewandt wie Bergziegen und sicher auf den Beinen. Lars konnte sich nicht vorstellen, daß jemand Iona über die Brüstung zerren konnte, sei es absichtlich oder aus Versehen. Somit kam nur eine Möglichkeit in Frage: Iona hatte ihren Dolch in Hunts Rücken. Aber warum?

Als Elblang am Ufer des Yukons stand, erinnerte er sich an die Stunde wo er Abschied von Iona nahm; es geschah in Briggs Gegenwart. Nach einer herzlichen Umarmung trat Iona zurück, ihre Augen strahlten sonderbar, sie betonte jedes Wort:

„Lebe wohl, Lars, und vergiß nicht.“

„Was, Iona, was?“

Mit einer raschen Handbewegung zog sie einen mörderischen Dolch aus ihren Rockfalten hervor, den sie mit solcher Wucht vorwärts stieß, daß sie schier den Halt verlor:

„Lars, wer dir etwas antut wird aufgespießt wie ein Schlachtvieh.“

Während sich Lars diese Begebenheit ins Gedächtnis rief, durchfuhr ihn eine Erkenntnis, der Nebel begann sich zu heben. Ein düsteres Geheimnis, scheinbar unergründlich, entfaltete sich vor seinen Augen. Ionas Bravadestück mit dem Dolch war der Schlüssel zur Kammer ihres eigenen Verderbens.

Als der Wert des Goldes mehrfach stieg, ja, innerhalb Wochen unglaubliche Höhen erreichte, wurde die Mutung von Les Hunt und Briggs nicht bloß ertragreich, sondern sie ließ von unermeßlichem Reichtum ahnen. Soviel erkannte Elblang, das übrige vermutete er.

Lars kannte Briggs Wesen; er schreckte vor keiner Übeltat zurück, wenn sie zu seinem Vorteil gelangte. Ja, er hegte keine Zweifel mehr an Briggs Vorhaben: Les Hunt, sein gleichwertiger Teilhaber, mußte aus dem Weg geräumt werden. Doch wie? Einen Unfall vortäuschen welcher Hunt ins Jenseits beförden würde, erschien Briggs wahrscheinlich zu gewagt. Übrigens konnte man Les Hunt keinen Duckmäuser nennen. Er war wachsam, behende und sehnig, dazu sicher auf den Beinen. Zusätzlich mißtraute er Briggs seit er ihn zu Gesicht bekam.

„Er hat den unsteten Blick eines Ganelons, eines Verräters in anderen Worten," ließ Hunt wissen.

„Sie übertreiben nicht, Vorsicht ist ratsam," stimmte Elblang bei.

Er wußte Bescheid. Iona, die treue Seele, wurde schmählich mißbraucht. Diesen Gedanken verfolgte Lars mit steigendem Mißtrauen und Unmut.

Die Erinnerung an Ionas Bühnenstück mit dem Dolch ließ sich nicht verscheuchen, vor allem nachdem ihm ein merkwürdiges Gespräch mit Briggs einfiel. Es fand eines Abends am Lagerfeuer statt. Wach gehalten in einer beklemmenden Stille, nur vom flackern und knistern des Feuers unterbrochen, suchten beide eine Unterhaltung aufrecht zu erhalten. Es fiel ihnen nicht leicht, bis Lars etwas in den Sinn kam:

„Lance, möchtest du jemanden umbringen?" fragte er aufs Geratewohl.

Überrascht erwiderte Briggs:

„Nicht ich."

„Nun, solltest du mal das Verlangen spüren es zu tun, ich weiß wie es gemacht wird, und das ohne einen Schatten des Verdachts zu erwecken."

Briggs verzog verblüfft sein Gesicht und warf den Kopf zurück:

„Soll das ein Scherz sein?" knurrte er.

„Ganz und gar nicht."

Er schaute Briggs voll ins Gesicht:

„Sag mal, du warst doch Zeuge von Ionas Bühnenstück mit dem Dolch bei unserem Abschied?"

Lance Briggs schüttelte entschieden den Kopf:

„Du irrst dich," bemerkte er barsch.

Lars schaute ihn nachdenklich an:

„Wie du willst."

Nun stand Elblang an der großen Biegung des Yukons. Tief in Gedanken versunken spiegelten sich Erlebnisse der Vergangenheit. Jener Abend am Lagerfeuer erschien lebensnah vor seinen Augen. Ahnungen bestürmten ihn, die seine Stirn in Falten setzte. Erkenntnisse offenbarten sich, die sie wieder glättete. Warum log Briggs so schamlos? Er stand doch neben

ihm, als Iona ihre erstaunliche Fingerfertigkeit mit dem Dolch
vorführte. Sagte er nicht im Flüsterton: „Himmel schütze mich
vor dieser Furie."

„Ha, und nochmal ha. Warum hast du sie aufgesucht? Die
Ursache bleibt ein Geheimnis in Ahnungen gewickelt," mußte
sich Lars gestehen.

Doch Zusammenhänge bestanden, die nur eine Auslegung
zuließ: Seine Braut wurde von keinem anderen als Lance
verleitet Rache an Les Hunt zu nehmen. Gründe waren
vorhanden zu dieser Annahme, vorwiegend wegen Briggs
angeborener Habgier. Er träumte sicherlich mal wieder von
unermeßlichem Reichtum. Aber ein Hemmschuh lag in seinem
Pfad nach El Dorado, nämlich, Les Hunt. Lars kannte Briggs
seit einigen Jahren. Sie rannten sich die Füße wund nach
manchem Schatz am anderen Ende des Regenbogens, der sich
als trügerisch erwies.

Plötzlich fiel es Lars wie Schuppen von den Augen, die
fehlenden Teile des Geduldsspiel ließen sich einreihen, das
Bild nahm Gestalt an. Lars erkannte, daß sich Briggs
verrechnet hatte. In anderen Worten, er beseitigte den
verkehrten Mann, wie es sich heraus stellte. Ausgerüstet mit
Hunts Totenschein klopfte Briggs bei dem Goldkommissar an.

„Sie wünschen"? fragte der Beamte.

„Ich möchte Änderungen im Grundbuch veranlassen."

„Ihr Name?"

„Lance Briggs."

„Name der Mutung?"

„Wolverine, am Lachsfluß."

Der Beamte holte das Hauptbuch, in welchem er blätterte:
„Gut, was wollen Sie ändern?"

„Les Hunts Name von dem Verzeichnis entfernen."

Der Beamte überflog die Eintragungen, hob den Kopf und
wollte etwas sagen. Briggs fiel ihm ins Wort. Gebieterisch wies
er auf den Totenschein und meinte:

„Hunt ist tot. Das Abkommen zwischen uns bestätigt mein
Recht, wohlgemerkt, Alleinrecht, auf die Mutung."

Der Beamte schaute ihn verblüfft an und schüttelte den
Kopf:

„Was Sie verlangen kann nicht geschehen," erklärte er.

„Wie ist das zu verstehen?" entgegnete Briggs nicht gerade höflich.

„Ganz einfach, Les Hunt ist nicht als Miteigentümer verzeichnet, folglich kann sein Name nicht gestrichen werden."

„Verstehe ich recht? " stammelte Briggs.

„Sie tun es. Hier, überzeugen Sie sich selbst."

Mit diesen Worten schob er ihm das Grundbuch zu. Briggs wich wie vor den Kopf geschlagen zurück, als er Elblang nach wie vor als Teilhaber verzeichnet sah.

Er röchelte:

„Das ist doch nicht möglich."

Von bleichem Entsetzen erfaßt stürzte er hinaus. Hörte er die Angestellten kichern? Vielleicht, vielleicht auch nicht.

Jedoch eine laute Stimme höhnte:

„Schade, daß der verkehrte Mann dran glauben mußte."

Diese Anspielung fuhr ihm durch Mark und Bein.

Draußen lief Briggs in Gedanken versunken hin und her; er wußte weder ein noch aus. Doch etwas leuchtete ihm ein: Er befand sich in einer Zwangslage. Ein Gerichtsurteil allein konnte Lars Elblang vom Verzeichnis entfernen. Das jedoch hieß Unheil säen. Es unterlassen bedeutete Unglück ernten.

„Ich tanze auf einem Vulkan, der jeden Augenblick ausbrechen kann," gestand sich der geplagte Mann.

Ein Schneegestöber braute sich über den Bergen zusammen. Leute schauten bedenklich nach allen Seiten, während sie eiligst Unterschlupf suchten. Die Luft roch nach Kälte, die Wolken am Himmel verkündeten Schnee. Handfeste Männer, mit Axt und Säge ausgerüstet, boten ihre Dienste an, Brennholz für den langen, kalten Winter zu liefern. Ihre Angebote wurden kaum beachtet, denn starke Arme und der Wille sich selbst zu versorgen waren heimisch in jener Gegend.

Die Kälte fuhr Briggs durch alle Glieder, Furcht nippte an seinen Fersen. Er fühlte sich beobachtet, von Augen blau wie der Yukon, doch kalt und berechnend. Wilde Gedanken jagten durch seinen Kopf, die Schleusen der Ahnungen öffneten sich schrittweise. Ja, er wußte Bescheid. Lars, sein ehemaliger Gefährte und gegenwärtiger Teilhaber, wohlgemerkt, verhaßter Teilhaber, belauerte ihn sicherlich auf Schritt und Tritt.

Briggs mietete sich ein Zimmer im Hotel Carmack, wo er

das unabwendbare erwartete. Richtig, es dauerte nicht lange, da klopfte es an die Tür.

„Wer ist es?" rief Briggs

„Ich bin's, Lars. Alter Knabe, mach auf."

Lance öffnete schweren Herzens die Tür. Sein ehemaliger Kamerad reichte ihm weder die Hand, noch würdigte er ihn mit einem Gruß. Er kam umgehend zur Sache:

„Na, Judas, um ein Haar hättest du es geschafft," höhnte Lars mit einer Miene die eisige Verachtung bezeugte.

Mit erzwungenem Gleichmut fragte Briggs:

„Was meinst du?"

„Hm, was wohl. Aber laß dir mal etwas sagen."

„Ich höre."

„Du hast das Grundbuch untersucht, wurde mir gesagt."

„Ja, das habe ich," gestand Briggs.

„Den Schreck hast du überlebt, wie ich sehe," bemerkte Elblang mit unverhohlener Schadenfreude.

Briggs nickte:

„Lars, du hast dir etwas eingebrockt, aber du wolltest mir etwas sagen."

„Ich habe meinen Anteil den Herschel Brüdern überwiesen."

Briggs erbleichte.

„Du hast was getan?" ächzte er.

„Du hast mich gehört," erwiderte Elblang.

Kopfschüttelnd meinte Briggs:

„Weißt du nicht, daß die ganze Sippe verrucht ist? Jeder von ihnen ist ein Meuchelmörder."

„Ich weiß es."

„Und trotzdem …"

„Ja, und trotzdem, mit Vergnügen hab ich es getan."

„Aber warum, Lars, sag es mir doch."

Elblang trat auf Briggs zu:

„Hier ist der Grund, kurz gefaßt und unwiderruflich: Les Hunt beseitigen ging noch an, doch Iona ins Jenseits befördern ist unverzeihlich."

„Es war ein Unfall," lenkte Briggs ein.

„Von dir bewerkstelligt," sagte Lars, als er zur Tür ging.

Briggs Gesicht verwandelte sich in eine Fratze des Grauens.

Er schrie hemmungslos:

„Die Herschels sind Meuchelmörder. Jeder Teilhaber eines gemeinsamen Unternehmens verschwand spurlos oder hatte einen tötlichen Unfall."

Elblang verhielt weder seine Schritte, noch wandte er sich um. Eh er das Zimmer verließ sagte er bloß:

„Viel Glück, Alter, du hast es nötig."

Der Steckbrief

*H*einrich Rupert war noch jung, was ihn wahrscheinlich veranlaßte mit Roald Rudin in die Wildnis zu gehen, um ein Staatsgebiet zu vermessen. Gold wurde in den Selkirkbergen entdeckt, inmitten einer endlosen Einsamkeit. Rupert mißfiel der ältere Mann beim ersten Blick. Die Frage warum, wäre unbeantwortet geblieben. Junge Menschen besitzen weitaus mehr Eingebung als Wortklauberei. Wahrscheinlich hätte Heinrich die Achseln gezuckt und durchblicken lassen:

„Was weiß ich denn, außer, daß seine Gegenwart mich durcheinander bringt."

Da jedoch seine Taschen bis zu den Nähten leer waren, sah er sich genötigt mit dem seltsamen Vogel, wie er insgeheim den älteren Mann nannte, trotz seines Unbehagens gemeinsame Sache zu machen.

Nun, was war an Rudin auszusetzen. Allerhand, behauptete Rupert. Der ganze Mann war ihm zuwider, vom ersten Blick an. Rudins ganzes Wesen, von der Miene einer aufgewärmten Leiche bis zum schleichenden Gang, was ihm besonders mißfiel, zeigte sich im verrohten Umgang mit den Lasttieren.

Rudin war ein vorzüglicher Landvermesser, der leider seinen Beruf weniger und weniger ausüben konnte. Der Grund? Unverträglichkeit mit Gehilfen. Was nützen überragende Fähigkeiten, wenn tüchtige Helfer nötig sind um wirksam zu sein, wenn aber solche Mitarbeiter ihn mieden wie der Teufel das Kruzifix?

Die Welt der anerkannten Landvermesser war ziemlich klein in jenen Tagen. Nachrichten, seien es Gerüchte oder Tatsachen, hatten nicht weit zu reisen. Rudins Ruf verbreitete sich in alle Richtungen. Bald haftete nichts Gutes mehr an ihm. Von Neufundland bis kreuz und quer durch Ontario folgten ihm üble Nachreden wie sein eigener Schatten, vor welchen er auf der Flucht war.

Rudin zog westwärts über die weite Ebene Saskatchewans und Manitobas bis zu den Ölfeldern Albertas. Erst als er die brennende Sonne der Prärie im Rücken spürte hielt er an. Zwischendurch verrichtete er Arbeiten in Churchill, Manitoba, um sich über Wasser zu halten. Er sah den nahenden Winter mit Seufzern der Erleichterung entgegen. Ihm behagten weder die aufdringlichen Eisbären noch der heulende Wind über der Tundra. Rudin landete schließlich in Revelstoke. Arbeit, vielmehr Aufträge, schienen dort auf ihn zu warten. Offensichtlich hatten die üblen Nachreden die Prärie noch nicht überquert, geschweige denn das Felsengebirge. Allerdings muß gesagt werden, daß die Bewohner im Westen eine weniger eingezwängte Gesinnung zeigten als die im Osten. Sie bewahrten noch teilweise den Geist Nordamerikas. Sehe und höre, aber vergesse wieder, zwar sofort, hieß es dort.

Verdienste wie auch Löhne waren überraschend hoch jenseits des Felsengebirges. Das eigenbrötlerische Streben der Vorfahren blieb noch zögernd zurück.

Der Goldkommissar zeigte sich hilfsbereit. Er sandte vier junge, bewährte Männer zu Rudin, die für das Unternehmen in Frage kamen. Er wählte Heinrich Rupert, zu seinem späteren Leidwesen. Ihre Ausrüstung und die Packesel wurden samt ihnen bis zu den großen Fällen befördert, einer Stelle halbwegs zwischen Revelstoke und Mica. Von da an ging es ohne fremde Hilfe weiter, ostwärts, bis zu den Schatten des ragenden Argonautgebirges.

Wie erwähnt wurde Gold entdeckt in der entfernten Wildnis, folglich benötigte der Goldkommissar kundige Leute um das Gebiet abzustecken, zwecks Schürfrechten oder möglichem Minenbau. Weder Straßen noch Wege bestanden dort in jenen Tagen. Verwucherte Fußpfade führten bis zu den Ausläufern der Eisfelder.

Von dem Augenblick an wo Rudin und Rupert den verwachsenen Fußweg betraten, allein nun mit ihren Lasttieren, begann Heinrichs Unmut anzuwachsen, welchen der junge Mann versuchte im Zaun zu halten. Es fiel dem zutraulichen, geselligen Burschen nicht leicht sein Mißfallen zu verbergen. Rudins abstoßender Überdruß machte ihm zu schaffen. Er bereute seinen Entschluß mit ihm in der Wildnis zu arbeiten. Gewiß fand er seinen Chef schon beim ersten Anblick unangenehm, aber inmitten von Menschen störte ihn das kaum. Doch jetzt, allein mit ihm in der großen Einsamkeit, verstärkte sich seine Abneigung gegen das widerwärtige Wesen seines Vorgesetzten.

Heinrich Rupert konnte man weder beschränkt noch bösartig nennen, aber von Haus aus voreingenommen schon. Mehr als einmal ergriff ihn die Reue des Sünders, was ihn veranlaßte geneigter gegen Rudin zu sein. Doch es gelang ihm nicht. Ein Blick auf ihn genügte um ihn abzuschrecken.

Rudin ahnte was seinen Gehilfen bewegte; er nahm Anstoß an seinem Aussehen, weiter nichts.

Der erste Streit ließ nicht lange auf sich warten, er fand am dritten Abend statt. Rudin kochte schon den ganzen Tag vor Wut. Gründe dafür wären schwierig zu finden gewesen. Rupert, sein Helfer, benahm sich musterhaft; dem Anschein nach, mutmaßte Rudin. Die Wirklichkeit trug ein anderes Mäntelchen. Ein Mensch, von Argwohn heimgesucht, sieht und fühlt was andere nicht merken. Gewiß benahm sich der junge Heinrich vorbildlich, doch es täuschte Rudin keinen Augenblick. Der Widerwille seines Gehilfen gegen ihn sickerte aus allen Poren. Ein Ausbruch des Zorns schien unvermeidlich.

Er kam wie ein Unwetter aus heiterem Himmel. Zugegeben, Rupert stellte sich manchmal recht ungeschickt an und behandelte Geräte mit mangelnder Sorgfalt. Doch tat das weinig zur Sache, denn Rudin hätte alles an ihm bemängelt. Die Art wie sich Rupert bewegte mißfiel seinem Chef genauso, wie seine Gewohnheit die Eisfelder zu betrachten.

Nachdem ein Platz für das Nachtlager gefunden wurde, begannen beide die Zelte aufzuschlagen. Dabei rutschte ein Sack mit Decken aus Ruperts Händen. Rudin fuhr hoch als hätte man ihn angegriffen:

„Ich bitte um mehr Umsicht," schrie er Rupert an, der spöttisch entgegnete:

„Nichts zu befürchten, Herr Kollege, der Sack enthält doch keine zerbrechliche Sachen."

„Zerbrechlich oder nicht, ich verbiete Ihnen mein Eigentum rücksichtslos zu behandeln."

Dann fügte er hinzu:

„Da wir schon dabei sind, habe ich noch mehr zu sagen."

„Oh, was denn?"

„Sie gehen mir auf die Nerven. Ich habe gute Lust Ihnen den Laufpaß zu geben."

Natürlich war das mehr Bravade als Entschluß. In der Wildnis herrschen andere Regeln als in artigen Verhältnissen. Unumstößliche Lehren der Wildnis müssen beachtet werden. Hader mit sich oder anderen ist ein unerbittlicher Feind. Raold Rudin wußte es, doch seinen gewohnten Unmut verbergen oder bändigen war ihm nicht vergönnt. Seine Drohung schlug Rupert in den Wind:

„Ach, wirklich, Herr Kollege? Sie schicken mich wie einen Schulbuben heim? Versprechen Sie nicht ein bißchen viel?"

Rudin reckte sich:

„Die Macht ist mein," verkündete er laut und deutlich.

„Schon, schon, aber wie steht's mit der Kraft?" wollte Rupert wissen, wonach er hinzufügte:

„Noch ein Wort davon und Sie landen mitten im Fluß."

Das war keine Prahlerei. Der junge Mann besaß nicht bloß eine erstaunliche Körperkraft, sondern auch Mut und Entschlossenheit. Natürlich nahm die Feindschaft ihren Lauf, obschon beide mit Gesten und Worten versuchten den Pfad zur Verträglichkeit zu ebnen. Vorübergehend dachte Rudin daran das Unternehmen zu beenden. Doch nach kurzer Überlegung beschloß er anderweitig.

Rupert, dessen Notlage ihm bekannt war, Schaden zufügen, verlockte ihn freilich, aber bei dem Gedanken an seine eigenen Folgen, nahm er Abstand davon. Ja, es käme einem Pyrrhussieg gleich.

Rupert ahnte die Absichten seines Chefs, ebenso seinen Wankelmut. Er nahm sich vor verträglicher zu sein. Immerhin bedeutete ihm diese Arbeit mehr als man sich vorstellen konnte. Er war nicht nur mittellos, sondern auch ratlos was er tun sollte. Menschliche Gesellschaft fand der junge Mensch erdrückend; in ihrer Mitte hauste ein Gespenst der Vergangenheit. Hier, westlich des Felsengebirges, entfernt von gnadenlosen

Schnüfflern und Eiferern, fühlte sich Rupert einigermaßen geborgen. Sein Selbstbewußtsein erhielt den langersehnten Aufschwung; er stieß einen Seufzer der Erleichterung aus.

Zwei Tage später erreichten sie das Lager welches im Schatten der Argonaut Eisfelder stand, dicht am Rande des Goldstroms. Wie erwähnt gab sich Heinrich Mühe seinen Chef nicht vor den Kopf zu stoßen, doch es erwies sich als nutzlos. Rudin hüllte sich in eine Wolke der Feindseligkeit, welche dem freimütigen Rupert die Lust zur Arbeit raubte. Aber trotz der düsteren Stimmung und des angespannten Verhältnises, ging die Arbeit voran; bis ein Unglück geschah. Rupert fiel in eine Schlucht, wobei er sich schwer verletzte.

Als Rudin die verzweifelten Schreie seines Gehilfen hörte, entfuhr ihm unwillkürlich ein Seufzer der Erleichterung. Eine freudige Empfindung wallte in ihm auf. Er zögerte und wartete. Was sollte er tun? Ein Drang sich eiligst zu entfernen, wenigstens bis außer Hörweite, überwältigte ihn schier. Doch sein verwurzeltes Pflichtbewußtsein hielt ihn zurück. Er suchte nach einer geeigneten Stelle um zum stöhnenden Rupert zu gelangen, welchen er mühselig ins Lager schleppte. Dort legte er ihn auf sein Bettgestell. Als er nach einer flüchtigen Untersuchung keine Wunden entdeckte, huschten Schatten der Enttäuschung über sein Gesicht.

„Haben Sie Schmerzen, Heinrich?" fragte er lauernd.

„Schreckliche, ich bin sicher, daß alle Knochen in meinem Leib gebrochen oder angeknackst sind," jammerte er.

Sein Chef sagte kein Wort, er schaute nur nachdenklich um sich. Heinrich, arglos von Natur, überfiel ein nagendes Mißtrauen als er den Mann am Fenster verstohlen betrachtete. Ein Gedanke nach dem anderen fuhr ihm durch den Kopf; er ahnte nichts Gutes.

„Sie müssen mich nach Revelstoke zu einem Arzt bringen," meinte er ächzend.

„Ja, ja," bemerkte Rudin mit wenig Überzeugung.

„Laßt uns aufbrechen," drängte Rupert.

„Hm, hm," murrte der Chef, während er die Hütte verließ.

Von Gefühlen ergriffen, welche er nicht so recht deuten konnte, wanderte Rudin stromaufwärts, so weit bis er außer Sichtweite des Lagers war. In Gedanken versunken blieb er stehen. Eine innere Stimme, überzeugend wie selten zuvor, flüsterte leise, dann lauter und lauter:

„Raold, hier ist deine Gelegenheit dem Störenfried mit gleicher Münze heimzuzahlen."

„Nimm sie wahr," wisperte ein Kobold in das eine Ohr.

„Laß ihn sterben," pisperte ein Teufelchen ins andere.

Rudin erschrack über solche Gedanken. Er versuchte diese Anspielungen zu unterdrücken. Schließlich hielt er sich für einen anständigen Mann, verwirrt im Augenblick, aber nicht bösartig. Die Schuld an seinen anhaltenden Schwierigkeiten schrieb er anderen zu.

Im Lager, wo Heinrich ums liebe Leben jammerte, roch es nach Tod und Verderben. Er brauchte dringend ärztliche Hilfe, die er nur durch Rudin erhalten konnte. Die Abwesenheit Rudins machte ihm Gedanken. Er schien keine Neigung zu zeigen ihm zu helfen.

Heinrich Rupert begann seine Lage zu verstehen. Sie war bedenklich und wurde von Stunde zu Stunde bedenklicher. Bestürzende Gedanken fuhren ihm durch den Kopf. Warum zögerte Rudin? Was bedeutete sein verstecktes Benehmen? Er ließ sich zuweilen blicken, betrachtete ihn lauernd, wonach er wortlos wieder verschwand. Auf Ruperts Fragen erfolgte keine Antwort.

Rudins Verhalten erweckte eine böse Ahnung in Rupert, die er versuchte tapfer zu unterdrücken; doch nur für eine Weile. Eine schreckliche Erkenntnis raubte ihm fast jegliche Hoffnung, die sich zur Verzweiflung steigerte: Raold Rudin wartete auf seinen Tod.

Zum Glück trat eine Änderung ein. Draußen wurde es lebendig. Rudin rührte sich. Den Geräuschen nach zu urteilen machte er sich zur Rückreise bereit. Ein Stein fiel ihm vom Herzen, die entweichende Hoffnung kehrte zurück. Doch Rudins merkwürdiges Verhalten machte ihn weiterhin unruhig.

Als Rupert am nächsten Morgen schleichende Schritte vernahm, horchte er auf; etwas lag in der Luft. Er schmunzelte, die gestellte Falle stand im Begriff zuzuschnappen. Gier, der treibende Dorn, wird abermals gute Dienste leisten, dachte Rupert.

So verhielt es sich. Rudin, ein verweichlichter Mensch,

gehorchte dem Drang eines Hundes, der seinen Kot verscharrt, um Unflat zu verbergen. Er hatte vor die Hütte abzubrennen, aber zuvor wollte er sich nochmals am Elend seines Gehilfen ergötzen. Er öffnete die Tür verstohlen und schaute sich vorsichtig um. Rupert schien ohnmächtig zu sein, was ihn seltsamerweise beruhigte. Dann geschah etwas schicksalhaftes. Er wollte eben die Hütte verlassen, um sein Vorhaben auszuführen, als ein unordentlicher Papierhaufen am Boden neben Rudins Bett, seine Aufmerksamkeit erweckte. Offensichtlicht hatte Rupert nach etwas gesucht. Neugier war schon immer Rudins Plage, sie hatte ihn schon oft in Schwierigkeiten gebracht. Als er näher trat, vielmehr schlich, fiel ihm etwas ins Auge. Zu seiner Überraschung entdeckte er halb verdeckt einen Steckbrief, welcher seinen Gehilfen beschrieb. Alles stimmte; Gestalt, Name, Alter, Aussehen, ebenso Herkunft. Es bestand kein Zweifel, der Steckbrief beschrieb seinen Gehilfen. Er war es der gesucht wurde. Das Bild beseitigte jeden Zweifel.

Mit zitternden Händen nahm er den Steckbrief an sich und schlich aus der Hütte. Fünfzehntausend Dollar Belohnung wurde angeboten für Auskunft die zur Festnahme Ruperts führte. Das änderte natürlich die Lage. Rudin kicherte: „Bei allen Heiligen, ich kann mehr als das tun, nämlich, den Missetäter auf einem Tablett hinreichen. Ha, ha, ha, welch eine Gelegenheit zwei Vögel mit einem Stein zu treffen. Den widerwärtigen Kerl zu strafen und obendrein fünfzehntausend Dollar als Belohnung erhalten. Mexiko, du bist kein Luftschloß mehr."

Rudin konnte es kaum glauben, daß seine Pechsträhne zu Ende ging. Fünfzehntausend würden ihn jahrelang über Wasser halten, in einem warmen, freundlichen Land. Mit federnden Schritten ging er zur Hütte zurück.

„Aufgewacht Heinrich, Ihr Frühstück ist unterwegs," rief er."

„Ich werde es eigenhändig zubereiten. Los, los, mein Junge, das Krankenhaus wartet," setzte er hinzu.

Rudins Erregung trübte seine Fähigkeit wahrzunehmen. Er sah weder Ruperts verschmitztes Lächeln, noch hörte er sein unterdrücktes kichern.

Nach dem Frühstück ging Rudin an die Arbeit. Heinrich Rupert fühlte sich nie so umsorgt seit er lernte seine Nase zu wischen. Der Chef fertigte eine Art Schlitten an, der von einem Maulesel gezogen wurde. Damit die holperige Reise glimpflich verliefe, polsterte Rudin den Schlitten mit Decken und Schlafsäcken.

Nachdem er Rupert im Krankenhaus abgeliefert hatte, eilte Rudin hinüber zum Polizeigebäude. Mit heller Begeisterung zeigte er dem diensthabenden Polizist den Steckbrief. Wachtmeister Kerry warf nur einen kurzen Blick darauf. Er wollte eben etwas sagen, als Rudin ihm zuvorkam. Mit einer Miene die von Wichtigkeit triefte verkündete er:

„Diesen Kerl habe ich eben ins Krankenhaus gebracht, er muß unverzüglich festgenommen werden."

Der Wachtmeister warf erwägende Blicke vom Steckbrief zu Rudin, der ungeduldig von einem Fuß auf den anderen trat.

„Ich empfehle Vorsicht, der Bursche ist tückisch und trotz seiner schweren Verletzung besitzt er noch herkulische Kräfte, ganz zu schweigen von dem Willen sie anzuwenden."

Wachtmeister Kerry blieb ungerührt. Er nahm einen Fragebogen zur Hand, glättete ihn und begann Fragen zu stellen.

„Ihr Name, bitte."

Rudin zuckte zusammen

„Raold Rudin. Aber…aber…"

„Was geschah?" fragte der Polizist.

Rudin reckte sich:

„Was soll das?" fragte er unwillig. „Wird Rupert nicht verhaftet?"

„Keineswegs," wurde Rudin belehrt, wonach er grinsend hinzufügte:

„Keine Festnahme, somit auch keine Belohnung."

Rudin schaute den Wachtmeister entgeistert an:

„Keine Festnahme, keine Belohnung?" wiederholte er.

„Sie hörten richtig. Nun zu dem Bericht."

Wie vor den Kopf geschlagen sah Rudin den Beamten an.

Er stammelte:

„Ich verstehe Sie nicht, Herr Wachtmeister."

Kerry faßte Rudin näher ins Auge. Falten traten auf seine Stirn, seine Lippen schürzten sich verächtlich. Mit strenger Miene fragte er:

„Wo fanden Sie den Steckbrief?"

Rudin paßte diese Fragerei garnicht. Statt mit Dank überhäuft zu werden, wurde er mit Verdacht traktiert. Kaum hatte er diese Kränkung verdaut, schon folgte eine niederschmetternde Nachricht. Wachtmeister Kerry fühlte Unrat. Dem Mann stand Lug im Gesicht geschrieben und Trug leuchtete auf seiner Stirn. Er war ihm höchst unangenehm. Drum verkündete er mit wahrer Genugtuung:

„Der Mann im Krankenhaus wird nicht gesucht."

Rudin begehrte auf:

„Ist das nicht sein Bild?" wetterte er während er darauf mit der Faust pochte.

„Nein, es ist sein Zwillingsbruder, der in Toronto im Gefängnis sitzt."

Rudin starrte den Wachtmeister entgeistert an, er war zu bestürzt um etwas zu sagen. Allmählich ging ihm ein Licht auf: Er wurde überlistet.

Das Gelübde

Der Reiz Britisch Kolumbiens ist sagenhaft. Gerüchte verbreiten allerhand. Sie behaupten, daß Männer und Frauen gewillt sind auf Händen und Füßen zu kriechen um einmal wieder die Sicht vor Augen zu kriegen, welche keine Feder beschreiben kann. Viele Auswanderer würden alles geben für die Gelegenheit mal wieder am Strand des Pazifischen Ozeans zu wandern und den Wind auf der Haut zu spüren, der mannshohe Wogen ans Ufer treibt, die sich dann schäumend brechen.

Derek DeWitt und Edgar Moider, zwei von drei Wanderern auf dem Weg zu den hängenden Eisfeldern, trafen sich jährlich in jener wildeinsamen Gegend, wo Bären umherstreifen und Adler hoch in den Lüften kreisen.

Claude Carrol, der dritte Mann, schloß sich ihnen in Radium an. DeWitt und Moider, von angelsächsischer Herkunft, benahmen sich steif wie bei einem Bühnenauftritt. Sie waren bestrebt Männlichkeit auszuströmen, wie es sich für Pfundskerle geziemt. Beide lernten schon frühzeitig, inmitten einer Gesellschaft von Frauen beherrscht, wie sich ein Durchschnittskanadier benimmt.

Claude Carrol war aus anderem Holz geschnitzt. Er fürchtete weder Frauen, noch litt er an Gefühlen von Minderwertigkeit in ihrer Gegenwart. Sein sprühendes Wesen, ebenso die ungekünstelte Gesinnung, zog seine Begleiter einerseits an, doch stieß sie anderseits ab. Wie viele ihresgleichen lernten sie schon in ihrer Kindheit, daß nur Groll und Vernichtungswut manneswürdig sei. Claude Carrol rümpfte seine Nase über solche Faseleien, noch mehr aber über die Heuchelei der 'Anderen', welche er nachsichtig, doch mit einem guten Maß Mißfallen betrachtete. Er zuckte lediglich mit den Achseln und sagte sich:

„Warum sich den Tag verderben mit unabwendbaren
Dingen? Vergnüg dich und bleib dir selber treu."
    In der Tat war die Gegend eine Augenweide. Nicht ein
Wölkchen trübte den Himmel, kein Hauch bewegte die
welkenden Blätter. Schnee bedeckte die Gipfel der Berge, eine
heimelige Wehmut lag auf dem Land, welche den Wanderern
Ehrfurcht einflößte, die gegensätzliche Regungen in ihnen
erweckte.
    Die große Einsamkeit, verbunden mit der unheimlichen
Stille, lastete schwer auf DeWitt und Moider. Beide machten
den Eindruck als wären sie auf dem Weg zu ihrem eigenen
Begräbnis. Im Gegensatz zu Claude Carrol, der seine
Begeisterung nur mit Mühe verbergen konnte. Am liebsten
hätte er an jeder Lichtung angehalten, doch seine Gefährten
sträubten sich dagegen. Ungeduld saß ihnen im Nacken, Hast
nippte an ihren Fersen. Sie wollten noch vor Einbruch der
Dunkelheit ihr Ziel erreichen.
    DeWitt nahm Anstoß an Carrols Gefühlsausbrüchen, er
versuchte ihm einen Dämpfer aufzusetzen. Von einem
Hintergedanken beseelt schaute DeWitt auf Carrol:
    „Na, Claude, wie gefällt Ihnen unsere Provinz?"
    Carrol pfiff anerkennend durch die Zähne:
    „Es fehlen mir die Worte zu beschreiben was ich
sehe," gestand er.
    Moider zwinkerte seinem Freund zu:
    „Mal ehrlich, werter Freund, habt ihr bei euch so was
ähnliches aufzuweisen?"
    „Nein, das haben wir nicht," gestand Carrol, wonach er sich
erkundigte:
    „Waren die Herren schon mal in Quebec?"
    Die Freunde verzogen ihre Gesichter, als mute man ihnen
etwas ungebührliches zu. Moider schaute auf DeWitt, der ihm
mit einem Auge zuzwinkerte, was ihn ermunterte den
vermutlichen Jux weiter zu treiben:
    „Wie konnten wir denn, schließlich ist Quebec ein fremdes
Land," beteuerte er mit einem Blick auf DeWitt.
    Carrol kicherte anerkennend, er liebte Sticheleien, ob bös
oder gutwillig. Sie schärften seine Schlagfertigkeit, welche ihm
seine Vorfahren vermachten. Treffende Entgegnungen waren

ihm wie auf den Leib geschrieben; er schüttelte sie sozusagen aus dem Ärmel. Er brach in ein schallendes Gelächter aus: „Ha, ha, ha, und nochmals ha, ha, ha, ich komme aus dem staunen nicht heraus."

DeWitt und Moider schauten sich verblüfft an: „Warum?" entfuhr es beiden wie aus einem Mund.

„Weil ich aus sicherer Quelle erfuhr, daß Humor in euren Kreisen selten vorkommt, weil er hoch versteuert wird. Ha, ihr macht lange Gesichter, ich habe doch nicht etwa einen wunden Punkt berührt?"

Das hatte er schon, nach den verdrossenen Mienen seiner Begleiter zu urteilen. Aber sie machten gute Miene zum bösen Spiel des Quebecers, der sie bemitleidete, wegen der schweren Last die sie auf ihren hängenden Schultern durchs Leben schleppten. Sie versuchen emsig nette Kerle zu sein, doch setzen sie ihren Gefühlen Schranken, welche sie demütigen und andere abschrecken. Ihr einstudiertes Geltungsbedürfnis, von Vorurteilen genährt, machte Carrol lärmiger als sonst. Sie waren offensichtlich anständige Männer, mutmaßte er, doch ein aufgestauter Zorn, infolge unterdrückten Gefühlen, machte sie unsicher; somit streitlustig und flegelhaft.

Um die Wahrheit zu gestehen, Carrol fühlte sich unbehaglich. Die Ursache? Weder die Einsamkeit noch die umliegenden Gefahren störten ihn, ganz zu schweigen von der Stille, welche ihn eher belebte als bedrückte. Nun, was beunruhigte ihn? Die Gegenwart seiner Begleiter, vielmehr ihre kaum verhohlene Reizbarkeit. Doch diese Beklommenheit dämpfte seinen Überschwang nicht. Er witzelte ungezwungen und sang zuweilen neckische Lieder aus voller Kehle.

Eigentlich fanden DeWitt und Moider Gefallen an dem Quebecer. Seine drollige Aussprache, die Geschichten aus dem Stegreif, freilich etwas wunderlich, fanden sie unterhaltsam. Was ihnen jedoch am meisten gefiel, war sein lenkbares Wesen. Man fühlte sich erhaben im Umgang mit ihm.

Die Sonne war schon hinter den Bergen verschwunden als sie ihr Ziel erreichten, die Luft wurde merklich kühl. Eine Erregung erfaßte die Männer, sie wurden tätig. Im Nu hatte jeder eine Axt in der Hand, welche sie herzhaft schwangen. Die Stille wurde vom Schall der wuchtigen Hiebe unterbrochen, welche allerdings nur von einer Seite herrührten. Drei Männer waren an der Arbeit, doch nur einer kam vorwärts, die anderen zwei schienen in eine Balgerei verwickelt zu sein.

Carrol schwang die Axt wie ein Sohn der Wälder. Bei jedem wohlgezielten Hieb stieß er ein hallendes 'ham' aus. Während sich die Schneide bis ins Herz des Holzes grub, neckte er mit strahlendem Gesicht:

„Ha, ha, die Anglos kitzeln das Holz? Ho, ho, ho, tut ihm nicht weh."

DeWitt und Moider nahmen die Fopperei gut gelaunt hin, denn sie bewunderten Carrols Kraft und Begeisterung. Eine Mühsal für sie war offensichtlich Spaß für ihn.

Bald loderte ein Feuer im Zwielicht inmitten ragender Berge. Es war höchste Zeit die Zelte aufzustellen.

Nach einem reichlichen Mahl begann man zu plaudern, vielmehr horchten DeWitt und Moider zu wie Carrol erzählte. Obwohl seine Schilderungen sich wie Münchhausiaden anhörten, ergriff sie eine eigenartige Stimmung, nämlich, ein innerer Friede selten gespürt. Gedanken bedrängten sie, welche bisher die Schwelle ihrer Vorstellungen nicht übertraten. Sie kamen sich vor wie auf einer Reise ins Ungewisse; erregend, doch gleichzeitig erschreckend. Ihr Grundsatz, stets auf der Hut zu sein, geriet arg ins wanken. Sie gerieten in Versuchung den Korken aus der Flasche der angestauten Gefühle zu ziehen, doch sie widerstanden dem Drang.

Trotzdem wanderten sie allmählich in einen selten empfundenen Gemütszustand, welcher Vorbehalte langsam verschwinden ließ. Eine wohltuende Entspannung setzte ein, die Brücken über Klüften schlug, welche bisher undenkbar waren. Eine prickelnde Empfindung beschlich sie, welche ihnen unerklärlich war. Umringt von geisterhaften Schatten der Nacht, erwärmt vom flackernden Feuer, erzeugte eine Zufriedenheit mit sich und der Welt.

DeWitt unterbrach das wohlige Schweigen:

„Sie erwähnten, daß sie ein Buschpilot sind."

„Ja, mein Freund, das bin ich."

„Erleben Sie nicht zuweilen haarsträubende Abenteuer?"

„Das kann man schon sagen."

„Erzählen Sie uns doch mal davon," bat DeWitt.

Carrol machte ein bedenkliches Gesicht. Er betrachtete seine Gefährten forschend. Worte schienen ihm zu fehlen, doch seine Miene besagte: "Ich bin sicher ihr glaubt es mir nicht. Na, ich versuch's." Er zeigte auf eine Narbe in seinem Gesicht und meinte:

„Seht ihr diese häßlichen Striemen?"

Als beide nickten fuhr er fort:

„Sie werden mich stets an ein sonderbares Erlebnis erinnern. Wollt ihr davon hören?"

„Aber sicher," kam eine Antwort wie aus einem Mund.

Eh Carrol die erstaunliche Schilderung begann, räusperte er sich einige Male:

„Wie erwähnt, ich bin Buschpilot. Was wir manchmal erleben ist erstaunlich. Selten haben wir vorgeschriebene Flugstrecken. Wir sind bekannt als die Zunft des Nordens; unbändig aber ehrenhaft. Mein Bereich ist Labrador und Nunavik. Ich flog über Gebiete und landete auf Plätzen die kein Vergrößerungsglas auf einer Landkarte finden kann. Die Gegend, Neu-Quebec genannt, erstreckt sich von der Hudson Bucht westlich bis zur einer Wasserscheide ostwärts, der Grenze zwischen Labrador und Quebec."

„Ist diese Grenze nicht umstritten?" fragte Moider.

„Mag schon sein, doch wenn man mit heulenden Winden und sichtraubenden Schneegestöbern kämpft, ganz zu schweigen von blutsaugenden Insektenschwärmen, verliert man den Geschmack für Politik. Nun zurück zu meinem Erlebnis:

„Eines Morgens stieg ich in Shefferville mit meiner kleinen Maschine auf. Mit einem Lied auf den Lippen richtete ich die Nase des Flugzeugs nordwärts, in Richtung Fort Chimo, am Koksoak. Es ist eine Entfernung von rund zweihundertfünfzig Kilometern. Es war ein klarer, frostiger Tag, der einem die Freude am Leben steigert. Freilich lag das Land nördlich von Shefferville noch unter Eis und Schnee. Jedoch das trübte meinen Frohsinn nicht im geringsten. Die Sonne klettert schon hoch um diese Jahreszeit in jener Gegend. Ihre freundlichen Strahlen erwärmten und ermunterten mich. Ich sang und pfiff Lieder aus meiner Kindheit. Ja, ein regelrechter Übermut trieb sein Unwesen mit mir."

„Übermut, Unwesen?" wiederholte Moider forschend.

Carrol betrachtete ihn einen Augenblick, eh er sprach:

„Ja, mein ausgelassener Jubel lenkte mich vom Wetter ab."

DeWitt fiel ein:

„Ich verstehe Sie nicht ganz."

„Die Siedlung Fort Chimo verschwand plötzlich vor meinen Augen. Schön und gut, das war nicht das Schlimmste."

Als Carrol die fragenden Blicke seiner Zuhörer sah, erklärte er:

„Fort Chimo, mein angesteuertes Ziel, mußte somit außer Acht gelassen werden. Doch eh ich mich entschloß umzukehren, fuhr mir ein Schreck durch alle Glieder."

DeWitt und Moider horchten auf, während Carrol seine Erzählung fortsetzte:

„Von der Hudson Bucht näherte sich eine geballte Wolkenmasse. Ich kannte das Zeichen gut. Piloten nennen es Verhängnis des Nordens."

„Sie gerieten in einen Sturm," mutmaßte Moider.

„Das kann man wohl sagen. Der unheilvolle Dunstwall schob sich auf mich zu. Ein unbehaglicher Gedanke schoß mir durch den Kopf:

„Alter, jetzt kriegst du deinen Lohn."

„Was meinen Sie?" wandte DeWitt ein.

„Die Strafe für meine Unachtsamkeit kam fauchend näher. Wie erwartet nahm der Wind zu, von Bö zu Bö sammelte er Wut und Wucht. Meine kleine Maschine wurde wie ein Nachen auf dem tobenden Meer umher geschleudert. Dann kam der Schnee. Im Handumdrehen umwirbelten mich dichte Flocken, die mir jegliche Sicht raubten. Es bestand nur eine Möglichkeit, runter und landen."

Zu Moider und DeWitt gewandt fragte er:

„Ihr kennt gewiß das erste Gebot eines bedrängten Piloten?"

Beide schüttelten den Kopf.

„Wenn in Not, neige die Nase des Flugzeugs, sag ein Stoßgebet und runter geht's ins Ungewisse; in anderen Worten, lande auf dem ersten freien Fleck den du siehst."

„Sie befolgten den Rat?"

„Buchstäblich. Auf dem Weg zum sicheren Unglück, wenn nicht Tod, entdeckte ich eine windgepeitschte Stelle auf dem

Koksaok, die mir günstig schien. Da ich mehr oder minder ins Auge des Sturmes tauchte, verlief der Anflug ziemlich glimpflich, im Gegensatz zur Landung."

„Sie erwies sich als schwierig?" mutmaßte Moider.

„Schlimmer als schwierig," gestand Carrol.

„Oh, was geschah?" fragte DeWitt.

Carrol seufzte:

„Ich stieß auf einige Unebenheiten, auf hart gefrorene Schneehügelchen, die mich und mein Flugzeug arg zurichteten."

„So erhielten Sie die Kopfwunde, nicht wahr?"

„Ich denke schon. Viel weiß ich nicht, denn beim zweiten Aufprall verlor ich das Bewußtsein, aus dem mich eine klirrende Kälte erlöste. Die ganze Gegend lag nun in tiefer Finsternis. Meine Versuche mich zu erheben mißlangen einer wie der andere. Mir war zumute als hätte mich eine Straßenwalze überfahren, und das mehr als einmal.

„Inzwischen tobte draußen ein ausgereifter Blizzard, drinnen stöhnte ein verzweifelter Pilot, der alle Heiligen um Beistand anflehte. Jeder Knochen in meinem Leib schien angeknackt oder gebrochen zu sein. Kein Zweifel, ich steckte bis zum Nacken in einer zugeschnappten Falle; doch ich überlebte es."

„Wie es scheint," bemerkte DeWitt.

Carrol musterte ihn mit sichtlichem Wohlgefallen. Witzbolde waren ihm lieb. Er räusperte sich und fuhr dann fort:

„Obwohl ich schier gelähmt auf dem Rücken lag, konnte ich doch mit etwas Mühe den Mundvorrat wie auch warme Decken erreichen. Sie retteten mir das Leben. Zu meinem Verdruß stellte ich fest, daß mein Funkgerät nicht arbeitete; in anderen Worten, ich mußte mich auf die Launen des Schicksals verlassen."

Carrol schwieg einen Augenblick, wonach ein schelmisches Lächeln sein Gesicht erhellte:

„Das Glück war mir abermals wohlgesinnt. Wie man auf der Tundra sagt: „Einem Mann mit Mumm in den Knochen und Schwung im Leib schürzt Fortuna gern den Rock. Nun, sie tat es, in meinem Fall bis übers Knie."

„Ah, Sie Glückspilz," lobte DeWitt lächelnd.

Carrol nickte, wonach er seine Erzählung fortsetzte:

„Am nächsten Morgen ließ der Sturm nach. In der Tat, eine Windstille trat ein. Es dauerte nichte lange, da hörte ich Schritte und gedämpfte Stimmen, die sich meinem Wrack näherten. Bald rüttelte und zerrte jemand an der Tür. Den Stimmen nach zu urteilen war es ein Mann und eine Frau. Ich meldete mich drinnen, man antwortete mir auf französisch. Um es kurz zu machen, meine Notlage nahm ein jähes Ende. Im Nu lag ich bis zu den Ohren eingemummt auf einem Schlitten, welchen meine Retter zu einem nahgelegenen Haus zogen. Kaum lag ich geborgen im Bett, als man sich vorstellte:

„ 'Ich bin Professor Karl Zinner, das ist meine Frau Klara.'

„Beide schienen in den sechziger Jahren zu sein, doch ihr Verhalten ließ sie jünger erscheinen. Habe ich schon erwähnt, daß mir das Glück stets wie mein eigener Schatten folgt?"

„Ja, das haben Sie," wurde ihm geantwortet.

„Nun, ich befand mich in guten Händen. Der Doktor und seine Frau nahmen mich unverzüglich unter ihre Fittiche. Er war ein Professor der Medizin, sie schien mir eine ergebene Gattin und Gehilfin zu sein. Beide sprachen fließend Französisch, allerdings mit einer deutschen Aussprache, welche die Schönheit des französischen hervorhob. Wie gesagt, ich fühlte mich geborgen."

Als Carrol verstummte und besinnlich ins Feuer schaute, meldete sich DeWitt:

„Ist es das Ende ihrer Erzählung?" fragte er enttäuscht.

„Aber, wo denken Sie hin, es ist erst der Anfang. Was folgte werde ich nie vergessen."

Carrol gab sich einen Ruck:

„Ich muß gestehen, die zwei umwittere ein dunkles Geheimnis, das mich beängstigte. Bald hatte ich nur einen Wunsch…"

Moider unterbrach ihn:

„Sich zu entfernen?"

Carrol nickte.

„Mißversteht mich nicht. Beide waren kultiviert, wohl belesen, fließend in drei Sprachen und edel gesinnt. Ich dankte meinem Schutzengel auf Knien für seine wohlgemeinte Fügung, freilich bildlich gemeint, denn ich fühlte mich wie gerädert um es zu tun. Doch später war sie mir unerwünscht."

„Was änderte Ihre Meinung?" fragte Moider.

Carrol schien unschlüssig zu sein was er antworten sollte. „Wir erreichten ein Haus auf einem Hügel, wo ich in einem angenehmen Zimmer untergebracht wurde. Der Doktor gab mir ein Beruhigungsmittel, das mich in einen Halbschlaf versetzte. Ich spürte kaum die besänftigenden Hände des Professors, der meinen Körper abtastete. Eine wohlige Müdigkeit überfiel mich, dann folgte ein erlösender Schlaf.

„Als ich aufwachte ergriff mich ein beklemmendes Gefühl beobachtet zu werden. Nachdem ich mit heller Gewalt meine Augen öffnete, sah ich eine Gestalt aus dem Zimmer huschen. Trotz meinem schlaftrunkenen Zustand, ungeachtet der Tatsache, daß ich die Gestalt bloß von hinten sah, obendrein nur flüchtig, hätte ich schwören können, daß es Frau Zinner war."

Moider scherzte:

„Sie hatte sicher Ihre Schönheit bewundert."

„Sonst noch was. Ich war sicher häßlicher als der verschleierte Philosoph, mit meinem zerschundenen Gesicht. Keine Frau, jung wie alt, hätte mir einen zweiten Blick zugeworfen, geschweige denn mich schmachtend betrachtet."

„Wahrscheinlich erweckte Ihr Zustand Frau Zinners Mitleid," meinte DeWitt.

„Warum flüchtete sie dann als ich die Augen aufschlug?"

Moider, wie auch DeWitt, ahnten, daß Carrol in eine kitzelige Sache verwickelt war. Claude seufzte:

„Ich muß gestehen, Frau Zinners peinliche Aufmerksamkeit berührte mich höchst unangenehm. Bald zögerte ich meinen Kopf in ihrer Gegenwart zu heben. Doch zuweilen überkam ich meine Bedenken und warf einen verstohlenen Blick auf die rätselhafte Frau, die mich oft heimlich betrachtete.

„Was wollte Frau Zinner von mir? Warum ließ sie mich nicht aus den Augen? Vorstellungen schwirrten durch meinen Kopf, unwürdige Gedanken beunruhigten mich. Dann traf mich plötzlich eine Eingebung: Frau Zinner quälte ein Leid das sie teilen wollte, wahrscheinlich mußte. Wohlgemerkt, das alles trug sich vor zehn Jahren zu, als ich noch ein junger Mann war; großspurig und eitel wie ein Pfau, folglich leicht zu täuschen." „Was soll das heißen?" wollte Moider wissen.

„Ich sah weder Frau Zinners verstecktes lächeln noch des Professors wohlgefälliges grinsen. Ohne Zweifel, Doktor Zinner verstand sein Gewerbe. Zwar behandelte er seinen Patienten, also mich, mit wenig Feingefühl, doch er brachte mich schnell wieder auf die Beine. Nun, mir war es recht, denn ich hegte den Wunsch das Haus so bald wie möglich zu verlassen."

DeWitt schaute auf, er machte eine erstaunte Miene:

„Claude, ich muß schon gestehen, Sie verblüffen mich," meinte er kopfschüttelnd.

„Weshalb?" forschte Carrol.

„Einerseits dankten Sie ihrem Schutzengel für die angenehme Obhut, anderseits waren Sie bedacht ihr zu entfliehen. Ist das nicht widersinnig?"

Carrol kräuselte die Stirn:

„Sie haben recht. Doch ungeachtet der fürsorglichen Behandlung, spürte ich eine schleichende Unruhe in mir aufsteigen, die täglich zunahm."

„In anderen Worten, die wirtlichen Zinners erweckten ein Unbehagen in Ihnen," meinte DeWitt.

Carrol zögerte, er überlegte was er sagen sollte:

„Sowas ähnliches. Vergessen Sie nicht, das Haus stand allein in einer unwirtlichen Gegend. Die Inhaber waren Sonderlinge, gelinde gesagt, und Ausländer obendrein. Ich wurde verstohlen gemustert, wie eine gestellte Beute kam ich mir vor."

DeWitt und Moider schauten sich verdutzt an als wollten sie sagen: Übertreibt der Mann nicht? Carrol verstand die Blicke. Er lenkte ein:

„Trotz der fürsorglichen Behandlung beschlich mich eine Unruhe die mir unbegreiflich erschien. Herr Zinner besaß feine Umgangsformen, doch konnte er zuweilen harablassend sein. Seine Frau, muß ich sagen, behagte mir nicht ganz."

Als DeWitt überrascht aufhorchte, winkte Carrol ab:

„Ich fühlte weder Feindschaft noch Abneigung, lediglich Mißtrauen. Sie wollte etwas von mir, doch schien es, daß sie sich scheute es zu äußern, jedenfalls nicht in Gegenwart ihres Mannes. Ihr gehetzter Blick störte mich genauso wie ihr verstecktes Getue, das mir bisweilen wie ein Bühnenstück vorkam."

„Zu welchem Zweck?" wollte Moider wissen.

„Das konnte ich mir anfänglich nicht denken, weil im Haus eine fühlbare Eintracht herrschte. Ja, die beiden schienen ein Herz und eine Seele zu sein."

Das Lagerfeuer warf geisterhafte Schatten auf die Männer und ihre Umgebung. DeWitt und Moider gerieten allmählich in den Bann des Erzählers. Trotzdem schauten sie sich zuweilen fragend an: Tatsache oder wunderliches Abenteuer? Einerlei, die Stille, das knisternde Feuer und Carrols eigenartige Erzählung, verfehlten nicht ihren Zauber. Sie fühlten sich in eine andere Welt versetzt. Sie hingen an Carrols Lippen, sie hegten den Wunsch mehr zu hören. Carrol enttäuschte sie nicht.

„Der Professor und seine Frau kamen mir von Tag zu Tag merkwürdiger vor. Gewiß muß mein Urteil mit Vorbehalt betrachtet werden, schon wegen meinem Zustand, aber vor allem weil ich kein deutsch verstand. Überdies kam ich nicht viel im Haus herum. Feindschaft zwischen den beiden bestand keine, soviel konnte ich sehen. Warum man mir aber Uneinigkeit vorgaukelte fand ich rätselhaft. Auf alle Fälle waren die Zinners erfreuliche Menschen. So dachte ich damals, so denke ich heute noch."

„Aber trotzdem wollten Sie das Haus verlassen, sei es auch zu Fuß, sagten Sie" meinte DeWitt.

Ein längeres Schweigen trat ein. Carrol seufzte, wiegte den Kopf hin und her und verzog den Mund, wonach er zögernd fortfuhr:

„Zu meiner Schande muß ich gestehen, daß unwürdige Gedanken mich plagten. Vor allem als ich eines Abends von einem Wortwechsel aufgeweckt wurde. Ich hörte unterdrückte Stimmen, die sich bemühten ihren Groll zu verbergen."

„Ärgerliche Stimmen in dem friedlichen Haus?" fragte DeWitt.

„So hörte es sich an. Der Professor stritt sich mit seiner Frau. Nicht heftig, aber trotzdem kam es mir ungewöhnlich vor. Ich richtete mich auf und hörte angestrengt zu. Aha, dachte ich, die Auseinandersetzung betrifft mich."

„Sie sagten, daß Sie kein deutsch verstehen, woher wußten Sie dann, daß man von Ihnen sprach?" fragte Moider.

„Weil mein Name wiederholt genannt wurde. Am nächsten Morgen erschien der Professor bei mir. Er benahm sich ungewöhnlich gebieterisch, beinahe von oben herab. Er überreichte mir zwei Krücken mit den Worten: 'Herr Carrol, die sind für Sie.' Unwillkürlich ahnte ich was das bedeutete."

„Ein Wink mit dem Zaunpfahl, vermutlich," bemerkte Moider.

„Hm," meinte Carrol, „vielleicht nicht so schlimm, eher ein leichter Rippenstoß."

„In anderen Worten, Ihre Abreise wurde erwünscht," schlug DeWitt vor.

„Nichts anderes," pflichtete Carrol bei.

„Hatte es etwas mit der Auseinandersetzung zu tun?" fragte Moider

Carrol erwiderte stirnrunzelnd:

„Wahrscheinlich, doch um was es tatsächlich ging erfuhr ich erst später."

„Bitte, erzählen Sie schon," wurde Carrol aufgefordert.

Carrol musterte seine Zuhörer mit den Augen eines gewiegten Erzählers; er fühlte sich geschmeichelt.

„Gemach, gemach, liebe Freunde, der Abend ist noch jung."

„Sagen Sie mal, Claude, wurden Sie nicht vermißt?"

„Vermißt und gesucht. Nachdem mein Funkgerät nicht mehr arbeitete und ich nach geraumer Zeit weder in Fort Chimo erschien, noch anderweitig von mir hören ließ, begannen die drahtlosen Funkgeräte zu summen. Doch beharrliches schlecht Wetter, wie Schnee, Wind und Nebel, erschwerten die Suche nach mir.

„Nachdem ich mittels der Krücken einigermaßen herum humpeln konnte, öffnete sich vor meinen Augen eine unglaubliche Welt. Mein Erstaunen wuchs an, Verwunderung setzte ein. Stellt euch eine ausgedehnte Wildnis vor, unbesiedelt von einem Ende bis zum anderen, am Rand der unendlichen Tundra, tausend Kilometer entfernt von Menschen und Leben. Dort stand ein Haus welches sich mit den Herrenhäusern in Montreal messen konnte. Solch prächtig gebundene Bücher hatte ich noch nie zuvor gesehen. Dazu Kunstgegenstände, Schnitzereien und Gemälde."

Als Carrol vor Eifer außer Atem geriet, schalt sich DeWitt ein:

„Sie sprachen von einem unliebsamen Eindruck, den die Zinners zuweilen hinterließen."

„Auf mich gewiß. Nach meiner Fähigkeit mich halbwegs fortzubewegen, hörte und sah ich mehr. Eine merkliche Unruhe erfaßte die Zinners nach Einbruch der Dunkelheit, welche eine knisternde Stimmung auslöste. Mir liegt nichts daran aus einer Mücke einen Elefanten zu machen, aber die Verwandlung dieser zwei geschätzten Menschen empfand ich höchst unerfreulich."

DeWitt hob die Hand:

„Verzeihung für die Unterbrechung. Wie Sie wissen bin ich mit der Seelenheilkunde beschäftigt."

Als Carrol nickte, fragte DeWitt:

„Vielleicht litt sie oder er an einer krankhaften Furcht vor der Dunkelheit?"

Carrol sah ihn groß an, er schüttelte heftig den Kopf:

„Nein, nein, mir nach quälte sie Schuld, Reue und andere böse Geister der Vergangenheit."

DeWitt schnitt eine Grimasse als wolle er sagen:

„Was weiß denn ein Holzhauer und Wasserträger von höheren Empfindungen." Trotzdem fragte er mit verletzender Schärfe:

„Fanden Sie heraus was es war?"

Carrol lächelte nachsichtig:

„Ja, kurz bevor ich das Haus verließ. Aber jetzt etwas anderes. Nachdem mich Frau Zinner halbwegs auf den Beinen sah, nahm sie mich ins Schlepptau. Mit der Anmut einer Hofdame zeigte sie mir das Haus. Alle Türen wurden freimütig geöffnet, ich wurde mit einer freundlichen Geste gebeten einzutreten. Ich sagte eben alle Türen, was nicht stimmt. Die letzte, am Ende des Flurs, blieb unbeachtet, sie wurde nicht geöffnet."

„Aha," bemerkten DeWitt und Moider wie aus einem Mund.

Carrol fuhr fort:

„Ich ahnte, daß in jenem Raum etwas geheimnisvolles lag.

Mein Argwohn wurde erweckt. Mir kam der Gedanke, daß hinter der gemiedenen Tür die Quelle meines Unbehagens zu finden war. Innerhalb drei Tagen legte ich die Krücken zur Seite und ging hinkend im Haus herum. Hinaus wagte ich mich noch nicht. Als erstes beschloß ich dem Professor in seinem Arbeitszimmer einen Besuch abzustatten. Die engen, steilen Treppen entpuppten sich als reiner Gang nach Golgatha für einen Gehbehinderten. Ich mußte die Zähne zusammenbeißen um mich hoch zu quälen. Nachdem ich sittsam anklopfte wurde ich gebeten einzutreten. Ich kam unmittelbar zur Sache:

„'Herr Professor, ich sollte in wenigen Tagen imstande sein meinen Weg fortzusetzen.'

„Doktor Zinner hatte nichts einzuwenden, was mir lieb war. Am Freitag, also in drei Tagen, beabsichtigte ich die Reise nach Fort Chimo anzutreten. Die warme Luft, sowie der gefrorene Boden sollten den Marsch erleichtern. Zuerst jedoch wollte ich meine Neugier stillen. Ich mußte das Geheimnis hinter der verschlossenen Tür lüften."

Moider erkundigte sich:

„Ist es Ihnen gelungen?"

„Nicht ganz, aber beihnahe. Die Zinners unternahmen einen Spaziergang. Ich benutzte die Gelegenheit ihrer Abwesenheit und schleppte mich mit meinen schmerzenden Glieder zu der geheimnisvollen Tür, konnte sie aber nicht öffnen; sie war verschlossen. Ich entfernte mich eiligst, da ich Stimmen hörte und Frau Zinner im Flur erschien. Sie lächelte wie von Wissen beseelt und Hoffnung belebt. Bevor ich etwas sagen konnte erschien ihr Mann."

Carrol verstummte, indem er sich bedächtig umschaute. Dann setzte er seine Erzählung fort:

„Ich hätte schwören können, daß Frau Zinner mir heimlich zuzwinkerte. Als ich am nächsten Tag draußen auf unbeholfenen Beinen eine Erhöhung suchte, in der Hoffnung Fort Chimo zu erblicken, kehrten meine Gedanken immer wieder zu der verschlossenen Tür zurück. Mit knirschenden Zähnen erreichte ich die Spitze eines Hügels. Mit bloßen Augen konnte ich nicht viel sehen, doch mit Hilfe eines Feldstechers sah ich das Dorf. Eigentümliche Gefühle ergriffen mich; freudige und zugleich auch bedenkliche. Die Stille der vergangenen Tage inmitten edelmütigen Menschen hatte mich berührt. Die bevorstehende Rückkehr zum Lärm und Leben widerstrebte mir. Doch es mußte ja sein. Das kleine, unansehnliche Dorf war schließlich meine Heimat. Eh ich mich versah, trotz meines anfänglichem Widerstrebens warf ich meine Arme hoch und schickte einen lauten Gruß dem Dorf entgegen:

„ 'Ho, ho, René, fang an die Flaschen zu entkorken, mein Alter, bald bin ich wieder da.'

„René Chunnard, ein guter Bekannter von mir, war der Flughafenverwalter. Auf dem Rückweg, mit zögernden Schritten muß ich gestehen, begegnete ich dem Professor und seiner Frau. Wir sprachen kurz miteinander. Der Professor erkundigte sich nach dem Stand der Dinge. Ich versicherte ihm, daß Dank seiner Mühe ich nun beihnahe wieder der Alte bin.

„ 'Sie verlassen uns am Freitag, wie ich höre,' fragte Frau Zinner.

„ 'Ich bedaure es,' log ich.

„Der Professor warf einen rügenden Blick auf seine Frau. Er meinte:

„ 'Das Wetter ist günstig, der Patient ist gesund und munter. Ferner kann ihm ein ausgedehnter Spaziergang nicht schaden. Wir wollen ihm nichts in den Weg stellen, meine Liebe.'

„Irrte ich mich oder machte Frau Zinner eine Miene die sich auf mich bezog?"

„Aha, sie gab Ihnen abermals ein Zeichen," bemerkte Moider.

„Sowas ähnliches glaubte ich auch. Doch verbunden mit einer Handbewegung war die Meinung unmißverständlich: Die Tür ist jetzt offen, bedeutete die Zeichensprache."

DeWitt meldete sich:

„Versuchten Sie es nochmal?"

„Aber gewiß. Einmal den Stachel Neugier im Leib, dahin ist die Ruhe und Würde. Ja, ich versuchte es nochmal. Als ich im Begriff stand die Klinke zu drücken, erfaßte mich eine böse Ahnung, ich wäre am liebsten Hals über Kopf geflüchtet. Später wünschte ich es getan zu haben."

Als Carrol abwesend ins Leere starrte ohne ein weiteres

Wort zu sagen, fragte DeWitt:

„Was war in dem Zimmer?"

Carrol zuckte merklich zusammen. Augenscheinlich beklomm ihn die Erinnerung daran.

„Reden Sie schon," ermunterte ihn Moider.

Carrols Miene verfinsterte sich:

„Was in dem Zimmer war? Nichts als ein abstoßendes Knochengerüst das mich grinsend anstarrte. Im ersten Augenblick hielt ich dieses Schreckbild für eine Gestalt aus Madame Tousauds Kammer des Greuels. Mitten im Raum stand diese furchterregende Figur, nichts anderes war zu sehen. Ich war wie gelähmt und starrte auf das fratzenhafte Gebilde, unfähig zu fliehen oder meine Gedanken zu sammeln. Doch schließlich dämmerte es mir: Was ich mit Entsetzen anstarrte war ein menschliches Knochengerüst, welches ein Geheimnis barg. Betroffen schaute ich auf das Schemen aus Gehenna, als mir ein bleicher Schrecken durch die Glieder fuhr. Das Gebilde aus tiefster Hölle schien sich zu bewegen. Einbildung oder nicht, ein Wunder geschah."

„Was meinen Sie?" forschte DeWitt.

„Die schnellste Heilung eines Invaliden geschah. Sie hätten mich sehen sollen wie ich rückwärts sprang, dann blitzschnell kehrt machte und wie von Teufeln gejagt davon eilte."

„Wer kann Ihnen das verübeln," tröstete Moider.

„Als ich in meinem Zimmer ankam, verwirrt wie nie zuvor, fuhr mir ein Schreck eiskalt über den Rücken. Ich hatte vergessen die Tür zu schließen. Ich eilte keuchend, mit pochenden Schläfen und klopfendem Herzen zurück. Eh ich die Tür ins Schloß warf betrachtete ich die grauenhafte Erscheinung näher. Mir kam es vor als hätte sie satanische Züge angenommen. Ohne Zweifel, das Gerippe war mal ein Mensch, womöglich ein Mann."

„Es könnte dem Professor für seine Forschung gedient haben," schlug DeWitt vor.

Carrol winkte ab:

„Das dachte ich ebenfalls, bis ich meine Gedanken ordnete. Zum Beispiel: Warum stand das Gerippe unter Verschluß? Nein, mußte ich sagen, es diente einem anderen unheilvollerem Zweck."

„Sie ahnten nicht welchem?" fragte Moider.

„Nicht im geringsten. In Kürze jedoch entfaltete sich das Geheimnis vor meinen Augen. Die Enthüllung jagte mich in tiefer Nacht aus dem Haus, ohne ein Wort des Abschieds, mit nichts außer meinen Kleidern auf dem Leib."

„Sie flohen Hals über Kopf," staunte DeWitt.

„Ja, hier ist der Grund. Was ich am folgenden Tag erfuhr sandte einen Schauder über meinen Rücken. Es verstärkte meinen Glauben ein Gast und Patient in einem Irrenhaus zu sein. Warum? Hört mich an.

„Als die Zinners von ihrem Spaziergang zurück kehrten, stellte ich mich schlafend. Im Stillen zermarterte ich mir den Kopf bis zur Erschöpfung. Doch vergeblich suchte ich eine Erklärung für die Gegenwart des Gerippes. Abwegige Vermutungen beschwerten mein Hirn, sinnlose Gedanken verübten das übrige, ich verlor jegliche Beziehung zur Wirklichkeit. Ich kam zu dem Entschluß, daß die großherzigen Zinners in etwas ungebührlichem verwickelt waren.

"Später erhob ich mich vom Bett und suchte sie auf. Frau Zinners Seitenblicke störten mich; sie schenkte mir übermäßige Beachtung. Mein Augenmerk galt dem Professor, dem ich auf Schritt und Tritt folgte. War der gelehrte Mann erstaunt über mein plump vertrautes Benehmen? Erweckte mein plötzlicher Wissensdurst sein Mißtrauen? Gewiß, dachte ich, obwohl der wohl erzogene Mann kein Zeichen davon gab. Schließlich bot sich eine Gelegenheit ihm Fragen zu stellen:

„'Sie waren Hochschullehrer an der Universität von Montreal, Doktor Zinner?' bemerkte ich so nebenbei.

„ 'Ja, Herr Carrol, zwanzig Jahre lang.'

„'Ihr Lehrbereich war menschlicher Körperbau, wenn ich mich nicht irre.'

„'Sie irren sich. Krankheitsforschung war und ist mein Bereich.'

„Na,da hatten wir es. Wie vermutet war das Knochengerüst unbedeutend für die Arbeit des Professors. Am folgenden Tag machte Doktor Zinner einen seiner Abstecher ins Freie. Kaum sah Frau Zinner den Rücken ihres Mannes, schon kam sie auf mich zu:

„ 'Sie haben es gesehen?' fragte sie

„ 'Ja, das habe ich.'

„ 'Sie müssen mir helfen, Herr Carrol,' jammerte sie.

„ Wie vor den Kopf geschlagen stotterte ich:

„ 'Helfen, inwiefern?'

„ 'Das Gerippe fortschaffen,' flehte sie.

„Nanu, dachte ich, eine sonderbare Bitte, wenn ich je eine hörte. Ich zögerte, unsicher ob ich lachen oder Grimassen schneiden sollte. Kopfschüttelnd wandt ich ein:

„'Frau Zinner, ich verstehe Sie nicht. Ich bin ein Gast hier, der gewiß nicht befugt ist Besitztümer anderer zu entfernen.'

„'Es gehört doch niemanden,' wurde ich unterrichtet.

„Ich fühlte mich äußerst unbehaglich:

„ 'Frau Zinner, wer ist, vielmehr, wer war dieses Gerippe?'

„'Mein Liebhaber,' erwiderte sie seufzend.

„Glaubt mir, von dem Augenblick an dachte ich nur daran das Weite zu suchen. Ungemein betroffen wandte ich mich zur Seite. Ich sah den Professor zum Fluß hinunter schlendern.

„'Mein Mann tötete ihn. Für einen Wissenschaftler war das eine Kleinigkeit, ebenso die Verwandlung der Leiche in ein Gerippe.'

„Mein Kopf wirbelte, meine Beine, noch wacklig, begannen zu zittern. Entsetzt sagte ich:

„'Ein Mord geschah, hat ihn niemand gemeldet?'

„'Nein, niemand, auch ich nicht. Was hätte es denn eingebracht, außer mehr Leid. Ein Mann wie Doktor Zinner, berühmt, bewundert, wird von einer Jezebel angeklagt? Wo denken Sie hin, Herr Carrol. Weder Geschworene noch Richter hätten so etwas ernst genommen.'

„Wie gesagt, die ganze Angelegenheit kam mir unwirklich vor, etwas schien faul an der Sache zu sein."

„Sie glaubten Frau Zinner nicht?" unterbrach ihn Moider.

„Bloß halbherzig."

„Sie besaßen Gründe dafür?"

„Ziemlich triftige, wie bereits erwähnt. Mich verwirrt nennen hätte der Wahrheit ein Mäntelchen umgehängt, ich war zutiefst betroffen.

„'Frau Zinner, verstehe ich recht, ich soll das Gerippe entfernen?'

„'Ja, helfen Sie mir, tun Sie es,' flehte sie."

„Na, ihr könnt euch nicht vorstellen wie mich ihr Wunsch überraschte. Die würdige Frau stiftete mich zum Diebstahl an. Eine barsche Absage lag mir auf der Zunge, doch ein Blick auf ihr trauriges Gesicht hielt mich davon ab. Ich wandte ein:

„'Frau Zinner, warum beseitigen Sie das Gerippe nicht selbst oder vernichten es?'

„In ihrem Gesicht spiegelte sich tiefste Enttäuschung, sie winkte entsetzt ab:

„'Das kann ich unmöglich tun,' stammelte sie.

„Eh ich etwas erwidern konnte, sagte sie:

„'Ich legte ein Gelübde ab.'

„Kurzum, die Sache war die: Der Mann bekam Wind von dem trügerischen Verhältnis seiner Frau, was er aber verheimlichte. Ihr Liebhaber verschwand plötzlich spurlos. Vier Wochen später erschien das Knochengerüst, angeblich für eine wichtige Studie, welche Doktor Zinner aufgetragen wurde.

„Eines Tages führte der Professor seine Frau in den verschlossenen Raum wo das Gerippe stand. Er begann zu erklären:

„'Klara, ich weiß alles von deiner verräterischen Liebschaft mit Herbert Schal. Eine Scheidung kann trübe Folgen für dich haben, doch ein Ausweg besteht.'

„'Der wäre?'

„'Du mußt ein Gelübde ablegen.'

„'Ein Gelübde, Karl?' wiederholte sie erleichtert, daß eine öffentliche Schande vermieden werden konnte.

„'Du mußt das Gerippe jeden Abend vor der Nachtruhe küssen. Versprichst du es hoch und heilig, dann können wir weiterhin friedlich miteinander leben.'

„'Wessen Gerippe ist es?' fragte sie.

„Eine rätselhafte Andeutung folgte:

„'Ich sage niemanden etwas was klar zu ersehen ist.'

„Klara Zinner wußte Bescheid. Nun stand sie vor mir mit geweiteten Augen und wringenden Händen, indessen sie stöhnte:

„'Verstehen Sie doch, Herr Carrol, wenn Sie das Gerippe entfernen, dann bin ich dem Gelübde entbunden.'

„Wie ich bereits andeutete stiegen mir erneut Zweifel auf. Um der Wahrheit die Ehre einzuräumen, ich fühlte mich bedroht. Ich mußte das Haus, ja, die Gegend verlassen, auf der augenscheinlich ein düsteres Geheimnis lastete. Zu meiner Erleichterung näherte sich der Professor dem Haus. Ich richtete Frau Zinners Aufmerksamkeit darauf und eilte auf mein Zimmer, wo ich den ganzen Abend blieb. Ruhe fand ich keine, eine Sehnsucht nach ungekünstelten Menschen überwältigte mich. Um Haaresbreite wäre ich mir nichts dir nichts aus dem Haus gestürmt. Das Wetter war günstig, Tageslicht herrschte fast zwanzig Stunden. Fort Chimo sollte somit ständig sichtbar sein, mit Hilfe eines Feldstechers. Verirren konnte man sich nicht, solange man dem Lauf des Flusses folgte.

Mit solchen Gedanken begann ich mich zurecht zu machen, doch die Vernunft hielt mich zurück. Besser warten bis die Zinners mit Sicherheit schlafen, flüsterte sie. Es wäre höchst peinlich bei einer Hals über Kopf Flucht ertappt zu werden. Folglich beschloß ich mit meiner Flucht bis Mitternacht zu warten.

„Inmitten einer Totenstille verließ ich das Haus; wie ein Dieb in der Nacht schlich ich davon. Zum Teufel mit Anstand und Ehre, sagte ich mir. Professor Zinner und seine Frau waren mir nicht geheuer. Ich muß gestehen, das Herz schlug mir bis zum Hals. Erst als eine beträchtliche Entfernung zwischen mir und dem Haus lag, blieb ich stehen. Eine unbeschreibliche Erleichterung durchflutete mich.

„Eh ich am Flughafen ankam, entfaltete sich ein erregendes Schauspiel vor meinen Augen. Die aufgehende Sonne zerteilte und zerstieb die Nebelschwaden. Das brache, unwirtliche Land nahm ein freundliches Gesicht an; es erwärmte mein Gemüt. Fort Chimo lag sichtbar vor mir. Eine übermütige Gesinnung überkam mich, Mut durchstömte mein Wesen. Die Anstrengung des Marches und meine Müdigkeit waren vergessen. Frau Zinners trauriges Schicksal belustigte mich nun eher als es mich bedrückte. Unwillkürlich beschleunigte ich meine Schritte, das grenzenlose, unwirtliche Land sah plötzlich verlockend aus.

„Ich traf Chunnard an seinem Schreibtisch an. Er war so überrascht mich zu sehen, daß er beinahe rückwärts vom Stuhl fiel:

„'Heiliger Bonifatius, bist du es oder bist du es nicht?' rief er überrascht.

„'Ich bin's, alter Gauner,' gab ich lachend zu verstehen.

„Chunnard breitete die Arme aus und stürzte holterdiepolter auf mich zu.

„'Komm in meine Arme, Kleiner, laßt uns einen heben,' meinte er mit dröhnender Stimme.

„'Zwei wären besser,' schlug ich vor.

„Chunnard lachte so heftig, daß sein vierschrötiger Leib von Kopf bis Fuß bebte. Im Nu erschien in einer Hand die Weinbrandflasche, während die andere zwei Gläser hielt.

„'Schenk doppel ein, alter Ganser und laß die Flasche auf dem Tisch, ich hab viel zu erzählen,' ließ ich ihn wissen.

„'Das kann ich mir denken, aber zuerst die örtlichen Nachrichten. Dein Flugzeug, vielmehr was davon übrig blieb, wurde geborgen. Die Wrackteile wurden angeschwemmt.'

„Nachdem Chunnard seinen Mitarbeitern links und rechts Anweisungen erteilte, wandte er sich wieder mir zu:

„'Na, leg los,' forderte er mich auf.

„Ich begann zu erzählen. Erst von der Bruchlandung und meiner Rettung, dann von dem Aufenthalt bei den Zinners. Als der Name des Professors fiel, horchte Chunnard auf. Täuschte ich mich oder überflog ein breites grinsen sein Gesicht? Er hörte geduldig zu, allerdings schien er in sich hinein zu kichern. Seine unterdrückte Heiterkeit kam mir höchst verdächtig vor. Um die Wahrheit zu sagen, es störte mich. Offensichtlich spürte Chunnard ein Bedürfnis laut raus zu lachen. Richtig, kaum hatte ich die Schilderung meines Erlebnisses beendet, brach mein Freund in ein schallendes Gelächter aus, während er sich wiederholt auf die Schenkel klopfte. Ich sprang erbost auf, schlug mit der Faust auf den Tisch und fuhr ihn an:

„'Was zum Teufel soll das, willst du mich etwa verulken?'

„'Ich denke nicht daran,' versicherte er mir.

„Nachdem sich Chunnard beruhigt hatte, schaute er mich prüfend an:

„'Sag mal, Claude, hast du dieses, hm-hm, Gerippe näher betrachtet, es vielleicht betastet'?

„'Nein, das wäre mir nie eingefallen, dieses widerwärtige Überbleibsel eines ehrlosen Gauners zu berühren. Nein, nicht um alles Gold der Chibchas ich das Knochengerüst angefaßt, ' erklärte ich unwillig.

„'Das ist kein Knochengerüst, mein Lieber,' wurde ich belehrt.

„'Was redest du da, ich sah es doch mit eigenen Augen, obendrein in greifbarer Nähe,' erwiderte ich empört.

„Chunnard lehnte sich zurück, er sah mich prüfend an. Ein verständiges Lächeln flog über sein Gesicht. Er gab zu verstehen:

„'Claude, du hättest das vermeintliche Gerippe auf Herz und Nieren prüfen sollen. Hör zu. Der Professor und seine Frau sind unverbesserliche Possenreißer, sie verüben ums Leben gern derbe Streiche, welche dem Anschein nach nicht bloß ihre Einsamkeit beleben, sondern ebenfalls ein inneres Bedürfnis befriedigen.'

„Ich versuchte ihm ins Wort zu fallen, doch Chunnard winkte entschieden ab. Doch später gelang es mir ihn zu unterbrechen:

„'René, was soll der Schabernack, ich sah das Gerippe, außerdem wurde mir seine Bedeutung erklärt.'

„'Claude, das sogenannte Knochengerüst ist nichts anderes als eine geschickte Täuschung, nämlich, ein Gemälde, welches den Zinners gute Dienste leistet.'

„'Das begreife ich nicht,' meinte ich. René schmunzelte:

„'Keine Sorge, mein Lieber, du bist keineswegs der einzige der ihnen auf den Leim ging. So manch anderer weiß ein Lied davon zu singen. Ihre Streiche sind weit und breit bekannt.'

"Na, was sollte ich sagen, außer, daß die Zinners in mir ein leichtgläubiges Opfer fanden."

Carrol seufzte.

"Was war ich doch für ein Einfaltspinsel."

"Was meinen Sie?" fragte Moider.

"Wie konnte ich die verräterischen Zeichen übersehen? Wie nur? Ein wenig Belesenheit hätte geholfen. Stand nicht am Eingang auf einem Schild geschrieben: Willkommen im Haus von Ochus Bochus? Aber, was weiß schon ein Nachkomme von Holzhackern und Wasserträgern von solchen Dingen.

"Zurück zu René Chunnard. Ich fragte ihn, noch zweifelnd, ob es tatsächlich nur ein Jux war.

„'Nichts weiter,' versicherte er mir.

„‘Na, immerhin hätte ich geschworen, daß das Gerippe echt war,‘ meinte ich mit einem Maß von Überzeugung.“

„‘Claude, alter Knabe, warum hast du das Gemälde nicht gestohlen. Ha, ha, ha, wir hätten es draußen als ein Inukshuk aufstellen können. Ha, ha, ha, das wäre ein Spaß gewesen.‘ “

Das Ende der Erzählung enttäuschte Carrols Gefährten, sie hatten einen eindrucksvolleren Ausgang erwartet. Trotzdem nickten sie sich anerkennend zu. Es war eine außergewöhnliche Geschichte, von einem begabten Erzähler wiedergegeben.

Sun Cheng

„Sun Cheng muß gehen, meine Geduld ist am Ende," verkündete Clyde Pringle seinen Mitarbeitern. Er war der Leiter einer wissenschaftlichen Gruppe, die im Auftrag Manitobas die Gepflogenheiten der Eisbären studierte. Diese Riesen des Nordens sammeln sich jedes Jahr an der Mündung des Churchills, wo sie herum lungern bis das Eis in der Hudson Bucht fest wird. Dutzende sind dort jeden Spätherbst zu sehen, außerhalb Churchill und zuweilen im Dorf selbst.

Zeichen des langen, unbarmherzigen Winters erschienen bereits am Himmel. Die Walfische verließen allmählich ihre südliche Brutstätte; sie machten sich auf den Weg zum Eismeer.

Die Belegschaft von drei Wissenschaftlern, sowie Sun Cheng, Koch und Mädchen für alles, ließ sich in einer verlassenen Armeebaracke nieder, unweit von Churchill. Der breite Fluß Churchill lag zwischen ihnen, somit mußte alles nötige mit Hubschraubern geliefert werden.

Pringle gab keine Ruhe. Aus unbegreiflichen Gründen nahm er Anstoß an Sun Chengs Gegenwart. In seiner Gesinnung tat der Mann aus der Mandschurei alles verkehrt. Allein seine Gestalt, unmännlich von oben bis unten, erweckte im hoch gewachsenen Herrenmenschen ein herablassendes Gefühl. Seine Art zu gehen störte ihn genauso wie seine seltsame Redeweise, die er anstößig fand.

Sun Cheng gab sich Mühe dem Chef zu gefallen, jedoch seine Anstrengungen waren sich als vergeblich. Er verrichtete seine Arbeit sorgfältig und gewissenhaft, was dem Vorgesetzten sonderbarerweise noch mehr verärgerte. Pringles Kollegen fühlten sich peinlich berührt von der ständigen Nörgelei an einem Menschen, dessen Wesen sie angenehm fanden.

„Der Chef übertreibt," meinte Hogan.

„Mehr als das," pflichtete Pyles bei.

„Den ganzen Tag hört man: 'Das ist verkehrt, Cheng kann nichts, Cheng weiß nichts,' "fuhr Hogan fort.

Er warf einen bedenklichen Blick auf Pyles, ihm lag etwas auf dem Herzen.

„Hugo, ich beginn mich zu sorgen."

Pyles horchte überrascht auf:

„Über was?"

„Pringle stürzt uns ins Unglück."

„Inwiefern?"

„Er schikaniert Cheng, es geht nicht gut aus, sag ich dir."

Pyles winkte lachend ab, er war zu unerfahren um Unheil zu wittern. Als er jedoch die kummervolle Miene seines Kollegen sah, wurde er teilnahmsvoller.

„Hm, ich sehe schon, du machst dir ernsthafte Gedanken."

„Aus guten Gründen. Kurz gesagt, der Chef spielt mit Feuer."

„Du meinst doch nicht etwa Cheng wird ihm die Mißhandlung heimzahlen?"

„Mit gleicher Münze, wenn nicht schlimmer."

Pyles belächelte den Gedanken, er konnte sich nicht vorstellen, daß Sun Cheng je gehässig werden könnte; sein offenes, freundliches Wesen sprach dagegen. So urteilte Pyles damals, jedoch einige Tage später änderte er seine Meinung. Es kam so:

Eines Morgens trug Cheng wie immer das Frühstück auf, wobei er aus Versehen Pringles Hand berührte. Was dann geschah nahm Pyles wie auch Hogan den Atem. Pringle fuhr fluchend zurück, sprang auf und kippte dabei das Tablett in Chengs Händen um. Während der Chef seiner sinnlosen Wut Luft machte, ging in Sun Cheng eine erstaunliche Verwandlung vor. Sein stets sonniges Gesicht veränderte sich in eine Maske des unverhohlenen Hasses. Hogan und Pyles starrten wie gebannt auf den unbeschreiblichen Anblick. Cheng schaute Pringle unentwegt an. Seine Miene, ja, seine Gestalt, ähnelte dem schrecklichen Cathay Ungeheuer, das im vollen Blutrausch sein Opfer betrachtet. Indessen er wie angewurzelt dastand, versuchte Pringle etwas zu sagen, jedoch die Worte blieben in seiner Kehle stecken. Er schaute hilfesuchend auf seine Untergebenen, die wie verzückt auf das ungewohnte Schauspiel starrten. Der Bann brach schneller als er zustande kam. Cheng verneigte sich fast unmerklich: „Verzeihung, Herr Pringle, ich werde fortan vorsichtiger sein," versprach er. Die Spannung steigerte sich nun zusehends inmitten der einsamen Gruppe. Clyde Pringle konnte den jüngsten Vorfall nicht vergessen. Keineswegs wegen dem Schaden am Tablett, sondern weil er die weiße Feder zeigte. Nein, sein Gefühl der Bedrohung konnte er Sun Cheng niemals verzeihen. Somit begann eine schonungslose Hetze auf Sun Cheng. Pringle traktierte den fleißigen, schmunzelnden Chinesen mit Blicken, Worten, sowie Gesten. Es dauerte nicht lange bis Pyles und Hogan mitmachten; sie standen ihrem Vorgesetzten treu zur Seite. Cheng zeigte mit keiner Miene wie er die Verunglimpfung empfand. Er nickte weiterhin zuvorkommend und lächelte einladend.

Das Lager, einst friedlich, wurde zur Stätte der Zwietracht, welche ihre Kraft erschöpfte und ihrem Mut die Schneide entzog. Anstrengungen, die bis vor kurzem achselzuckend hingenommen wurden, riefen jetzt düstere Mienen und abscheuliche Verwünschungen hervor.

Der Wind von der Tundra blies schärfer durch alle Ritzen und Spalten; er drang durch Mark und Bein, trotz der warmen Polarkleidung. Die Arbeit, zuvor mit flinken Fingern und leichtem Herzen verrichtet, empfanden sie nun als die reinste Plackerei. Mit saurer Miene, tönernen Füßen und bleiernen Händen ging die Arbeit nur mühselig voran. Am meisten litt ihre Urteilskraft, welche sehr wichtig war inmitten den unberechenbaren Urtieren, sowie der gandenlosen Umgebung, wo jedes Wort, jeder Blick und jede Geste zehnfach zählt.

Ein stummes Tauziehen folgte zwischen Pringle und dem Koch, der als klarer Sieger hervor ging, wie es schien. Seine Gleichgültigkeit, gespielt oder echt, nagte am Gemüt des Chefs. Wurde er gerügt, verbeugte sich Cheng mit einem verlegenen lächeln; er versprach sich zu bessern. Widersprechen oder sich verteidigen schien ihm nie einzufallen. Täuschte er etwas vor, gab er sich natürlich, handelte er brauchtümlich? Niemand wußte es, obwohl ein schleichendes Mißtrauen keimte, daß Pringles Tyrannei ein unheiliges Feuer in Sun Cheng schürte. Er konnte es nicht lassen, ein unstillbarer Zwang schien ihn zu veranlassen den Koch zu peinigen. Die Ursache blieb den Kollegen ein Geheimnis, was jedoch ihre Mitwirkung nicht verhinderte.

„Es ist das kleinere Übel," versicherte einer dem anderen, freilich mit verlegener Miene.

Ihre Verlegenheit jedoch verblaßte im Andrang der Rechtfertigung. Ein seltsamer Vorgang entfaltete sich. Die bis vor kurzem gelobten Wesenszüge Sun Chengs nahmen in ihren Augen unangenehme Eigenschaften an. Sein Benehmen schien ihnen plötzlich anstößig, dann lästig und schließlich unausstehlich. Gemäß Pringles Anordnung mußte ihm eine Lehre erteilt werden.

Zwischen Pringle und Cheng entwickelte sich ein stilles ringen, das jeder auf seine Art ausübte, nämlich, mit Mitteln welche ihnen zu eigen waren. Der Chef überragte den Koch an Rang und Gestalt; Cheng jedoch übertraf den Vorstand an Mutterwitz und Ausdauer. Sein Gleichmut und seine Schlagfertigkeit brachte Pringle an den Rand der Verzweiflung, die sich mannigfaltig offenbarte, zuweilen in närrischer Weise. Zum Beispiel: Summte oder sang Cheng eine Melodie, so hielt er sich die Ohren zu und schüttelte heftig den Kopf.

„Ich glaube der Chef biß mehr ab als er verdauen kann," bemerkte Hogan.

„Es sieht so aus," bestätigte Pyles.

Und so verhielt es sich. Ein Blick in sein Gesicht verriet mehr als Pringle lieb war. Seine verkrampfte Miene ließ von einem inneren Zerwürfnis ahnen. Nach wie vor blieb ihnen die Feindschaft gegenüber Cheng ein Rätsel. Diese böse Gesinnung rief Mißstimmungen ins Leben, welche ihnen die Lust an der Arbeit raubte.

„Ich wünschte, daß der Teufel den einen oder den anderen hole," schimpfte Hogan.

„Oder beide," meinte Pyles, obwohl er zugab, daß die Schuld an dem Unfrieden allein an Pringle lag.

Da war er schon wieder:

„Habt ihr bemerkt was er jetzt macht?" rief er ihnen zu.

„Wer?" spöttelte Pyles.

Der Chef verargte ihm die alberne Bemerkung; er brüllte: „Wer schon, der vermaledeite Mandschure natürlich. Er setzt jetzt den Eisbären zu, mit flammenden Reden."

Hogan zuckte mit den Achseln, als ob er sagen wollte: „Na ja, warum auch nicht."

„In Mandarin," schnaufte Pringle.

Da er weder Zeichen der Entrüstung sah, noch Worte des Tadels vernahm, schimpfte er weiter: „Das ist nicht alles, er spielt jede freie Minute auf der verflixten Pipa."

Er warf wütende Blicke auf Hogan und Pyles: „Muß ich noch mehr sagen?" fuhr er sie an.

Beide antworteten ihm nicht, sie schauten bloß sehnsüchtig auf die Bucht. Sie waren von dem Wunsch beseelt, daß sich bald eine tragfähige Eisdecke auf dem Hudson Bay Gewässer bilden würde.

Die Eisbären wanderten unruhig umher; sie wurden hungriger und somit gereizter, außerdem wuchs ihre Schar an. November war halb vergangen, Schnee bedeckte die Erde, er fiel schon eine Woche lang. Arktische Eisluft, begrüßt von den Eisbären, beschimpft von den Einwohnern, legte sich allmählich übers Land.

Eines Morgens als Hogan zum Fenster hinaus blickte, sah er einige Bären die das Eis am Rande der Bucht prüften.

„Es trägt schon," rief er aus. „Komm her, Hugo, schau zu."

Pyles, der gerne schauspielerte, hob den Kopf und schnüffelte hin und her: „Ich rieche, was rieche ich? Ah, frische Krapfen und Brot in der Backröhre."

Pringle verstand die Anspielung: „Das Eis wird dicker. Unsere Arbeit geht zu Ende," meinte er mit orakelhafter Stimme, als bedaure er den Vorgang.

Die anderen horchten auf, sie verstanden immer weniger. Sie konnten es kaum erwarten von hier fort zu sein. Fragen lagen auf ihren Zungen die in der Gegenwart Pringles nicht gestellt werden konnten. Warum warf er drohende Blicke auf Cheng? Irrte man sich oder ballte er tatsächlich die Faust gegen ihn? Hogan schaute forschend auf Pyles, der unwillkürlich den Kopf schüttelte, als wollte er sagen:

„Der Chef hat sich zuviel eingebrockt."

Als Hogan mit dem Kopf zur Tür wies, nickte Pyles zustimmend. Er zog sich warme Kleidung an und ging hinaus. Kurz danach erschien sein Kollege.

Der Tag war schon längst angebrochen, aber ein Frosthauch schwebte noch immer über der Bucht. Mehr und mehr Eisbären sammelten sich am Ufer. Zuweilen hoben sie ihren mächtigen Schädel, den sie hin und her bewegten. Sie rochen was die Bewohner ahnten: Das Eis wird fester.

Pyles und Hogan schauten sich stumm an, beide beseelte derselbe Wunsch:

„Hoffentlich machen sich die Biester bald auf den Weg, damit auch wir den unheimlichen Ort verlassen können."

Unfriede ist immer ein Joch, in der Einsamkeit wird er zum Gedeih und Verderb.

„Wie lange noch?" seufzte Hogan.

„Höchstens zwei Wochen," tröstete Pyles.

Hogan gab seinem Kollegen einen Rippenstoß, er zeigte hinüber zum Ausguck:

„Höchste Zeit zum gehen," murmelte Pyles, als er einen kurzen Blick hinüber warf.

Einige Eisbären versuchten den Pfahlbau zu kippen. Es gelang ihnen tatsächlich ihn ins wanken zu bringen.

„Die sind mehr als übermütig," bemerkte Hogan.

„Es kommt mir so vor als hätten sie es auf etwas abgesehen," meinte Pyles.

„Ja, auf was?" spöttelte Hogan.

„Du willst mir etwas sagen, Simon?"

Hogan konnte nur mit Mühe die Augen vom Turm wenden; er antwortete:

„Das will ich, hör gut zu. Unsere Lage wird von Stunde zu Stunde ungemütlicher."

„Was meinst du?"

Cheng heckt etwas aus. Hör zu..."

„Ach was, er ist ein anständiger Mensch."

„Solange man ihm nichts in den Weg legt. Hör auf mit deiner Hand zu fuchteln, ich weiß von was ich rede. Er führt

etwas im Schilde."
„Doch nicht gegen uns zwei, wir haben ihm nichts zuleide getan."
Hogans Gesicht verfinsterte sich. Er betrachtete seinen Kollegen nachdenklich, als wäre er unschlüssig ob er etwas sagen sollte. Lieber nicht, entschied er.

Polizei Wachtmeister Sillery wünschte sich mehr Hände und Köpfe, wie auch flinkere Füße. Obwohl er wie zwei Pferde arbeitete, blieb viel ungetan. Es war die beschäftigste Zeit des Jahres, außerdem schienen die Eisbären widerspenstiger zu sein als gewöhnlich.

„Kein Wunder, betrachtet man die aufgescheuchten Ausflügler, die ihre Ruhe stören," dachte der Polizist.

Er verwünschte ohnehin den ganzen Fremdenverkehr, samt den Veranstaltern. Wie Menschen eine Reise aus fernen Ländern unternehmen konnten nur um zottige, knurrende Viecher zu sehen, war ihm unverständlich. Wie dem auch sei, die Eisbären wurden zusehends unruhiger und dreister. Sie wanderten bereits unbekümmert durchs Dorf. Es beängstigte die Einwohner und erregte den wüsten Haufen von Touristen; sie kamen auf ihre Kosten.

Wachtmeister Sillery hatte viel zu tun. Arbeiten, welche er als unwichtig betrachtete, ließ er unbeantwortet oder legte sie zur Seite. Wie zum Beispiel die von Ernst Novak, der Besitzer der Nanook Gesellschaft. Herr Novak dünkte ihn ein sonderbarer Kauz; ein Zeuge der Vergangenheit, nannte er den Mann. In seinem Gesicht, in seinem ganzen Wesen, spiegelte sich die weite Prärie mit den unendlichen Getreidefeldern. Novak hatte vielseitige Erfahrungen gesammelt. Mehr oder minder als Landwirt geboren, wurde er zunächst Rugby Spieler, dann Getreidehändler und schließlich gründete er eine Firma die Umwelt Forschungen ausübte.

Als die Bären die Gegend verlassen hatten, folglich auch die Unruhe stiftenden Touristen verschwanden, beantwortete Sillery Novaks Anrufe.

„Grüße, Herr Wachtmeister, wo stecken Sie bloß?" fragte Novak in seiner schleppenden Stimme.

Sillery mußte unwillkürlich lächeln. Er sah im Geist einen

betagten, wohlbeleibten Mann in Bauernkleidung, mit einer Heugabel in der Hand und einem Getreidestengel zwischen den Zähnen.

„Was gibt's, Herr Novak?"

„Sorgen gibt's, Herr Wachtmeister."

„Sorgen, wegen was?"

„Wegen meiner Belegschaft, ich höre die Alarmglocke läuten," jammerte Novak.

Wachtmeister Sillery wußte natürlich vom Unternehmen auf der anderen Seite des Flusses.

„Ist etwas geschehen?" erkundigte er sich.

„Wie soll ich das wissen, wenn wir seit fast zwei Wochen nichts mehr von ihnen hören."

„Die Verbindung mit der Außenwelt ist zur Zeit nicht die beste," unterrichtete ihn der Wachtmeister.

„Schon, schon, unter gewöhnlichen Umständen würde ich kein Wort darüber verlieren."

„Ist etwas außergewöhnliches vorgefallen?" wollte Sillery wissen.

„Mehr oder minder," meinte Novak.

Er erläuterte die Lage:

„Der neue Mann, welcher die Leitung unter sich hat, besitzt geringe Erfahrung, vor allem in abgelegenen Gegenden; das weitere kann man sich ja denken."

„Aha, von daher weht der Wind," dachte Sillery.

Er versprach demnächst nach dem Rechten zu sehen. Kaum nahm das Gespräch ein Ende, bereute er die Zusage.

Abends hörte es auf zu schneien, danach wurde es bitterlich kalt. Die Kälte ließ die Tränen in den Augen gefrieren und die Spucke zu Eis erstarren eh sie zu Boden fiel.

Am nächsten Morgen erschien Sun Cheng im Polizeirevier. Sillerys Gesicht erhellte sich, der mühsame Gang zum Fort blieb ihm erspart, so dachte er. Es sollte anders kommen.

Beim ersten Blick auf Cheng fiel ein Schleier über die Zuversicht des Wachtmeisters.

„Was ist los, Sun Cheng, haben Sie einen Geist gesehen?"

„Sie kommen nicht herunter," jammerte er.

„Wer kommt nicht herunter," forschte Sillery.

„Die Männer im Turm. Zwei Tage und Nächte sind sie

schon da oben," stöhnte Cheng.

Sillery kannte den Mann aus der Mandschurei seit vielen Jahren, jedoch bis heute wurde er nicht klug aus ihm. Trotz seinem jüngeren Alter schlug er einen onkelhaften Ton an: „Immer mit der Ruhe, wie wärs mit einem kräftigen Schluck?" schlug er vor.

„Wir haben keine Zeit, es ist kalt dort oben."

Niemand brauchte ihn daran erinnern; die vereisten Fenster sprachen Bände. Sillery stellte viele Fragen. Sun Cheng gab nur wenige Antworten; seine übliche Gelassenheit hatte ihn verlassen. Die Erklärungen überstürzten und widersprachen sich. Was er sagte klang verstiegen, so sehr, daß man an seinem Verstand zweifeln konnte.

„Ich muß ihn bei guter Laune halten," sagte sich der Polizist. Er spürte ohnehin nicht das geringste Verlangen bei der klirrenden Kälte fünf Kilometer durch den Schnee zu stapfen, wegen einem fruchtlosen Unternehmen, in seinem Erachten. Erlaubte sich Cheng einen derben Scherz? Schließlich besaß der Chinese eine Neigung zum fabulieren.

Nun, Sillery nahm seine Pflichten ernst, die Beharrlichkeit Chengs bewirkte das übrige.

„Wir müssen uns beeilen, Wachtmeister," sagte er nochmals.

Sillery zog warme Kleidung an, hängte seine Kamera um und machte sich anderweitig bereit den mühseligen Gang anzutreten. Als Cheng keine Anstalten machte ihm zu folgen, fuhr er ihn an:

„Was jetzt, warum starren Sie mich an?"

„Das Gewehr, wir brauchen ein Gewehr."

„Zu was, die Eisbären sind doch weg."

Cheng verzog keine Miene, er schüttelte bloß den Kopf, als hätte er es mit einem bockigen Kind zu tun.

„Wachtmeister, wir brauchen ein Gewehr," betonte er nochmals.

Sillery fühlte sich bedrängt, es gefiel ihm garnicht. Er faßte seinen Besucher näher ins Auge. Bedenken schossen ihm durch den Kopf. War das derselbe Mann den er seit vielen Jahren kannte? Wo blieb seine Gelassenheit? Hatte sich sein Wesen über Nacht verändert oder trug sich da drüben etwas zu das ihm den Dorn der Unruhe in den Leib jagte? Der Wachtmeister zählte es zu seiner Pflicht auf dem laufenden zu sein. Folglich wußte er Bescheid über den Vertrag mit der Nanook Gesellschaft. Die Belegschaft, außer Sun Cheng, war ihm jedoch nicht bekannt. Cheng betreute die Anlage ganzjährig. Zusätzlich amtierte er als Faktotum während den Forschungsarbeiten.

Sillery nahm stirnrunzelnd das Gewehr vom Ständer, steckte eine Schachtel Patronen ein, wonach er mit einer Kopfbewegung zum gehen aufforderte.

Die kurze Strecke erwies sich als beschwerlich. Cheng, der Leichtgewichtler, schritt tapfer voraus. Sie überquerten den gefrorenen Churchill mit viel keuchen und prusten, sowie manchen Flüchen seitens des Polizisten, welcher die Ermunterungen des Chinesen schnodderig zurückwies:

„Sicher ist es leicht für eine halbe Portion wie Sie. Still, sag ich, kein weiteres Gehetze."

Sillery kam nur mit großer Mühe vorwärts. Trotz den Schneeschuhen sank er viel tiefer ein als der leichtere Chinese, welcher seine Geringschätzung für den Polizisten kaum verbergen konnte.

„Wehe, das lohnt sich nicht," drohte Sillery wiederholt.

Und wie es sich lohnte. Als sie am Turm ankamen blieb er wie angewurzelt stehen. Er vergaß die Müdigkeit, die schneidende Kälte, sowie den fauchenden Wind. Was er sah verschlug ihm die Sprache. Der Anblick ähnelte einem Schlachthof.

„Hol mich der Teufel," stöhnte er.

Unwillkürlich lud er das Gewehr und legte es an. Die Sicht hätte einen Stoiker erschüttert. Der zertrampelte, aufgewühlte Schnee um den Turm war mit Blut getränkt. Entgeistert schaute Sillery auf Cheng, er wagte nicht das undenkbare auszudrücken. Endlich faßte er sich:

„Cheng, was ist geschehen?"

Der Chinese zuckte wortlos die Achseln.

Sillery hatte scharfe Worte auf der Zunge, welche er jedoch eiligst verschluckte. Ein Verdacht stieg in ihm auf, daß Sun Cheng nicht unschuldig war an der ganzen Sache; soviel entnahm er aus seinem rätselhaften Benehmen. Er glaubte bisher Cheng zu kennen; es entpuppte sich als ein Irrtum. Eine unsichtbare Hand schob den Schleier zur Seite, wohinter der Chinese sein wahres Gesicht zeigte. Vor ihm stand ein Fremder aus einer anderen Welt. Ein Schauder fuhr ihm über den Rücken. Wachtmeister Sillery ahnte viel, doch wußte wenig. Unbewußt richtete er sein Gewehr auf Cheng. Was dann geschah verwirrte ihn, und belustigte den Chinesen. Der klein gewachsene, unscheinbare Mann von einem fernen Land, verzog keine Miene. Unergründlich, wie immer, schaute er unverwandt auf den Polizisten, der wie gebannt vor sich hinstarrte. Wortlos näherte sich Cheng, eine furchtbare Entschlossenheit spiegelte sich in seinen Augen. Als er kichernd den Gewehrlauf runter bis in den Schnee drückte, erwachte Sillery aus seinem entrückten Zustand. Beschämt blickte er zur Seite; wütend fuhr er dann Sun Cheng an:

„Wo sind Ihre Kollegen?"

„Dort oben."

„Wie lange schon?"

„Zwei Tage und zwei Nächte."

„Unmöglich," rief der Wachtmeister; er fühlte sich auf den Arm genommen, was seinen Ärger steigerte.

Er zeigte auf die grausige Sicht.

„Wo kommt das Blut her und die Knochen?"

„Von den Eisbären."

„Unmöglich," rief er zum zweiten Mal.

„Doch, doch, sie kämpften mit Zähnen und Krallen zwei Tage und zwei Nächte lang."

Das klang unglaubhaft, hinsichtlich Sillerys Erfahrung. In all den Jahren seines Aufenthalts inmitten der Fürsten des Nordens, hatte er nie dergleichen gesehen oder gehört. Gewiß, Eisbären balgen sich, aber zerfleischen? Nie und nimmer!

„Die Knochen und Gräten, woher kommen die?"

Scheinbar gelangweilt zuckte Cheng mit den Achseln. Er lenkte ab:

„Wir müssen uns beeilen, Wachtmeister, es wird bald dunkel."

Sillery warf einen bedenklichen Blick auf den Turm, der auf zwei stämmigen Pfählen saß, die mittels Eisenstäben verbunden waren. Diese Stäbe dienten ebenfalls als Leiter. Der

Ausguck, eine Art Jägersitz, war völlig eingeschlossen, unten mit Brettern, rundum und oben mit Fenstern.

Sillery begann den Aufstieg. Bei der zweiten Sprosse kehrte er wieder um; sein Gewehr war ihm im Weg. Eben wollte er es anlehnen, als ihm etwas einfiel; es war noch geladen. Mit einem Seitenblick auf Cheng wollte er die Patronen entfernen. Das Magazin war leer! Sillery überlief es heiß und kalt. Er starrte, nein stierte, seinen Begleiter an.

„Stimmt etwas nicht?" erkundigte sich Cheng.

„Ganz und gar nicht," hätte er beinahe erwidert, denn er erinnerte sich deutlich das Gewehr bei der Ankunft geladen zu haben.

Ein weiterer Gedanke fuhr ihm durch den Kopf, nämlich, Chengs Tollkühnheit, als er unerschrocken auf ihn zu ging, trotz des auf ihn gerichteten Gewehrs. Drückte er nicht den Lauf nach unten mit einer Gelassenheit die an Vermessenheit grenzte? Die Erkenntnis ließ nicht lange auf sich warten: Cheng wußte etwas; das Gewehr war nicht mehr geladen, er hatte die Patronen entfernt.

Sillery stand wie ein hilfloses Opfer da. Unentschlossen, wie nie zuvor, schaute er an Cheng vorbei zum Dorf und dann zum Turm hinauf; als wäre es sein Golgatha, dachte der grinsende Chinese.

„Eile tut not, die Lichter im Dorf sind schon an," meinte er.

Mit wenig Begeisterung begann Sillery den Aufstieg. Wie Cheng behauptete lagen drei Männer im kleinen Raum, bis ins Mark erfroren; sie waren offensichtlich tot. Nachdem er einige Aufnahmen gemacht hatte, kletterte er wieder hinunter.

Sie machten sich wortlos auf den Rückweg. Es wäre sinnlos gewesen sich noch länger aufzuhalten. Die einbrechende Nacht schloß weitere Untersuchungen aus.

Der Vorfall mit dem Gewehr lag schwer auf Sillerys Gemüt, seine Schande konnte er Sun Cheng einfach nicht verzeihen. Im Stillen nannte er ihn allerhand, außer einen liebwerten Menschen.

Der Rückweg erwies sich schwieriger als der Hinweg. Der Wind hatte die Spuren verwischt, Schneewehen hatten sich vermehrt und aufgehäuft. Wachtmeister Sillery stellte viele

Fragen, von oben herab, die Cheng fast übermütig oder garnicht beantwortete.

„Sun Cheng, warum kamen die Männer nicht runter?"

„Wie ich bereits sagte, die Bären hätten sie in Stücke gerissen."

Das leuchtete dem Polizisten ein, jedoch verscheuchte es nicht seinen anhaltenden Argwohn.

Auf dem Weg zum Dorf ging viel durch Sillerys Kopf. Manches verwarf er als widersinnig, manches erschien ihm achtenswert; es wechselte so hin und her. Etwas jedoch konnte nicht geleugnet werden: Sun Cheng verbarg mehr als er offenbarte. Außerdem benahm er sich wie jemand dem das Ganze nichts anging. Er nahm sich vor noch heute seine Vorgesetzten in Winnipeg zu benachrichtigen. Drei Tote in einem kleinen, entlegenen Ort war eine ernste Sache, vor allem wenn die Umstände höchst verdächtig sind. Außerdem benötigte er Anweisungen bezüglich Sun Cheng. Sollte er einen Haftbefehl anfordern, ihn auf der Wache halten oder versuchen ihn lediglich nur auszufragen? Als erstes mußte ein Protokoll aufgenommen werden.

„Sie müssen mit auf die Wache kommen," wurde Cheng aufgefordert.

Sillery erhielt keine Antwort erhielt, er wiederholte die Aufforderung.

„Was ist los, Cheng, sind Sie taub geworden?" schimpfte er während er sich umdrehte.

Sun Cheng war verschwunden, alles rufen nützte nichts; ihn schien die Erde verschluckt zu haben. Trieb er mal wieder seine Possen, für welche er eine Vorliebe besaß?

„Laß ihn, weit kann er nicht sein," mutmaßte Sillery.

Richtig, frühmorgens erschien Cheng auf der Wache. Als der Wachtmeister ihn wegen dem Houdine Streich rügte, zog er die Augenbrauen hoch, schürzte die Lippen und zuckte mit den Achseln. Alles geschah mit einer engelhaften Unschuldsmiene.

„Ich bin bereit," verkündete Cheng.

„Bereit für was?"

„Die Aussage," erklärte er.

„Also doch hat mich der Kerl gehört," schoß es Sillery durch den Kopf.

Trotz seiner Verstimmung nickte er anerkennend.

„So, so, der Chinese hat sich einen Jux erlaubt," gestand er freimütig.

Er hieß Cheng Platz nehmen, legte Blatt und Stift bereit und begann Fragen zu stellen. Die Antworten bereiteten ihm wenig Vergnügen. Sie waren ausweichend, irreleitend oder aus den Fingern gesogen. Sung Cheng hatte viel zu verbergen, folglich führte er ihn von einem Hohlweg in den anderen. Nun, Sillery stellte weiterhin Fragen die er für nötig hielt, vielmehr wie es die Regeln vorschrieben. Listig, mit eingetrichterter Schlauheit ging er voran. Jedoch der Mann von den Bergen Jehols schien verfängliche Fragen zu riechen; er wich ihnen mit einem unschuldigen Lächeln aus. Wie erwartet, wie gelehrt, wiederholte sich der Wachtmeister drei bis viermal. Er glaubte gewitzt zu sein; Cheng nannte es Vergeßlichkeit, er widersprach sich kein einziges Mal. Eh er entlassen wurde nahm Sillery ihm das Versprechen ab mit der Polizei in Verbindung zu bleiben.

„Warum?" wollte er wissen.

„Weil Sie bei der Gerichtsverhandlung aussagen müssen. Schließlich sind Sie der einzige Zeuge."

Irrte er sich oder erhellte sich Chengs Gesicht wirklich? Anordnungen von Winnipeg ließen nicht lange auf sich warten. Im großen ganzen billigte man Sillerys Tun, mit Ausnahme eines Versehens:

„Sie hätten Sun Cheng verhaften sollen. Das Gesetz erlaubt einen Kronzeugen bis zur Verhandlung festzuhalten," wurde er belehrt.

Freilich räumte der Chef ein, unter den Umständen kann man darüber hinwegsehen. Churchill heimlich verlassen wäre nicht so einfach. Sillery versprach den Verkehrsgesellschaften die nötigen Anweisungen zu geben. Er atmete er erleichtert auf.

Inzwischen kam Schutzmann Fleury zurück. Er war hell im Kopf und flink auf den Beinen. Er begriff die Lage sogleich. Eile tat Not, darüber herrschte kein Zweifel. Da Sillery von einer leichten Grippe befallen war, nahm er das Heft in die Hand. Im Handumdrehen hatte er Ausrüstung und Fahrzeuge bereit, und trommelte Gehilfen zusammen. Sung Cheng war nirgends zu sehen.

„Der weiß den Weg. Los geht's, Männer, wir müssen aufbrechen," drängte Fleury.

Begeistert machte man sich auf den Weg, mit erkaltetem Eifer kam man an. Der anstrengende Marsch hinterließ seine Spuren in den verweichlichten Gesichtern und verzärtelten Gliedern. Fleury und sein Gehilfe machten sich bereit. Beide schlangen sich ein Seil um, dann erkletterten sie den Turm. Die Nachricht schlug wie ein Blitz aus heiterem Himmel ein: „Hier ist niemand," verkündete Fleury von oben.

Alle Augen öffneten sich weit, jeder Kopf wandte sich zum Wachtmeister. Einige kicherten schadenfroh. Witze wurden gerissen, die Sillery, sowie die Polizei allgemein, veralberten.

„Ha, was kann man schon erwarten von Kanadas Besten," höhnte ein Mann, der im ständigen Zwist mit der Polizei stand.

Sillery würdigte ihn keines Blickes. Er rief seinem Untergebenen zu:

„Robert, hör auf mit dem Blödsinn. Los, laß die Stricke runter," befahl er.

Fleurys Gehilfe mischte sich ein:

„Es stimmt, der Ausguck ist leer," bestätigte er.

Der Frost in Sillerys Gliedern verschwand, der Schweiß brach ihm aus allen Poren. Sprachlos stand er da, unberührt von der klirrenden Kälte und dem scharfenWind.

Fleury und sein Helfer kamen inzwischen wieder herunter. Sillerys anklagender Blick hätte sie beinahe wieder hoch gejagt. Zornentbrannt machte er Anstalten selbst hinauf zu steigen. Fleury trat ihm wehrend entgegen:

„Sean, du brauchst dich nicht bemühen, der Platz ist leer, niemand ist dort oben."

Geistesabwesend starrte er von seinem Untergebenen auf die umstehenden Männer.

„Robert, du irrst dich. Gestern waren drei Leichen im Turm, ich setze mein Leben dafür ein. Tote Männer laufen nicht weg und klettern tun sie noch weniger. Geh mir aus dem Weg, ich muß selber nachschauen."

Seufzend trat Fleury zur Seite mit den Worten:

„Na ja, wenn es sein muß."

Die Bemerkungen der Umstehenden arteten in Sticheleien aus. Anspielungen auf Sillerys Geisteszustand wurden laut. Um so tiefer ihnen der Frost in die Glieder fuhr und der Eiswind von der Tundra durch die wärmste Kleidung drang, desto anzüglicher wurde man. Aber gehen wollte keiner, denn sie ahnten eine Bloßstellung des unbeliebten Wachtmeisters.

Sillery stieg schweren Herzens hoch. Ungeduldig öffnete er das Türchen, erschreckt prallte er zurück. Fleury sprach die Wahrheit: Der Ausguck war leer. Er fuhr sich einigemal mit der Hand über die Augen, schüttelte den Kopf wie geistesabwesend und starrte vor sich hin. Es half nichts, die Leichen von gestern hatten sich in Luft aufgelöst. Es mußte ein Trugbild sein, ein Alptraum in dem Gaukler ihr Unwesen trieben.

Der bitterkalte Wind versetzte Sillery in die Wirklichkeit zurück; es gab nichts weiter zu tun als runter klettern. Die boshaften Bemerkungen der Männer würdigte er kaum. Er hatte andere Sorgen, nämlich, Sun Cheng.

„Wo ist Sun Cheng, hat ihn jemand gesehen?"

„Er ging weg," wurde ihm berichtet.

„Ging weg? Wann, wohin?"

„Woher soll ich das wissen," entgegnete der Mann unwillig, da ihm der herrische Ton des Polizisten mißfiel.

„Sie haben ihn gesehen?" fragte Sillery in einem verträglicheren Ton.

„Ja, heute früh. Er ging mit einem Koffer in der Hand zum Bahnhof. Mehr weiß ich nicht."

Der Polizist wurde von allen Seiten bedrängt, am Tatort, wie auch später im Dorf. Frauen, wie auch Männer, drückten ihre Bedenken aus, als die jüngste Nachricht von Mund zu Mund ging.

„Höchst verdächtig," sagten manche.

„Nicht zu glauben," meinten andere.

„Na ja, was ist schon zu erwarten von den auswärtigen Horden," beschwerten sich die Alteingesessenen.

„Sachte, Leute, sachte, alles kommt ans Tageslicht bei der Gerichtsverhandlung," versprach der Bürgermeister.

Das Versprechen entpuppte sich als leer gedroschenes Stroh; das Rätsel blieb weiterhin ungelöst.

Ernst Novak, der Inhaber der Nanook Gesellschaft, mußte benachrichtigt werden. Ein Gespräch mit ihm sollte Licht auf die Angelegenheit werfen, so hoffte Sillery. Doch die Sache wurde von Minute zu Minute undurchsichtiger. Zunächst wurde der Wachtmeister ungnädig an etwas erinnert das er nicht hören wollte:

„Sagte ich's doch."

„Gewiß, gewiß, ich weiß was Sie sagten," unterbrach er ihn. Jedoch der lautstarke Mann von der Prärie ließ sich nicht beirren. Er fuhr fort. Sillery vernahm Lärm, doch verstand er kaum ein Wort, denn er sank in einen hypnotischen Zustand. Er wollte zuhören, teilnehmen am Gespräch, jedoch es gelang ihm nicht. Immer wieder tauchten die Leichen im Turm vor seinen Augen auf, Leichen die auf rätselhafte Weise über Nacht verschwanden. Nagende Zweifel quälten ihn abermals. Lagen sie tatsächlich in dem einsamen, sturmgepeitschten Turm oder waren es lediglich Wahnbilder, welche Sun Cheng aus unverständlichen Gründen ins Leben rief und die in seinem Unterbewußtsein haften blieben? Möglich? Unmöglich? Wer weiß. Er hatte von solchen und ähnlichen Fällen einer Willensübertragung gehört und gelesen.

Ernst Novak gab keine Ruhe. Er zitierte althergebrachte Sprichwörter, Weisheiten, sowie Ahnungen die jedem betagten Mann von der Prärie geläufig sind. Er beendete seinen Wortschwall mit den Worten:

„Ich werde morgen bei Ihnen eintreffen."

Bei der Gerichtsverhandlung schnitt der Wachtmeister nicht günstig ab. Der Vorsitzende, sowie einige Geschworene, setzten ihm arg zu. Obwohl sein inneres Zerwürfnis erkannt wurde, ging man streng voran. Die Geschworenen, alles hiesige Männer, wünschten ihn schon lange zum Teufel; er war ihnen ein Dorn im Auge. Sie bezeichneten ihn als Streber, der den verhaßten Fremdenverkehr zwar nicht öffentlich begrüßte, ihn jedoch mit Nachsicht behandelte.

„Nachsicht? Wie wärs mit kniefälliger Hingabe," murrten etliche, die gern das Kind beim Namen nannten.

Der Vorsitzende stellte die erste Frage:

„Wann erfuhren Sie von den Männern im Turm?"

„Am dreizigsten November."

„Von wem und wie?"

„Sun Cheng erschien frühmorgens erregt im Revier, er war offensichtlich verwirrt. Ich konnte kaum schlau aus ihm werden, es bedurfte Geduld und Mühe ihn zu verstehen."

Ein Geschworener erhob seine Stimme:

„Ihrem Bericht nach gingen Sie mit Cheng zum Tatort."

„Das stimmt."

„Was dann?"

Wachtmeister Sillery beschrieb was er sah, ebenfalls wiederholte er Sun Chengs Erklärungen wie sich alles zutrug. Die Geschworenen schüttelten die Köpfe, schnitten Grimassen und scharrten mit den Füßen; sie drückten damit ihren Unglauben aus. Die peinliche Begebenheit mit dem Gewehr, welche ihm keine Ruhe ließ, verschwieg er natürlich. Wußte Cheng vom leeren Kugellager oder war er tollkühn? Hatte er die Patronen entfernt, welche von ihm mit Sicherheit kurz zuvor eingefügt wurden? Das Ganze blieb ihm ein Rätsel, welches ihm unlösbar schien.

Sein Sinnen wurde von einem Geschworenen unterbrochen:

„Sie erstiegen den Ausguck während Cheng unten blieb."

„Ja."

„Was fanden Sie dort?"

„Drei Leichen. Drei tote Männer, um genauer zu sein, erfroren, soviel ich sehen konnte."

Der Richter schalt sich ein:

„Den Berichten nach wurden keine Aufnahmen gemacht."

„Nein, die Kamera versagte. Wohlgemerkt, es war bitterlich kalt," verteidigte sich Sillery.

Als er vorwurfsvolle Blicke sah, fügte er hinzu:

„Außerdem wurde es dunkel."

„Am nächsten Morgen waren die Leichen verschwunden. Ging es nicht so?" forschte der Richter.

„Leider ja," gab Sillery zu verstehen.

Ernst Novak fehlte natürlich nicht. Er bestand darauf angehört zu werden. Was er zu sagen hatte war belanglos. Aber er legte sich trotzdem tüchtig drein. Der Richter ließ ihn gewähren, allerdings mit hochgezogenen Augenbrauen und geschürzten Lippen. Er hätte Augenzeugen bevorzugt.

Novak straffte sich wie ein Lehrer am Katheder eh er den

Unterricht beginnt. Er hatte viel zu sagen, doch wenig gehörte zur Sache. Mit vereinter Mühe brachte man ihn endlich zum schweigen. Man hatte das Gefühl hinters Licht geführt zu werden.

„Der Mann verschweigt mehr als er sagt," flüsterte der Vorsitzende dem Richter ins Ohr.

Das Urteil fand vielseitiges Mißfallen. In erster Linie wegen der angedeuteten Nachlässigkeit seitens der Polizei. Gemeint war natürlich Wachtmeister Sillery, welcher den Bericht zweimal durchlas. Zuerst mit gerunzelter Stirn, dann mit wiederholtem nicken, das Verständnis ausdrückte. Er begriff um was es ging: Er war hier nicht mehr gern gesehen.

„Morgen reiche ich einen Antrag ein. Ich möchte, nein, muß versetzt werden," sagte er sich.

Ernst Novak hielt sich noch immer in Churchill auf. Seine Gegenwart empfand die Prominenz des Dorfes von Tag zu Tag lästiger. Im Augenblick saß er dem Polizeiwachtmeister gegenüber, der ihn aufrichtig zum Teufel wünschte. Sillery stellte Fragen, mehr aus Verlegenheit als aus Neugierde.

„Sun Cheng ist seit fünf Jahren in ihren Diensten, wie ich höre."

„So ungefähr."

„Sie kennen ihn somit gut, nehme ich an."

Novak schüttelte bedeutsam den Kopf.

„Nicht wirklich," kam eine ausweichende Antwort, worauf eine Frage folgte:

„Wo zielen Sie hin?"

„Chengs unverständliches Verhalten."

„Zum Beispiel?"

„Ihm nach blieben seine drei Kollegen zwei volle Tage und Nächte im Ausguck, bei vierzig Grad Kälte, doch er kümmerte sich nicht um sie. Er wußte doch, daß sie erfrieren würden."

Ernst Novak verzog sein Gesicht. Er machte Anstalten etwas zu sagen, aber er verschluckte was ihm auf der Zunge lag. Sun Cheng verabscheute alle drei aus tiefster Seele. Soviel war ihm bekannt oder er konnte es sich denken. Warum er den Unglücklichen auf dem Turm nicht Beistand leistete leuchete ihm ein. Sie waren gezeichnet, vom Schicksal auserlesen mittels Sun Cheng, wissentlich oder unwissentlich, ihr Ende zu finden. Inwiefern sein Faktotum die Hand im Spiel hatte, blieb ihm, wie auch anderen, ein Geheimnis.

„Sie meinen er hätte auf den Turm steigen sollen," meinte Novak.

„Selbstverständlich," erwiderte Sillery.

„Cheng leidet an Schwindelgefühlen. Schon wenn er auf einen Stuhl steigt dreht sich alles um ihn. Außerdem wüteten die Bären, die sich bis aufs Blut rauften," erinnerte Novak.

„Gemäß Sun Chengs Aussage."

Überrascht sprang Novak auf:

„Wie soll man das verstehen?" rief er lauter als beabsichtigt.

„Konnte er nicht die Bären verscheuchen?" verlangte der Wachtmeister zu wissen.

„Wie denn? Hungrige Eisbären nehmen nicht Reißaus beim Anblick eines schmächtigen Mannes," belehrte er ihn.

Sillery gab sich nicht geschlagen:

„Ein Schuß über ihre Köpfe hätte sie gewiß vertrieben."

„Zu Ihrer Kenntnisnahme, Cheng würde keine Schußwaffe antasten, nicht mal wenn sein Leben davon abhängt," erklärte Novak.

Er reichte dann dem Polizisten die Hand mit den Worten:

„Sie wissen wo ich zu erreichen bin."

In Winnipeg hielt die Polizei eine Tagung. Sie besprachen den Fall Cheng, wie sie die rätselhafte Begebenheit in Churchill nannten.

„Novaks Mitarbeit läßt zu wünschen übrig" bekundete der Polizeichef.

„Er beschützt Sun Cheng, den einzigen Augenzeugen und womöglichen Missetäter," mutmaßte sein Stellvertreter.

Dann zeigte er auf ein Gewehr auf dem Tisch:

„Es ist mir unbegreiflich wie ein begüteter Geschäftsmann so erpicht sein kann auf ein gewöhnliches, halb verrostetes Gewehr," wunderte er sich.

„Wie der Teufel auf eine arme Seele," pflichtete der Polizeichef bei.

„Er fragte gestern dreimal danach," berichtete Lopez, ein Schutzmann. „Woher er wohl weiß, daß es gefunden wurde."

„In einem abgelegenen Dorf spricht sich so etwas schnell herum," erklärte der Polzeichef mißgestimmt.

Er sah unzufrieden aus, ihn störte Wachtmeister Sillerys unverständliche Nachlässigkeit. Er hörte auf zu trommeln und begann zu reden:

„Also, meine Herren, die Lage sieht nicht günstig für uns aus. Hier ist das Wesentliche: Sun Cheng besitzt den Schlüssel zum Rätsel, somit muß er gefunden werden. Meines Erachtens nach hat er mehr als eine Hand im Spiel. Etwas geschah an dem verlassenen Ort, das ein verheerendes Unheil ins Leben rief."

Viel mehr wurde nicht besprochen, den Gerichtsbeschluß erwähnte man nicht, denn er brachte ihnen weder Ruhm noch Ehre ein.

Der lange strenge Winter ging zu Ende, der Frühling zog allmählich ein. Das Eis auf dem Churchill brach nach und nach auf; es wurde auf die gefrorene Bucht geschoben. Die Schneeammern kamen zurück. Ihr sanftes surr-surr, sowie das liebliche Gezwitscher erfüllte die Luft. Schneehühner wechselten ihr weißes Gefieder; sie nahmen die sommerlichen rotbraunen Farben an. Starke Winde fegten von der vereisten Bucht über das flache Land. Die Tage wurden länger, die Sonne stieg höher und viele Gesichter erhellten sich.

Wachtmeister Sillerys Versetzung wurde genehmigt, wie auch sein ersuchter Urlaub, welchen er meistens in Calgary verbrachte. Täglich durchwanderte er dort den Bow River Park, von wo seine Wanderung stets im Chinesenviertel endete. Über die Auslegung, daß es reiner Zufall sei, mußte er selber lächeln. Jedesmal wenn er sich vornahm die Gegend zu meiden, lenkte eine unwiderstehliche Macht seine Schritte dorthin. Die Anziehungskraft der anheimelnden Umgebung hieß Sun Cheng.

Auf dem Hinweg machte er in Winnipeg Halt, wo er im Chinesenviertel nach Sun Cheng Ausschau hielt.

„Sun Cheng, der Mann von den Bergen Jehols? Wir kennen ihn," hieß es überall.

„Wo kann ich ihn finden?" verlangte Sillery zu wissen.

Schwupp! fiel das Schalterfenster herab, die Auskunftstelle war geschlossen.

„Versuchen Sie es im Asiatischen Kulturzentrum in Calgary," wurde ihm geraten.

Diese Erkundigungen zog Sillery natürlich in Zivilkleidung ein und in unauffälliger Weise. Als er in Calgary eines Nachmittags in seinem bevorzugten Lokal saß, kam ein Mann mit ausgestreckter Hand auf ihn zu: „Wachtmeister Sillery, welch eine Überraschung. Wie stehen die Dinge?"

Der Polizist war nicht im geringsten begeistert seine Tarnung gelüftet zu sehen, weshalb er den Mann mit einem langen Gesicht begrüßte. Er erkannte ihn sofort; es war Brian Sims, Novaks leitender Wissenschaftler.

„Darf ich Platz nehmen?" fragte Dr Sims.

Sillery nickte, indessen er sich umschaute. Sims, der Vorgänger Clyde Pringles musterte sein Gegenüber mit hochgezogenen Augenbrauen. Mehr aus Verlegenheit als Teilnahme erkundigte sich Sillery:

„Leiden Sie immer noch an den Folgen Ihres Unfalls?"

„Hm, ein wenig schon, aber nun zu Ihnen. Wie verhält es sich mit dem unergründlichen Vorfall in Churchill?"

„Es könnte besser sein," gestand der Wachtmeister.

Sie betrachteten sich gegenseitig mit mehr als einer Prise Mißfallen. Beide hatten nie viel übrig für einander. Sillery fand Dr Sims zu unnahbar, sie hatten etliche Reibereien miteinander, die hauptsächlich ihrem gegenseitigen Charakter beizumessen waren. Wie es oft geschieht wenn Menschen mit widrigen Vorstellungen sich unterhalten, stockte das Gespräch. Eine gähnende Langeweile setzte ein, die peinlich auf ihnen lastete. Zum Glück bestand eine Brücke zwischen ihren gegenseitigen Gemütern, nämlich, Sun Cheng.

Sillery schnitt das Thema zuerst an. Dr Sims verhielt sich zurückhaltend; er drückte weder Bedenken noch eine Meinung aus. Als Sillery das sonderbare Geschehen ein Geheimnis nannte, das wahrscheinlich im Sand der Zeit verlaufen wird, wurde Dr Sims fahrig. Er machte eine Bemerkung die den Wachtmeister aufhorchen ließ.

„Sie sind auf der falschen Fährte, Herr Wachtmeister," sagte er mit einem wissenden Lächeln.

„Was meinen Sie damit?" fuhr Sillery auf.

Der Wissenschaftler warf einen vielsagenden Blick auf den Polizisten, der ein einfältiges Gesicht zog. Während er sich

noch überlegte ob eine Entschuldigung angebracht wäre wegen
seines Ausbruchs, stellte Sims eine Frage:

„Wissen Sie wo ich Sun Cheng finden kann?"

„Ich suche ihn selber," antwortete Sillery.

„Das ist verständlich," meinte Dr Sims schmunzelnd.

„Vermutlich wollen Sie mit Sun Cheng weiterhin arbeiten."

„Mir wäre es recht," versicherte Dr Sims, allerdings mit
wenig Überzeugung.

„Sie sind mit ihm vertraut, nehme ich an."

„Das bin ich," gestand der Wisssenschaftler zögernd.

Sillery lehnte sich seufzend zurück.

„Leider muß ich gestehen, wir tappen immer noch im
dunkeln," vertraute er ihm an.

Dr Sims erhob sich mit den Worten:

„Ohne Sun Cheng wird das Ganze noch dunkler."

Verärgert schaute Sillery ihm nach, weshalb er nicht sah
was hinter seinem Rücken geschah. Eine Stimme ließ ihn
herum fahren.

„Verzeihen Sie die Störung, mein Herr, ich konnte es nicht
vermeiden Ihr Gespräch mit anzuhören. Wie ich entnehme
suchen Sie Sun Cheng."

„Kennen Sie ihn?"

„Wir stehen auf du und du," wurde ihm geantwortet.

„Nehmen Sie doch Platz," bot der erfreute Wachtmeister an.

„Als erstes möchte ich mich vorstellen: Brad Hulbert,
Bauunternehmer im Ruhestand.

„So, so, Sie hatten mit Cheng zu tun," meinte Sillery.

„Er hat mir gute Dienste geleistet, am Anfang, möchte ich
hinzufügen. Was später geschah bleibt dahingestellt."

Der Wachtmeister nahm einerseits Anstoß an Hulberts
Anfreundung, jedoch anderseits begrüßte er sie. Der Mann mit
dem Spitzbart und dem fremdländischen Gebaren, erweckte
eine Neugierde in ihm, die er nur schwer verbergen konnte.

„Inwiefern war ihnen Sun Cheng dienlich?"

„Er ist kräftig und furchtlos, ferner ist er sehr geschickt mit
Schußwaffen."

Unwillkürlich beugte sich Sillery vor, seine Miene drückte
Unglauben aus.

„Das ist nicht derselbe Mann von dem wir reden."

Hulbert lächelte:

„Ich denke schon, daß er es ist."

„Sie irren sich. Wie sieht er aus?"

Nachdem er Chengs wesentliche Merkmale beschrieb, nickte Sillery zustimmend.

„Hm, es ist Cheng und kein anderer."

Immer noch stutzig bemerkte er:

„Sun Cheng soll ein guter Schütze sein?"

„Der beste im Norden. Der Mann trifft ins Schwarze aus hundert Meter Entfernung," beteuerte Hulbert.

Es kostete dem Wachtmeister Mühe nicht eine Grimasse zu schneiden. Es kam noch mehr dazu:

„Sie erwähnten entschlossene Behendigkeit, Mut und Kraft oder verhörte ich mich?"

„Keineswegs. Chengs geringer Wuchs hat schon so manche getäuscht die sich ihm streitlustig näherten, sich jedoch dann kopfhängend entfernten."

Als Sillery aufhorchte, fuhr Hulbert fort:

„Ein Beispiel möchte ich geben. Eines Tages, als wir in den Selkirks Gold wuschen, erschienen zwei Männer, die sich protzig aufführten. Laß sie reden, dachte ich, wenn man sie nicht beachtet gehen sie schon von selbst. Diese Hoffnung blieb unerfüllt, die Flegel wurden zusehends dreister. Einer zeigte auf Cheng und kreischte:

„'Schaut doch einer an, ein Schlitzauge. Rechts schwenkt, marsch, ab! nach China mit dir,' brüllte er, während sein Kumpane sich vor lachen bog und sich auf beide Schenkel klopfte.

„Kaum waren die Worte verhallt, als Cheng sich ihnen näherte."

Hulbert warf einen erwägenden Blick auf Sillery eh er fortfuhr:

„Sind Sie bereit? Gut, was ich jetzt sage klingt hanebüchen. Cheng faßte den ersten am Kragen und Hosenboden, hob ihn glattweg hoch und warf ihn auf einen Steinhaufen nahbei. Der andere war nicht schwer von Begriff, er machte sich aus dem Staub."

Obwohl Sillery die Schilderung des seltsamen Gastes für eine Münchhausiade hielt, fühlte er trotzdem eine innere

Anteilnahme. Was bewegte Hulbert? War er ein triebhafter Flunkerer oder leiteten ihn tiefere Beweggründe? Novak bezeichnete Sun Cheng einen Zimperling, wogegen Hulbert ihn als Eisenfresser darstellte; derb, flink und Waffen geeicht. Sillery hatte so manches in seiner langjährigen Dienstzeit gelernt. Zum Beispiel rühmte er sich die Spreu vom Weizen trennen zu können, was ihm allerdings hier nicht gelang.

Sun Cheng führte ihn an der Nase herum, daran gab es nichts zu rütteln. Was Novak und Hulbert im Sinn hatten, war ihm rätselhaft. Einer wie der andere erschien ihm hintergründig. Er kannte Sun Cheng seit Jahren. Zugegeben, sie standen nicht auf vertrautem Fuß, aber der vieljährige Umgang mit dem Mann aus der Mandschurei gab ihm einen gewissen Einblick in seinen Charakter. Unter Aufbietung aller Einbildungskraft konnte man ihn weder einen Duckmäuser noch einen Draufgänger nennen.

Hulbert lehnte sich zurück. Nachdem er tief Atem geholt hatte, kam eine erstaunliche Frage:

„Haben Sie je Todesangst erlitten?"

„Hm, nicht wirklich," antwortete Sillery.

„Mir saß sie einmal im Nacken. Es geschah vor langer Zeit, jedoch heute noch läuft mir ein kalter Schauder über den Rücken wenn ich daran denke. Die Quelle meiner Furcht war Sun Cheng. Seit einer Weile litt unser Verhältnis unter einem wachsenden Zerwürfnis. Wir hatten den Zustand erreicht wo einer dem anderen seinen eigenen Mißstand nicht verzeihen konnte. Ungezügelte Vorstellungen taten das übrige. Die Fassade der Freundschaft fiel allmählich in Stücke.

„Worin die Ursache dieser keimenden Feindseligkeit lag, verstand ich erst viel später. Wohlgemerkt, die Verbitterung war einseitig; sie rührte nur von Sun Cheng her. Ich versuchte gute Miene zum bösen Spiel zu machen. Es gelang mir nicht so recht, vor allem als ich merkte wie Cheng jedes Wort kritisch erwägte, drehte und wendete und dann auf die Goldwaage legte."

Sillery wurde unruhig. Er gähnte wiederholt, scharrte mit den Füßen und schaute hilfesuchend umher. Hulbert merkte sein Unbehagen. Er tröstete:

„Geduld, Herr Wachtmeister …"

„Sie wissen wer ich bin?" rief er aus, so laut, daß einige Gäste erschrocken ihre Köpfe wandten.

„Wer Sie sind und wen Sie suchen ist allen in der Umgebung bekannt. Was ich sagen wollte mag den Schlüssel zum Fall Sun Cheng enthalten. Zurück zu meinem Bericht. Kurz vor Schefferville kam es zum Bruch. Man mag vermuten, daß ich an Wahnvorstellungen litt. Nur zu, nur zu, sage ich."

Sillery stand im Begriff sich zu erheben. Genug mit der Vorstellung, sagte er sich. Eh er sich verabschiedete, sagte Hulbert etwas erstaunliches:

„Ich kam zu dem untrüglichen Entschluß, daß Cheng mich umbringen wollte."

„Waaas?" entfuhr es dem Wachtmeister, der unbewußt wieder auf seinen Stuhl sank.

„Hören Sie zu. Als ich eines Morgens in Gedanken versunken am Ufer eines Flußes stand, überwältigte mich plötzlich ein Gefühl, daß ich belauert werde. Als ich mich umdrehte stockte mir schier der Atem. Sun Cheng stand hinter mir, wie ein Raubtier auf dem Sprung. Er sprach kein Wort, doch seine stechenden Augen, sowie die zusammen gepreßten Lippen, sagten alles.

„ ‚Sun, was hast du denn?' rief ich erschrocken aus.

„Ich erhielt keine Antwort. Er starrte auf mich wie der unheilvolle Basilisk vergangener Jahre, welcher angeblich mit seinem Blick töten konnte. Es versteht sich von selbst, mit der Freundschaft war es nun endgültig vorbei."

Hulbert erhob sich dann wie auf Geheiß, verbeugte sich und verließ die Gaststätte.

„Welch ein seltsamer Kauz, " murmelte Sillery vor sich hin. Kurz danach machte auch er sich auf den Weg.

In Winnipeg klopfte er beim Polizeipräsidium an. Es sollte das letzte Mal sein, denn er hatte sich vorgenommen seine Dienstzeit zu beenden; eine Versetzung kam somit nicht in Frage.

Der Bezirkschef empfing ihn nicht gerade gnädig, da auch er Sean Sillery bezichtigte Kanadas Zierde Unehre gebracht zu haben. Wer konnte ihm sein Mißfallen verübeln, in Anbetracht der Bloßstellung. Schließlich ist es ein starkes Stück, wenn der Polizei drei Leichen unter ihren Augen spurlos verschwinden.

Als der Chef jedoch die Absicht erkannte, daß Sillery sein Amt aufgeben wollte, erhellte sich seine Miene. Er räusperte sich zweimal, eh er mit den Worten heraus rückte: „Sean, wir kennen uns schon seit einem Menschenalter, ich möchte eine peinliche Frage an dich richten."

„Nur zu," ermutigte Sillery.

„Hast du wirklich drei Leichen im Turm gesehen?"

„Mit ziemlicher Sicherheit."

Brent konnte kaum ein sardonisches Lachen unterdrücken. Er war von Anfang an wenig überzeugt von Sillerys Bericht. Es war nicht das erste Mal, daß der eigenwillige Wachtmeister Unrecht hatte. Viele Beschwerden über ihn wurden eingereicht. Die meisten trugen den Stempel der Verleumdung, jedoch einige schienen dem Chef und seinen Mitarbeitern berechtigt zu sein.

In Brents Erachten war Sillery zu lange im Polargebiet tätig. Der Zauber der Tundra, sowie das eigenbrötlerische Wesen der Inuit, drang ihm ins Gemüt. Er fühlte sich dort zuhause, eine Verbundenheit mit der eigenen Rasse bestand nicht mehr.

Brent kannte seine Pappenheimer. Churchills Bewohner rühmten sich nachsichtige Einzelgänger zu sein, doch in Wirklichkeit trugen sie das Joch des Herdenwesens. Der Polizeichef hatte schon längst gelernt, daß man Gleichgesinnten lieber verzeiht, als anders gearteten.

Brent musterte Sillery mit halb offenen Augen. Er mußte gestehen, daß der Mann Fähigkeiten besaß, die leider dem Polizeiwesen eher hinderlich als nützlich waren. Ihm fehlte der Wille zur Macht. Die Uniform mit Streifen und Knöpfen, welche allgemein als Sinnbild der Autorität angesehen wird, zog er lieber aus als an. Der Polizeichef verstand diese Regungen, welche erwartet, sowie geduldet wurden, allerdings nicht unter den Eingeborenen im Polargebiet. Die Inuit wehrten sich auf biegen und brechen Gewalt über jemanden zu haben oder anderen zu unterstehen. Solche Bedürfnisse fanden sie eher lustig als löblich.

Wie erwähnt kannten sich Sillery und Brent schon lange. Wärme füreinander empfanden sie jedoch nie. Obwohl beide im hohen Norden Dienst verrichteten, oft in benachbarten Siedlungen, hatten sie wenig Umgang miteinander. Der Grund kann kurz und bündig erklärt werden: Sie waren aus verschiedenem Holz geschnitzt. Brents wuchender Ehrgeiz erweckte in Sillery Abscheu, ebenso seine gepriesene Weltoffenheit. Die bevorstehende Trennung wirkte erlösend auf beide, es ermutigte den Chef eine weitere Frage zu stellen:

„Sean, weißt du, was die Worte ‚unter der Schwelle des Bewußtseins' bedeuten?"

„So etwa. Die Vorstellung läßt einem sehen und hören was nicht der Wirklichkeit entspricht."

„So ähnlich," pflichtete Brent bei.

Sillery war kein ein Tölpel. Er verstand den Hinweis:

„Soso, ich sah Traumgestalten, ist das die Andeutung?"

Sichtlich verlegen, wie ein ertappter Sünder, nicht weniger verärgert über den gönnerhaften Ton, brauste Brent auf:

„Wer kann es einem verübeln, wenn man die Sache genau betrachtet."

Im Nu nahm er die Haltung eines Untersuchungsbeamten an, der einen Verhafteten in die Mangel nimmt:

„Sei mal vernünftig, Sean, wie können drei Leichen über Nacht spurlos verschwinden? Sag mir das, wenn du kannst."

„Ich vermag es nicht, aber Sun Cheng sollte imstande sein es zu tun."

Das brachte den gesetzten Chef auf die Beine:

„Du gibst doch nicht etwa vor, daß der schmächtige Chinese drei stämmige Männer vom Turm schleppte und sie im tief gefrorenen Boden begrub?"

„Ehrlich gestanden ich fand das ebenfalls unglaublich, das heißt, bis vor kurzem."

„Und warum jetzt nicht mehr?" staunte Brent.

„Mir kam etwas zu Ohren was meine Einstellung änderte."

Sillery erzählte was ihm in Calgary zugetragen wurde. Brent hörte geduldig zu. Je länger Sillery redete, desto unruhiger wurde er. Etwas störte ihn. Eine Frage schien ihm auf der Zunge zu liegen, jedoch er wartete bis Sillery seinen Bericht beendet hatte.

„Wie hieß der Mann?" frug er.

„Brad Hulbert, wenn ich mich recht entsinne."

„Hm, der Name sagt mir nichts, beschreibe ihn doch mal."

Sillery hatte kaum die augenfälligen Merkmale aufgezählt,

als der Chef seine Hand erhob und aufstand.

„Einen Augenblick, Sean, ich muß etwas holen, bin gleich wieder zurück," versprach er.

Kurz danach erschien er mit einer Kartei in der Hand, aus der er eine Art Steckbrief entnahm.

„War das der Mann?"

Ein flüchtiger Blick genügte um den Wachtmeister zu überzeugen. Er nickte zustimmend.

„Ohne Zweifel, aber der Name stimmt nicht."

Brent winkte ab:

„Das tut nichts zur Sache, der Kerl ändert seinen Namen beim geringsten Anlaß."

„Wird nach ihm gefahndet?"

„Nicht wirklich. Das ist lediglich eine Denkschrift an die Polizei gerichtet, welche vom Nachrichtenamt ausging."

Sillery richtete sich auf.

„Wie kommt es, daß wir in Churchill die Mitteilung nicht erhielten?"

Brent zuckte mit den Achseln. Sagen tat er nichts darauf, obwohl Sillery auf eine Antwort wartete.

„Na ja, warum sich ärgern," dachte er, „wenn man bald entfernt ist von solchen Scherereien."

Eh er Abschied nahm wollte er jedoch noch etwas wissen:

„Verstehe ich recht, diesem Hulbert, oder was sein Name ist, kann man keinen Glauben schenken?"

„Nicht den geringsten," bestätigte der Polizeichef.

Sillery kräuselte seine Stirn. Er erkundigte sich:

„Was er mir in Calgary mitteilte ist dir nach somit erfunden?"

„Höchstwahrscheinlich," urteilte Brent, der sich an Sillerys ungläubiger Miene störte.

„Denk was du willst, ich sage dir der Mann ist ein Hochstapler und ein gewiegter Fabulant, der uns in so manches fruchtlose Unterfangen verwickelte. Es mag unwahrscheinlich klingen, aber doch ist es wahr; es gelang ihm mehr als einmal uns zum besten zu halten."

Sillery wußte nicht mehr was er sagen oder fragen sollte, er verabschiedete sich.

Der Frühling in Churchill kam und verging; der Sommer
nahte schrittweise. Das Eis in der Bucht, wie auf dem Fluß,
schmolz in der grellen Sonne, die selten fehlte. Eisbären und
Walfische kamen zurück. Das brache Land verwandelte sich in
einen farbenprächtigen Teppich. Ein Jubel lag in der Luft. Die
Stimmen der erwachten Natur überschlugen sich schier im
Bestreben gehört zu werden. Die dicke Winterkleidung wurde
abgelegt; mit ihr schwand auch der Mißmut, den weder Vetter
Gerstensaft, noch Base Liedriane vertreiben konnten. Man
grüßte sich wieder von weitem, zuweilen sogar ungekünstelt.
Ja, viele wurden plump vertraut miteinander, wie es sich
geziemt für Leute die nichts zu verbergen haben.

Die gehobene Stimmung hatte leider eine Schattenseite; sie
hieß: Fremdenverkehr. Churchill ist weit und breit bekannt
wegen den Eisbären und den Walfischen. Die Bären besitzen
eine besondere Anziehungskraft; sie kommen ans Land eh das
Eis in der Bucht bricht. Nahbei Churchill verweilen sich diese
mächtigen Fürsten der Tundra, bis das Eis wieder tragfähig
wird. Mit viel Tamtam werden erlebnishungrige angelockt, die
aus allen Richtungen und Ländern herbei strömen. Für ein
beträchtliches Entgelt werden sie in glasumrahmten und
geschützten Sonderfahrzeugen hin und her gefahren.

Churchills Bewohner, das heißt, die älteren hauptsächlich,
wünschten die Veranstalter samt ihrer vorwitzigen Kundschaft
zum Kuckuck. Jedoch alles murren, spötteln und anprangern
blieb erfolglos. Die behördliche Einstellung war: Es fördert den
Geschäftsgang; es war ihr Wahlspruch. Somit wurden diese
unruhigen Geister mit den durstigen Kehlen, lauten Stimmen
und anstößigen Benehmen, mit strahlendem Gesicht und
ausgestreckten Armen empfangen. Die Basiliskenblicke der
Einwohner wurden mit Mißachtung bestraft, vor allem seitens
der Anhänger des Fortschritts und der hirnlosen Streber, so
behaupteten manche Ansässige. Der Ärger mit den Fremden
geriet in den Schatten; er wurde in den Hintergrund gedrängt
von einem Gerücht das wie ein Lauffeuer kreuz und quer durch
Churchill und Umgebung eilte.

„Der Fall Sun Cheng ist gelöst," hieß es von allen Seiten.
Viele Neugierige stellten Fragen, Antworten fielen keinem in
den Schoß. Liam Haller, der neue Wachtmeister, verblieb

unverbindlich, obgleich sein Verhalten allerhand ahnen ließ. Man drückte Verständnis aus für sein Widerstreben mitteilsam zu sein, hinsichtlich der peinlichen Bloßstellung, welche der Polizei widerfuhr.

Haller fühlte sich verpflichtet die Angelegenheit Sun Cheng aufrecht zu erhalten. Er rümpfte weder die Nase wenn ihm die Gerüchte zu Ohren kamen, noch äußerte er sich zustimmend darüber. Neugierige Bürger behandelte er wie ein gewiegter Politiker: Mit bedeutungsvollen Blicken, nichtssagenden Worten, versteckten Andeutungen und hüsteln wurden sie hingehalten. Er nannte es dem Zerberos einen Brocken hinwerfen. Aber der Zerberos, gemeint sind einflußreiche, lautstarke Drahtzieher, verhielt sich täglich unzufriedener. Des Wachtmeisters Getue hatte man satt. Er dresche leeres Stroh, wurde ihm vorgeworfen.

Eines Tages meldete sich ein Ausschuß beim Polizeichef in Winnipeg.

„Wir sind von der hiesigen Handelskammer," wurde Brent mitgeteilt.

Seine hochgezogenen Augenbrauen bewirkten eine weitere Erklärung:

„Wir vertreten unsere Niederlassung in Churchill."

„Nun, meine Damen und Herren, womit kann ich Ihnen dienen?" verlangte er zu wissen, obwohl er sich gut vorstellen konnte um was es sich handelte.

Einer der Männer holte tief Atem, er hatte offensichtlich wichtiges zu sagen:

„Herr Kommissar, ein Gerücht kam uns zu Ohren, daß die berüchtigte Angelegenheit in Churchill aufgeklärt wurde."

Sein Begleiter fügte hinzu:

„Einzelheiten sind uns nicht bekannt."

„Die suchen Sie wohl bei mir, vermute ich," bemerkte der Polizeichef.

„Richtig, Herr Kommissar," folgte eine einstimmige Antwort.

Brents Miene blieb unverändert, dem Anschein nach, das heißt, für einen der ihn nicht inwendig kannte. Wie erwähnt, er ahnte um was es ging. Man sorgte sich um den vergötterten

Fremdenverkehr, der angeblich wegen dem merkwürdigen Vorfall eine Flaute erlitt. Wer trägt die Schuld daran? fragte man sich in den zuständigen Kreisen. Die Antwort folgte auf dem Fuß: Die Polizei, welche von mehr als einer Seite bedrängt, ja, sogar beschuldigt wurde, die Urheber zu sein für das Schwert des Damokles, welches über dem Touristengeschäft schwebte.

Die Leiterin der örtlichen Handelskammer nahm kein Blatt vor den Mund:

„Seit dem rätselhaften Zwischenfall drüben am alten Fort geht es abwärts mit uns," verkündete sie in Wort und Schrift.

„Ja, sogar die Nachfragen sind dünn gesät," pfichtete man ihr aus maßgebenden Kreisen bei."

Brents Besucher warteten mit sichtlicher Ungeduld auf eine Erklärung, welche er offensichtlich nicht geben wollte. Gründe dafür bestanden schon, triftige sogar. Ein unsichtbares Hindernis machte sich fühlbar zwischen den Vertretern der Handelskammer und dem Polizisten. Was die einen mit Eifer befürworteten, verdammte er mit Leidenschaft in den Grund und Boden. Genau gesagt, Chef Brent ärgerte sich die Schwindsucht an den Hals, wegen des ruchlosen Treibens in einer Gegend, welche freudige Erinnerungen in ihm erweckte.

Er verbrachte viele Jahre in jener großen Stille, die nur von Stürmen und den Rufen der Wildnis unterbrochen wurde. Heute noch, dreißig Jahre später, sah er mit geschlossenen Augen den Zauber der ungestörten Natur; das war einmal. Die ehrfürchtige Stimmung erhielt den Todesstoß vom Ansturm der krakelenden Touristen.

Mit Gewalt verscheuchte er die Traumgesichter seiner jüngeren Jahren, seine Besucher erwarteten eine Antwort. Brent räusperte sich, dann teilte er ihnen mit, daß die Akte Sun Cheng schon vor Monaten zur Seite gelegt wurde.

„Bloße Gerüchte öffnet sie nicht wieder," betonte er.

„Heißt es, daß weitere Untersuchungen ausbleiben?"

„Genau. Es sei denn, der Zufall spielt uns greifbare Beweise in die Hände," gestand er.

Wie auf Befehl reckten sich die Männer. Verwunderung trat in ihre Augen, die in Mißvergnügen ausartete. Sie gelobten im Stillen, die Angelegenheit nicht ruhen zu lassen. Wie könnte man auch, da doch jeder Mensch mit etwas Verstand und Hirn im Kopf weiß, daß der Tourismus ein Ahmedsapfel des Wohlstandes fürs ganze Land ist. So verhielten sich die vorherrschenden Meinungen der oberen wie unteren Schichten. Der Fremdenverkehr genoß eine Huldigung, welche an Götzendienerei grenzte.

Brent bildete eine Ausnahme; er verabscheute den bloßen Gedanken daran. Ihm blieben die üblen Gerüchte nicht unbekannt, welche wöchentlich eine gruseligere Färbung annahmen. In manchen Kreisen stöhnte man lauter und lauter über den schwindenden Ruf Churchills, wohlgemerkt weltweit die einzige Gegend wo Eisbären noch im Naturzustand beobachtet werden können.

„Im Naturzustand?" spöttelten manche, die sich auskannten, denn ihnen nach verhielt sich die Wirklichkeit ganz anders. Aber so hieß die Kunde aus berufenem Mund und bedenkenloser Feder.

Wie erwähnt wußte der Polizeichef Bescheid. Er und sein Revier wurden zur Zielscheibe spitzer Bemerkungen, wenn nicht unverhohlenen Anklagen. Genau betrachtet verdienten sie an den Pranger gestellt zu werden, gestand er sich ein. Ohne Zweifel hatte Kanadas Auswahl versagt; ihr weitverbreiteter Ruf die Besten der Guten zu sein, erwies sich als ein Ammenmärchen. Wieder mal, bemerkte Brent im Stillen.

Die Damen und Herren der Handelskammer verließen das Amtsgebäude sichtlich verstimmt.

„Die Begeisterung der Polizei, wie auch ihr Einsatz, läßt zu wünschen übrig," stichelten sie, während sie sich entfernten.

Brent konnte nicht umhin ihnen beizupflichten, aber mit einem Vorbehalt: Es fehlte weder an Eifer noch am Willen der Polizei, sondern schlicht und einfach an Anhaltspunkten um den Fall zu lösen.

Kurz danach erschien ein Mann in Churchill der beträchtliches Aufsehen erregte; aus zwei Gründen. Erstens glich er dem verschollenen Sun Cheng, zweitens umwitterte ihn ein rätselhafter Hauch.

„Der Mann hat viel zu erzählen," hieß es hier und da.

Die Ähnlichkeit mit Cheng bestand darin, daß beide chinesische Merkmale besaßen. Davon abgesehen bestand keine weitere Verwandtschaft zwischen ihnen; weder in der Wesensart noch in körperlicher Hinsicht. Obwohl Ming Huan, so nannte er sich, vorgab ein Tourist zu sein, schrieb man ihm anderweitige Absichten zu.

„Merkt's euch, der hat wichtigeres im Sinn als Eisbären zu betrachten, " wisperten die Eingeweihten.

Huans Besuche bei der Handelskammer fielen auf, sie setzten die Flüsterpost in Gang. Was etliche Bewohner ahnten, konnte niemand beweisen.

„Seine Anwesenheit erfüllt einen Zweck," sagte man sich unter der Hand.

Helen Skofield, die Leiterin der Geschäftsstelle des Reiseverkehrs, schien Ming Huan mit offenen Armen zu empfangen. Es geschah nicht selten, daß bei seinem Besuch ein Schild ausgehängt wurde, auf dem zu lesen war: Geschlossen.

Natürlich begann ein Getuschel zu entstehen.

„Schaut, schaut, unser Fräulein Rührmichnichtan kriegt Vorstellungen," schmunzelten die Männer und kicherten die Frauen.

Als Helen Skofield davon hörte, huschte eine sichtliche Röte über ihr Gesicht, welches im Nu wieder die üblichen strengen Züge annahm. Sie spürte keinerlei Neigungen für Schwärmereien, welche sie den Mücken und Bienen überließ. Ihr Liebhaber hieß Ehrgeiz, ihr Verehrer nannte sich Erfolg. Von männlichen Vorzügen hielt sie ohnehin nicht viel.

Dinge spitzten sich zu. Eines stürmischen Morgens meldete sich Ming Huan bei Liam Haller, dem gegenwärtigen Wachtmeister. Wie bereits erwähnt hatte er beide Ohren voll von den umlaufenden Gerüchten des gelösten Falles Sun Cheng; wohlgemerkt, zufriedenstellend gelöst, hieß es.

Obwohl Chef Brent in Winnipeg ihm versichert hatte, daß diese Kartei geschlossen bleibt, auf alle Zeiten, wollte Haller die Sache nicht aufgeben.

Ming Huan kam unverzüglich zur Sache:

„Darf ich mich vorstellen, Herr Wachtmeister?"

Haller winkte ab:

„Nicht nötig, Ihr Name ist mir bekannt."

„Aber nicht der Zweck meiner Aufwartung, vermute ich."

„Ich kann ihn mir denken," versicherte der Polizist, indem

er den Besucher mißtrauisch betrachtete. Schutzmann Fleury, sein Untergebener, hielt ihn auf dem laufenden. Es schien, daß Ming Huan mit dem örtlichen Fremdenverkehr verbunden sei, welcher zur Zeit einen bedenklichen Tiefstand erreicht hatte, den man unverblümt der Polizei zur Last legte.

„Ich kann es ihnen nicht verübeln," gestand sogar der Chef. Er wußte nicht ob die sonderliche Begebenheit zum kichern oder zum heulen Anlaß gab. Untereinander mutmaßten sie: War Sean Sillery unter Einfluß von Drogen? Vielleicht, meinten einige, während andere behaupteten, der gerissene Chinese hätte ihn hypnotisiert. Wie sonst könnte ein sachlicher Mann drei blau gefrorene Leichen im Aussichtsturm sehen, die über Nacht spurlos verschwanden? Man war sich einig so etwas zu glauben, grenze an Verstiegenheit. Weiterhin hegte man die Meinung, daß Sun Cheng allein den Schlüssel zum Geheimnis besaß. Doch ihn hatte die Erde verschluckt.

Vielleicht nicht ganz, wenn man Ming Huan Glauben schenken konnte. Der Mann von weit her stand eben Haller gegenüber, den er mit abschätzenden Blicken betrachtete. Nahm er Maß am Polizisten oder versuchte er seine Gedanken zu sammeln inmitten dem wüsten Getose draußen? Der Wind zerrte an allem was nicht verschraubt oder vernagelt war. Der Teufel, samt seiner Verwandtschaft, schien mal wieder am Werk zu sein.

„Ich weiß wer Sie sind, ferner ahne ich um was es sich handelt. Also, raus mit der Sprache," verlangte Haller.

Huan straffte sich:

„Ich weiß was geschah," verkündete er.

„Was geschah?" wiederholte der Polizist mit einer Miene, die er unwillkürlich aufsetzte im Umgang mit geringeren Leuten; das heißt, die unkanadisch aussahen, sich lebhaft benahmen oder, der Himmel sei gnädig, welche Kenntnisse in fremden Sprachen besaßen.

Ming Huan grinste übers ganze Gesicht, er kannte diesen Schlag Mensch gut.

„Drüben am alten Fort, Sun Cheng sagte mir alles."

Haller sprang auf:

„Sie kennen Sun Cheng? Wo ist er?"

Huan breitete seine Arme weit aus:

„Weit, weit weg," gab er zu verstehen.

Nachdem Huan Platz genommen hatte, begann der Wachtmeister ihm Fragen zu stellen.

„Sie werden natürlich unterzeichnen was ich aufschreibe."

„Mit Freuden," kam eine Antwort.

Huan begann zu erzählen. Erst stockend, dann mit zunehmender Überzeugung.

Haller sagte wenig, er hörte aufmerksam zu und vermerkte was ihm berichtet wurde; jedoch nicht lange. Etwas merkwürdiges geschah, er schien allmählich die Gemütsruhe zu verlieren und nicht minder die Aufmerksamkeit. Er wurde fahrig, rutschte auf dem Stuhl hin und her, schaute mal hierhin, mal dorthin und zum Fenster hinaus. Hin und wieder faßte er Huan näher ins Auge. Seine Bestürzung wuchs an. Er fühlte ein Bedürfnis aufzustehen, doch ihm fehlte die Kraft, ebenso die Entschlossenheit es zu tun; unsichtbare Hände schienen ihn fest zu halten.

Was ging hier vor sich? Wie vermochte ein unscheinbarer, schmächtiger Mann solch entmutigende Empfindungen erwecken, in einem bewaffneten Polizisten von kräftigem Wuchs, obendrein in Amtsgewalt gehüllt? Eine Ahnung bemächtigte ihn, die er, ein Mann der Obrigkeit, um nichts in der Welt eingestanden hätte. Haller forschte insgeheim nach Zeichen in Huans Gesicht und Bewegungen, die ein übles Vorgefühl ins Leben rufen sollten. Doch da war nicht viel zu entdecken; Huans Miene verriet wenig. Unergründlich, bar jeglicher Spur von Hintergedanken, aber trotzdem zur Vorsicht mahnend, saß ihm der Mann von einer fremden Welt gegenüber.

Etwas störte den Polizisten an seinem Besucher. War es das wiederholte grinsen, die zuckenden Mundwinkel oder seine eintönige Stimme, die im Begriff stand ihn einzuschläfern? Huan ließ durchblicken, daß er vom selben Ort stammte wie Sun Cheng, nach dessen gegenwärtigen Aufenthalt sich Haller mehrmals erkundigte. Erfolglos, muß gestanden werden. Außer einem starren Blick war nichts weiteres zu ernten. Er fuhr seinen Besucher ungehalten an:

„Sie müssen doch näheren Umgang mit ihm gehabt haben."

Keine Antwort folgte auf diese barsche Zurechtweisung, jedoch sein grinsen sagte mehr als Worte. Draußen ging es wüst zu. Der Wind fauchte und brüllte um das Polizeigebäude. Wie ein wutentbrannter Unhold, vom Vernichtungswillen erfüllt, bestürmte er Dach und Wände. Plötzlich flog die Tür mit einem lauten Krach auf. Der Bann war gebrochen. Haller erwachte aus seinem sinnen. Er fuhr hoch und schickte sich an sie riegelfest zu schließen. Er hatte sein Gleichgewicht wieder gefunden. Mit der üblichen Miene eines Gebieters forderte er Huan auf in seinem Bericht fortzufahren:

„Sie sagten, daß Sun Cheng schimpflich behandelt wurde, folglich sann er auf Rache."

„Ja, er heckte einen Plan aus, welchen er schließlich ausführte."

„Wäre es nicht venünftiger gewesen sich zu beschweren oder einfach zu kündigen?"

Huan schürzte die Lippen und warf ihm einen verächtlichen Blick zu. Offensichtlich wußte der Wachtmeister nichts von den Sitten der Jeholer Berge. Chengs Würde war verletzt worden, er mußte handeln oder lebenslänglich den Kopf hängen lassen.

Ming Huan erzählte, während Haller vermerkte. Ein Gedanke ließ sich nicht mehr verscheuchen: Warum macht Huan die freiwillige Aussage? Erhofft er eine Belohnung oder versucht er andere Vorteile zu erlangen? Kurz gefaßt, hier ist was Huan berichtete:

„Chengs Plan war erdacht, es fehlte bloß die Gelegenheit ihn auszuführen. Seine Peiniger gaben keine Ruhe, man schikanierte ihn bis zum letzten Tag. Cheng ertrug die Erniedrigungen mit vorgetäuschter Engelsgeduld, was den Eifer seiner Quälgeister schürte.

„Eines Morgens, ende November, sammelten sich die Bären am Ufer der Bucht."

„Das Eis wurde fest," meinte der Wachtmeister.

„Sehr schnell sogar, eine klirrende Kälte lag über dem Land. Cheng befürchtete, daß sein Plan scheitern werde."

Hallers Kopf fuhr hoch, ihm lag eine Bemerkung auf der Zunge, welche Huan voraus fühlte.

„Die Bären mögen heute noch ihre Wanderung beginnen, dachte Cheng, was dann?"
Dem Polizisten leuchtete der Zusammenhang nicht ein, er fragte:
„Warum sollte das störend wirken?"
„Ganz einfach. Ohne Eisbären konnte Chengs Vorhaben nicht ausgeführt werden. Hier ist was geschah: Hogan und Pyles waren im Turm. Clyde Pringle, der Vorsteher, stand im Begriff sie abzulösen. Es verstieß gegen die Regeln; er hätte warten müssen bis die Kollegen zurück kamen.

„Cheng, der bereits die Flinte ins Korn geworfen hatte, schaute verdrossen zu wie Pringle sich dem Turm näherte. Im nächsten Augenblick erhellte sich sein Gesicht; das Schicksal war ihm gnädig gesinnt. Drei Eisbären tauchten plötzlich auf, Nachzügler offensichtlich, auf dem Weg zu den anderen. Ein Strahl der Hoffnung durchfuhr ihn, die Verzagtheit verflog im Nu. Zehn Schritte trennten ihn vom Gewehrschrank, welchen er flink öffnete, ein Gewehr mit geschickten Händen lud, wonach er im Eilschritt die Baracke verließ. Die Bären schienen sich nicht an ihm zu stören, sie beachteten ihn kaum.

„Cheng wußte sich zu helfen. Er kannte die sprichwörtliche Neugier der Fürsten des Nordens. Mit einem Ruck raffte er sich auf, hob das Gewehr über seinen Kopf, stieß zwei, drei Warnrufe aus, indessen er wild in der Luft herum fuchtelte. Die Bären machten Halt, sie wandten ihre Köpfe, welche sie hoben und schnupperten. Zwei gingen dann ihren Weg. Doch einer, ein Riese an Gestalt, bog ab und näherte sich Cheng, der flink wie ein Wiesel hinter eine Mauer huschte.

„Ein Schuß ertönte, ein zweiter folgte. Kaum war das Echo verklungen, als ein markerschütterndes Gebrüll ertönte. Blitzschnell schleuderte sich der Bär auf Clyde Pringle zu, welcher geistesgegenwärtig zum Ausguck floh. Wie ein Knäuel der Raserei flog die Bestie hinterher. Die Angst verlieh dem Wissenschaftler Flügel, er erreichte den Turm zur rechten Zeit, dessen Trittleiter er geschwind erklomm."

Der Wachtmeister wurde ungeduldig, was er hörte klang abwegig, hastig zusammen gereimt, aus unverständlichen Gründen. Was Huan wohl damit bezweckte? fragte er sich, oder vielmehr in wessen Auftrag er handelte. Haller vermochte seinen Unwillen nicht mehr zu zügeln, er wünschte Ming Huan zum Teufel, samt seinem stechenden Blick und dem falschen lächeln. Er äußerte sich:

„Verstehe ich recht, Sun Cheng hatte alles so voraus gesehen?"

„So ziemlich," beteuerte Huan.

„Unmöglich!" platzte der Polizist heraus.

Huans Miene hätte der beste Bühnenkünstler nicht nachahmen können. Sie drückte herablassenden Spott aus, obendrein eine Mischung von Mitleid und Zurechtweisung. Er belehrtc:

„Wohl kaum, wenn man bedenkt, daß Cheng die Gepflogenheiten seiner Arbeitskollegen kannte; ebenso die Gewohnheiten der Eisbären. Gewiß, ohne die Mitwirkung des Zufalls wäre ihm die Tat nicht gelungen."

Der Wachtmeister nickte geistesabwesend, seine Gedanken waren woanders. Das vorige Mißtrauen erwachte abermals, er konnte sich nicht von der Eingebung trennen, daß er hinters Licht geführt wurde. Totzdem hieß er Huan fortfahren.

„Cheng erklärte mir kurz und bündig, daß die drei Männer oben im Ausguck gewissermaßen Gefangene waren; ihre Zwangslage war unumgänglich. Herunter kommen hieß in Stücke gerissen werden, oben bleiben, in bedingter Sicherheit, konnte ihnen den Tod durch Erfrierung ernten."

„Bedingte Sicherheit?" fragte Haller erstaunt.

„Wie mir Cheng kundtat geriet der ganze Turm zuweilen ins wanken, gefährlich so."

Haller zog ungläubig die Augenbrauen hoch, während er gleichzeitig den Kopf zur Seite neigte. Deutlicher konnte Ungläubigkeit nicht ausgedrückt werden.

„Die riesige, schäumende Bestie gab keine Ruhe. Rotgefärbt von Chengs wohlgezieltem Streifschuß, tobte sie ringsum die Pfeiler, welche sie wiederholt zu erklettern versuchte. Hin und wieder nahm der Bär einen Anlauf und warf sich mit unglaublicher Wucht gegen die Pfähle. Der Anprall ließ den Turm bedenklich erbeben. So ging es den ganzen Tag und die lange Nacht hindurch, bis am folgendem Morgen die Sonne aufstieg. Plötzlich wurde es still, des Eisbären Raserei hatte sich gelegt, er trottete runter zu den anderen."

Liam Haller betrachtete Huan aufmerksam und mit gerunzelter Stirn. Der vorige, nagende Zweifel ergriff ihn abermals. Trotz des Wankelmuts raffte er sich innerlich auf seine Meinung zu äußern:

„Wie ich es verstehe sann Cheng auf Rache, die er so geschickt ausführen wollte, daß nicht ein Schatten des Verdachtes auf ihn fällt. Was mir nicht einleuchtet, warum er sich nun so freimütig belastet."

„Aus zwei Gründen, Herr Polizist. Erstens plagte ihn sein Gewissen, zweitens befindet er sich außer Reichweite des Gesetzes."

„Wo ist er?"

Huan gab keine Antwort, er schaute bloß rügend auf Haller, der seine Frage wiederholte.

„Ich weiß es nicht," sagte Huan in einem Ton welcher den Wachtmeister abschreckte. Trotzdem forderte er ihn auf fortzufahren.

„Wie erwähnt, Chengs absonderlicher Plan trug Früchte; seine drei Peiniger saßen gefangen im eiskalten Turm. Runter kommen stand außer Frage, oben bleiben bedeutete den sicheren Tod. Ein Höllenlärm brach aus. Unten wütete der rachedürstige Bär, oben schrien sich die drei Männer die Lungen aus dem Hals. Mit überschlagenden Stimmen befahlen sie ihm dies und jenes zu tun und sofort die Polizei zu benachrichtigen. Cheng kicherte bloß, er hatte das Funkgerät wohlweislich unbrauchbar gemacht. So, was konnte, was sollte er tun? Sich mit dem grimmigen, brüllenden Untier raufen? Auf die rasende Bestie schießen? Seine gänzliche Unbeholfenheit mit Waffen war weit über die Grenze Churchills bekannt. In der Tat, es blieb ihm nichts anderes übrig als den Ausgang der Gefahr abzuwarten.

„Allmählich wurde es im Ausguck ruhiger. Cheng wußte Bescheid; die drei Männer im Trum würden ihn nie wieder traktieren. Als dann die krächzenden Stimmen endgültig verstummten, fühlte er sich erlöst. Seine Peiniger hatten sich der Mehrheit angeschlossen; sie wurden ein Opfer der bitteren Kälte. So geht es einem, wenn man einen Mann von den Jehol Bergen traktiert. Am liebsten hätte er sie mit lauten

Schmähreden überhäuft. Jedoch er besann sich, aus Furcht die Aufmerksamkeit des wütenden Bären auf sich zu lenken."

„Was geschah dann?"

Huan zog die Augenbrauen hoch und zuckte mit den Achseln. Als Haller die Frage wiederholte, verzog er den Mund. Er antwortete unwillig:

„Davon wurde mir nichts gesagt."

Haller glaubte ihm das nicht. Da sein Besucher nichts weiteres zu sagen hatte, oder vielmehr nicht wollte, entließ er ihn. Allein in der Wind bestürmten Wache las er seine Vermerke kopfschüttelnd durch. Er mußte an Sean Sillery denken, der viele Jahre im nördlichen Polarkreis verbrachte. Sein weit verbreiteter Ruf konnte man allerdings geteilt nennen, in der Tundra auf alle Fälle. Bei den Eingeborenen fand er allgemeine Anerkennung, im Gegensatz zu seinen Stammesgenossen, welche fast ausnahmslos ihre Nasen über ihn rümpften. Er war zu vertraulich mit ihnen, deren verabscheute Gewohnheiten Sillery nicht nur billigte, sondern nachahmte. Ja, sein Vorgänger übte eine Nachsicht im Umgang mit den Inuit, die an Pflichtversäumnis grenzte.

Sie kannten sich gut, er und Sillery, jedoch zur Freundschaft ist es nie gekommen. Seine hartnäckige Verachtung für den Mannschaftsgeist stieß Haller ab. Zusammenarbeit schien der sprichwörtliche Phahl in seinem Leib zu sein.

Ein Blick zum Fenster hinaus machte den Wachtmeister bedenklich. Der Wind nahm an Stärke zu, er heulte und fauchte mit steigender Wucht von der Tundra her. Haller kannte die Zeichen; ein ausgewachsener Blizzard braute sich zusammen.

„Es wird nicht der Letzte sein," brummte er vor sich hin.

Am nächsten Morgen sandte er einen Bericht nach Winnipeg zum Chef. Eine Antwort folgte auf dem Fuß:

„Stichhaltige Beweise fehlen, somit bleibt die Kartei geschlossen."

Haller nahm sich vor die höchst peinliche Angelegenheit in den Hintergrund zu schieben. Es sollte nicht sein. Kaum hatte sich das Schneegestöber halbwegs gelegt, als man bei ihm anklopfte. Gründe ließen nicht lange auf sich warten. Manche kamen um zu nörgeln; genauer gesagt sie erinnerten ihn an die

Unfähigkeit seines Vorgängers, hinsichtlich der Sache Sun Cheng in erster Linie. Andere forschten nach der Bewandtnis des Besuches Ming Huans, der hier und da hinweisende Bemerkungen fallen ließ.

Rupert Busby, der Herausgeber der Tundra Nachrichten, bestürmte ihn mit bohrenden Fragen, welche er teils nicht beantworten konnte, teils nicht wollte. Der Mann war ihm, ja, der ganzen Polizei rundum ein Dorn im Auge. In ihren Kreisen nannte man ihn Bramarbas der Zweite; Großtuer, in anderen Worten. Die meisten Bewohner Churchills kamen und gingen. Alleswisser Busby jedoch kam und blieb. Die örtliche Polizei nannte ihn heimlich einen Heckenschmecker.

Busby stand noch zwischen Tür und Angel, als er in seiner aufdringlichen Art ausrief:

„Was hört man da, der Fall Sun Cheng ist gelöst?"

Wachtmeister Haller schüttelte den Kopf:

„Weit davon entfernt, so greifen Sie noch nicht zur Feder."

„Von wegen, meine Leser sitzen wie auf glühenden Kohlen, sie erwarten eine Erklärung. So, Herr Polizist, heraus mit der Sprache."

Als Haller ihn mißbilligend betrachtete, kicherte Busby:

„Oder wollen Sie, daß ich meinem schöpferischen Hirn freien Lauf lasse?"

Das wollte der Wachtmeister auf keinen Fall, wegen der bitteren Erfahrungen des Herausgebers, der die spitzeste Feder zwischen hier und Winnipeg besaß. Haller konnte sich nicht entschließen was ihn mehr verdroß: Busbys lauernde Miene oder seine verfängliche Fragerei.

„Der Kerl führt mal wieder etwas im Sinn," durchfuhr es ihn.

Nachdem sein Besucher noch eine Weile herum schnüffelte, verließ er die Wache, jedoch sein boshafter Blick blieb zurück.

Drei Tage später erfaßte ganz Churchill eine Erregung. Gerüchte wanderten von einem Ende der einzigen Straße bis zum anderen. Die Tundra Nachrichten schien die Quelle der Aufregung zu sein. Trotz der Eiskälte versammelten sich Leute hier und da. Sie unterhielten sich mit lauten Worten und lebhaften Gebärden. Die Zeitung war selten so schnell vergriffen, noch seltener mit soviel Heftigkeit besprochen.

Rupert Busby übertraf diesmal seine Fähigkeit die Wirklichkeit zu verzerren. Keine zehn Druckteufel wären imstande gewesen so vom Boden der Wahrheit zu weichen.

„Schau einer an, Rupert wühlt mal wieder im Reich der Phantasterei," bemerkten einige.

„Vielleicht auch nicht," hielten andere dagegen. „Bedenkt, er schrieb lediglich nieder, was er aus sicherer Quelle erfuhr."

„Sicherer Quelle?" spottete der Bürgermeister mit Überzeugung.

Helen Skofield, die Leiterin der örtlichen Handelskammer, sagte kein Wort; sie schmunzelte nur. Die Kassen der Geschäfte füllten sich wieder; der Fremdenverkehr erhielt einen Aufschwung; die Eisbären wurden entlastet. Die freudige Nachricht wanderte in betroffenen Kreisen von Stadt zu Stadt, über zwei Weltmeere und über die mächtigsten Gebirge. Churchill erlangte abermals seine vorige Zugkraft, wenn nicht stärker. Mancherseits schürte das Geheimnis umflorte Geschehen an der Bucht die Neugier; es verlieh einen Kitzel der bedenklich stimmte, jedoch begrüßt wurde.

Wie erwähnt, besaß Rupert Busby die Einbildungskraft eines Bühnendichters und die Gewissenlosigkeit eines Schurken. Er ließ nicht viel Gutes an Sun Cheng, den er als niederträchtig und rachedurstig darstellte. Er nannte ihn einen Schächer am Kreuz, der vor keiner Schandtat zurück schreckt, auch nicht vor einem vielfachen Meuchelmord. So verhielt es sich, eiferte der Herausgeber. Sun Cheng erschoß seine Vorgesetzten, welche er mit Hilfe seiner hinterlistigen Landsleute beseitigte. Wie? Wo? Ganz einfach. Sie wurden runter zum Fluß geschleift, wo bekanntlich zwei, drei offene Stellen sogar den strengsten Winter überstehen. Dort wurden die Unglücklichen zum Fraß der Fische.

So legte es die Tundra Nachrichten aus, so schrieben es andere Zeitungen ab, sogar über die Grenzen Kanadas hinaus. Viele begrüßten den zweifelhaften Bericht, jedoch einige Dörfler rümpften die Nasen. Sie nannten Busbys Bemühungen ein Bubenstück. Wie zum Beispiel die Lehrerin Karin Krause, welche Anstoß nahm an Sun Chengs öffentlicher Verleumdung. Gewiß, sie war überzeugt, daß er irgenwie die Hände im Spiel hatte; aber einen dreifachen Mord aushecken und ausführen, traute sie ihm nicht zu. Ihre Ansichten jedoch hielt die schwarzgallige Lehrerin für sich.

Karin Krause kam vor ungefähr zwanzig Jahren als junge Lehrerin nach Churchill. Sie bejammerte den Tag ihrer Ankunft mit zunehmender Überzeugung. Seit Jahren gelobte sie die seelenlose Gemeinde zu verlassen. Der Tag näherte sich hunderte Male, doch er kam nie an. Eine Kerze stand bereit, die sie anzünden wollte zur Feier ihrer Abreise. Die Kerze vergilbte, der Docht blieb unversehrt; im Gegensatz zu Fräulein Krause, die sichtlich alterte; frühzeitig, muß gesagt werden.

Wie viele Romantiker hatte sie irrige Vorstellungen von den Bewohnern der Wildnis. Die Einzelgänger, welche sie erwartete, entpuppten sich als gewöhnliche Herdentiere. Die ihnen zugeschriebene Großzügigkeit erwies sich als ein Hirngespinst. Karin Krause entdeckte kein Zeichen des Edelmutes, ja, keinen Hauch davon. Männer wie Frauen schienen ihr schablonenhaft und engstirnig, mit einer nenneswerten Ausnahme, nämlich, Sun Cheng. Sie mochte den schrulligen Mandschuren gern, er war der einzige Lichtblick in ihrem trübseligen Dasein. Sicher, sein unergründliches Wesen störte zuweilen, vor allem wenn man es mit den Hiesigen verglich, deren plumpe Vertrautheit mal abstoßend, mal anziehend wirkte. Beim ersten Handschlag standen sie auf du und du mit einem, beim zweiten mußte man sich, willig oder nicht, ihr Leben anhören, von der Wiege bis zur Gegenwart. Sun Cheng war aus anderem Holz geschnitzt. Obwohl er in der weiten Tundra bekannt war, wußte niemand den Anfang, sowie das Ende über ihn.

Dinge verliefen wie erwartet. Touristen strömten abermals herbei, zu dem einzigen Ort, so die Werbeschriften behaupteten, wo man die ungezähmten Fürsten des Nordens von der Nähe betrachten kann. Hotels, Fremdenführer und Eßstuben erhielten einen Aufschwung. Gesichter erhellten sich, Schritte wurden zielbewußter, ja, sogar der sauertöpfische Bankverwalter benahm sich aufgeräumter; er klopfte sogar zuweilen den Kunden auf die Schultern.

Ming Huan hatte Churchill verlassen, allerdings erst nachdem er bei Helen Skofield vorsprach, die ihm überschwenglich dankte. Sie überreichte ihm die versprochene Belohnung.

Eine Unterredung fand statt in Churchills Polizeigebäude. Wachtmeister Haller räusperte sich eh er eine Frage stellte:

„Rob, was halten Sie von dem Zeitungsbericht?"

„Von dem Fall Sun Cheng?"

Haller nickte. Fleury verzog sein Gesicht unwillig, er äußerte nicht gern seine Meinungen. Der langjährige Polizist war nicht gerade wegen Redseligkeit bekannt. Er verrichtete seine Arbeit schweigsam, ja, mit einer Schweigsamkeit die zuweilen ägerlich wirkte. Er war verläßlich und peinlich genau in seiner Arbeit. Jedoch in Sachen Ahnungsvermögen haperte es gewaltig. Gesellte man dazu den Mangel an Ehrgeiz, na ja, was sollte, nein, konnte man mit solch einem einfallslosen Beamten beginnen. Wer nicht strebt bleibt stecken, hieß es bei Kanadas Besten, der Staatspolizei, in anderen Worten.

Endlich gab Fleury eine zögernde Antwort:

„Was ich von der Sache halte und was ich darüber denke ist nicht von Wichtigkeit," entgegnete er mit einer Miene, die Kenntnis ahnen ließ, aber wenig Bereitschaft darüber zu reden.

Haller ließ nicht locker:

„Schön und gut. Busbys Bericht sagt viel, aber er verschweigt noch mehr."

„Was, zum Beispiel?"

„Wie ein schmächtiges Kerlchen drei Männer von beträchtlichem Gewicht auf den Turm schleppte, ferner, warum."

Fleury lächelte bedeutsam, wenn nicht hochnäsig. Haller nahm Anstoß an der Miene seines Untergebenen, der von Anfang an ein Dorn in seinem Auge war. Eine schroffe Zurechtweisung lag ihm auf der Zunge, welche Fleurys nächste Worte verhütete.

„Busby berichtete wohlweislich nichts davon," sagte er in einem belehrenden Ton.

Haller gab sich einen Ruck:

„Oh, vertuschte er auch mit Bedacht weitere rätselhafte Begebenheiten?" spöttelte er.

Fleury betrachtete seinen Vorgesetzten mit geschürzten Lippen. Er schien etwas zu erwägen.

„Was meinen Sie?"

„Wie drei Leichen vom Ausguck herab stiegen und spurlos verschwanden, zum Beispiel."

„Da ist nichts zu vertuschen," wandte der Schutzmann ein.

„Sie sprechen in Rätseln."

„Was nie geschah brauch nicht hinters Licht geschoben werden. Darin sehe ich nichts rätselhaftes," belehrte Fleury.

Verdutzt fuhr Haller auf:

„Zweifeln Sie an Sillerys Aussage?"

„Ehrlich gestanden, ja."

Sichtlich erbost rief Haller aus:

„Bezichtigen Sie ihn der Lüge?"

„Das nicht, aber der Sinnestäuschung schon."

Offensichtlich nahm Haller Anstoß an Fleurys Bemerkung, er zuckte sichtlich zusammen.

„Sie beschmutzen das eigene Nest," rief er aus.

„Inwiefern?"

„Sie bezichtigen Sillery Wahnideen zu verbreiten. An so etwas nur denken grenzt an Verstiegenheit. Unser Kollege, ein aufrichtiger und ehrlicher Mann, berichtete was er sah, und dabei bleibt es."

Fleury schien anderer Meinung zu sein. Seiner Miene nach zu urteilen wollte er etwas sagen, das ihm peinlich war. Er galt als ein Sonderling, besonders im Hinblick der Strebsamkeit. Er stand nun kurz vor dem zwangsmäßigen Ruhestand, jedoch seine Laufbahn ging zu Ende wie sie begann, nämlich, an der untersten Stufe. Unbegreiflicherweise schien er sich wohl zu fühlen am Ende der Welt. Haller fühlte die Spannung, welche ein Mensch ausströmt, der verschluckt was ihn bewegt.

„Sagen Sie schon, was Ihnen auf der Zunge liegt," forderte er ihn auf.

Fleury ließ sich nicht zweimal heißen:

„Kennen Sie die Geschichte von Thomas De Quincey?"

„Nie davon gehört," antwortete Haller stirnrunzelnd.

„Kurz gefaßt, der berühmte Mann versetzte sich zuweilen in eine Welt der Vorstellung, mittels Laudanum."

Haller horchte erwartungsvoll auf. Er witterte wohlgezielte Verunglimpfungen. Wohlgezielt? möchte man fragen. Wieso denn? Er spürte keine Veranlassung danach zu forschen. Der

Wunsch ließ ihn ahnen um was es ging, nämlich, der Anschwärzung Sean Sillery. Fleury konnte nie eine Lanze brechen für seinen einstigen Kollegen. Er fühlte sich in den Hintergrund gedrängt von dem hochgestochenen Besserwisser, wie er ihn heimlich nannte. Haller beugte sich vor: „Soll das eine Anspielung sein?"

„Mehr als das," versicherte Fleury. Hallers Miene drückte unverhohlene Neugier aus. Er forderte ihn auf zu berichten. Fleury räusperte sich verlegen: „Ich möchte nicht in Ganelons Fußstapfen treten, doch etwas muß gesagt werden. Ohne Zweifel besitzt unser werter Kollege Vorzüge, doch leider auch Laster, vornehmlich die Angewohnheit mittels Opium einen Traumzustand hervor zu rufen."

„Er war einer Sucht verfallen, ist das was Sie meinen?"

„Mehr oder minder, ja. Hohe Anforderungen, wie zum Beispiel der rätselhafte Fall am Fort, veranlaßte ihn nach der Opiumdose zu greifen. Folglich verfiel er in einen Zustand der Entrückung. Sun Cheng wußte Bescheid. Er nahm die Gelegenheit wahr ihm den Floh von drei Männern im Turm ins Ohr zu setzen."

„Floh ins Ohr setzen?" wiederholte Haller.

„Das, und nichts anderes. Geleitet von Hintergedanken, die ich bloß ahnen kann, schärfte er Sillery etwas ein, das unter dessen Schwelle des Bewußtseins haften blieb. Dort oben im Ausguck seien drei Männer, die dringend Hilfe benötigen, mahnte und drängte er, wie mir verkündet wurde. Wie hypnotisiert stieg Sillery hoch, überzeugt kam er herunter. Ja, drei verkrümmte Männerleichen lagen im Ausguck, schwor er dann und später.

„Am folgenden Morgen fanden wir weder Leichen, noch die geringste Spur einer Unordnung, die sicherlich drei sterbende Männer hinterlassen hätten. Alles stand und lag säuberlich am Platz, für die Rückkehr im nächsten Jahr bereit."

Liam Haller lehnte sich zurück. Ein zufriedenes Lächeln erhellte sein Gesicht. Was er eben hörte öffnete die Schleusen der Genugtuung. Der ganze Mann triefte vor Erlösung, eine drückende Last schien sich von ihm zu wälzen.

Schutzmann Fleury war nicht schwer von Begriff. Die Miene seines Vorgesetzten glich einem offenen Buch, worin jeder lesen konnte. Sean Sillerys eben vernommene Schwäche war Balsam für seine Seele. Dennoch mußte der Schein gewahrt werden. Ein geehrtes Mitglied von Kanadas Nationalpolizei durfte nicht in Schimpf und Schande geraten, auf keinen Fall unverteidigt.

„Sie faseln, Fleury, es wäre besser gewesen, Ihre Meinung für sich zu behalten," rügte Haller scheinheilig.

Fleury betrachtete ihn mit gemischten Gefühlen, eh er fortfuhr:

„Mir liegt es fern eines unserer Mitglieder zu verleumden. Sillery zweifelte ja selber an seiner Aussage vor Gericht."

Hallers Miene drückte Entrüstung aus:

„Bezichtigen Sie Sillery einen Meineid begangen zu haben?"

„Nichts dergleichen, aber man kann es nach Gutdünken auslegen."

„Oder nach Wohlwollen," spöttelte Haller.

„Das auch. Jedoch es überstiege die Grenzen der Vernunft zu behaupten, daß in einer dunklen, stürmischen Nacht drei frosterstarrte Leichen vom Turm entfernt wurden. Von wem? Dem schmächtigen Cheng vielleicht? Wohl kaum. Nein, Sean Sillery sah Gespenster, die Sun Cheng ins Leben rief. Warum? fragen Sie. Das ist und bleibt ein Geheimnis.

Flucht

*B*ekanntlich zähmt die Ehe den unbändigsten Geist. Mit der Zeit trübt sie Vorstellungen und betäubt die Sinne. Die Burschen, wie auch die Mädchen, welche beginnen die Flügel auszubreiten, also bereit sind wie Adler zu schweben, lernen frühzeitig auf dem Boden zu bleiben und sich redlich zu ernähren. Die Sehnsucht, die Welt von oben zu betrachten, stirbt rasch ab. Fügt man noch unzählige Ängste zu diesen Bedenken hinzu, dann steht Rudolf Faron vor uns.

Er war einst ein unerschrockener Bursche, randvoll mit Unternehmungslust, waghalsig und von Sturm und Drang beseelt. Er lechzte geradezu nach den Strahlen geistiger Werte, die er gedachte zu bündeln und sich damit zu gürten. Diese Vorstellung erwies sich als ein Hirngespinst, ein Traumgesicht, welches zunehmend zu einer Fratze ausartete. Verzicht, Gefährte des schwitzenden Haufens, hatte längst Farons Streben erstickt. Rechtfertigung, die Kralle am Hals, beschleunigte den Zerfall. Die Schuld an seinem Mißerfolg, sprich Elend, lag allein bei seiner Frau, mit der er schon dreißig Jahre lebte, redete sich Faron ein.

Nun, Lora Faron war keine Griselda. Sie besaß eine rege Zunge, war schlagfertig und mit einem Schuß Bösartigkeit gewappnet. Sie hatte früh gelernt Rudolfs absichtsvolle Andeutungen gegen sie mit Kontra und Re zu begegnen. Sobald er seine vorwurfsvollen, versteckten Anspielungen verlauten ließ, trat sie ihm forsch entgegen. Die Hände in die Hüften gestemmt, legte sie los:

„Aha, ich bin mal wieder Schuld an deinem miesen Dasein. Ohne Sturm und Drang ist man kein Mann, das weißt du so gut wie ich. Und jetzt laß mich in Ruh."

Frau Faron war keine Duckmäuserin. Allerdings plagte sie

zuweilen nagender Zweifel an ihrer Schuldlosigkeit. Wie einst
Montaigne fühlte auch sie mit anrückendem Alter eine
Neigung wahrheitsgetreuer zu sein. Ihre Vorliebe für irdische
Besitztümer, im Gegensatz zu Rudolfs Neigung zu geistigen
Werten, verursachte den meisten Hader zwischen ihnen. Ob
man ihre Ehe glücklich nennen konnte, bleibt dahingestellt.

Es war ein warmer Sommerabend. Herr Faron machte
Anstalten das Haus zu verlassen. Seine Frau bemerkte wie so
nebenbei:

„Gehst du schon wieder aus?"

„Ich möchte bloß frische Luft schnappen," erwiderte er
ohne sich umzudrehen.

„Sei vorsichtig, ich höre, daß sich in letzter Zeit seltsame
Typen im Park umhertreiben, besonders nach Einbruch der
Dunkelheit."

Obwohl Schmus und Kuß schon längst den Farons entfloh
und Groll seine Aufwartung machte, wurde jedoch von einer
Trennung nicht gesprochen. Freilich träumte Herr Faron von
einer Erhabenheit, welche ohne seine Frau erreichbar wäre.
Doch jetzt bewegten ihn wichtigere Dinge.

Als er den Park betrat begann die Dämmerung Büsche und
Sträucher zu verschlingen. Faron folgte dem wohlbetretenen
Pfad, der halbwegs geteert war und teilweise aus Kies und
Sand bestand. Kaum eine Seele begegnete ihm, was er begrüßte.

Er kannte die Gegend gut, sogar die meisten Spaziergänger
waren ihm nicht unbekannt. Eine merkwürdige Stille herrschte,
kein Lüftchen regte sich. Der aufgehende Mond, den Faron
sonst nie beachtete, dünkte ihn ein unheilvolles Zeichen.

Vor zwei Wochen feierte er seinen fünfundsechzigsten
Geburtstag. Freilich konnte man es kaum ein Greisenalter
nennen, doch Rudolf Faron, verwittert bis ins Mark, spürte die
Jahre wie ein widriges Omen; in anderen Worten, das
Sprichwort, was nicht ist kann noch werden, hatte seine
Bedeutung verloren.

Während er in Gedanken versunken durch den Park lief,
konnte er die Vorstellung nicht bändigen, daß er in den Rachen
eines Unheils gezerrt wurde. Trotz dem angenehmen
Sommerabend fühlte er sich wie gerädert.

Ein leichter Wind kam auf, die Blätter begannen geisterhaft

zu rascheln. Faron atmete erleichtert auf, sein Gesicht erhellte sich, seine Schritte wurden leichter. Inzwischen beleuchtete der Mond die Umgebung. Der Pfad, die Sträucher und Büsche wurden erkenntlicher, somit auch freundlicher. Trotzdem fühlte Faron eine nahende Gefahr. Wie erwähnt, begegnete ihm kaum ein Mensch, was ihm recht war. Er konnte ungestört seinen Gedanken freien Lauf lassen.

Rudolf Faron schwelgte gern in der Vergangenheit. Schon in seiner Kindheit träumte er von Ruhm und Erfolg. Er fühlte schon zeitig den Hauch der Auserwählten. Er sah im Geiste wie rege Hände Blumen auf seinen Weg streuten, die sich aber als Dornen und Disteln entpuppten, allerdings erst viel später.

Sein geistiger Blick in die Vergangenheit wurde jäh unterbrochen. Als er seine Schritte verringerte, überholten ihn zwei Männer:

„Guten Abend," grüßte er.

„Guten Abend," wünschte man ihm ebenfalls, jedoch mit wenig Begeisterung.

Es störte ihn, aus unerklärlichen Gründen machte es Herrn Faron stutzig. Während er seinen Ärger schluckte, kam ihm eine Erkenntnis: Die Männer hatten ihre Stimmen verstellt. Übrigens kamen sie ihm bekannt vor. Er wollte ihnen nacheilen, doch sie verschwanden vor seinen Augen.

Faron blieb stehen, er versuchte seine Gedanken zu ordnen, doch es gelang ihm nicht. Sie kehrten immer wieder zu Lora zurück, die er als Hindernis betrachtete zwischen ihm und seinem Streben. Nun, diese Hürde mußte beseitigt werden, zwar heute noch. Bei meiner Rückkehr wird Lora vor die Wahl gestellt: Was soll es sein? Friedliche Trennung oder Hölle auf Erden?

Vor langer Zeit besprachen sie ihre unglückliche Ehe; zu Loras Ärger. Nur die leichteste Anspielung daran verdroß sie dermaßen, daß sie trotz ihrem ständigen Gichtleiden entrüstet auffuhr. Indessen sie ihren Mann mit stechenden Augen anstarrte, schrie sie ihn an:

„Höre ich recht, du bist unzufrieden mit mir?"

Rudolf zog die Hörner ein, er verstummte verlegen. Seit jener Zeit fuhr Lora jedesmal zornig auf bei der geringsten Andeutung an ihre ständigen Reibereien, die immer heftiger wurden. Um das Kind beim Namen zu nennen, ihr Verhältnis erzeugte mehr Groll als ein geeichter Stoiker ertragen kann. Verstiegen, wie es klingen mag, dachte Faron zuweilen, daß Lora eine satanische Freude an dem Tauziehen hatte. Dann, wiederum, ihrem Aussehen nach zu urteilen, plagte sie ebenfalls ein nagendes Leid.

Ermuntert von dem erfrischenden Spaziergang, von einer seltsamen Ahnung angespornt, kam Faron zurück. Seine Frau horchte auf. Schon wie er die Tür öffnete, forscher als sonst, machte sie stutzig. Beim ersten Blick ahnte Lora das Schlimmste. Rudolf hatte einen Entschluß gefaßt, der Vogel war flügge; so verhielt es sich.

Faron hieß Lora eine Flasche Wein holen:

„Vergiß die Gläser nicht," rief er ihr nach.

Wie im Traum gehorchte die verdutzte Frau. Obwohl ihr der barsche Ton mißfiel und sein herrisches Auftreten noch mehr, tat sie was ihr geheißen wurde. Ohne Einleitung kam Rudolf zur Sache:

„Wie du weißt, Lora, arbeite ich an einigen Büchern," sagte er mit sicherer Stimme und einer Miene, die sie seit vielen Jahren nicht mehr sah.

Etwas eingeschüchtert spöttelte sie trotzdem:

„Seit dreißig Jahren, möchte ich erwähnen."

„Nun, ich habe vor ernsthaft weiter zu schreiben."

Lora prustete verächtlich:

„Wer hält dich denn auf? Ich doch nicht etwa?"

Da sie keine Antwort erhielt, schaute sie ihn herausfordernd an. Unwillkürlich schreckte sie zurück. Rudolf, ihr Gatte seit dreißig Jahren kam ihr plötzlich wie ein Fremder vor. Der seufzende, schüchterne Mann, ein langjähriger Duckmäuser, verwandelte sich vor ihren Augen in ein Manderl mit Kren; also zu einem Hauptkerl. Es wurde Lora seltsam zu Mute, als Rudolf sie von oben bis unten betrachtete. Er bemerkte:

„Nicht körperlich, Lora."

„Also geistig," höhnte sie.

Mit einem durchbohrenden Blick wollte sie ihn eben zurechtweisen, als ihr seine entschlossene Miene auffiel; Blitzartig durchfuhr sie ein Gedanke: Ihr Mann wollte sie verlassen, sein Entschluß war gefaßt, so schien es ihr. Diese

Erkenntnis machte sie willfähriger. Sie zog ein reumütiges Gesicht und fragte in einem versöhnlichen Ton:

„Worum geht es, Rudi? Versteh ich dich recht, du willst ungestört arbeiten?"

„Das will ich."

„Nichts soll dich daran hindern. Die Lage und Größe unseres Hauses eignet sich vorzüglich dazu."

Faron schüttelte den Kopf:

„Das stimmt schon, doch wie kann man schaffen inmitten einer Umgebung wo Schwaden von Gift und Galle aus allen Ecken strömen und Mißgunst herrscht. Wie, Lora, wie?"

Ihre Unterredung endete wie stets zuvor, freudlos und erfolglos.

Herr Faron stand auf. Er verließ das Haus abermals. Als er sich dem Park näherte fiel sein Auge auf zwei Gestalten, die am Eingang standen. Erschreckt blieb er stehen. Sein Herz schlug höher als er die Männer erkannte. Es waren dieselben, welche ihm zuvor begegneten. Sie redeten halblaut miteinander, indessen der eine wie der andere in seine Richtung zeigte. Unwillkürlich trat Herr Faron hinter ein Gebüsch. Hatten sie ihn gesehen? Erkannt vielleicht? Loras verschrobenes Lächeln fiel ihm ein, wie auch ihre rätselhaften Worte.

„Paß auf, sonst kriegen sie dich."

War es eine orakelhafte Mahnung oder bloß eine ihrer höhnischen Bemerkungen?

"Na ja," tröstete sich Faron, „wer sollte einem bekannten, friedlichen Mann etwas antun wollen? Lora! Die Erkenntnis fuhr ihm durch alle Glieder. Sie ahnte schon längst sein Vorhaben sich von ihr zu trennen. Doch ahnen ist nicht wissen, kicherte Faron. Aber jetzt wird es wahr. Am kommenden Sonntag wird gepackt, spätestens Dienstag bin ich unterwegs.

Ein Blick auf seine Uhr riet ihm weiter zu gehen, aber nicht auf dem üblichen Weg, er spürte keine Lust den zwei jungen Männern zu begegnen, die ihm Besorgnis einflößten.

Faron trat hinter dem Gebüsch hervor. Er schaute sich vorsichtig um. „Ha, die sind weg," murmelte er. Er hatte zu früh gejubelt. Kaum betrat er den Pfad da drangen Stimmen an seine Ohren, darunter war eine die er gut kannte: Lora! Sie gab Anweisungen die er nicht so richtig verstand, außer seinem

Namen der hin und wieder genannt wurde. Sinnlose Furcht ergriff ihn, die er sich nicht erklären konnte. Lora und ihre Handlanger haben nichts Gutes im Sinn, mutmaßte er.

Mit einem unterdrückten Schrei machte er kehrt. Als wäre der Teufel mit samt seiner Verwandtschaft hinter ihm her, rannte er dem Ausgang entgegen. Panischer Schrecken überfiel ihn, als er schwere Schritte hinter sich hörte und Stimmen vernahm, allerdings bloß in seinem erhitzten Gemüt. Schemenhafte Schatten umhuschten ihn, Zischlaute drangen an seine Ohren:

„Verlassen willst du mich, Verräter? Ungestört schreiben? Ha, Ganelon, ha und noch ein ha auf deinen Weg. Weißt du was, treuloser Scharlatan? Du wirst nie wieder eine Feder in deine Hand nehmen, nie wieder!"

Es konnte nur Lora sein, der Fluch seines Lebens. Ihre vermeintliche, bitterböse Stimme brachte Faron völlig aus der Fassung. Er rannte erneut los und wollte eben rechts abbiegen, als ihn ein Stich in der Herzgegend taumeln ließ. Beim zweiten Stich brach er zusammen. Unbewußt nahm er Abschied vom Leben. Sein letzter Gedanke galt Loras mutmaßlicher Prophezeiung. Mit den Worten auf den Lippen: „Sie hat recht," und mit beiden Händen auf seinem wild pochenden Herzen, verlor er die Besinnung.

Drei Stunden später starb Rudolf Faron. Herzstillstand, stellte Doktor Meunier fest. Während er den Kopf mißbilligend schüttelte, betrachtete er Frau Faron mißtrauisch:

„Warum ein Mann in seinem Alter kopflos im Park herum rennt, ist mir ein Rätsel," brummelte er wiederholt.

„Ich kann Ihnen nur beipflichten, aber auf mich wurde ja nicht gehört," meinte Frau Faron.

Dr Meunier schien etwas zu mißfallen, er zögerte einen Totenschein auszustellen. Er schürzte die Lippen und kräuselte die Stirn:

„Hier stimmt etwas nicht, eine Leichenöffnung sollte vorgenommen werden," schlug er vor.

Lora widersetzte sich:

„Das ist gewiß nicht nötig. Rudi hatte ein schwaches Herz, was Ihnen bekannt ist. Warum er wie ein Berserker im Park herum rannte, ist mir, wie auch Ihnen, unverständlich. Freilich versuchte ich ihn zu beschwichtigen, doch es gelang mir nicht." Der Arzt zuckte mit den Achseln: „Na ja, dann lassen wir es bleiben," meinte er verträglich. Zwei Wochen später erhielt Frau Faron einen Besucher. Es war Enzio Fursetti, Rudis bester Freund. Lora und er kannten sich. Ein gegenseitiger Widerwille verband sie miteinander. Sie öffnete die Tür zögernd und hätte sie um ein Haar wieder zugeknallt. Fursetti erkannte ihre Absicht und kam ihr zuvor. Er riß die Tür schier aus den Angeln. Der Mann von Sizilien ließ sich nicht leicht einschüchtern. Gewiß nicht von einer Frau, die es sich zur Aufgabe machte seinen Freund zu vernichten.

Enzio Fursetti, der untersetzte Mann aus Palermo, war ein sonderbarer Kauz. Er besaß ein lachendes Gesicht, strahlende Augen und eine Neigung zum Possen reißen. Doch im Augenblick deutete nichts von diesen Eigenschaften darauf hin. Seine sonst gefällige Miene glich einer Maske der Vergeltung. Ungeachtet Loras abwehrender Haltung, trat Fursetti ihr unerschrocken entgegen. Hätten Blicke töten können, wäre sie tot umgefallen. Enzio begann zu erzählen:

„Ich kam eben von einer Geschäftsreise zurück. Rudis Tod erschüttert mich zutiefst. Wie konnte das geschehen?"

Die Worte, der Ton, sein grimmiges Auftreten erschreckte Frau Faron. Sie entgegnete etwas kleinlaut:

„Wie vermerkt auf dem Totenschein, überanstrengte sich Rudi, sein schwaches Herz versagte."

„Hm, sein Herz versagte. Schwaches Herz, sagten Sie?"

Fursetti griff in seine Tasche, aus der er ein Fläschchen zog, welches er hin und her bewegte.

„Was glauben Sie ist hier drin?" fragte er.

„Woher soll ich das wissen?" antwortete sie schnippisch.

Enzio beugte sich vor:

„Ihre Tabletten sind da drin, Frau Faron. Ihre Tabletten, meine Werte."

„Ich verstehe Sie nicht."

„Oh doch, Sie verstehen mich ganz gut. Trotzdem will ich es erklären. Drei Tage vor Rudis… hm, wie soll ich es nennen, Meuchelmord klingt am besten, besuchte er mich. Da ich im Begriff stand eine längere Reise zu unternehmen, freute ich mich über seinen Besuch. Ihr Gatte war kein Wimmerer, soviel ist bekannt, doch kaum erblickte ich ihn, da war es mir sonnenklar, daß mein Freund einer wandelnden Leiche glich. Mit einem verhaltenen Schrei und ausgestreckten Händen lief ich ihm entgegen. Wie Rudi halt ist, wollte er zunächst nicht mit der Sprache heraus."

Trotz seinem Mißmut schmunzelte Fursetti geheimnisvoll: „Aber wir Männer von der Macchia wissen wie man ein Geständnis entlockt. So erzählte er mir, daß er von ständigen Brustschmerzen geplagt wird.

„'Mein Herz benimmt sich verdächtig, Enzio,' klagte er.

„'Du hast doch Tabletten, helfen die nicht?' fragte ich ihn.

„Rudi sah mich gequält an:

„'Im Gegenteil, sie verschlimmern meinen Zusrtand.'

„Ich fragte ihn inwiefern.

„'Sobald ich eine einnehme, fühle ich mich wie gerädert. Ferner ergreift mich eine unerklärliche Unruhe und panischer Schrecken überfällt mich.' "

Während Fursetti erzählte ruhten seine Augen voll auf Lora, die wie gebannt auf das Fläschchen in seiner Hand starrte. Er hatte den Eindruck, daß sie es ihm entreißen wollte. Er umschloß es fest mit seinen Fingern.

„Ich schimpfte Rudi gnadenlos aus:

„'Gib mir die Arznei, jede Pille wird untersucht werden, und das fachmännisch von einem erprobten Chemiker.' "

Lora konnte sich nicht länger zurück halten:

„Warum erzählen Sie mir das?"

„Hm, warum wohl," bemerkte Enzio kichernd.

Dann fuhr er fort:

„Als ich zurück kam machte ich erstaunliche Entdeckungen, die ich Ihnen nicht mitteilte. Erstens traute ich Ihnen nie über den Weg, seit Rudis Manuskripte von Ihnen vernichtet wurden."

„Das war ein Mißgeschick," verteidigte sich Lora.

„Oh, war es? Vielleicht ebenso wie Rudis Herzstockung? Ich sprach vom ersten Grund, jetzt komme ich zum zweiten. Bei seinem Besuch vermittelte mir Rudi Nachrichten, die mich beinahe veranlaßten meine Reise zu verzögern. Im Rückblick wünsch ich es getan zu haben. Als ich von Rudis Tod hörte öffneten sich die Schleusen meines Mißtrauens gegen Sie vollkommen. Zum Glück behielt ich die Tabletten, welche er mir beim Abschied gab.

„Der Apotheker, den ich beschuldigte die ärztlich verschriebenen Tabletten fälschlich geliefert zu haben, beförderte mich schier an die frische Luft. Er bestand darauf ihm jede Pille zur Prüfung zu überlassen.

„ 'Kommen Sie in drei Stunden wieder vorbei, dann reden wir weiter,' wurde mir geraten.

„Als ich zurück kehrte hatte sich die Stimmung in der Apotheke verändert."

„Inwiefern?" wollte Lora wissen.

Fursetti gab keine Antwort darauf. Er schaute sie mit einem durchbohrenden Blick an:

„Sie sind eine beglaubigte Krankenschwester, nicht wahr?"

„Das bin ich."

Fursetti kicherte:

„Sie hätten die Tabletten vernichten sollen."

„Was sagen Sie da?"

„Nichts als das: Sie vertauschten Rudis, vom Arzt verschriebene, Tabletten mit solchen die nicht beruhigen, sondern aufwühlen und Herzbeklemmungen verursachen. Ein Apotheker, vielmehr ein amtlich geeichter Chemiker gab mir folgendes schriftliches Zeugnis. Diese Tabletten hier im Fläschchen enthalten sinnestäuschende Stoffe, welche den Puls beschleunigen und Wahnvorstellungen erwecken."

Enzio Fursetti reckte sich:

„Meine Liebe, Ihr Vorhaben ist Ihnen gelungen."

„Und Sie, mein Herr, reden Unsinn. Welch eine Verstiegenheit zu glauben ich wäre verantwortlich für Rudis Tod. Zugegeben, Liebe zwischen uns bestand nicht mehr, aber Haß und Mordabsichten? Ich glaube, mein Herr, Ihr Hirn ist von der heißen Sonne in Sizilien angegriffen worden."

Enzio und Lora schauten sich abschätzend an:

„Was nun?" fragte Frau Faron.

„Das ist nicht das Ende," verkündete Fursetti.

„Sie gehen zur Polizei?"

„Nein," antwortete Enzio.

Merklich erleichtert, höhnte sie:

„Sie schleudern mir den sizilianischen Fluch an den Kopf? Geht es nicht so?"

„Nein," kam eine entschlossene Antwort.

Was sie hörte ermutigte sie. Sie wurde kecker:

„Grausen und Entsetzen, ein Mordauftrag wird gegen mich erlassen."

„Auch das nicht."

„Na, was wird es sein?"

„Bis ins Grab werden Skorpione eines schuldigen Gewissens an Ihnen zehren."

Die Insel

Richard Sattler war der geborene Hüter. Schon in der Kindheit wanderten seine Augen suchend umher. Ihm entging nichts. Eh er den Jugendjahren entwuchs entwickelte sich in Sattler ein ausgeprägter Spürsinn. „Der Bub muß Polizist werden," verlangte die Mutter. Dem Vater kam das nicht so recht gelegen, weil ihm Polizisten verleidet waren. Der Grund? Na ja, als er vor vielen Jahren im Norden den mächtigen Opinaca zähmen half, das heißt, am Bau von Dämmen für das größte Kraftwerk aller Zeiten beteiligt war, mischte sich dort so ein Tugendapostel in Uniform in seine Angelegenheiten. Es ist ja bekannt, gebt einem Mann, noch so bieder, vier Streifen und zwei Messingknöpfe und ihm gehört die ganze Welt. Vater Sattlers Vergehen? Bah, eine Kleinigkeit. Schließlich wollte er seiner wachsenden Familie mehr anbieten als bloß ein Dach überm Kopf, sowie Hausmannskost. Er beschloß somit am erträglichen Schmuggel mit Aqua Vitae, auch als Wasser des Lebens bekannt, teilzunehmen. Das Alkohol im Lager verboten war ging ihn schließlich nichts an. Regeln verstehen oder einhalten überließ er gescheiteren Köpfen. Wie gesagt, Vater Sattler stak diese Erinnerung noch heute wie ein würgender Bissen im Hals. Man einigte sich letzten Endes für den Beruf des Wärters.

Richard Sattler war nun seit zehn Jahren im Staatsgefängnis von St. Jerome tätig. Er machte sich im Handumdrehen verdient. Sein erzieherischer Hang, verbunden mit der Gabe zur rechten Zeit am richtigen Ort zu sein, kam ihm sehr gelegen. Es ging steil aufwärts mit ihm. Vor kurzem lief er sich noch als Bote die Füße wund; doch seht, heute saß er im gut gepolsterten Sessel des Oberwärters. Seine Fähigkeiten schienen grenzenlos zu sein. Ausgerüstet mit den Ohren eines Tyrannen von Syrakus, ferner den Augen des Lykeus, stand seinem Marsch nach oben keine Schranke im Weg. Und oh, seine Nase, der Hilarion roch das Böse nicht so wie er.

Man betrachte nur seinen jüngsten Erfolg. Fünf der berüchtigsten Sträflinge planten einen Ausbruch. War das eine eng verbundene, verschlossene Bande; keine Silbe, nicht mal einen Muckser ließen sie von sich verlauten. Aber trotzdem bekam Sattler Wind davon. Freilich mußte er dazu seine volle Begabung einschalten, nämlich, Arglist, Verlogenheit und Trug. Aber es gelang ihm die Verschwörung zu entblößen, somit einen Ausbruch zu vereiteln. Doch halt, das entspricht nicht ganz der vollen Wahrheit, denn einer schlüpfte ihm durch die Maschen; er entkam.

Als Sattler eines sonnigen Morgens an der Ecke von Peel und Ste. Catherine Straße stand, der belebtesten Kreuzung in Montreal, hörte er plötzlich ein zischelndes Geräusch.

„Pst, pst," kisterte jemand hinter seinem Rücken.

„Nicht umdrehen, geschäftig tun, ja nicht umdrehen," wurde er aufgefordert.

Es muß einer meiner Zuträger sein, dachte Sattler, indessen er wie in Gedanken versunken ein Büchlein sowie Stift zückte.

„Ich höre," munterte er den Gewährsmann auf.

„Garneau, der Schieche, versteckt sich auf einer kleinen Insel im Quareausee, bei St. Donat. Sie ist leicht zu finden, sie wird Fleminginsel genannt."

Das wars, ohne ein weiteres Wort verschwand der Mann. René Garneau war der entflohene Sträfling.

Sattler fand die Insel ohne Anstrengung, sie befand sich allein mitten im großen See. Nach einem Kundschaftsausflug, wodurch die Lage, sowie Zugänglichkeit ermessen wurde, stand er eines Morgens am Ufer bereit. Er kam gut ausgerüstet an, nichts wurde vergessen. Im Ruderboot lag das geladene Gewehr, ein Feldstecher und zwei paar Handschellen. Nichts fehlte außer der Seelenstärke, wie sich bald offenbarte. Kaum schaukelte das Boot im Wasser, schon plagten ihn ernsthafte Bedenken.

Kein Wunder, denn eine unheimliche Stille lag über der wildeinsamen Gegend. Kein Mensch war zu sehen, selbst die Vögel hatten schon ihre Schnäbel südwärts gerichtet um die lange Reise in grünere Gefilde zu beginnen. Sogar der

Eistaucher mit dem närrischen, ausgelassenen Ruf war verschwunden. Nur der pflichtbewußte Oberwärter ruderte ganz allein der Insel entgegen. Jemanden mitnehmen fiel ihm erst garnicht ein, sonst hätte er ja den Ruhm teilen müssen. Obwohl die Sonne noch weit hinter den Bergen stand, konnte er im Morgengrauen sein Ziel erkennen.

Dort angekommen fand er die Insel verlassen. Während er sein Boot vertäute, fiel ihm die bedrückende Einsamkeit mehr als zuvor auf. Etwas erhöht stand eine kleine, gut erhaltene Hütte, deren Fenster und Türen mit Brettern gesichert waren. Nichts rührte sich drinnen oder draußen, was ihm verdächtig vorkam, denn er hätte schwören können Rauch über der Insel gesehen zu haben. Er verkriecht sich irgendwo, dachte er.

Inzwischen schob sich die Sonne über die Berge, was die Gegend etwas freundlicher machte, obendrein Sattler mutiger. Um der Wahrheit die Ehre einzuräumen, sein Herz begann zu rutschen. Er vermochte einfach nicht das Gefühl von sich zu weisen, daß ihm ein Unheil bevorstehe.

Nicht lange danach erkannte er die Quelle seiner Unruhe. Dichte Nebelschwaden rollten von allen Seiten heran. Drohend, wie riesige Walzen kamen sie auf ihn zu, begierig alles in ihrer Bahn zu verschlingen.

Ihn packte nun das reinste Entsetzen, denn er war allein, weit entfernt von schutzgewährenden Annehmlichkeiten. Die Stille, verbunden mit der Ungewißheit wegen Garneau, zehrte fürchterlich an seinen Nerven. Wo steckte der Kerl? In der vernagelten Hütte oder irgendwo draußen? Inzwischen legte sich der Nebel schwer auf die Insel, die Ufer wurden schrittweise unsichtbar, nur die Gipfel der höheren Berge konnten noch gesehen werden.

Eine schreckliche Furcht ergriff Richard Sattler. Er fühlte sich von feindseligen, zerstörungswütigen Mächten umringt. Es war höchste Zeit zum Rückzug. Der Teufel hole Ruhm und Ehre, es ging um seine Haut. Oh, gewiß wäre ihm eine zusätzliche Feder im Hut willkommen gewesen, ein Balsam im Herzen seiner Frau, hätte er den gefürchteten Garneau gefesselt angebracht. Aber sein Wohl ging vor.

Von vermuteten Gefahren im Nacken gehetzt, unter den Sohlen angespornt von rasender Angst und nagenden Bedenken, stürzte er zum Steg hinunter. Er gedachte mit einem Satz ins Boot zu springen, die Ruder ergreifen und dann mit kräftigen Schlägen dem Nebel zu entrinnen. Noch eh er zum Sprung ausholte blieb er vor Schreck stehen. Er traute seinen Augen nicht. Das Boot war weg! Aber es konnte nicht sein, er hatte es doch sorgfältig angebunden, ja, sogar etwas hoch gezogen, außerdem störte nicht einmal ein Kräusel das spiegelglatte Wasser.

René Garneau! Nur er konnte der Übeltäter sein. Trotz seiner Bestürzung durchschaute er das abgefeimte Spiel. Man hatte ihn vorsätzlich auf die abgelegene Insel gelockt um ihn hier gefangen zu halten, ihn womöglich verschwinden zu lassen. Sein Pflichtbewußtsein, allerseits bekannt, wurde schnöde mißbraucht. Es ermöglichte ränkevollen Galgenvögeln ein Bubenstück zu verüben, welches ihm zum Verhängnis werden konnte. Sein Boot suchen war sinnlos, gewiß war es entweder längst versenkt oder es trieb irgendwo mit Garneau als Steuermann auf dem weiten See herum.

Von der Not getrieben brach er in die Hütte ein. Trotz seiner Zwangslage fiel er vom staunen ins wundern. Bücher, nichts wie Bücher verdeckten jede Wand. Eins war sicher: Weder Garneau noch seine Handlanger hätten einen Fuß über diese Schwelle gesetzt. Beim Anblick dieser Bücherei hätten sie wie ein Weihwasser gesprenkelter Teufel, das Weite gesucht. Man hielt sich also draußen versteckt, umlauerte ihn, stahl sein Boot samt Gewehr und Handschellen und machte sich lachend auf den Weg.

Vor Sattlers Augen erschien nun die grausige Wirklichkeit. Er begann wie von Sinnen rund um die Insel zu hetzen. Er wollte, nein, er mußte weg von hier. Doch wie, ohne Boot? Schreien nützte nichts, ans schwimmen war erst garnicht zu denken. Wie erwähnt, Sattler fehlte die Seelenstärke, er hätte daheim bleiben sollen. Statt die Lage gefaßt zu erwägen, überdies das Ganze wie ein Abenteuer zu betrachten, raste er, von der Vettel Unruhe getrieben, stundenlang umher.

So ging es den ganzen Tag. Aber, oh, die Nacht. Von fratzenähnlichen Gesichtern verfolgt, die eins wies andere eine Ähnlichkeit mit den Sträflingen besaßen, kroch er wimmernd in die entfernteste Ecke.

Dort fand man ihn halbtot am nächsten Morgen. Seine Frau, die natürlich von dem Streifzug wußte, hatte schon am Abend zuvor die Behörden benachrichtigt. Er stammelte drei Tage lang nur wirres Zeug. Erst nach Verlauf einer vollen Woche fühlte er sich wieder imstande seinen Dienst auszuüben. Nie in seinem Leben fühlte er sich so geborgen wie zwischen den festen Mauern des Gefängnisses. Nur eines störte ihn gewaltig: Die höhnischen, herausfordernden Blicke der Insassen.

Der Einsiedler

Die Nachricht, welche sein Leben veränderte, erreichte ihn an einem rauhen Septembernachmittag. Der Wind, der ständig zunahm, heulte durch die Baumkronen. Kälte und Schnee verbreitete sich im Selkirkgebirge Britisch Kolumbiens. Der Winter kommt zeitig in den einsamen Bergen. Schnee kann jeden Tag im Jahr fallen.

Brent Shehan, der einsame Bewohner einer unermeßlichen Wildnis, von stürzenden Bächen und reißenden Flüssen durchquert, begrüßte selten Besucher. Es war ihm recht, der Umgang mit Menschen widerstrebte ihm. In der Tat, er wandte ihnen seit Jahren den Rücken zu.

Edward Tanner, genannt das Mundwerk, kam eben an. Er war einer der wenigen den Shehan willkommen hieß.

„Was gibt's Neues, Eddie," wollte Shehan wissen.

„Der Wert des Goldes steigt. Seit gestern beläuft er sich auf sechshundertfünzig Dollar die Unze."

Shehan kümmerte sich wenig um solche Dinge, aber die gute Nachricht entlockte ihm einen anerkennenden Pfiff.

„Gute Nachricht, mein Alter, wahrhaftig gut," meinte er, indessen er sich die Hände rieb.

Ein Schritt, ein Griff und er hielt ein Fläschchen in der Hand, welches er frohlockend schüttelte:

„Hier sind bestimmt fünf Unzen drin. Nehmen Sie das mal sechshundertfünfzig, wieviel Dollar macht das?"

Tanner kratzte sich verlegen den Kopf. Im Gegensatz zu Shehan, dem amtlich beglaubigten Buchhalter, glänzte er nicht gerade im Rechnen. Obwohl Shehan das wußte, unterließ er keine Gelegenheit ihn damit zu necken. Verlegen, mit gerunzelter Stirn, meinte Tanner:

„So genau weiß ich es nicht, aber es wird schon über den

Winter reichen."

„Darüber hinaus, vermute ich," meinte Shehan.

Nach weiteren belanglosen Worten platzte Tanner heraus:

„Sid sitzt im Zuchthaus."

„Sid Logan?"

„Derselbe."

„Sid Logan im Gefängnis?" rief Shehan bestürzt aus.

„Ja, in Einzelhaft im New Westminster Zuchthaus. Warum weiß ich nicht."

„Wer hat Ihnen das gesagt?"

„Mark Wissel, ein Bekannter von mir aus Revelstoke. Er kam vor einigen Tagen von der Küste zurück, wo ihm ein Artikel in der Vancouver Sun auffiel, samt Bildern und sonstigem. Sid Logans Fall war darin ausführlich beschrieben. Natürlich erkannte Wissel ihn sofort, denn sie schürften einst Gold zusammen, nahbei Walters Hütte."

Shehan sah Tanner mit finsteren Blicken an, obwohl er wußte, daß es ungerecht war. Als er jedoch Tanners gekränkte Miene sah, mäßigte er seine tadelnde Haltung. Eine merkliche Verwandlung ging in dem sonst freundlichen Gesicht Tanners vor. Er schien zu wanken zwischen dem Bedürfnis mehr zu sagen und dem Drang zu verschlucken was ihm auf der Zunge lag.

„Was ist los, Eddie, haben Sie einen Frosch im Hals?" fragte er verärgert.

„Sid wird gehängt," jammerte Tanner.

Diese Bemerkung ließ Shehan aufhorchen. Er rief:

„Keineswegs, Eddie, Sie sind falsch unterrichtet."

Verstimmt zog Tanner einen Zeitungsausschnitt aus der Tasche, welchen er Shehan reichte:

„Da, lesen Sie es selbst," knurrte er.

Tanner nahm Anstoß an Shehans Verhalten, welches ihm grundlos feindselig vorkam. Statt Dank für seine Mühe widerfuhr ihm unverdiente Herablassung. Er verkaufte Shehans geschürftes Gold, hielt seine bevorzugten Lebensmittel auf Lager und lieferte sie ihm bei Wind und Wetter.

Edward Tanners Veranlagung kann mit wenigen Worten beschrieben werden: Gefällig aber schwatzhaft. Die Behandlung Shehans empfand er wie einen Stich in sein schlichtes Herz. Er fühlte sich beschuldigt für Logans Zwangslage. Er kannte ihn schon seit langer Zeit und weitaus besser als Shehan. Er belieferte ihn jahrelang mit Speck, Mehl, Zucker und Kaffee und was er sonst benötigte.

In jenen Tagen schürfte der verschlossene, wortkarge Bursche kreuz und quer nach Gold im Selkirkgebirge; vom Columbia bis zur Wasserscheide. Ein seltsamer Vogel war das schon, ist es wohl immer noch, mutmaßte Tanner. Ein geheimnisvoller Hauch umwitterte Logan. Gerüchte umwölkten den Einzelgänger, die einem neuzeitlichen Midas Ehre angetan hätten. Seine Schürfrechte wurden um ungebührliche Summen erworben, wie das Mars Minen Werk, welches seit Jahren dem Zerfall preisgegeben war. Es stand heute noch unter der Obhut von Brent Shehan.

Tanner erinnerte sich gut an den Wirbel der entstand, als Logan, President und Hauptteilhaber, unerwartet die Mine schloß; übernacht, hieß es in betroffenen Kreisen. Die umliegenden Minenbesitzer drückten Überraschung aus, die Angestellten wehrten sich. Alles vergebens, die Mine wurde und blieb geschlossen. Warum, oh, warum nur, fragte man. Doch eine zufriedenstellende Antwort erhielt niemand. Ein Geruch des Mißtrauens erhob sich von Revelstoke bis Mica Creek. Mutmaßungen schwirrten umher. Die örtliche Zeitung, getreu ihrem Ruf, mischte fleißig mit. Sie sparte weder an Vorwürfen noch Verleumdungen.

Sid Logan war ein rätselhafter Mann, vielerseits bekannt, doch vertraut mit wenigen. Er verließ die Gegend ohne einen Abschiedsgruß.

Etliche Jahre später, an einem stürmischen Frühlingstag, erhielt Edward Tanner einen Besucher, der ihn hochfahren ließ und seinen Augen Glanz verlieh. Wie von selbst streckten sich seine Hände aus:

„Sid, wie geht es dir?" rief er freudig aus.

Jedoch, als er den Mann sprechen hörte verstummte er. Nein, das war nicht Sid Logan. Doch hol mich der Teufel wenn es nicht sein Zwillingsbruder ist, durchfuhr es Tanner. Der Besucher erklärte:

„Ich bin Brent Shehan, der Betreuer der alten Mars Mine oben in den Bergen."

Tanner erkannte seinen Fehler, er entschuldigte sich:
„Verzeihung für die Verwechslung. Abgesehen von der
Sprache hätte ich behauptet Sie seien Sid Logan; die
Ähnlichkeit ist verblüffend."

In der Tat, so verhielt es sich, zwar in mehr als bloßem
Aussehen. Wie es sich herausstellte besaß Shehan etliche
Eigenschaften Logans, dessen Neigung zur Geheimniskrämerei
so manchen verärgerte. Shehan erwies sich als wortkarger
Einzelgänger.

Edward Tanner war kein Stümper im aushorchen, aber bei
Brent Shehan biß er sich die Zähne locker. Ihm war nicht viel
zu entlocken; weder mit List noch Schmeicheleien.

„Sid Logan beauftragte mich alles bis zum letzten Nagel zu
verkaufen, weiter nichts," verkündete der seltsame Mann.

„Wie lange beabsichtigen Sie zu bleiben?"

„Wie gesagt bis alles unter Dach und Fach ist."

Achtzehn Monate später war er immer noch dort. Geborgen
auf Lebzeiten, dachte Tanner; fälschlicherweise wie es sich
herausstellte.

Ein kameradschaftliches Verhältnis entwickelte sich, das
man allerdings nicht herzlich nennen konnte, weil solche
Gefühle Shehan widerstrebten. Tanners vertrauliche Natur, sein
gewinnendes Wesen, wehrte sich gegen Shehans kühles
Verhalten. Seine vorzüglichen Umgangsformen jedoch zogen
ihn gleichzeitig an und stießen ihn ab. Dennoch mochte und
achtete er den Iren, welcher, willig oder nicht, bekannt gemacht
wurde mit Tanners Leben von der Wiege bis zur Gegenwart.
Shehans Vergangenheit dagegen blieb ein Buch mit sieben
Siegeln. Im selben Maß verhielt es sich mit der Gegenwart.

Übrigens war Tanner kein einfältiger Kerl, wie man ihn
gern hinstellte. Er verstand es den Menschen, ja sogar den
Tieren, in die Seele zu schauen und daraus Schlüsse zu ziehen.
Zum Beispiel hätte er jede Wette abgeschlossen, daß hinter der
Maske eines unnahbaren Sonderlings sich ein treuer Freund
verbarg. Wie es sich später ergab hätte er die Wette gewonnen.

Nun stand Brent Shehan draußen vor der Hütte und schaute
Tanner nach wie er sich entfernte. Seinen stolpernden Schritten
nach zu urteilen, schien der gute Mann verärgert zu sein.
Shehan störte sich nicht daran. Er war tief in Gedanken

versunken, unberührt von den wirbelnden Schneeflocken, die ihm auf der Haut schmolzen. Bilder der Vergangenheit tauchten vor seinen Augen auf. Seine Gedanken wanderten über das Felsengebirge zu den Straßen Calgarys, wo er Sid Logan kennen lernte. Das war der erste Schritt nach Golgatha, zu seinem unerbittlichen Schicksal. Kein Wahrsager zwischen Himmel und Erde, nicht alle Orakels des Altertums hätten vermocht jene verhängnisvollen Geschehnisse vorauszusagen.

Er verlor vor einigen Tagen seine Arbeitsstelle; zum fünften Mal in drei Monaten. Ein vorzüglicher Buchhalter, amtlich zugelasssen, sollte doch mühelos Arbeit finden und sie auch behalten. Warum blieb es Shehan versagt, noch dazu in einer Wirtschaftsblüte? Doch so verhielt es sich. Man fand das vielerseits sonderbar, ja, er selbst staunte nicht wenig darüber.

Freilich wußte er den Grund seiner Schwierigkeit, welche ihn allmählich arbeitsunfähig machte. Es fing so unschuldig an. Ein leichtes zittern in den Händen, das zuweilen auftrat, beachtete er mit krauser Stirn, weiter nichts. Als es überhand nahm ging er zum Arzt. Nachdem der Mediziner ihm seinen Befund mitteilte, überfiel Shehan ein Zittern wie auf Befehl. Parkinsonsche Krankheit hieß das Übel. Unheilbar nannten es die Ärzte, an Besserung sei nicht zu denken, betonten sie. Nur Medizin kann die schleichende Krankheit in Schach halten, wurde ihm eingeprägt.

In Kürze fühlte sich Shehan unfähig einen Stift zwischen den Fingern zu halten, noch weniger konnte er leserlich schreiben. Das an sich war kein Hindernis eine gut bezahlte Arbeitsstelle zu finden, da Unternehmer in und um Calgary über ihre eigenen Füße stolperten, im Bestreben tüchtige Leute zu finden; der Schuh drückte woanders. Ein zunehmender Unmut im Umgang mit Menschen gewann die Oberhand, welcher Groll annahm und schließlich in Haß ausartete.

Diese Regungen wüteten wie Rotlauf in dem einstigen Schulmeister von der Prärie Saskatchewans. Sein inneres Feuer verlöschte und der Zauber der wilden Berge wich. Jetzt war er nur noch ein Häufchen Elend, der hungrig durch die Straßen Calgarys schlich. Der Parkinsonschen Krankheit hatte er schon längst den Rücken gekehrt; die Pillen lagen auf dem Schrotthaufen, um die Ärzte machte er einen weiten Bogen.

Shehan ahnte den Ursprung seiner Krankheit: Unruhe ist es, weiter nichts, sagte er sich zehnmal am Tag. Doch fehlte ihm der Wille eine Kur anzuwenden. Das Schicksal war ihm jedoch gnädig gesinnt; Abhilfe war unterwegs.

Während er eines Tages wie ein reumütiger Sünder in Calgary auf einer Bank am Straßenrand saß, blind gegen alles, außer seinem Elend, wurde er plötzlich angesprochen: „Was seh ich da, wenn nicht meinen Doppelgänger?" Verärgert hob Shehan seinen Kopf. Er blinzelte einigemal eh er die Augen ganz öffnete. Vor ihm stand ein Mann der ihn lachend betrachtete. Verblüfft reckte sich Shehan. Der Kerl sah ihm ähnlich. Doch die Ähnlichkeit, obwohl erstaunlich, verblich ein wenig bei näherer Betrachtung. Sie war jedoch stark genug um eine nahe Verwandtschaft zu vermuten.

Shehan fühlte sich belästigt. Er wandte sich ab in der Hoffnung dem Störenfried den Laufpass zu geben. Doch da war nichts zu machen. Sein Doppelgänger zeigte seinem Mißmut keine Achtung; im Gegenteil, Shehans Widerwille wirkte wie Öl auf sein Feuer. Er lud ihn ein im Minerklub eins zu heben. Shehan winkte ab: „Lassen Sie mich gefälligst in Ruhe," krächzte er.

„Was, meinen Doppelgänger auf einer Bettelbank vergilben lassen? Nicht Sidney Logan. Auf, wir trinken einen," befahl er.

Wir reden hier von Calgary in den sechziger Jahren, als eine berauschende Stimmung Stadt und Land durchzog. Wo Mann und Frau, groß und klein die Schultern ans Rad stemmten. Ein Handschlag galt damals mehr als Stempel und beglaubigte Schriften. Der Wahlspruch: Frisch gewagt ist halb gewonnen! lag auf jedermanns Lippen. Alles oder nichts! hieß es bei Einzelgängern, die auf Gedeih und Verderb vorangingen.

Öl wurde in Leduc entdeckt. Es veränderte das Land wie auch die Einstellung der Bewohner. Eine Erregung lag über den Ausläufern des Felsengebirges, welche die Schritte der Menschen erleichterte und eine Hochstimmung verbreitete.

Vor einigen Monaten waren viele noch Viehzüchter oder Viehhirten; nun hieß man sie Ölbarone, die forsch und etwas hochmütig auf den Straßen Calgarys Abkommen abschlossen. Wagnisse wurden mit einem Handschlag eingegangen, Reichtümer errang oder verlor man ohne Jubel oder Klage. Sid

Logan fühlte sich wie die Muschel bei der Flut, inmitten dieser wagemutigen, freilich etwas hochtrabenden Männer. Sie waren vom selben Tuch geschnitten wie er; was er nicht von dem Häufchen Elend auf der Bank behaupten konnte. Am liebsten hätte er sein trauriges Ebenbild am Kragen gepackt und ohne viel Federlesens zum Klub gezerrt, doch das war nicht nötig. Shehan ging mit.

Es war ein heißer, sonniger Tag, knapp eine Woche vor dem berühmten Rodeo, der einzigartigsten Wildwest Vorführung in Kanada, wenn nicht ganz Amerika. Die einstige freundliche Stimmung des Westens herrschte abermals eine Weile.

Während Shehan im Sessel der üppig ausgestatteten Trinkstube saß, dachte er mehr als er verlauten ließ. Er fühlte sich immer noch unbehaglich. Mißtrauen hielt ihn befangen, Ärger machte ihn mürrisch. Er konnte sich einfach nicht erklären warum ein Mensch, erfolgreich dem Anschein nach in mehr als einer Weise, sich um einen mittellosen Landstreicher kümmerte. Wegen der Ähnlichkeit? Einer Laune vielleicht, mutmaßte er.

Shehan taute allmählich auf. Logan verstand es einem wortkargen Menschen die Zunge zu lösen. Er zeigte sich weder abwegig noch spöttisch, eher teilnehmend und etwas gebieterisch. Er scheute sich nicht Fragen zu stellen, welche Shehan nur zögernd beantwortete. Es dauerte nicht lange, da wußte er Bescheid über seine mißliche Lage. Er tadelte ihn heftig:

„Mein Herr, Sie sind ein Narr, ja, eine kümmerliche Entschuldigung für einen Mann. Die ganze Gegend befindet sich in einem wirtschaftlichen Auftrieb. Arbeitskräfte werden überall gesucht, während Sie trübselig wie ein aufgewärmter Leichnam herum lungern.“

Etwas eingeschüchtert fragte Shehan:

„Was soll ich denn tun?“

„Was Sie tun sollen? Das Pflaster weich laufen, wie tausend andere auch. Das heißt, anklopfen, mutig auftreten, unbeirrt voran gehen und Arbeit finden,“ schimpfte Logan.

Shehan rümpfte die Nase:

„Leicht gesagt wenn man körperlich und geistig gesund ist.“

„Sind Sie krank?"

„Das sieht man doch," entgegnete Shehan, indem er seine Hände ausstreckte. Zu seiner Überraschung brach Logan in ein schallendes Gelächter aus. Shehan fuhr erschrocken zurück, er wollte nicht die Aufmerksamkeit auf sich lenken. Seine Sorge erwies sich als unbegründet; niemand wandte den Kopf nach ihnen oder zeigte sich im geringsten verdutzt. Die meisten Gäste, wenn nicht alle, waren mit Logans ungestümen Ausbrüchen vertraut.

„Möchten Sie eine Arbeit haben?"

„Ja, schon, doch ich würde nicht lange aushalten."

„Warum nicht?" wollte Logan wissen.

„Ich – ich kann nicht, wie soll ich es sagen."

„Na, raus mit der Sprache," befahl Logan.

„Ich kann nicht mit anderen Leuten arbeiten, nicht mal in ihrer Nähe kann ich sein," gestand Shehan.

Logan betrachtete ihn aufmerksam.

„Wie steht es mit Bären, können Sie die ausstehen?"

Shehan verzog gequält sein Gesicht:

„Spotten Sie nicht, ich bin unheilbar krank."

Logan hatte Mühe das lachen zu unterdrücken. Was ihn anbelangte war sein Gast nichts anderes als ein verzagter Tatterer auf der Suche nach Mitleid.

„Sie reden Unsinn, mein Lieber. Wie alt sind Sie denn?"

„Fünfunddreißig."

„Erst fünfunddreißig und da hocken Sie schon bis zum Hals in Trübsal herum. Kopf hoch, Mann, raus aus dem Versteck, hier wird gelebt und nicht gezittert."

„Versteck?" wiederholte Shehan verwundert.

„Natürlich, was denn sonst. Zappelt jemand so wird er verlacht. Erhält seine Zappelei einen wissenschaftlichen Namen, wird er bedauert, wenn nicht verehrt. Schluß damit, Sie schulden mir eine Antwort."

„Auf was?"

„Können Sie unter Bären und Wölfen leben und arbeiten?"

„Ich verstehe Sie nicht. Was meinen Sie?"

Statt einer Antwort stellte Logan eine weitere Frage:

„Kennen Sie die Selkirks?"

„Nein, wo und was sind die?"

„Ein wildeinsames Gebirge nordöstlich von Revelstoke. Ich biete Ihnen dort eine Arbeit an. Sie können sich in der abgelegenen Gegend ungestört Ihren Unterhalt verdienen. Außerdem wird Ihnen die Gebirgswitterung die Flausen aus dem Kopf treiben. Nun, wie steht's, wollen Sie?"

„Ich – ich denke schon," antwortete Shehan mit wenig Begeisterung.

„Nun, ich möchte Ihnen die Einzelheiten unterbreiten. Wohlgemerkt, dort ist man mutterseelenallein. Der nächste Nachbar ist Edward Tanner, als Mundwerk bekannt."

„Wie weit weg ist er?"

„Ungefähr zwölf Meilen talabwärts, am Kolumbia."

„Soso," meinte Shehan.

„Gilt's oder nicht?"

Es galt.

Zwei Jahre vergingen seitdem. Eine glückliche Zeit nannte es Shehan. Das erste Mal seit vielen Jahren spürte er die wohltätige Hand des inneren Friedens. Das fauchende Untier, Ehrgeiz, wurde überwunden. Somit auch die verhaßte, doch gern gespürte, Parkinsonische Krankheit. In der großen Stille, umringt von Gletscher bedeckten Bergen reifte eine Erkenntnis in Brent Shehan: Ich pflegte ein Liebesverhältnis mit einem Hirngespinst, gestand er sich ein. Eine grüne Saat begann in ihm zu keimen, nämlich, klare Gedanken. Als nach einem Monat seine Hände weder zuckten noch unwillkürlich zitterten, wußte Shehan Bescheid: Man hatte ihm eine Krankheit angedichtet, wie auch die Mittel sie zu verewigen, nämlich, Furcht und Arznei.

Ha, die Furcht wich beim ersten Anblick der Berge. Es hatte sich ausgezittert und ausgesorgt. Er fühlte sich geborgen, verjüngt und gesund. Alles verdankte er Sid Logan, dem rätselhaftesten Menschen, dem er je begegnete. Logan mußte wohlhabend sein, vermutete Shehan, und nicht weniger großzügig. Kein einziges Mal verlangte er einen Bericht oder fragte nach Rechnungsauszügen. Gemäß des Abkommens gehörte ihm die Hälfte aller Erträge vom Verkauf. Die andere Hälfte wurde zu einer Bank in Calgary geschickt. Alles geschürfte Gold gehörte Shehan. Wie schon erwähnt stieg dessen Wert um das mehrfache, was seine Taschen allmählich füllte. Alles hatte er Sid Logan zu verdanken, der nun in Kürze am Ende eines Strickes sein Leben aushauchen wird.

Welch ein Jammer hilflos zuschauen zu müssen, was einem Mann widerfährt, dem man so viel verdankte. Shehan fühlte sich von lebhaften Erinnerungen gequält; angenehm, doch ebenfalls beunruhigend. Nie konnte er jene bedeutsame Begegnung auf den Straßen Calgarys vergessen, viel weniger die Geschehnisse im Klub. Welch ein Erlebnis! welch ein Mann! stöhnte er anerkennend. Ja, jene Erinnerungen ließen sich nicht leugnen.

Nachdem Logan seine hochherzigen Absichten verkündet hatte, verzeichnete und unterschrieb er ein großzügiges Abkommen, welches ihm hingereicht wurde samt einem reichlichen Vorschuß. Immer noch mißtrauisch fragte Shehan:

„Sidney, warum tun Sie das für mich?"

„Mir gefällt Ihre irische Aussprache."

Es war echt Logan, wie Shehan später erfuhr. Sein verschrobenes Wesen, ebenso die erstaunliche Freigiebigkeit, waren bekannt.

Aber zurück zu Tanners Hiobsbotschaft. Wie erwähnt war Shehan erschüttert als er Logans trauriges Geschick erfuhr. Nachdem Tanner hinter einer Biegung verschwand, ging er zurück in die Hütte. Er war wieder allein, somit konnte er ungestört nachdenken. Nachdem er den Bericht in der Zeitung wiederholt gelesen hatte, schlug Shehan sich mit quälenden Gedanken herum. Verwirrt, verzweifelt, von zwiespältigen Vorstellungen gepeinigt, grübelte er mit gesenktem Kopf. Innere Stimmen erhoben sich, die gegensätzliche Ratschläge gaben. Ins eine Ohr wisperten Kobolde was von Vernunft: Abwarten, den Dingen seinen Lauf lassen. Wer weiß ob nicht die ganze Anlage in deine Hände fällt. Im anderen dröhnte es laut und klar: Brent, es darf nicht sein, nur ein Schurke hegt solche Gedanken. Du mußt verhindern was bevorsteht. Finde einen Ausweg! Rühr dich, los, rühr dich! Was konnte er tun? Bei einbrechender Dunkelheit lagen sich die Vernunft und das Gewissen immer noch in den Haaren. Doch letzten Endes gewann das Gewissen die Oberhand.

Sein Entschluß war gefaßt: Sidney muß befreit werden. Wie, mit welchen Mitteln blieb noch ungewiß. Er zerquälte sein

Hirn stundenlang, doch eine Lösung fand Shehan nicht. Abgesehen von einem eigenhändigen Überfall auf das Gefängnis, wußte er keine Möglichkeit seinen Gönner zu befreien. Ein Einfall ergriff ihn, den er schneller verwarf als entfaltete: Den Gouverneur des Gefängnisses bestechen. Das klang zu hanebüchen. Schließlich kam Shehan zu dem Schluß, daß nur ein Wunder seinen Freund retten könnte. Trotzdem sinnierte er weiter. Kurz vor Mitternacht sprang Shehan auf: „Ich hab's, ich hab's," schrie er aus Leibeskräften. Von einer fieberhaften Erregung erfaßt eilte er aus der Hütte. Die tiefe Finsternis, welche wohltuend auf gelassene Naturen wirkt, doch reizbaren Naturen eine Last ist, ließ Shehan unberührt. Die Einzelheiten des eben gefaßten Plans aushecken verlangte seine ungeteilte Aufmerksamkeit. Am nächsten Morgen klopfte er an Tanners Tür:

„Eddie, ich möchte Sie um einen Gefallen bitten."

„Was ist es?"

„Kann ich meinen Hund bei Ihnen lassen bis ich zurück komme?"

„Aber gern. Wann gedenken Sie wieder hier zu sein?"

Shehan antwortete nicht gleich, er betrachtete Tanner wortlos einen Augenblick. Eddie konnte nicht umhin zu glauben, daß sein Nachbar sich für immer verabschiedete.

„Es kommt drauf an," wurde ihm mitgeteilt.

Shehan reichte ihm die Hand:

„Gehabt Euch wohl," waren seine letzten Worte.

In Revelstoke verkaufte Shehan sein Gold. Von seinem Vorhaben hauchte er kein Wort. Dem Goldkommissar gab er einen Umschlag mit den Worten:

„Im Fall ich bis Weihnachten nicht zurück bin, geben Sie das Ed Tanner."

Der Kommissar nickte wortlos. Noch am selben Tag bestieg er die Eisenbahn, welche zur Westküste fuhr.

„Sechs Wochen, hm, sechs Wochen," murmelte Shehan als er im Abteil saß. Gemeint war die Frist welche ihm zur Befreiung Logans blieb. Sechs Wochen, nicht einen Tag mehr hatte er um die Einzelheiten seines Plans auszuarbeiten. Beim Gedanken an sein Vorhaben schwirrte ihm der Kopf. Es war der kühnste Plan aller Zeiten. Im Geiste sah er seinen Namen in den Jahrbüchern verzeichnet; teils gelobt, teils verwünscht. Immerhin, was könnte man ihm anhaben? Schließlich ist Treue kein Verbrechen, solang niemand dadurch Schaden erleidet. Sicher werden brave Bürger unter der Pflegschaft von machthungrigen Gift und Galle spuken. Was tut's? Seinen Plan hatte Shehan während der Fahrt ausgeklügelt. Aber warum fehlte seinen Schritten der Schwung? Ganz einfach. Das alte Übel tauchte wieder auf. Die Schüttellähmung überfiel ihn abermals.

„Das darf nicht sein," sagte Shehan. „Nein, es gefährdet mein Unternehmen, mein heldenhaftes Unternehmen."

So beschloß er den wiederkehrenden Mißstand mit allen Mitteln zu zu bekämpfen, um dann mit frischer Kraft seinen Plan in die Tat umzusetzen.

Schon am ersten Tag fand er eine Wohnung mit Überblick auf den geschichtlich bedeutsamen Fraser. Freilich warf das trübe Wasser und schlammige Ufer einen Schatten auf sein Gemüt. Doch das nahgelegene Gefängnis bedeutete ihm mehr als eine schöne Aussicht.

Das redete er sich ein, doch es traf nicht ganz zu. Die düstere Umgebung, bevölkert von mißmutigen Leuten, sowie die unendlichen Teerstraßen, bedrückten Shehan mehr als ihm lieb war; er sehnte sich zurück nach den unberührten Selkirkbergen. Doch er verscheuchte solche Regungen, seine Gedanken wanderten zu wichtigeren Angelegenheiten, was nicht so leicht war. Warum? Weil sein altes Übel abermals Schindluder mit ihm trieb, und das in einer bemerkenswerten Weise. Was ihm widerfuhr erweckte ein Bedürfnis in ihm gleichzeitig zu lachen und zu heulen.

Als Shehan, die Tragweite seines Vorhabens überdachte, obwohl ausgespannter als sonst, geschah etwas das er anfänglich kaum bemerkte. Doch im Nu zitterten alle Glieder seines Leibes. Er fuhr auf:

„Na, da schau her, die alte Schererei hat mich wieder gefunden."

Mit Sturm im Herzen betrachtete er seine Hände. Beide zuckten wie auf Geheiß. Brent Shehan war kein Dummerjan. Überdies hatte ihn der Aufenthalt im Selkirkgebirge ein und die andere Weisheit gelehrt. Er begann eine schlichte, jedoch unglaubliche Tatsache zu begreifen. Er zitterte, vielmehr pflegte eine Krankheit, welche als unheilbar erklärt wird, es aber nicht ist.

„Ich muß lernen mich zu beherrschen. Als erstes meine Unruhe zügeln, dann ernsthaft mein nagendens Angstgefühl überkommen, das ja die Ursache der Krankheit ist."

Kaum hatte Shehan diese Erkenntnis verdaut, als ihn ein wohliger Gleichmut überfiel. Er zitterte weniger und wurde ruhiger.

Bis jetzt hatte er Sid Logan noch nicht besucht, ja, er vermied absichtlich die Nähe des Gefängnisses. In der Zwischenzeit erfuhr er seine Umstände: Vorsätzlicher Mord, hieß die Anklage. Schuldig in jeder Beziehung, urteilten die Geschworenen. Logan lehnte jegliche Verteidigung ab, vielmehr er versuchte es zu tun. Doch der Richter entschied anderweitig; ein Anwalt wurde ernannt, ferner ließ er auf nicht schuldig erkennen.

Shehans wiederkehrende Regung, welche er zum Glück unterdrückte, ließ nicht locker. Er fühlte einen Drang Marc Bertram, Logans Verteidiger, aufzusuchen. Jedoch eine einverleibte Abneigung gegen Anwälte hielt ihn zurück. Überdies mußten noch einige Unklarheiten beseitigt werden. Als erstes die Verkleidung, sie war für den Erfolg seines Plans ausschlaggebend. Hm, Plan? Das verwegenste Vorhaben aller Zeiten wäre eine treffendere Beschreibung, lobte Shehan. Er dachte hin und her, es dauerte eine Weile eh ihm etwas passendes einfiel. Seine auffallende Ähnlichkeit mit Logan mußte in Betracht gezogen werden. Diese Ähnlichkeit verdecken hielt Shehan für wichtig.

Er versuchte sein Gesicht mit Schminke unkenntlich zu machen, doch ließ er davon ab, nachdem ein Blick in den Spiegel ihm schier das Geschick des Basilisken bescherte, der bekanntlich tot umfiel als er in einer Wasserlache sein Spiegelbild sah. Schließlich fand er eine Lösung. Kleider machen oder ändern Leute, heißt es doch. Wie wärs mit einer Aufmachung die so außergewöhnlich ist, daß die Gesichtszüge kaum beachtet werden? Shehans Gedanken wanderten von einer Möglichkeit zur anderen, bis ihn ein Geistesblitz durchfuhr. Eine Ordenstracht ist die Antwort, sie allein lenkt die Aufmerksamkeit vom Gesicht ab.

Der nächste Schritt, von Anfang bis zum Ende, erwies sich schwierig. Wie und wo kann man eine Priesterausstattung erhalten? Es war eine mühselige Arbeit, mit Scherereien verbunden. In seiner Verzweiflung erwägte Shehan Diebstahl. Wenn es sein muß sogar bei Nacht und Nebel einen Priester entführen und sein Gewand rauben. Die Zeit verging, Verzweiflung setzte ein. Er sah im Geiste schon seinen Plan gescheitert. Er machte sich auf den Weg. Er klopfte bei fragwürdigen Verleihern an, mitunter auch bei Pfandhäusern. Man sah ihn mit mißtrauischen Blicken an, manchmal begleitet mit Worten wie:

„Es ist nicht erlaubt mit geweihter Kleidung zu handeln."

„Unbefugte Handhabung wird schwer bestraft," meinten andere.

Wenn Shehan zu verstehen gab, daß er das Gewand für Theaterzwecke benötige, wies man ihm kopfschüttelnd die Tür.

Als er eines regnerischen Tages ziellos auf der Wharfstraße entlang lief, welche man ohne zögern die trostloseste Gegend der Stadt nennen darf, ging er an einer Reihe von Geschäften vorbei, die einen schäbigen Eindruck erweckten, aber mit einer Vielfalt von Waren angehäuft waren. Der kalte Regen und das trübe Wasser des Frasers bedrückte Shehan mehr als ihm lieb war.

Entmutigt, mit trübseligen Gedanken beschwert, ging er mit gebeugtem Kopf daher. Somit zollte er den schwatzenden Männern draußen vor ihren Läden wenig Beachtung. Es waren ausschließlich Asiaten, die ihre Waren in drolliger Aussprache anboten. Hin und wieder versuchte einer ihn in ein Gespräch zu verwickeln, doch er verschluckte seine Worte als Shehans rügender Blick ihn durchbohrte. Ein Bursche stellte sich ihm forsch in den Weg und forderte ihn auf:

„Komm rein, Herr, ich alles haben was Sie wünschen."

Mehr erheitert über den Mißbrauch der Sprache als beeindruckt von dem fragwürdigen Angebot des Chinesen, verhielt Shehan seine Schritte. Das war natürlich Wasser auf des Händlers Mühle; er wußte der Fisch war an der Angel, das weitere sollte eine Kleinigkeit sein. Er öffnete die Tür weit mit den Worten:

„Herr, kommen Sie, ich Ihnen zeig."

Der Laden war angehäuft mit Waren, wie Ersatzteile für Boote, Kleidung und vieles mehr. Mit einer schwungvollen Handbewegung rief der Chinese:

„Sie sehen Herr, ich alles habe."

„Hol's der Teufel," dachte Shehan, „warum nicht ein wenig Spaß haben mit dem Burschen."

„Sie haben bestimmt was ich brauche?" fragte Shehan mit Hintergedanken.

„Ganz bestimmt," behauptete der Händler.

„Ich brauche eine Priesterausstattung."

„Ausstattung, Ausstattung, Priester?" wiederholte der Händler wie jemand der nicht so recht verstand.

Dann erhellte sich sein Gesicht. Seine Augen wanderten über Shehans Gestalt, als nehme er die nötigen Maße. Ob die ungewöhnliche Nachfrage ihn überraschte, konnte nicht wahrgenommen werden. Er nickte heftig mit dem Kopf und meinte:

„Ich alles haben was Sie macht Priester. Wenn Sie kommen morgen Mittag, dann alles bereit ist."

Shehan fragte mit gerunzelter Stirn:

„Alba, Kreuz, Rosenkranz?"

„Alles, morgen Mittag."

„Was kostet das Ganze?"

Der Händler stutzte:

„Kosten, kosten?" wiederholte er.

„Ja, was sind die Kosten?" betonte Shehan.

Ohne mit der Wimper zu zucken kam die Anrwort:

„Fünfhundert Dollar."

Shehan zuckte zusammen:

„Das ist ein Wucherpreis."

Unberührt von dem Einwand wiederholte der Händler in einem barschen Ton:

„Fünfhundert Dollar. Morgen Mittag alles fertig ist."

Wie versprochen so verhielt es sich. Der Händler zeigte ihm die Ware mit sichtlichem Stolz:

„Probieren Sie an," empfahl er.

Shehan gehorchte, wonach er brummte:

„Es wird schon gut sein."

Es war ein lobwertes Geständnis. Als er sich im Spiegel betrachtete, überflog sein Gesicht unverhohlene Freude:

„Meine eigene Mutter würde mich nicht erkennen," mußte er gestehen.

Geld wechselte Hände. Kein Muskel zuckte im Gesicht des Chinesen als er die Banknoten zählte, sie sorgsam faltete und in die Tasche steckte.

„Danke, Herr, kommen Sie bald wieder," ermutigte er Shehan.

„Wohl kaum," meinte Shehan mit abgewandtem Gesicht, während er dem Ausgang zuschritt.

„Ein Priester ist hier, Herr Bertram," verkündete die Sekretärin.

„Ein Priester?" wiederholte der Rechtsanwalt überrascht.

„Ja, ein Pfarrer O'Reilly möchte mit Ihnen den Fall Sidney Logan besprechen."

Der Name Logan gab dem Anwalt einen Ruck. Er erhob sich schwungvoll:

„Schicken Sie ihn herein," befahl er.

„Herr Bertram, ich bin Pfarrer O'Reilly von der Gesellschaft Jesu. Lassen Sie mich zur Sache kommen."

„Bitte, setzen Sie sich," meinte der Anwalt mit einer Verbeugung.

„Uns kam es zu Ohren, daß Sidney Logan, ein Mitglied unserer Kirche, in Not ist."

„In ziemlicher Not, tät ich sagen," gestand der Anwalt.

Nach näherer Betrachtung bemerkte der angebliche Priester:

„Ich möchte ihm Beistand leisten."

Mit krauser Stirn verlangte Anwalt Bertram zu wissen:

„Inwiefern? Die Hinrichtung ist eine abgemachte Sache, muß ich leider gestehen. Wenn nicht zwingende Beweise auftauchen, welche Logans Unschuld bezeugen, wird die Hinrichtung weder verschoben noch aufgehoben. Übrigens ist nicht zu vergessen, daß Logan die Tat gestand."

„Freilich, freilich, Herr Anwalt. Aber ich biete keine irdische Hilfe an, sondern geistliche."

„Ich verstehe Sie nicht.“

„Logans Seele muß gerettet werden.“

„Nun, das liegt wohl kaum in meinem Bereich,“ meinte Herr Bertram.

„Richtig,“ stimmte Shehan zu.

Der Anwalt heftete seinen Blick auf den Priester:

„Warum kommen Sie zu mir?“ wollte er wissen.

„Aus zweckmäßigen Gründen. Logan weigert sich mich zu empfangen, ebenso einen anderen Seelsorger. In der Tat wies er alle Besucher zurück, mit unsanften Worten wie: ‘Die können zur Hölle fahren.‘ Doch muß ich betonen, daß Logan, ein Katholik, die letzte Ölung erhalten muß, sei es mit fragwürdigen Mitteln oder auf geradem Weg.“

Das Geständnis eines Diener Gottes zweifelhafte Mittel im Notfall anzuwenden, entlockte dem gesetzten Anwalt ein spöttisches Lächeln. Es erhöhte ebenfalls seinen Gefallen an dem zwanglosen Jesuiter.

„Was erwarten Sie von mir, Herr Pfarrer?“

„Bei Ihrem nächsten Besuch…“

Der Anwalt erhob seine Hand:

„Ein Besuch ist nicht mehr vorgesehen.“

Als er jedoch die enttäuschte Miene des Priesters sah, lenkte er ein:

„Es sei denn es wird verlangt.“

„Darf ich so frei sein es zu tun?“

„Zu welchem Zweck?“ erkundigte sich der Anwalt.

„Um Logan eine Nachricht zu überbringen.“

Herr Bertram runzelte die Stirn:

„Warum nicht selber hingehen und die Obrigkeit im Gefängnis um Einlaß bitten?“

„Ich versuchte es.“

„Und?“

„Es wurde mir verweigert.“

Der Anwalt fand das höchst seltsam, denn aus eigener Erfahrung wußte er, daß die Gefängnisverwaltung es gern sieht, wenn sich ein Priester um die Häftlinge kümmert. Es beruhigt sie und macht sie fügsamer.

„Was ist die Nachricht?“

„Brent Shehan ist gestorben. Auf seinem Sterbebett bat er

mich Logan zu finden und ihm eine Nachricht zu überbringen. Ich versprach ihm feierlich es zu tun. Weiter nichts."

Nach kurzem Nachdenken sagte der Anwalt zu:

„Hm, ich sehe damit nichts verkehrt. Ich werde die Nachricht übermitteln."

„Wann?"

„Am kommenden Freitag."

Bertram betrachtete seinen Besucher näher, indem er versuchte ein verständnisvolles Lächeln zu unterdrücken. Als Mitglied der Gerichtsverordnung hatte er gelernt zwischen den Zeilen zu lesen; in anderen Worten, Eindrücke zu beurteilen. Er traute dem Kleriker nicht ganz. Etwas in seinem Benehmen, wie auch Aussehen, kam ihm laienhaft vor; zusammen gebastelt und verdächtig. Er schien ständig auf dem Sprung zu sein. Dazu hatte er die eigenartige Gewohnheit seine Hände in den Ärmeln der Soutane zu verstecken. Ja, der Jesuiter kam ihm merkwürdig vor, wie ein Mann auf der Flucht.

„Hochwürden, ich vermute Sie erwarten eine Antwort."

„Gewiß. Darf ich nochmal vorsprechen, sagen wir Montag früh? Bis dahin sollte eine Antwort vorliegen."

„Ich denke schon," erwiderte der Anwalt.

Brent Shehan verbrachte ein unvergeßliches Wochenende; das qualvollste seines Lebens. Es erübrigt sich seine Zitterlähmung zu erwähnen, sie trieb ihr Unwesen mit voller Wucht. Allerdings war das nicht Shehans einziges Übel; nein, eine wuchernde Ungewißheit setzte ihm gnadenlos zu, vor allem nachts. Sobald er seinen geräderten Körper ausstreckte begannen die Unholde ihren ausgelassenen Tanz. Sie trommelten auf seiner Brust und kreischten ihm die Ohren wund. Nach einigen schlaflosen Nächten erwägte Shehan ernstlich sein Vorhaben aufzugeben. Ah, da erhob der Verführer Dankbarkeit sein Köpfchen und flüsterte ihm in beide Ohren:

„Ein freundlicher Dienst verdient einen Gegendienst. Der Mann in Not hat dich aus den Klauen eines Daseins, schlimmer als der Tod, befreit."

Montag früh hatte Shehan die erfreuliche Nachricht:

„Hochwürden, Herr Logan erwartet ihren Besuch," teilte ihm die Sekretärin mit."

„Wann?"

„Sobald wie möglich, heute noch, wenn es geht."
Shehan brauchte keine weiteren Anweisungen. Er bedankte
sich und verließ eiligst das Gebäude.
Innerhalb einer Stunde meldete sich Hochwürden O'Reilly
im Gefängnis. Keine Zeit durfte verschwendet werden, die
Stunde der Hinrichtung näherte sich unerbittlich. Abgesehen
von einer Gnadenfrist würde Logan sein Leben in einer Woche
aushauchen. Doch wenn alles planmäßig verläuft, mutmaßte
Shehan, kann schon eine Schlinge geflochten werden; aber den
Hals meines Freundes wird sie nicht zieren. Sicher mögen
Dinge fehl gehen, aber was tut's. Wie schlimm kann es
ausgehen? Sidney weiter verfolgen? Gewiß, gewiß, doch zu
welchem Nutzen? Wie geplant wird Logan vor dem
Morgengrauen den 49sten Breitengrad überschreiten, und den
letzten beißen die Hunde. Was wird, nein, kann, die strafwütige
Behörde unternehmen? Ihn, Brent Shehan, foltern? Ihm eine
Strafe auferlegen? Schon, schon, aber nicht nach Gutdünken.
Höchstens zwei Jahre könnte ein Gericht ihm aufbrummen und
das in einem Gefängnis mit lockerer Bewachung.

Dann, wiederum, dachte Shehan, mag man mich glimpflich
behandeln, mir lediglich eine Bewährungsfrist auferlegen, ja,
mich insgeheim mit Loorbeeren bekränzen. Schließlich
verweilte im Westen noch ein Pioniergeist, der freilich im
Sterben lag. Doch die großzügige Gesinnung der Vorfahren
züngelte zuweilen noch; kleine Flämmchen zuckten hin und
wieder auf.

Shehan, der Priester, verweilte sich keinen Augenblick auf
dem Weg zum Gefängnis. Als er dort ankam führte ihn ein
Wärter zum Vorstand, der ihn freundlich begrüßte:

„Nehmen Sie Platz, Hochwürden, wir haben Sie erwartet."
Während er ungläubig den Kopf schüttelte, bemerkte er:
„Logans Verhalten, seine Kehrtwendung um genau zu sein,
ist uns unverständlich."

„Inwiefern?"

„Nun, er weigerte sich hartnäckig bis jetzt einen Besucher
zu empfangen, vor allem wollte er keinen Priester sehen, denen
er Tod und Verderben wünschte. Sogar sein Anwalt hatte

anfangs Schwierigkeiten vorzusprechen. Doch letzten Endes fügte er sich."

„Wir freuen uns darüber, nun kann die Arbeit des Herrn beginnen," meinte der Scheinpriester.

„Mag schon sein, aber trotzdem beunruhigt mich Logans Kehrtwendung. Wir lassen in solchen Angelegenheiten Vorsicht walten."

Brent Shehan winkte ab:

„Lassen Sie gut sein, es geschieht fast immer. Selbst die abgebrütesten Gauner suchen Heil und Segen in der Religion, wenn es dem Ende zugeht. Die Angst vor der Ungewißheit ist mächtiger als ihr Bravadespiel."

„Nennt es was ihr wollt," drückte die Miene des Vorstands aus, „wir möchten den Fall Logan hinter uns haben."

In der Tat herrschte eine prickelnde Spannung im Gefängnis. Die Insassen, ebenso die Belegschaft, saßen wie auf glühenden Kohlen. Die unmittelbare Hinrichtung Sid Logans verursachte eine trübe Stimmung. Die Telegrafenpost surrte durch Zellen, Hallen und Zimmer; die Gefangenen wußten Bescheid. Der Name des Todgeweihten, sein Verbrechen, die Stunde der Hinrichtung, war ihnen bekannt. Eine gärende Unruhe überwältigte sie schier. Folglich wurden sie störrisch und widerspenstig, was die Gefängniswärter nachteilig beeinflußte; es machte sie reizbar und gewalttätig; vielmehr, unnötig streng. Deshalb wurde einem Priester stets der rote Teppich ausgerollt.

Jedoch nicht in dieser Anstalt. Gouverneur Carsten, ein mürrischer Mensch, mißbilligte solche Torheiten, wie er jede Gefälligkeit gegenüber den Häftlingen nannte. Zucht und Ordnung, hieß sein Wahlspruch. Alles andere ist nichts wie Larifari. Er warf sich öfters in die Brust, weil unter seiner langjährigen Aufsicht nicht ein einziger Gefangener ausbrach.

„Eher liege ich zwei Meter unter der Erde, als das einem dieser Gauner ein Ausbruch gelingen wird," prahlte er.

Die Wärter konnten ihn nicht ausstehen, das Personal noch weniger. Sie nannten ihn unter sich Etepetete. Seine dünnen Lippen hatte noch nie ein Lächeln geziert. Bleich bis unter die Haut, steif und herablassend schritt er umher. Fügte man seine erhabene Sprechweise hinzu, war der Mißnick fertig. Er war also ein unangenehmer Mensch, dem so mancher Wärter Übel wünschte.

Der Vorstand erklärte:

„Nun, Hochwürden, wir bestehen darauf, daß gewisse Vorschriften befolgt werden. Vor und nach jedem Besuch müssen Sie sich untersuchen lassen."

„Ich verstehe."

„Sie sind sich natürlich bewußt, daß ein Wärter vor der Zelle steht, der ungehinderte Sicht auf den Gefangenen hat."

„Ständig?"

„Ja."

„Aber wie kann ich dann seine Beichte abhören? Unglücklicherweise bin ich schwerhörig, somit muß der Beichtende laut und deutlich sprechen."

„Keine Sorge, das läßt sich schon bewerkstelligen. Der Wärter kann ja seitwärts treten und seine Augen abwenden. Es ist nicht zu vergessen, auch wir sind um das Seelenheil des Häftlings besorgt."

„Ja, seine Seele muß gerettet werden," betonte der falsche Priester.

Der Chef des Gefängnisses nahm den Besucher unter die Lupe, etwas schien seine Gedanken zu beschweren. Er hob den Kopf und fragte mit krauser Stirn:

„Hochwürden, kennen Sie Sid Logan?"

Erschreckt fuhr Shehan auf:

„Nnn – nein," stammelte er.

Ob der Leiter des Gefängnisses Verdacht schöpfte war nicht zu erkennen. Er rief nach einem Wärter dem er Anweisungen gab:

„Führen Sie Pfarrer O'Reilly zu Zelle 0942."

„Zu Sid Logan?"

„Ja, wen denn sonst," fuhr ihn der Chef an.

Bem Anblick des Klerikers zuckte der Wärter sichtlich zusammen, doch er sagte nichts. Er erwies sich als ein umgänglicher junger Mann, der zur Schwatzhaftigkeit neigte. Nach einer kurzen Unterhaltung bemerkte er:

„Hochwürden, entdecke ich eine irische Redeweise?"

„Ja, mein Sohn, Sie tun es."

„Es klingt fast wie Logans Aussprache. Sogar die Stimmen

ähneln sich."

Er stand im Begriff die verblüffende Ähnlichkeit zwischen dem Priester und Logan zu erwähnen, als ein rügender Blick seines Vorgesetzten ihn verstummen ließ.

Shehan stand wie auf Nadeln, vielmehr vor einer abschreckenden Hürde. Mit unruhigen Gedanken belastet, näherte er sich Logans Zelle. Was ihn beschäftigte konnte man sich denken: Logan wußte Bescheid. Sein angemeldeter Besucher war kein anderer als Brent Shehans ausgeschickter Priester, daran bestand kein Zweifel. Aber was geschieht wenn sich der erwartete Priester als Brent Shehan entpuppt? Wird Logan nicht überrascht ausrufen und den einmaligen Plan vereiteln?

Shehan zog die Krempe seines Hutes tiefer in die Stirn und rückte seine Brille zurecht. Das sollte es tun, sagte er sich. Die Verkleidung und die absichtlich verstellte Miene sollte ihn nicht sofort erkennbar machen. Auch vermutete er, daß die Zelle gewiß nicht grell beleuchtet ist.

Mit dem Rücken den Wärtern zugewandt, den Kopf tief auf die Brust geneigt, schritt er in Logans Zelle. Der Gefangene sagte kein Wort, was vermuten ließ, daß er Shehan nicht erkannte. Schön und gut, doch ein weiteres Hindernis lag vor ihm: Die Sprache, sie ließ sich nicht leicht verstellen ohne Argwohn zu erregen. Shehan wußte sich zu helfen. Er nahm die Brille ab, welche er wie geistesabwesend an seine Lippen drückte. Es war ein unverkennbares Zeichen nicht zu reden, das Logan anscheinend verstand.

Nachdem das eiserne Gatter schallend ins Schloß fiel, flüsterte Shehan:

„Kein Wort, Sidney, ich bin's, Brent Shehan."

„Was zum Teufel," stieß Logan zwischen den Zähnen hervor, doch er zügelte seine Überraschung.

Während er weitere Ausrufe unterdrückte, versuchte er sich zu fassen. Sagte die Nachricht nicht, daß Shehan starb? Ist er von den Toten auferstanden? Stand sein Geist vor ihm oder war das ein grober Scherz?

Zweifel, geschürt von Bestürzung, spiegelte sich in seinem Gesicht. Er schaute verwirrt vom Wärter draußen zum Priester drinnen. Er hatte Mühe seine Fassung zu bewahren. Obwohl er

Shehan erkannte, sträubte sich sein Inneres es zu glauben. Er schaute dem vermeintlichen Priester gerade ins Gesicht. Sid Logan war nicht schwer von Begriff. Er verstand den schemenhaften Auftritt nicht, doch mischte er sofort mit:

„Hochwürden, was soll Ihr Besuch?" fragte er mit absichtlich lauter und abweisender Stimme.

Shehan räusperte sich vernehmlich, wonach er feierlich erklärte:

„Mein Sohn, ich bringe freudige Kunde, Jesus hat Sie gefunden. Öffnet Euer Herz, empfanget ihn."

Es war ein Bühnenstück, für die Ohren des lauerndern Wärters gemeint, der unentwegt den Gefangenen mit düsteren Blicken beobachtete; es bestand kein Zweifel, er mochte ihn nicht. Die Freude einer nahestehenden Hinrichtung strahlte aus seinem brutalen Gesicht.

Logan verstand noch nicht was Shehan vorhatte. Doch angeregt von dem geheimnisvollen Vorgang nahm er alles in sich auf. Sein Freund Brent geriet in Fahrt. Mit einem engelgleichen Gesicht und weihevoller Stimme verkündete er:

„Ich habe Ihnen das Neue Testament mitgebracht. Sie müssen es von Anfang bis zum Ende lesen. Erlösung und Freiheit erwartet den reumütigen Sünder."

Indem er eine zweite Bibel zur Hand nahm, welche er aufschlug und mit bebender Stimme darin las, zwinkerte er Logan vielsagend mit den Augen zu:

„Hier steht es geschrieben: Wer hofft und glaubt bleibt erhalten."

Dabei warf er Logan einen Blick zu, den dieser nicht verstand.

„Mein Sohn, Sie werden bald befreit sein. Diese Blätter enthalten eine Botschaft für Sie," sprach er würdevoll.

Logan ahnte worum es ging. Das heilige Buch enthielt eine Nachricht für ihn. Nachdem Shehan Abschied genommen hatte, schlug er die angedeutete Stelle auf. Sein Erstaunen fand kein Ende, als er mehr als bloße Randbemerkungen vorfand. Shehans Vorhaben, obschon versteckt kundgetan, wurde dennoch von Logan verstanden. Er hielt es für abwegig und unausführbar. Eine weitere Randbemerkung erheiterte den todgeweihten Mann.

„Antworte bitte unter Markus: Das welke Blatt."
Der Mummenschanz ging in den nächsten Tagen weiter.
Die drei Wärter, die Logan abwechselnd Tag und Nacht
bewachten, gaben Kunde von seiner langsamen Bekehrung,
welche sie unter sich als scheiternd bezeichneten. Nicht wegen
Pfarrer O'Reilly, er tat sein Bestes, wenn nicht mehr. Er flehte
Himmel und die Engel um Beistand an. Ja, er versuchte sogar
den widerspenstigen Sünder einzuschüchtern, doch es nützte
nichts. Das Ganze was sich vor ihren Augen abspielte, ähnelte
einer Posse. Trotzdem schluckten sie alles voll und ganz. Sie
begriffen nicht, daß in Zelle 0942 etwas vorging, was ihre
Auffassungsgabe überschritt.

Niemand ahnte, daß der eifrige, angenehme und gern
gesehene Priester sie dreist hinters Licht führte, und das mit
diebischer Freude. In der Tat genoß Shehan die Rolle des
Geistlichen. Sie ist mir auf den Leib geschrieben, redete er sich
ein. Sobald er die Priesterkleidung anzog und den Jesuiterhut
aufsetzte, verschwanden alle Zeichen der sogenannten
Parkinsonschen Krankheit. Er fühlte sich angeregt und
tatendurstig.

„Ich habe meine Berufung verfehlt," verkündete Shehan
seinem Spiegelbild, eh er sich zu seinem täglichen Mirakelspiel
aufmachte.

Die Wärter samt der Belegschaft wurden meisterhaft
getäuscht, ein ungeahnter Briefwechsel gedieh unter ihren
Augen, welchen niemand vermutete. Keiner ahnte, daß die
Bibeln als Mittel eines regen Briefverkehrs dienten. Sie
wechselten die Hände bei jedem Besuch. Sie wurden irre
geführt durch eine uralte List. Wie ein Taschenspieler ablenkt
mit unbedeutender Plauderei, Gesten und Mienenspiel um
seinen Gaukeleien Wirklichkeit zu verleihen, so verhielt es sich
mit den Wärtern; in anderen Worten, sie wurden geschickt an
der Nase herum geführt.

Die Aufseher betrachteten den Vorgang in der Zelle mit
reger Teilnahme. Wie ein spannendes Bühnenstück fesselte sie
das Geschehen in Zelle 0942. Wird der tapfere Priester Erfolg
haben? Den abgebrühten Verbrecher zur Beichte und letzten
Ölung bewegen? Ihr Mitgefühl ließ sich nicht mehr verbergen.
Sie drückten die Daumen für den opferbereiten Jesuiter, der

versuchte eine Bresche zu schlagen durch Dornen und Disteln, um die Seele dieses wertlosen Mörders zu retten. Warum der Priester diese mühevolle Arbeit fortsetzte, begriffen die Wärter nicht. Man lobte ihn halbherzig, also mit verstecktem Tadel, was allerdings seinen Eifer eher anstachelte als verminderte.

„Es ist der Wille des Herrn," sagte er mit einem entsagenden Lächeln.

Wie das Mitgefühl für Pfarrer O'Reilly stieg, fiel im selben Maß ihr Wohlwollen für den Gefangenen. Diese Abneigung steigerte sich zu reinem Haß. Die Wärter zählten die Stunden bis zur Hinrichtung.

„Dieser Kerl verdient den Strang, je früher desto besser," sagten nicht nur die Wärter.

Zwietracht trübt die Sicht und verdirbt die Urteilskraft. Das wußten die zwei Verschwörer; sie nutzten es rücksichtslos aus. Wohlgemerkt, nicht alles war ein Bühnenstück was in der Zelle vorging. Des Priesters Niedergeschlagenheit konnte man zum Teil echt nennen. Vor allem anfangs zeigte Logan keine Neigung mitzumachen. Seine derbe, sachliche Natur sträubte sich von Grund auf gegen Shehans Vorhaben, welches er als hanebüchen bezeichnete, in einer seiner versteckten Nachricht.

„Statt einem werden zwei Hälse gestreckt," prophezeite er im schlau versteckten Briefwechsel.

Logans derbe Natur, vom jahrelangen Aufenthalt in den einsamen Bergen zum Eigenbrötler geworden, fehlte das Verständnis für solche Schwänke, wie er es nannte. Trotz seiner kümmerlichen Lage verließ ihn sein Gleichmut nicht.

„Es ist mein Schicksal, warum hadern?" sagte er.

Überdies ging es gegen seinen Strich andere auslöffeln zu lassen was er sich einbrockte. Nun, der Strich begann sich zu wölben und biegen, bis ihn die Rechtfertigkeit unter die Fittiche nahm. In der Einsamkeit seiner Zelle befielen ihn seltsame Regungen. In der Stille der Nacht begannen seine Gedanken zu wandern; ihn ergriffen bestürzende Erkenntnisse. Shehans undenkbares Vorhaben fand er gar nicht so abwegig. Kaum durchführbar, aber auch nicht schädlich für ihn selbst. Sollte der Plan mißlingen, was tut's? Schlimmeres konnte ihm nicht geschehen. Shehans Vorschlag, anfänglich als sonderbar betrachtet, erschien Logan nun in einem anderen Licht.

Am vierten Abend nach Shehans Besuch überkam ihn eine seltsame Erregung. Vorstellungen keimten in seinem Hirn, die ihn zur selben Zeit erschreckten und umgarnten. Von heftigen Bewegungen gehetzt verfiel er in den Gang der Gefangenen. Während er von Wand zu Wand schritt, behutsam, um nicht den dösenden Wärter zu wecken, fühlte er sich an die Schwelle großer Ereignisse getragen, welche schmetternde Trompeten verkündeten. Ein verheißungvolles prickeln durchströmte ihn, Hoffnung erleichterte seine Schritte. Ja, die schmunzelnde Verführerin, Feindin der Wirklichkeit, nahm Logan auf ihre Flügel. Er sah die Welt mit anderen Augen, seine Lage erschien ihm nun nicht mehr so aussichtslos. Gewissensbisse verschwanden, Rechtfertigung scheuchte sie zum Tempel hinaus. Logans Gedanken begannen zu rechten.

„Hab ich nicht Brent Shehan von einem qualvollen Dasein erlöst, ihn von einem drückenden Schicksal befreit? Verdient ein Gefallen nicht eine Gegenleistung, besonders wenn sie reichlich belohnt wird?" Denn er hatte beschlossen die Mars Mine mit allem Zubehör Shehan zu überschreiben, ganz gleich wie alles verlief. Am nächsten Tag wurde der falsche Priester belehrt:

„Hochwürden, ich bin bereit."

Der Wärter draußen auf der Lauerbank wurde geschickt getäuscht. Er nickte zufrieden, während er murmelte:

„Endlich nimmt der Kerl Vernunft an."

Eine merkliche Änderung fand in der Zelle statt; Logans Haltung hatte sich geändert. Er wurde verträglicher, wenn nicht demütig.

„Na ja, sogar der Leibhaftige bereut seine Sünden wenn das Ende naht," bemerkten die Wärter.

Die Zeit verging, des Priesters Bemühungen verdoppelten sich. Sogar seine Stimme klang anders; heiser und gequält, jedes Wort schien seine Kehle anzustrengen.

Mittlerweile brach die Dunkelheit herein. Der junge, freundlich gesinnte Wärter rieb sich wiederholt die Augen. Sah er richtig oder gaukelte ihm die künstliche Beleuchtung etwas vor? Der sonst gelassene Jesuiter erschien ihm heute seltsam fahrig. Er wischte sich wiederholt den Schweiß von der Stirn, wobei er forschende Blicke auf den Wärter warf:

„Es ist heiß hier drinnen, unerträglich heiß," sagte er mit stockender Stimme.

Pfarrer O'Reilly schien zu überlegen. Er gab sich einen Ruck:

„Mein Sohn, darf ich meinen Rock ablegen?"

„Aber sicherlich," antwortete der Wärter, obwohl er es nicht heiß empfand.

Als der Priester sich verabschiedete, drückte der Wärter sein Bedauern aus:

„Hochwürden, Sie versuchen das unmögliche. Geben Sie es auf, der Kerl verdient in der Hölle zu rösten."

Pfarrer O'Reilly zuckte wie gequält zusammen, freilich mehr um ein spöttisches grinsen zu verbergen, als vor Schmerz.

„Sie meinen es gut, mein Sohn, doch man darf Beelzebub nicht walten lassen. Jede Menschenseele ist wert gerettet zu werden. Wir dürfen nichts unversucht lassen einen Weg zur Erlösung des Sünders zu finden. Ich bin überzeugt es wird gelingen."

„Ich wünsche Ihnen Erfolg."

Dann fügte er hizu:

„Wir, die Wärter samt der Belegschaft, sind bekümmert."

„Wegen mir?"

„Ja, wegen Ihnen."

„Warum denn?"

Der gutmütige Wärter schmunzelte:

„Sie arbeiten sich halbtot, sogar Ihre Stimme beginnt zu leiden."

„Ach was, es ist nicht der Rede wert. Nur ein Zeichen einer leichten Erkältung, weiter nichts. Sagen Sie, sind Sie Morgen zur selben Zeit auf der Wache?"

„Ja, warum fragen Sie?"

„Sie besitzen ein wohlwollendes Wesen, überdies sind Ihre feindseligen Neigungen weniger entwickelt als bei den anderen."

„Sie meinen?"

„Gegen den Gefangenen, der sich dessen bewußt ist."

„Ich verstehe Sie nicht."

„Es geht um folgendes: Bereitschaft zur Bekehrung fällt einem leichter in wohlwollenden Kreisen. Schon die Beichte vor der letzten Ölung ist schwierig zu erlangen inmitten feindseliger Stimmung."

„Beichte ablegen? Bestimmt nicht der Halunke."

„Hm, vielleicht doch, allerdings nicht in der Nähe, na, wie soll ich es sagen, von fremden Ohren und Augen."

„Keine Schwierigkeit, Herr Pfarrer, geben Sie mir nur einen Wink und ich trete zur Seite."

Während der Priester in Begleitung eines Wärters das Gefängnis verließ, konnte er kaum seine Genugtuung verbergen. Die Bühne war errichtet, der Vorhang zum letzten Aufzug war gezogen. Morgen, beim ersten Klang der Abendglocke wird sein Freund auf freiem Fuß die Kolumbiastraße betreten. Alles war wohl bedacht, jede Kleinigkeit wurde in Betracht gezogen. Logans Flucht hielt er für eine gemachte Sache. Allerdings konnte er sich nicht ganz von Bedenken befreien, böse Ahnungen bedrängten ihn von allen Seiten. Wollte er klein beigeben? Mitnichten, hätte er beinahe laut verkündet, obwohl ihm ein Unheil vor Augen schwebte, dessen Quelle ihm verborgen blieb. Nur der Gedanke an das Vermächtnis der Mars Mine hielt ihn standhaft.

Shehan war sich der möglichen Folgen seiner Handlung voll bewußt; er machte sich strafbar. Sich als geweihten Priester ausgeben ginge ja noch. Einen Schwerverbrecher zur Flucht verhelfen war etwas ganz anderes; es schadete dem Ruf des berühmten Gefängnisses. Erwartungsgemäß schreit das Blut der Gerechten nach Rache; aber wer weiß was geschehen kann. Anwälte stehen bekanntlich in Reih und Glied, bereit für den Einsatz; um gutes Geld biegen und brechen sie Gesetze. Es sollte doch möglich sein, nach bühnenfähiger Balgerei eine Bewährungsfrist zu deichseln. Bei diesem Gedanken kehrte Shehans Zuversicht zurück.

Trotzdem verbrachte er eine unruhige Nacht. In der Früh schmerzte ihn sein ganzer Körper. Shehan fühlte sich als wäre er die ganze Nacht peinlich befragt worden. Er suchte vergeblich nach der Quelle seiner Vorahnung.

Schweren Herzens stand Shehan kurz vor Dunkelheit an den Toren des Zuchthauses. Düster waren seine Gedanken, schleppend sein Schritt. Er hatte gute Lust wieder umzukehren, zu fliehen in die einsamen Selkirks; doch er hielt durch. Was konnte schon schief gehen? Es war doch alles sorgfältig ausgearbeitet. Die Stimme, kaum verschiedene Mundart und sogar die Haarfarbe wurden beachtet. Die Erfindung der Heiserkeit galt als Tüpfelchen auf dem i. War das nicht ein glänzender Einfall? Ohne Zweifel würde des Priesters Schweigsamkeit beim verlassen des Gefängnisses keinen Verdacht erwecken, er litt schließlich an einer Erkältung, welche ihm schier die Stimme raubte. Und die Hinrichtung am nächsten Morgen mußte ihn gewiß bedrücken. Wie vereinbart schritt der Wärter zur Seite damit der Gefangene seine Beichte ablegen konnte. Im Nu war ihre Kleidung vertauscht. Ein neuer Priester und ein neuer Gefangener wurden geschaffen.

Der Wärter der den Priester zum Ausgang begleitete fand seinen steifen, zögernden Gang und merkliche Betretenheit zwar seltsam, aber nicht beunruhigend. Schließlich hatte der Mann Gottes allerhand mitgemacht. Er tröstete ihn:

„Herr Pfarrer, nun sind Sie bald erlöst."

Niemand ahnte die undenkbare Wirklichkeit, daß Sidney Logan, der ein bevorstehendes Stelldichein mit des Seilers Tochter hatte, eben höflich in die Freiheit geleitet wurde.

Shehan, der neue Gefangene, wartete eh er die Wahrheit ans Licht brachte; er wollte seinem Freund einen Vorsprung lassen. Alles verlief reibungslos. Die Wärter argwöhnten nichts, sie zogen nicht mal die Augenbrauen hoch. Freilich bemerkte man eine gewisse Veränderung in dem Gefangenen, welche seinem nahen Ende zugeschrieben wurde. Folglich konnte man es ihm nicht verübeln, daß er stundenlang mit abgewandtem Gesicht auf seiner Pritsche lag.

Plötzlich erhob sich der Gefangene und ging zum Gitter. Der Wärter nahm Anstoß an dem feixenden Gesicht. Er knurrte:

„Was gaffen Sie mich an?"

„Ich bin nicht Sid Logan."

„Nicht schon wieder," meinte der Wärter widerwillig.

Verwirrt, belehrte der Häftling:

„Sie scheinen nicht zu verstehen. Ich bin nicht Sid Logan. Folglich gibt es keine Hinrichtung."

Da er keine Antwort erhielt wollte Shehan mehr sagen, als der Wärter ihm das Wort abschnitt:

„Ich weiß, ich weiß. Wir alle wissen es."

Bestürzt wollte der Gefangene wissen:

„Was wißt ihr alle?"

„Das Sie nicht Logan sind."

„Wie könnt ihr das wissen?"

„Weil Sie uns das schon wiederholt sagten," kam eine mürrische Antwort.

„Ich – ich sagte das? Wann denn, wann?"

„Seit heute früh, wenigstens hundert Mal."

Shehan stand wie angewurzelt da. Die schreckliche Vorahnung ergriff ihn mit erneuter Gewalt. Verzweifelt versuchte er die unterschwellige Furcht zu entziffern. Ein unbestimmtes Entsetzen ergriff ihn.

„Glauben Sie mir doch, ich bin nicht Sid Logan. Mein Name ist…"

„Brent Shehan," fiel ihm der Wärter verärgert ins Wort.

„Ich weiß es, alle Wärter wissen es, ebenso der Verwalter und der Gouverneur. Ruhe jetzt oder ich rufe den Gefängnisarzt."

Shehan strauchelte entgeistert zurück. Er begriff immer noch nicht ganz. Die Worte des Wärters machten keinen Sinn, aber allmählich dämmerte ihm eine furchtbare Tatsache, welche ihn erstarren ließ. Kopfschüttelnd taumelte er zur Pritsche wo er stöhnend niedersank; er wußte Bescheid. Logan, dem er die Schlinge vom Hals gelöst hatte, hat sie ihm selbst umgelegt. Er wurde getäuscht, gemein hintergangen. Es gelang ihm zwei Fliegen mit einer Klappe zu schlagen, nämlich, auf freien Fuß zu gelangen und jegliches Verfahren zu unterbinden. Er kann nun unbehelligt sein Leben fortführen, und das unter seinem Namen. Denn wurde Logan nicht an einem stürmischen Novembermorgen rechtmäßig gehängt?

„Warum, oh, warum, mischte ich mich ein," jammerte er bis der Wärter ihm barsch anfuhr den Mund zu halten.

„Ruhe jetzt, das geht mir auf die Nerven. Legen Sie doch mal eine Platte auf, die wir noch nicht bis zur Übelkeit kennen."

Shehan sprang hoch. Mit zwei, drei Sätzen war er an dem Gitter, an welchem er mit aller Kraft rüttelte:

„Holen Sie sofort den Verwalter her, nein, der Gouverneur

soll kommen. Los, macht Fingerabdrücke von mir," schrie der verzweifelte Mann.

Der Wärter stöhnte und winkte ab:

„Auch das noch. Wir haben das alles schon durchgemacht. Verflixt noch mal, Maul halten oder ich komm rein und häng dich selber auf."

Brent Shehan verstand. Er wurde reingelegt, schmählich getäuscht, hintergangen und in eine unentrinnbare Falle gelockt. Was nun? Aufbegehren führt zu nichts, man würde ihn wahrscheinlich mit Beruhigungsmitteln vollpumpen und an den Galgen schleppen.

Shehan lag wieder verzweifelt auf seiner Pritsche. Er stöhnte ums liebe Leben. Die Zeit der Hinrichtung rückte heran. Nur wenige Stunden lagen zwischen ihm und der Ewigkeit. Es sei denn .... es sei denn ein Wunder geschieht.

Wunderliche Gedanken fuhren ihm durch den Kopf. Vielleicht eine Gnadenfrist würde in letzter Minute eintreffen. Vielleicht wird Logan auf seiner Flucht durch Zufall gefangen werden? Der Verwalter, der Gouverneur, vielleicht, vielleicht? Mit einem Ruck sprang Shehan auf. Im Nu stand er an der Tür. Als er die zwei Männer, welche näher kamen, ins Auge faßte, hätte er beinahe gejubelt. Ihre Gesichter strahlten vor guten Nachrichten:

„Ihre Henkersmahlzeit, Herr Logan," verkündete der Wärter.

Unsichtbare Ketten

Stefan Wachter hätte man als Verkörperung der Unzufriedenheit ausstellen können. Sie triefte aus allen Poren seines Gesichtes. Lächeln fiel ihm gar nicht ein, Freude war ihm ein Greuel. Solche Regungen widersprachen seinem Sinn von Männlichkeit. Männer seiner Kreise benahmen sich hölzern, sie fühlten sich maßgebend wie Hauptkerle jener Zeit. Um Frauen machte er einen Bogen, der sich von Jahr zu Jahr erweiterte. Vor zwanzig Jahren heiratete er Nancy Laroche. Diese Ehe mußte in der Hölle vollzogen sein, wo Luzifer den Segen gab und Teufelchens das Hochzeitlied sangen.

Wachter führte das Zepter eines Klüngels, das sich jeden Abend im Kavendischklub versammelte. Es war ein lärmender Haufen, zum bersten voll mit Phasendreschern, die schallendes Gelächter auslösten. Man nannte sich Freunde, obwohl keiner den anderen ausstehen konnte. Wachter glich einem Propheten des Unheils; in Worten, Taten und Aussehen, dessen Schatten sogar ein trübes Bild warfen.

Wie gewöhnlich war die ganze Sippschaft an einem Freitagabend im Stammlokal versammelt. Nachdem der letzte Nachzügler mit Hurra und regen Füßen begrüßt wurde, entstand eine peinliche Stille. Man räusperte sich verlegen und warf befangene Blicke von den Wänden zum Boden. Stefan Wachter, der ungewählte Vorstand des Vereins, unterbrach das drückende Schweigen:

„Habt ihr schon gehört...?"

„Hundertmal," lag eine Antwort auf vielen Zungen, doch man blieb stumm. Etliche atmeten erleichtert auf. Wachter betrachtete sich als Schwergewicht; in anderen Worten, er war der ungekrönte Führer der Klicke.

„Erzähle, erzähle," riefen die Versammelten wie ein Mann,

vielmehr beinahe gleichzeitig.

Leon Laroche, Wachters Schwager, schüttelte unwillig den Kopf. Ein blanker Schrecken durchfuhr ihn. Er knurrte: „Noch so eine fadenscheinige Erzählung von dem Angeber und mir platzt die Geduld."

Er klopfte auf den Tisch zum Zeichen, daß er etwas sagen wollte.

„Eh ich es vergesse, Kirk Hochbau sucht einen Mitarbeiter für eine leitende Stellung."

Obwohl verärgert wegen der Unterbrechung, horchte Wachter auf. Trotz seinem Alter von vierzig Jahren, ungeachtet der angeblichen Beliebtheit, vermied ihn der ersehnte Wohlstand mit einer unverständlichen Hartnäckigkeit.

Wie es sich jedoch herausstellte hatte die Firma Kirk Hochbau keinen Bedarf für Wachters Kenntnisse. Klaus Kirk, der Chef erklärte:

„Das Bauwesen erleidet zur Zeit einen Tiefstand, wir entlassen mehr als wir einstellen."

Mit weniger Eifer und mehr Umsicht wäre Wachter etwas aufgefallen; in der Tat, er hätte Unrat gerochen. Kirk und Laroche waren von jeher Freunde, im Gegensatz zu Stefan Wachter, mit dem Laroche so manche Auseinandersetzung hatte. Klaus Kirk wußte Bescheid. Der Alte, wie man ihn nannte, besaß eine unwiderstehliche Neigung zum Schabernack; er liebte grobe Scherze. Um es kurz zu fassen, Laroche und er steckten die Köpfe zusammen und heckten etwas gegen den selbstgefälligen Wachter aus.

Die Beflissenheit trübte Wachters Sicht und seinen Sinn, folglich sah er weder die zwinkernden Kobolde in Kirks Augen noch das spitzbübische Lächeln auf seinem Gesicht. Klaus Kirk blätterte in einem Merkheft. Nach einigen Minuten verkündete er:

„Aha, Herr Wachter, das mag etwas für Sie sein. Die Salta Gesellschaft scheint eine Stelle frei zu haben, welche Ihren Fähigkeiten wie angegossen gerecht sein könnte. Sie kennen doch die Firma?"

„Nur dem Namen nach," log Wachter.

„Reden Sie mit Philip Brisco, anscheinend sucht er einen Vizepräsident. Soviel mir bekannt ist, wird die Stellung gut bezahlt, ferner soll sie dauerhaft sein."

Als Wachter den Namen Brisco hörte schreckte er zusammen; allerdings nur innerlich. Bedenken schienen ihn zu befallen, er hüstelte verlegen:

„Philip Brisco, ist das nicht der Mann der eine Gefängnisstrafe absaß irgenwo im Westen?"

Kirk verzog verächtlich sein Gesicht. Er zuckte mit den Achseln:

„Vielleicht, mir ist nichts davon bekannt. Übrigens berührt es mich auch nicht. Große Lumpen werden gefeiert und belohnt, kleine sperrt man ein."

Dann fügte er versöhnlicher hinzu:

„Lassen Sie sich nicht von üblen Nachreden beeinflussen. Ihre Quellen sind zumeist nichts wie Neid. Also, vermitteln Sie Herrn Brisco Grüße von mir, sollten Sie sich entschließen ihn aufzusuchen."

Als er ihm zum Abschied die Hand reichte, gab er Wachter einen merkwürdigen Rat:

„Eh Sie Salta aufsuchen, rate ich Ihnen Auskunft über den Besitzer einzuholen."

„Philip Brisco?"

„Denselben," sagte Kirk, indem er ihn hinaus begleitete.

Wachter überstürzte nichts, er ließ sich Zeit bei der Salta Gesellschaft vorzusprechen. Kirks Ratschlag schreckte ihn ab. Jedesmal wenn ihm Philip Brisco einfiel sah er Kirks Mienenspiel; es jagte ihm Bedenken ein. Seine Freunde und Bekannten wußten wenig zu sagen:

„Salta Gesellschaft? Philip Brisco? Nie gehört," wurde ihm stets geantwortet.

„Fragen Sie doch Ferdi Trapper," rieten einige.

Ferdi Trapper war weit und breit bekannt. Er durchquerte Kanada vom Atlantischen Ozean bis zum Pazifischen, und vom Land der Mitternachtssonne bis runter zum neunundvierzigsten Breitengrad, mit jeglichen Fahrzeugen unter der Sonne; auf Schusters Rappen und zuweilen per Anhalter. Er kannte das Land samt seinen Abenteurern, Gaunern und Herumtreibern, mit denen er so manches Abenteuer erlebte.

Trapper näherte sich dem Greisenalter, doch man sah es ihm nicht an. Er besaß nach wie vor Witz, Geist und zwinkernde

Schläue, um die ihn Männer fünfzig Jahre jünger beneidet hätten. Zugegeben, seine Neigung zur Aufschneiderei erhielt schon längst einen Dämpfer.

Wachter stöberte Trapper in den Laurentians auf, in der Nähe von St. Sauveur. Er war nicht leicht zu finden, gewiß nicht unter seinem Namen. Die ganze Gegend kannte ihn als Vanduke, seines Bartes wegen. Wo er wohnte wußte niemand genau. Trotzdem gelang es Wachter ihn an einem abgelegenen Ort zu finden. Beim ersten Blick erkannte er Trapper. Sie hatten vor vielen Jahren einen Handel miteinander betrieben, der schief ging, aber keine Verbitterung hinterließ.

Nach einer kurzen, zwanglosen Unterhaltung erkundigte sich Wachter nach Brisco. Man hätte den Alten sehen sollen wie er große Augen machte und sich schwerhörig stellte. Überrascht wiederholte Wachter seine Frage nachdrücklicher. Trapper blieb stumm, er hüstelte bloß verlegen. Wachter spottete:

„Was ist los, Ferdi, hat es Ihnen die Sprache verschlagen?"

Trapper schüttelte bedachtsam den Kopf, während Schatten des Unwillens über sein Gesicht huschten.

„Sie probieren wohl den dritten Grad an mir?"

Wachter hätte um ein Haar aufgestampft:

„Nein, ich versuche bloß Ihre Zunge zu lockern. Wissen Sie wo Philip Brisco zu finden ist?"

„Der Besitzer der Salta Gesellschaft?"

„Derselbe."

„Warum fragen Sie?"

Wachter sagte es ihm. Trapper verzog sein Gesicht ohne ihm Auskunft zu geben. Er stand verärgert auf und verließ die einsame Hütte mit dem Versprechen auf den Lippen, nie wieder dem alten Angeber in die Quere zu kommen.

Schließlich fand er Philip Brisco in Ottawa. Er mißfiel ihm beim ersten Blick. Er war kein gebürtiger Kanadier, noch benahm er sich wie einer. Er sprach Englisch mit einem verdächtigen Klang, was ihn einige Sprossen herabsetzte in Wachters Schätzung. Seine Argwohn erregende Lebhaftigkeit tat das übrige.

Enttäuscht, doch unerklärlich gefesselt, betrachtete er den Mann, welcher eher einem Räuber der berüchtigten Macquis glich, als einem gesetzten Geschäftsmann. Ohne Zweifel stand die Wiege Briscos in einem Land wo die Sonne greller scheint und Frohsinn gegenwärtiger ist, als hier im Schatten der Gatineauhügel, mutmaßte Wachter.

Die Stelle eines Vizepräsidenten wurde ihm ohne viel hin und her angeboten.

„Zwei Wochen Bedenkzeit gewähre ich Ihnen. Gilt es?"

Wachter gab seine Zustimmung. Brisco sprang auf:

„Einen Schluck Branntwein darauf?" fragte er.

Kaum gesagt schon stand eine Flasche auf dem Tisch und zwei Gläser, welche er geübt füllte. Wachter betrachtete ihn mit wenig Begeisterung, vor allem als ein eigenartiger Schimmer in Briscos Augen erschien indessen er sein Glas hob:

„Auf eine erfolgreiche Zukunft zusammen, Herr Wachter."

Sie stießen an, wonach Brisco sein Glas in einem Zug leerte. Wachter wollte es ebenso tun, aber es gelang ihm nicht. Gewiß, er hob das Glas wie ein Feinschmecker, drehte es geziert hin und her, schnupperte daran, nippte mit rollenden Augen vom Inhalt, wonach er es mit verzerrtem Gesicht wieder hinstellte. Ohne den grinsenden Brisco weiter zu beachten ging er zur Tür hinaus.

In Gedanken versunken machte er sich auf den Heimweg. Unentschlossenheit spiegelte sich in seinem Gesicht. Sollte er das einträgliche Angebot Briscos annehmen oder dem Geheimnis umwitterten Sonderling fern bleiben?

Eine Woche später begann das jährliche Schauspiel in den Laurentians, welches viele Ausflügler anlockte. Schillernde Farben zeigten sich hier und dort, welche sich rasch über die ganze Gegend ausbreiteten. Im Nu waren Bäume und Sträucher in eine Farbenpracht gehüllt.

Die Tage wurden kürzer, die Nächte länger und kälter. Schnee sammelte sich auf den Gipfeln der Berge, die Tiere zogen sich zurück. Menschen, bis zu den Nasen verhüllt, wurden nachdenklicher. Eis begann sich auf dem See zu bilden; der Winter war im Anzug.

Stefan Wachter kümmerte sich nicht um das Wetter, er hatte andere Sorgen. Die ihm gesetzte Frist näherte sich dem Ende. Die Schwellenangst hatte ihn ergriffen, welche wie üblich die

Sinne verwirrt, trübe Tage und schlaflose Nächte beschert und den Mißmut steigert. Sollte er die Stelle antreten oder von dem schleierhaften Sonderling fern bleiben? Er konnte sich nicht entschließen. Die Vernunft riet ihm die einmalige Gelegenheit beim Schopfe zu packen, doch die listige Stimme des Teufels Anwalt meldete sich: „Stefan sei vorsichtig, Brisco ist ein ränkeschmiedender Ausländer, bleib weg von ihm." Da gibt es nur eins, beschloß Wachter, ein weiterer Besuch bei Ferdinand Trapper.

Wachter erschien am nächsten Tag bei Ferdis Hütte. Er traf ihn wie erwartet draußen im Garten an, bei einer Beschäftigung die er nicht gleich erkennen konnte. Er blinzelte wiederholt und schirmte die Augen bevor er sah was der seltsame Vogel tat. Wäre ihm zum lachen zumute gewesen, hätte er laut heraus geprustet. Der alte Gauner wachste seine Schier, während er sich mit seinem Papagei unterhielt.

„Na, Stefan, wie ist alles gegangen?" rief er schon von weitem.

„Gegangen?"

„Die Unterredung."

„Die Unterredung?" wiederholte Wachter.

Trapper schaute sich verdutzt um. Zum Papagei gewandt, mit gekräuselter Stirn und hochgezogenen Augenbrauen, meinte er:

„Susie, seit wann gibt es hier ein Echo?"

Ungehalten fuhr ihn Wachter an:

„Woher wissen Sie von meiner Unterredung?"

„Susie sagte es mir."

Wachter trat lächelnd näher:

„Ferdinand, wie gut kennen Sie Philip Brisco. Mir kommt es vor als bestehe eine nähere Beziehung zwischen euch beiden."

Trapper antwortete nicht gleich, er schaute überall hin, außer auf Wachter. Indessen er auf die Berge zeigte, meinte er:

„Ein kalter Wind kommt auf, es wird ungemütlich für einen alten Mann. Drinnen ist es wärmer und angenehmer."

In der Hütte bot Trapper Wachter einen Stuhl an. Er selbst blieb stehen. Während er nachdenklich den Kopf hin und her bewegte, verdunkelte sich sein Gesicht. Er begann zu erzählen:

„Stefan, Sie vermuten richtig, mich und Brisco verbinden unsichtbare Ketten. Soll ich mehr sagen?"

„Ich höre, Ferdi," ermutigte Wachter.

„Vor vielen Jahren arbeitete ich an der Eisenbahnlinie in Britisch Kolumbien. Unser Lager stand nicht viel weiter als ein Steinwurf vom Rogers Paß entfernt."

Trapper schaute fragend auf Wachter:

„Waren Sie schon mal in Britisch Kolumbien?"

„Nein, bis zu den großen Seen kam ich, weiter nicht."

Trapper neigte bedauernd den Kopf:

„Ein Tunnel wurde durch Mount Dawson gebohrt, damit die Gleise geradeaus gelegt werden konnten, welche gegenwärtig etliche Biegungen hatten, was sich nachteilig auf die Züge auswirkte."

„Es verringert die Geschwindigkeit, nehme ich an," meinte Wachter.

„Beträchtlich, doch hauptsächlich gefährdete es auch die Sicherheit," fügte er hinzu.

Nachdem er eine Weile schwieg, fragte Wachter:

„Na, wie ging alles?"

„Ziemlich gut, außer dem Wetter."

„Erzählen Sie doch."

„Wie wir beide wissen, kann es hierzulande ziemlich kalt werden, stürmisch und schneereich. Im Vergleich jedoch mit dem Winterwetter am Rogers Paß haben die Laurentians ein gemäßigtes Klima. Schnee häuft sich dort schon im Spätherbst meterhoch an. Die Kälte kann einem das Mark in den Knochen gefrieren, ganz zu schweigen von den heulenden Winden und Schneegestöbern, die zuweilen wochenlang anhalten."

Trapper verstummte, Schatten der Vergangenheit schienen sein Gesicht zu trüben. Ein Schauder ergriff ihn, eh er fortfuhr:

„Ich sagte etwas vom Wetter, ich muß mich verbessern. Es war nicht das größte Übel, bei weitem nicht."

„Was war es denn?" fragte Wachter.

„In der Tat, was war es?"

Trapper schaute von seinem Papagei zu Wachter, dem unwillkommenen Gast.

„Stefan, bedrückte Sie je eine schreckliche Einsamkeit inmitten eines Tamtams?"

„Tamtams?" wiederholte Wachter verdutzt.

„Sinnloser Krawall, rauhbeiniges Gehabe, gedacht um Mut zu schöpfen," erklärte Ferdi seelenruhig.

Wachter senkte betroffen den Blick. Er wurde sichtlich unruhig:

„Manchmal schon. Doch ich tat mir Gewalt an, füllte mein Glas, trank und blieb," sagte er etwas kleinlaut.

Trapper schmunzelte:

„Sie handelten richtig, doch uns war solch ein Verhalten nicht vergönnt. Wir arbeiteten und schliefen nebeneinander. Die unvermeidliche Nähe lastete schwer auf uns. Manche verloren nicht bloß die Nerven, sondern auch den Verstand; sie ließen ihrem Unwillen die Zügel schießen. Alkohol war verboten im Lager, ebenso Kartenspiele um Geld. Die unheimliche Stille rundum lastete schwer auf unseren Gemütern. Alle Anstrengungen sie mit Lärm zu umgehen schlug fehl.

„Eine bedrückende Stimmung, von Bedenken beschattet und Furcht genährt, lastete sogar auf den Großmäulern und Rabauken; sie wurden kleinlauter. Freilich spuckten sie noch große Töne, doch der rauhe, drohende Klang ihrer Stimmen verriet ein inneres Unbehagen, welches die Verwaltung bemerkte und versuchte zu unterdrücken. Doch wie, mit was, blieb allen ein Rätsel."

Trapper holte tief Atem, eh er fortfuhr:

„Stefan, wir ahnten was keiner gestand."

„Was, Ferdi, was?"

„Wir zappelten in den Fängen einer großen Unlust, welche kein Maß der Flegelei vertreiben konnte, nicht mal die Arbeit. Der Winter währt dort lange, die ganze Gegend ist schroff, völlig ungeeignet Sport zu treiben, Schnee bedeckt die Erde fast das ganze Jahr. Somit waren wir auf unsere eigenen Findigkeiten angewiesen, welche äußerst dürftig waren. Wir konnten weder singen, erzählen, noch Spiele spielen. Ja, wir verstanden nichts außer grölen, zanken und finster drein schauen, ohne Alkohol.

„Zum Glück kamen später zwei Männer, aus anderem Holz geschnitzt, die beträchtliches Aufsehen erregten. Freilich schwoll die Brust der Tonangebern, denn sie fühlten sich seltsamerweise angesprochen, wenn nicht herausgefordert. Die Namen der Neuen klangen, hm, wie soll ich sagen, ausländisch, ihr Gebaren konnte man fremdartig nennen. Der eine hieß Petru Cervoni, der andere nannte sich Andria Rutali. Beide zählten nicht viel mehr als zwanzig Jahre." Wachter saß wie auf Nadeln. Er kam lediglich um Auskunft über Philip Brisco zu erlangen. Trappers Erlebnisse im Westen interessierten ihn nicht. Doch er zähmte seine Ungeduld und fragte mit gespielter Teilnahme:

„Wo kamen sie her?"

„Aus Kalabrien."

„Kalabrien?"

„Ja, Kalabrien, eine Gegend in Süditalien. Keiner von uns hatte eine Ahnung wo das lag, was manche im Lager jedoch nicht davon abhielt die altertümliche Landschaft zu verulken. Auch die zwei Neuankömmlinge wurden veralbert; doch nicht lange, denn etwas geschah was den Spöttern den Wind aus den Segeln nahm."

Wachters Ungeduld wuchs an. Er betrachtete sein Vorhaben als ein fruchtloses Unterfangen, das er eben beenden wollte, als ihn Trapper vielsagend anschaute, indessen er seine Hand hob:

„Bleiben Sie sitzen, das Beste kommt noch," versicherte er dem Besucher.

„Eines Abends brach ein Aufruhr im Lager aus, der uns schier aus den Betten lupfte. Erregte Stimmen dröhnten aus allen Richtungen, mahnende Schreie und Warnrufe schlugen uns die Ohren zu. Befehle wurden laut, der Chef nahm das Heft in die Hand:

„ 'Zurück, zurück, laßt Thomas durch.' "

„ Wer war Thomas?" fragte Wachter.

„Der Sanitäter," erklärte Trapper.

„Geschah ein Unfall?"

„Sowas ähnliches, doch hören Sie weiter. Als ich vom Bett sprang merkte ich, daß Petru verschwunden war."

„Schliefen die zwei Kalabresen nicht zusammen in einem Zimmer?"

„Nicht um alles in der Welt, sie wollten so weit wie möglich voneinander entfernt sein."

„Seltsam, seltsam," murmelte Wachter.

„Mehr als das. Diese Burschen wurden uns von Tag zu Tag rätselhafter. Sie standen mit allen auf verträglichem Fuß, außer miteinander. Es bestand kein Zweifel, die beiden hatten eine alte Rechnung zu begleichen. Ihr heftiger, bösartiger Wortwechsel, freilich unverständlich für uns, erzeugte beträchtliche Unruhe. Bei jeder Begegnung starrten sie sich wie Kampfhähne an, mit Augen die vor Haß glühten."

„Sind das nicht Leute, die ihren Groll bis ins Grab mitnehmen?"

„Viel weiter, Stefan, viel weiter. Wie es sich herausstellte waren Cervoni und Rutali Erben einer alten Vendetta; Blutrache in anderen Worten. Aber nun weiter zu meinem Bericht. Cervonis Abwesenheit verurschte Verwunderung, vor allem als ich meinen Kameraden nahbei etwas erstaunliches mitteilte."

„Was denn?" forschte Wachter.

„Cervonis Bett war sorgfältig gemacht, keine Falte verunzierte die Bettdecke, sie war liebevoll zurück geschlagen und geglättet. Na, schön, dachte ich, der seltsame Kauz hat sich unmerklich raus geschlichen, aus Gründen, die ich nicht kannte. Dann bemerkte ich etwas Erstaunliches. Cervonis Talisman, ein grinsendes Äffchen an einem silbernen Kettchen, lag schön ausgelegt auf dem Kissen. Mir gingen die Augen auf: Petru Cervoni nahm Abschied, von uns und von der Welt."

„Wie kamen Sie auf einen solch abwegigen Gedanken?"

„Sein Talisman, Stefan, er legte ihn nie ab, nicht mal in der Dusche."

„Wie ging alles aus?" wollte Wachter wissen.

„Höchst unglücklich, muß ich sagen. Ich gesellte mich zum Menschenknäuel unten an der Werkkammer, wo Cervoni stöhnend und vor Schmerzen windend auf dem Boden lag. Thomas, der Sanitäter, war fieberhaft bemüht das Blut zu stillen. Dann geschah etwas unerkärliches. Andria Rutali näherte sich dem jammernden Landsmann. Wissen Sie was der Kerl tat?"

„Wie kann ich denn?"

„Er spuckte zweimal auf Cervoni, mit einem Fluch auf den Lippen, den niemand von uns verstand. Der Vorarbeiter stürzte sich auf Rutali:

„'Du elender Wicht, was soll das?' brüllte er ihn an.

„Rutali schreckte überrascht zurück:

„'Aber Chef, es muß doch sein, es sind die Sitten unserer Heimat,' erklärte er mit einer Miene mit der man ein Kind zurecht weist. Dann händigte er ihm seinen Dolch aus: „'Den brauch ich nicht mehr,' sagte er in seinem drolligen Englisch."

Wachters schwindende Teilnahme erwachte zusehends. Obwohl er den Zusammenhang zwischen Philip Brisco und Trappers bemerkenswerter Erzählung nicht so recht verstand, ahnte er so allerhand. Er forderte Ferdi auf weiter zu erzählen. Er ließ sich nicht zweimal heißen.

„Ich muß sagen es tauchten viele Fragen auf, doch wenig Antworten folgten."

Wachter unterbrach:

„Ich vermute dieser Cervoni reichte eine Klage ein."

„Keineswegs."

„Hm, höchst seltsam," bemerkte Wachter.

„Mehr als das, mutmaßten wir. Cervonis Beteuerungen hatten weder Sinn noch Verstand. Wurde er nicht heimtückisch angegriffen?"

„'Nein, es war ein gerechter Kampf,' behauptete er.

„ Die Polizei kam noch am selben Tag. Man schüttelte die Köpfe, füllte ein halbes Notizheft, doch lernte wenig. Der Schleier lüftete sich jedoch allmählich, erstaunliche Tatsachen kamen ans Tageslicht. Rutali gestand die Tat mit einer verblüffenden Gelassenheit:

„'Es war eine Fügung des Schicksals, es mußte geschehen. Cervoni forderte mich heraus. Ich mußte kämpfen um meinen Ruf zu bewahren und die Ehre meiner Väter zu heiligen.' Mehr war ihm nicht zu entlocken, außer die wiederholte Behauptung:

„'Es war ein gerechter Kampf.'

„Cervoni, fest verbunden, zwischen Leben und Tod schwebend, ächzte zustimmend:

„'Ja, es war ein gerechter Kampf.'

„Doch das war es nicht. Rutali und Cervoni wußten es, ebenso ich."

Wachter platzte heraus:

„Ferdi, was zum Teufel reden Sie da?"

„Das ganze war ein vorsätzlicher Mordanschlag."

„Der nicht gelang," meinte Wachter.

„Mehr oder weniger doch," belehrte Trapper. „Cervoni starb zwei Monate später."

Wachter zog ein schiefes Gesicht:

„Ferdi, warum erzählen Sie mir das?"

Trapper strich sich übers Kinn und schaute ihn dabei bedeutsam an:

„Suchen Sie nicht Auskunft über Philip Brisco?"

„Freilich, aber was hat ihr Erlebnis damit zu tun?"

„Andria Rutali und Philip Brisco sind ein und dieselbe Person."

Wachter wollte eben laut lachen, als ihm sein Besuch bei Brisco einfiel, welcher ihn unangenehm berührte. Der Mann schien ein schreckliches Geheimnis zu bergen, von dem er sich nicht trennen konnte. Doch was bezweckte Trapper mit dieser langwierigen und rätselhaften Geschichte? Wollte er ihm einen Wink geben oder bloß sein Gewissen erleichtern? Seine schwindende Teilnahme erwachte wieder:

„So, Andria Rutali wurde Philip Brisco."

„So ist es. Doch zurück zur Unglücksstelle. Die Polizei nahm Rutali fest, der schwerverletzte Cervoni wurde nach Revelstoke ins Krankenhaus gebracht."

Trapper verstummte, er betrachtete Wachter mit halb geschlossenen Augen. Etwas lag ihm auf der Zunge, das er zögernd ausstieß:

„Ich muß etwas gestehen, es liegt mir schwer auf dem Gemüt. Im Rückblick verstehe ich meine Handlung auch heute noch nicht. Hören Sie zu. Am nächsten Morgen erschien die Polizei abermals bei uns. Sie waren außergewöhnlich diensteifrig, aber auch nicht weniger verblüfft über die Tatsache, daß ein Beteiligter tödlich verwundet wurde, der andere aber keinen Kratzer abkriegte."

„Das geschieht wohl manchmal," meinte Wachter.

Trapper verzog sein Gesicht, er schien nicht zu wissen was er sagen sollte. Er machte den Eindruck als verfolgten ihn Geister seiner Vergangenheit, denen er nicht entrinnen konnte.

Draußen wurde es still, die Sonne verschwand hinter den Bergen. Die leuchtenden Farben am Himmel wurden allmählich von der Dunkelheit verschluckt. Beide schauten stumm dem Schauspiel zu, das sich jährlich um diese Jahreszeit abspielt.

Trapper unterbrach das Schweigen:
„Gewiß kommt so etwas manchmal vor bei einem gerechten Zweikampf," gestand er.

Wachter horchte überrascht auf:
„Ferdinand, was wollen Sie damit sagen? Sogar der schwerverletzte Cervoni behauptete doch es sei ein gerechter Kampf gewesen."

„Nein, das war es nicht."

„Was denn sonst?"

„Vorsätzlicher Mord."

Beinahe entrüstet meinte Wachter:
„Ferdi, was reden Sie da?"

„Die Wahrheit. Cervoni wurde kaltblütig hingerichtet. Es war ein satanischer Anschlag auf einen wehrlosen, vielmehr hilflosen, Mann. Die Wahrheit blieb bis heute verborgen. Die Wahrheit wissen nur zwei Menschen: Brisco und ich."

„Auch ich würde sie gerne hören," meinte Wachter.

Trapper lehnte sich zurück, tiefe Schatten huschten über sein Gesicht. Offensichtlich bestürmten ihn unangenehme Erinnerungen. Er begann zu erzählen:
„Mir liegen Ketten um den Hals die zwar unsichtbar sind, mich aber ins frühe Grab zerren."

Mit umflortem Blick betrachtete er seinen Besucher, in dessen Augen sich Überraschung spiegelte:
„Erzählen sie weiter," forderte er Trapper auf.

„Ihre ersuchte Auskunft über Philip Brisco öffnete eine alte Wunde die nicht heilen will."

„Alte Wunde?" wiederholte Wachter.

„Genau. Was ich tat, vielmehr versäumte zu tun, läßt mir keine Ruhe. Der Fluch einer bösen Tat wütet wie ein treibender Dorn in mir."

Wachter behagten hochtrabende Redewendungen nicht. Er wollte sich verabschieden, doch er blieb. Eine Ahnung bewegte ihn zu bleiben. Offensichtlich kannte Trapper Brisco seit langem, somit hoffte er wichtige Auskunft zu erhalten. Weiterhin verblüffte ihn sein sonderbares Gebaren. Der Mann, welcher als Stoiker bekannt war, zeigte eine ungewohnte Erregung. Ein Erlebnis mit Philip Brisco in der Wildnis Britisch Kolumbiens schien ihn ungemein erschüttert zu haben. Wachter blieb und horchte zu; er bereute es nicht. Zwei Dinge offenbarten sich: Der Grund für Trappers Seelenqualen und nicht weniger die Enthüllung Briscos, der eigentlich Andria Rutali hieß, um den man einen weiten Bogen machte. Ohne weitere Umstände begann Trapper von seinem unseligen Erlebnis zu erzählen.

„Was dort geschah kann ich einfach nicht vergessen. Noch heute hängt es mir wie ein Mühlstein um den Hals. Wie Sie wahrscheinlich ahnen, möchte ich mein schmähliches Verhalten von mir wälzen."

„Also einen Alpdruck los werden," mutmaßte Wachter.

„Sie drücken es treffend aus," lachte Trapper, wonach er fortfuhr:

„Hier ist die ungeschminkte Begebenheit, einschließlich meines schändlichen Verhaltens."

„Aha, die unsichtbaren Ketten, welche sichtbare Alpdrücke hinterließen," meinte Wachter.

„Schwere Alpdrücke, aber nun zur Sache. Wie ich bereits erwähnte waren Cervoni und Rutali verschworene Feinde, die aus leicht erklärbaren Gründen wie Haimonskinder aneinander hafteten."

Wachter schüttelte verdutzt den Kopf:

„Ich verstehe Sie nicht ganz. Meinen Sie spinnefeind, doch unzertrennlich?"

„Ja, Stefan, Haß ist ein starker Knoten, den zuweilen nicht mal der Tod lösen kann. Mit der Furcht verhält es sich ebenso. Ein Verhältnis bestand zwischen Cervoni und Rutali, welches man schicksalhaft nennen darf. Rutalis Großvater wurde ein Unrecht von Cervonis Onkel getan, das nur mit Blut vergolten werden konnte. Die Rutali Familie ernannte Andria ihre Ehre wieder herzustellen. Das geschah nach der Vollendung seines achtzehnten Lebensjahr."

Wachter nickte:

„Ich beginne zu verstehen."

„Nicht ganz, mein Lieber, vielleicht nicht ganz," bemerkte Trapper lächelnd.

„Inwiefern nicht ganz?"

„Die Angelegenheit besaß einen Haken. Der Auserwählte erwies sich als völlig untauglich den Auftrag auszuführen. Wir reden hier von Andria Rutali, der sich jetzt Philip Brisco nennt."

Wachter warf einen zweifelnden Blick auf Trapper:

„Besiegte er nicht eindeutig den Gegner, womit die Ehre der Familie wieder hergestellt wurde?"

„Dem Schein nach schon, doch in Wirklichkeit stieß er den Ruf der selbstbewußten Sippe ins Tal der Schande. Man verzieh ihm nie. Jung wie alt begannen ihre Dolche zu wetzen. Andria wußte Bescheid, er ahnte das Schlimmste. Er änderte seinen Namen und hielt sich im Hintergrund."

Wachter schüttelte verwundert den Kopf:

„Es leuchtet mir nicht ein wieso ihm seine Leute Rache schwören sollten. Schließlich erfüllte er den Auftrag pflichtgetreu nach dem ungeschriebenen Gesetz Siziliens. In anderen Worten, ihr Ansehen und ihre Ehre waren wieder hergestellt."

Als Trapper Anstalten machte zu antworten, hob Wachter abwehrend die Hand:

„Warum hat Cervoni sich nicht gewehrt?"

Trapper lachte auf:

„Cervoni war unschlagbar im Nahkampf, mit oder ohne Waffe, so wurde der Polizei mitgeteilt. Aber hier ist des Pudels Kern. Rutali forderte einen schwer behinderten Mann heraus, was gegen das ungeschriebene Gesetz der Macchia verstößt. Wie ich bereits erwähnte wurde er meuchlings ermordet. Solch eine heimtückische Tat konnte kein Sizilianer ungestraft begehen. Eine Fehde mußte mit Würde und Anstand ausgefochten werden; so fordert es das Gesetz der Ahnen."

Wachter zog die Stirn in Falten:

„Sie bezeichneten den Zweikampf als vorsätzlichen Mord. Ist das immer noch Ihr Urteil?"

„Bis ins Grab. Aber die Anklage des Staatsanwalts hieß Totschlag. Wissen Sie warum?"

„Wie kann ich denn."

„Da Cervoni noch während der Untersuchung starb, standen keine Zeugen mehr zur Verfügung; außer Andria Rutali."

„Und Sie, vermute ich," bemerkte Wachter.

Legte er den Daumen auf eine offene Wunde? Es hatte den Anschein, denn tatsächlich zuckte Trapper erschreckt zusammen als versuche er einem Hieb auszuweichen. Er betastete mit beiden Händen seinen Nacken, zupfte hier, zerrte dort, sichtlich bemüht etwas abzustreifen. Nach einem tiefen Seufzer machte er eine erstaunliche Bemerkung:

„Ich log die Polizei an und verdrehte die Wahrheit vor Gericht. Der Staatsanwalt ermahnte mich wahrheitsgetreu auszusagen. Auch der Richter machte mir Vorhaltungen wegen meiner Zweideutigkeiten. Er warf mir vor etwas zu verschweigen und die Tatsachen absichtlich zu verdrehen."

„Taten Sie es?" fragte Wachter.

„Mehr als einmal," gestand Trapper.

Mit erhobenem Kopf meinte Wachter:

„Warum, Ferdinand, warum denn nur?"

Trapper sprang auf, durchquerte das Zimmer, kam zurück und setzte sich wieder. Er war offensichtlich tief bewegt. Sein Gesicht drückte Reue und Bedenken aus. Er erzählte weiter:

„Ich hatte den Kopf verloren. Hätte ich der Polizei alles gesagt was ich wußte, säße Brisco wahrscheinlich noch heute im Gefängnis."

„Wie ich hörte saß er zwei Jahre."

Trapper nickte. Eine brennende Frage lag Wachter auf der Zunge. Wollte Trapper, dem er nie freundlich gesinnt war, sein nagendes Gewissen erleichtern, ihm abraten eine Stelle bei der Salta Gesellschaft anzunehmen aus tieferem Bedenken?

Wachter war abermals bereit sich zu verabschieden, doch eine schicksalhafte Bestimmung befahl ihm zu bleiben. Er stellte eine weitere Frage:

„Was geschah nachdem die Polizei erschien?"

Trapper schüttelte mißbilligend den Kopf:

„Sie zerbrachen sich die Köpfe und waren unschlüssig was zu tun sei. Gewissenhafte Zeugen waren nicht zu finden."

„Außer Ihnen, wie ich verstehe."

Irrte sich Wachter oder zog Trapper abermals eine mißmutige Grimasse, die nicht schwierig zu deuten war?

„Was sagten Cervoni und Rutali?"

„Cervoni hüllte sich in tiefes Schweigen, Rutali behauptete

es war ein gerechter, obwohl unnötiger Kampf, der ihm von seinem Landsmann aufgezwungen wurde. In seinen eigenen Worten:

„'Cervoni forderte mich wiederholt heraus. Ich hatte keine andere Wahl. Seine Forderungen wurden immer zwingender und kränkender. Meine Ehre stand auf dem Spiel, wie auch der Ruf meiner Sippe.'

„Die Polizei befand sich in einer Zwickmühle. Geschah der Kampf im gegenseitigen Einvernehmen, schön und gut. Das war unter Umständen nicht strafbar. Aber hier handelte es sich um etwas mehr. Einer der Beteiligten war arg zugerichtet, der andere bekam kaum einen Kratzer ab. Mord stand außer Frage, da beide ihre Kampfbereitschaft bestätigten.

„Mutmaßungen wucherten in den Köpfen der Obrigkeit, vor allem als der Polizeichef mit dem Bürgermeister von Laparis sprach. Mittels eines Dolmetschers fragte der befangene Amtsmann ob man ihn auf den Arm nehmen wolle.

„'Will mich der kanadische Polizist erheitern?' meinte er mißgestimmt. 'Wissen die Herren nicht wer Cervoni ist?' Nein, das wußten sie nicht.

„'Nun, dann will ich es Ihnen sagen. Jederman weit und breit kennt Petru Cervoni, den Kämpfer. Vom Golfo di Taranto bis zur sizilianischen Wasserstraße wird er von Männern und Buben, kaum den Windeln entwachsen, verehrt. Was sagten Sie da? Petru, unser gefeierter Cid der Neuzeit wurde in einem Zweikampf mit einem Dolch geschlagen? Habe ich recht gehört, Andria Rutali hat ihn arg zugerichtet? Hol mich der Teufel wenn das nicht ein Witz ist. Petru ist der mutigste Kämpfer im Land. Er geht mit Messern und Dolchen um wie ein Gaukler von Ruf. Andria Rutali ist nicht wert genannt zu werden. Er ist ein Tölpel mit zwei letzen Händen und Blei an den Füßen. Fügt man sein Hasenherz hinzu, da haben wir den Kerl der nicht mal einen Lahmen im Rollstuhl besiegen könnte. Ich empfehle mich, Herr Polizist.' "

Trapper rutschte verlegen hin und her, ihm lag offensichtlich etwas auf dem Herzen:

„Sie wundern sich vielleicht, warum ich soviel über den Fall weiß."

„Nun, Sie sagten doch, daß Cervoni ihr Vertrauter war."

„Das stimmt, ich wußte so manches was der Polizei
verborgen blieb, die mich zwar beharrlich vernahmen, doch
wenig erfuhren."

„Sie verschwiegen viel?"

„Mehr als das, ich leitete sie absichtlich irre."

Wachter verzog verächtlich sein Gesicht. Es störte Trapper.
Er machte kein Hehl daraus:

„Sie rümpfen die Nase. Schön und gut, ich handelte wie ein
Schuft, das brauch mir niemand unter die Nase reiben."

„Wie verhielten sich Cervoni und Rutali?" fragte W achter.

„Wie ich schon sagte hüllte sich Cervoni in tiefes
Schweigen. Rutali behauptete es war ein gerechtes wenn auch
unnötiges Gefecht, das ihm sein Landsmann aufzwang. Er
wurde wiederholt von ihm herausgefordert.

„'Um die Ehre meiner Familie nicht zu gefährden, mußte
ich seine hartnäckige Herausforderung annehmen,' erklärte er
der Polizei wie auch dem Gericht.

„Ohne Zweifel befand sich die Polizei in einer Zwickmühle.
Wie ich Ihnen schon sagte, führte die Unterredung mit dem
Bürgermeister von Laparis sie auch nicht weiter. Hier ist was
dann geschah. Kurz vor seinem Tod schickte Cervoni nach
mir."

„Vom Krankenhaus in Revelstoke, vermute ich."

„Ja, von dort."

„Cervoni ähnelte mehr einer Mumie als einem Menschen.
Er war dick verbunden, so dicht, daß er kaum den Kopf
bewegen konnte. Doch sein Geist war rege. Was er mir
berichtete erstaunte mich ungeheuerlich. Er nannte mich stets
verehrter Freund.

„ 'Sie wissen von meinem Leiden,' sagte er.

„Ich wußte es, doch sprachen wir nie darüber."

„Was war es denn?" wollte Wachter wissen.

„Atemnot."

Wachter kräuselte die Stirn, während er Trapper fragend
ansah.

„Ich vermute, daß unwirtliche Wetter setzte ihm zu."

Trapper zog eine Grimasse:

„Kann sein, aber ich folgerte anderweitig. Freilich hustete er
zuweilen im Zimmer, doch von schnürender Atemnot

bestanden weder Zeichen noch Beschwerden. Nein, sein Leiden entsprang aus einer anderen Quelle."

„Aus welcher?"

„Die Quelle hieß Furcht."

„Furcht vor wem?"

„Vor seinem Landsmann Rutali."

Wachter schüttelte ungläubig den Kopf. Erstaunen spiegelte sich in seinem Gesicht.

„Aber Ferdinand, sagten Sie nicht, daß die beiden wie Haimonskinder aneinander hafteten?"

Trapper schmunzelte:

„Stefan, Sie und ich teilten so manchen Sack Mehl miteinander und leerten mehr Flaschen am Lagerfeuer als mir in Erinnerung bleibt, und doch blieben wir unabhängig von einander. Unsere Gemeinschaft diente keinem Zweck außer Bequemlichkeit. Im Gegensatz zum Verhältnis zwischen Cervoni und Rutali, welches von einem unheilvollen Schicksal gezeichnet war."

Wachter verzog sein Gesicht. Trapper fuhr fort:

"Haben Sie je vom vorbedingten Bündnis eines Jägers und seiner Beute gehört?"

„Mehr als mir lieb ist, von Ihnen nämlich."

Trapper schmunzelte:

„Na ja, somit erübrigt sich weiteres reden darüber. Aber zurück zur rätselhaften Angst Cervonis."

„Vor Rutali, seinem Landsmann, mit dem er seit Jahren lebte," erinnerte Wachter mit Hintergedanken.

„Niemand konnte es verstehen, noch weniger erklären. Aber das Entsetzen seitens Cervonis bestand. Beim Anblick Rutalis fing er an zu zittern, rang verzweifelt nach Luft und prustete erbärmlich. Die bloße Erwähnung Rutalis löste ähnliche Wirkungen aus. Etwas war zwischen den beiden geschehen, schon bevor sie bei uns eintrafen."

Wachter verstand nicht viel. Er suchte nach Worten. Er konnte seine Zweifel kaum verbergen. Es verdroß Trapper, er machte kein Hehl daraus. Er nahm den Faden seiner Erzählung wieder auf:

„Ich muß etwas betonen. Ich arbeitete mit Indianern, Inuit und Männern mit fremdartigen Gepflogenheiten zusammen.

Doch nie begegnete ich solch merkwürdigen Menschen wie den zwei Kalabresen. Es fehlen mir die Worte es zu beschreiben; es kam mir unheimlich vor. Man stelle sich zwei junge Männer vor, die der Fluch einer unsinnigen Pflicht bedrückte. Aber zurück zu meinem Besuch im Revelstoker Krankenhaus.

„Die Ärzte, ebenso die Krankenschwestern verhielten sich zugeknöpft. Sie ließen allerdings nicht den geringsten Zweifel an Cervonis baldiger Genesung:

„'Der tapfere Bursche ist auf dem Weg zur Besserung,' verkündete der Chefarzt.

„Ich schüttelte den Kopf. Bei ihm ist Mathäus am letzten, hörte ich meine innere Stimme, die einfach nicht schweigen wollte. Petru Cervoni wußte, daß sein Ende nahte, er wollte die Wahrheit nicht ins Grab mitnehmen."

„In anderen Worten, er ahnte das Schlimmste," mutmaßte Wachter.

„Genau, denn drei Tage nach meinem Besuch starb er. Um was es ging erklärte mir Cervoni mit wenigen Worten. Er ahnte viel, doch verstand wenig. Am wenigsten hatte er eine Vorstellung von der dunklen Seele seines Gegners. In Rutalis Brust schlug das Herz eines Meuchelmörders. Er hatte seinem Landsmann Vernichtung geschworen."

„Aber warum denn?" wandte Wachter ein.

„Weil Cervonis Onkel die Ehre der Rutalis verletzt hatte."

Wachter schüttelte ungläubig den Kopf:

„Welch ein rückständiges Volk," bemerkte er.

„Das war nur ein Vorwand. Die Wirklichkeit trug ein anderes Mäntelchen. Ein willkürlicher Mord wurde von Andria verübt, aus gärendem Neid und nichts anderem."

Wachter wollte etwas sagen doch Trapper kam ihm zuvor:

„Wie ich Ihnen schon sagte, ahnte Cervoni sein nahendes Ende, er wollte reinen Tisch machen. Die Wahrheit, hoffte er, würde Andria Rutali an den Galgen bringen."

„Statt knapp zwei Jahren Gefängnis, meinen Sie."

Trapper nickte:

„Zu meinem Leidwesen muß ich gestehen, daß ich das bewerkstelligt habe," sagte er seufzend.

Wachter schaute betroffen auf:

„Ferdinand, ich verstehe Sie nicht. Einerseits bezeichnen Sie den Zweikampf als kaltblütigen Mord seitens Rutali, anderseits schwören Sie vor Gericht Cervoni hätte kurz vor seinem Tod erklärt, daß alles rein und sauber zuging."

„Es war ein Meineid," stieß Trapper aus.

Wachters Gesicht verdunkelte sich:

„Habe ich mich verhört?" fragte er verblüfft.

„Keineswegs, es war ein Meineid."

Wachter sprang auf:

„Aber warum denn?"

„Es wurde erwartet," belehrte Trapper ruhig.

„Von wem?"

„Von meinen Arbeitskameraden, welche einer wie der andere Groll gegen Cervoni hegten. Sie wünschten ihn zum Teufel oder ins frühe Grab. Warum, wollen Sie wissen? Sie schauen mich entgeistert an. Cervonis Freimütigkeit war ihnen eine Gräte im Hals, seine edle Gesinnung war ihnen ein Groll.

Wachters Miene sprach Bände. Verlegenheit und Unglaube spiegelten sich in seinem Gesicht. Was er eben hörte verwirrte ihn. Sollte er bohrende Fragen stellen oder sich verabschieden? Etwas bewegte Trapper. Eine Bürde belastete sein Gemüt, die er unsichtbare Ketten nannte, die offensichtlich mit Brisco in Zusammenhang standen. Nun, Wachter blieb, er sollte es nicht bereuen. Trapper hüstelte verlegen, wonach er fortfuhr:

„Stefan, wollen Sie die ganze traurige Geschichte hören, welche Aufschluß über Brisco gibt?"

Wachter zögerte mit der Antwort, er wäre am liebsten davon gerannt. Eine bedenkliche Ahnung befiel ihn. Die Neugier siegte jedoch:

„Ja, gerne."

„Nun, der Reihe nach. Erstmal wurde die Ehre der Rutalis weder verletzt noch angezweifelt, gewiß nicht von den Cervonis. Diese Lüge wurde von Andria erfunden und verbreitet. Sie diente ihm als Vorwand einen Meuchelmord zu begehen. Der eigentliche Grund dieser, na, wie soll ich es nennen, Mordtat hört sich gut an, kann mit einem Wort erklärt werden. Neid, Neid und nochmals Neid.

„Aber hören Sie weiter. Wie bereits erwähnt stammten Petru Cervoni und Andria Rutali aus einem kleinen Dorf in

Kalabrien, welches einen weitreichenden Ruhm als Stätte der Fechtkunst besaß. Petrus Name wurde rühmlich genannt. Man lobte sein sicheres Auge, die blitzartigen Angriffe und nicht weniger sein ritterliches Verhalten. Alles zum Leidwesen Andrias, der als Schaumschläger bekannt war. Unzufriedenheit ist ein bitterer Gegner. Neid und Eifersucht sind Luzifers Segen. Es dauerte nicht lange bis Rutalis Hader mit dem Schicksal seine Urteilskraft trübte. Folglich wälzte er die Schuld an seinem Elend von sich auf Petru.

„Alles andere ergab sich von selbst. Der Neidwurm bohrte bis das Gewissen in Fransen war und Rechtfertigung übernahm. Petru Cervoni mußte aus dem Weg geräumt werden mit einer List die kein Schatten des Verdachts auf ihn werfen würde. Somit wurde Blutrache ins Leben gerufen.

„Zurück zu meinem Besuch im Revelstoker Krankenhaus. Was ich an jenem Sonntagmorgen hörte machte mich traurig. Wie ich dann handelte treibt mir noch heute die Schamröte ins Gesicht."

„Sie weisen auf den sogenannten Meineid hin?"

„Sogenannten? Ihr Versuch eine gemeine Handlung zu bemänteln trifft ins Leere."

Wachter begehrte auf:

„Dann sagen Sie doch endlich warum Sie falsche Aussagen machten."

„Das tat ich bereits."

Mißgestimmt raunzte Wachter:

„Wiederholen Sie es."

„Weil ich ahnte, daß die Belegschaft, wie auch die Polizei, so etwas hören wollte."

Wachter starrte Trapper unverständlich an, er konnte nichts sagen. Es war auch nicht nötig, denn Ferdi geriet in Fahrt:

„Ich schimpfte Cervoni unbarmherzig aus:

„'Wie konnten Sie in dem unbeleuchteten Schuppen kämpfen in dem sich noch dazu Werkzeuge und Maschinen befanden?'

„'Andria bestand darauf. Als Herausforderer fühlte ich mich verpflichtet seiner Forderung nachzukommen,'sagte er mir.

„Ich fuhr ihn an:

„'Sie Narr, wie kann man bloß so einfältig sein.'

„'Ich teil Ihre Meinung, doch mir blieb keine andere Wahl.
Freilich witterte ich Unheil, aber ein Kalabrese muß die Sitten
seiner Ahnen mit Leib und Leben verewigen. Gewiß waren mir
Rutalis Absichten bekannt. Doch, lieber Freund, verachten Sie
nicht die Torheiten eines Sohnes seiner Väter.'
„Ich schüttelte rügend meinen Kopf:
„'Petru, Sie wußten Bescheid. Rutali trachtete Ihnen nach
dem Leben. Das mit der Ehrenpflicht war ein Vorwand.'
„Petru verteidigte sich mit ungewohnter Heftigkeit:
„'Herr Ferdinando, verstehen Sie denn nicht?'
„'Was soll ich verstehen?'
„'Andria entfachte ein Feuer das nur mit Blut gelöscht
werden konnte.'
„Ich bemerkte: 'Andria ist ein Prahler, er macht viel Wind,
doch gibt Fersengeld beim ersten widrigen Hauch. Wie konnte
er Sie so zurichten? Sie, einer der besten Fechter?'
„Petrus Miene konnte ich nicht erkennen, doch die Geste
mit der Hand sprach lauter als jeglicher Gesichtsausdruck. Er
gab mir zu verstehen:
„'Andria zischelte mir ständig derbere Beleidigungen in die
Ohren.'
„Am liebsten hätte ich Petru am Kragen gepackt.
„'Na und?' schrie ich ihn beinahe an. 'Sie konnten ihm
doch die kalte Schulter zeigen.'
„'Ich tat es eine Weile, doch Geduld währt nicht ewig. Sie
nährt zuweilen des Memmen Untaten, was bald geschah.
Andria begann mich verächtlich einen Hahnrei zu nennen, was
mir seltsam vorkam, da ich nicht verheiratet bin. Als er mir die
gröbste aller Beleidigungen an den Kopf schleuderte, mußte ich
handeln; ich forderte ihn zum Zweikampf heraus.'
„'Törichter Freund, es war ein Fehler. Doch erzählen Sie
weiter,' munterte ich Cervoni auf.
„'Er beschuldigte mich höhnisch Hausmeister eines
Magdalenenheims zu sein. Das ging ja noch an, ein
Nasenrümpfer, weiter nichts wert. Der Tropfen jedoch, welcher
das Faß zum überlaufen brachte, waren seine boshaften
Anspielungen.“
„Ich fragte ihn welche er meine.
„'Die gemeinsten, nämlich, daß meine Mutter, Schwestern

und weibliche Verwandte Insassen dieses Heimes seien."
„Von was ist hier die Rede?" wollte Wachter wissen.
„Von einem Stift für gefallene Frauen."
Wachter verstand. Er riß Mund und Augen auf. Ja, er
verstand nun. Petrus nächster Schritt war verständlich, es gab
kein zurück mehr. Er forderte Andria auf der Stelle zum Kampf
heraus.
„'Alles andere ist Ihnen ja bekannt,' meinte Cervoni.
„Ich mußte ihm gestehen, daß das nicht der Fall war.
„'Dann werde ich es Ihnen erzählen.'
„'Im Mondschein verrichteten wir die althergebrachten
Förmlichkeiten. Wir zeigten unsere Dolche, verneigten uns
mehrmals, versprachen ritterliches Verhalten und gelobten zu
kämpfen bis sich einer geschlagen gibt. Nach einem
Handschlag betraten wir den Schuppen. Als Andria die Tür
verschloß runzelte ich unwillkürlich die Stirn.'
„'Sie rochen Unrat?' fragte ich ihn.
„'Schlimmer als das, ich sah die Schrift an der Wand.
Andria verschwand vor meinen Augen, die sich allmählich an
die Dunkelheit gewöhnten. Ich sah Schatten, aber Umrisse nur
mit knapper Not. Dann geschah es. Der Fluch meiner Atemnot
überfiel mich. Ich hörte, daß Bürgermeister Ricci meine
Gewandtheit zum Himmel pries.'
„'Ja, das stimmt,' pflichtete ich ihm bei.' Er erwähnte
ebenfalls Ihre verwurzelte Ritterlichkeit.'
„Cervoni lachte, vielmehr versuchte zu lachen.
„'Fällte der Bürgermeister auch ein Urteil über Andria?'
fragte er mich.
„'Er nannte ihn einen kümmerlichen Fechter und einen
kärglichen Burschen.'
„'Ich vermute Andrias Tücke erwähnte er nicht. Aber nun
weiter mit meinem Bericht. Da ich nichts von Andria sah und
hörte, ergriff mich eine Unruhe, welche ein Keuchen und
Husten auslöste.'
„'Sie bekamen einen Asthmaanfall?'
„'Und wie. Um nicht auf den Boden zu sinken, ließ ich
meinen Dolch fallen und hielt mich mit beiden Händen an einer
Maschine fest.'
„'Was geschah dann?'

„'Natürlich wußte nun Andria wo ich mich befand. Mit einem Wutschrei kam er auf mich zu. Er fiel über mich her wie eine rasende Tigerin. Während er mich samt meinen Vorfahren verwünschte und den Boden verfluchte auf welchem je unser Schatten fiel, zerrte er meinen Kopf an den Haaren zurück und begann zähnefletschend, wie ein Biest, mein Gesicht zu zerschneiden.'

„Glauben Sie mir, Stefan, ich saß wie gelähmt da, indessen Gemütsqualen mir die Seele zerrissen. Endlich fand ich die Sprache wieder.

„'Petru, ich hoffe Sie teilten alles der Polizei mit.'

„'Nein, das tat ich nicht und werde es auch nie tun.'

„Das war mir zuviel, ich fuhr ihn an:

„'Mann, nehmen Sie doch Vernunft an, das war vorsätzliche Verstümmelung und Mordabsicht obendrein.'

„Cervoni versuchte die Achseln zu zucken.

„'Schon, Herr Fernando, aber die Sitten der Ahnen heißen mich schweigen. Nicht zu vergessen, ich forderte Andria heraus. Er hatte ein Recht sich zu verteidigen. Ja, die Pflicht es zu tun, gemäß unseren ungeschriebenen Gesetzen.'"

Trapper schaute mit gemischten Gefühlen auf seinen Gast:

„Darf ich Sie erinnern wie Sie meine Geduld abwechselnd lobten oder rügten?"

Als Wachter zustimmend nickte, verzog Trapper sein Gesicht:

„Leider muß ich gestehen, daß Petrus Einstellung wie ein Vermächtnis auf mich wirkte."

„In anderen Worten, Sie schulterten die Verantwortung dem armen Kerl Gerechtigkeit zu verschaffen."

„An Ort und Stelle, zu meinem Bedauern."

„Sie bereuten es."

„Eh ich das Krankenhaus verließ, verstört, um die Wahrheit zu gestehen, fiel mir allerhand ein. Bleiben wollte ich allerdings keinen Augenblick länger, es war auch nicht nötig, denn ich konnte nichts tun als mich ärgern und Cervoni helfen zu ächzen und stöhnen. Zwischen Tür und Angel gab er mir einen Rat auf den Weg:

„'Lieber Freund, Andria ist ein Malochio, er wird noch viel Schaden anrichten.'"

„Nach dieser schicksalhaften Voraussage verlor Petru das Bewußtsein, aus dem er nicht mehr erwachte. Drei Tage später starb er." Wachter, verwirrt wie selten zuvor, doch mit seltsamer Teilnahme beseelt, fragte Trapper:

„Wie stellte sich die Polizei zu Ihrer Aussage?"

„Die nie stattfand, meinen Sie." Wachter hüstelte verlegen, indessen er den Blick abwandte. Trapper räusperte sich:

„Stefan, ich möchte Ihnen noch etwas sagen, aber nicht heute. Bitte kommen Sie Samstagmorgen wieder, wenn es Ihnen möglich ist. Sie werden es nicht bereuen. Ich ersuche Sie in der Zwischenzeit kein Sterbenswörtchen zu hauchen von unserer Unterredung. Unter keinen Umständen darf Rutali, Verzeihung Brisco, erfahren, wo ich mich aufhalte."

In drei Tagen mußte Wachter eine Entscheidung treffen. Soll ich oder soll ich nicht die verlockende Stellung bei Salta annehmen? Wankelmut, jener Unhold mit dem giftigen Hauch und dem scharfen Zahn, quälte ihn sogar nachts. Schon auf dem Heimweg überwältigten ihn düstere Gedanken. Wollte Ferdi Trapper ihn beeinflussen oder lediglich sein nagendes Gewissen erleichtern? Viele Vorstellungen beunruhigten Wachter. Die Sache zwischen Cervoni und Rutali betrachtete er mit Vorbehalt. Trappers Neigung geringfügige Begebenheiten auszuschmücken, war ihm bekannt.

Wie es scheint erhielt Brisco eine Strafe, jedoch nicht der Tat angemessen aus Mangel an Beweisen. Jedoch Trapper wußte Bescheid. Er ließ kein Sterbenswörtchen verlauten; das heißt bis jetzt. Warum, blieb Wachter ein Geheimnis von Rätseln umhüllt.

Am Samstag machte er sich vor Sonnenaufgang auf den Weg nach Ste. Sauveur. Seine Gedanken wanderten zur entlegenen Hütte in den Bergen. Unheilvolle Ahnungen bedrückten ihn, die er nicht verscheuchen konnte. Trappers Worte spukten ihm durch den Kopf, ein Verhängnis schwebte vor seinen Augen. Seine nebelhaften Worte machten ihn bedenklich.

„Sagen Sie niemanden wo ich mich befinde, vor allem nicht Philip Brisco."

Fürchtete der kernige, handfeste Wachter die halbe Portion Philip Brisco? Fühlte er sich von seinem bösen Blick bedroht? Die Begegnung mit ihm hinterließ tiefe Spuren. Allein seine Gestalt ließ einen allerhand ahnen. Briscos ganzes Wesen erinnerte an einen Teufel. Der stechende, abschätzende Blick ging einem durch Leib und Seele.

Die Berge waren noch schneefrei, eine steife Brise wehte über Lac Saint Louis. Frost wurde erwartet. Während Wachter der einsamen Hütte näher kam, nahm er sich vor Trapper ins Gebet zu nehmen:

„Sie sollten noch heute der Polizei alles sagen. Sie haben es dem sterbenden Cervoni versprochen. Also kein Wenn und Aber, " so würde er ihm sagen.

Es kam nicht dazu. Als Wachter sich der Hütte näherte, blieb er verblüfft stehen, ein düsteres Vorgefühl bemächtigte sich seiner. Die Außentür stand sperrangelweit offen. Eine unheilvolle Stille lag über der Hütte.

„Seltsam," dachte Wachter, " ist der Pfennigfuchser zum Verschwender geworden?"

Ein kalter Wind pfiff von den Bergen herab. Frost lag auf der Erde, doch die Tür stand weit offen.

„Aufgewacht, Ferdinand, ich bin wieder da," rief er vernehmlich.

Niemand meldete sich, nur sein Papagei verursachte ein regelrechtes Krakamal. Wachter war bestürzt, er rief abermals:

„Ferdinand, sind Sie da? Melden Sie sich doch."

Nichts rührte sich. Als er die Hütte betrat, schreckte er unwillkürlich zurück. Dort in der Ecke kauerte Trapper. Sein entgeisterter Blick hätte weder Worte noch Schrift beschreiben können. Er rührte sich nicht. Seine weit aufgerissenen, glasigen Augen sagten genug. Ferdinand war tot. Wie vor den Kopf geschlagen starrte Wachter auf den Mann mit dem er einst denkwürdige Zeiten verbrachte. Dann verlor er die Fassung; er floh kopfüber.

Auf dem Rückweg quälten ihn abwegige Vorstellungen. Trapper war tot. Wunden konnte er keine entdecken. Zeichen jedoch von einer schrecklichen Furcht waren in seinem Gesicht zu sehen. Die weit aufgerissenen Augen zeugten von Entsetzen, das vermuten ließ er wurde bedroht oder angegriffen, was Wachter allerdings unwahrscheinlich erschien. Was die Kampflust in Susie, dem Papagei, erweckte, konnte er sich nicht vorstellen. Ohne Zweifel hatte er jemandem arg zugesetzt, wovon sein blutbefleckter Schnabel und seine rot gefärbten Krallen zeugten. Wer war es den der treue Vogel vertrieb? Trappers denkwürdige Worte kamen Wachter in den Sinn, woraus er folgerte, daß er Brisco fürchtete; er wollte den Kalabresen weder sehen noch hören. Wachters Gewissen regte sich. Die Pflicht hieß ihn Trappers Tod zu melden, sein Unterbewußtsein jedoch riet anderweitig. Zwar glaubte er ein Mann von Grundsätzen zu sein, der Entscheidungen im Handumdrehen trifft, doch die Wirklichkeit trug ein anderes Mäntelchen. Stefan Wachter war ein wahrer Zauderer, den die Schwellenangst arg quälte. Er beschloß die Meldung an die Polizei zu verschieben.

Daheim erwartete ihn eine Nachricht von Brisco:

„Nun, wie steht's, Herr Wachter, der rote Teppich ist immer noch für Sie ausgerollt. Nehmen Sie die Gelegenheit beim Schopf. Ich bin jederzeit zu errreichen."

Innerhalb einer Stunde sprach Wachter bei Salta vor.

„Ich wünsche Herrn Brisco zu sprechen."

Die Empfangsdame musterte ihn mißtrauisch, eh sie ihn anmeldete. Briscos Privatsekretärin erschien. Sie empfing zögernd seine Visitenkarte, welche sie mit feindseliger Miene betrachtete. Wachter stutzte, er fühlte sich wie ein Bittsteller den man jederzeit vor die Tür setzen würde.

„Stimmt etwas nicht?" fragte er unwillig.

„Schon gut, Herr Wachter."

„Warum dann die Umstände?"

Die Sekretärin sagte in einem vertraulichen Ton:

„Ach, wissen Sie, der Chef ist neuerdings etwas gereizt."

„Oh, warum denn?"

Eh die Sekretärin antworten konnte, erschien Brisco im Vorzimmer. Erschrak er als er Wachter sah, wich er merklich zurück oder täuschte man sich? Auf jeden Fall entstand eine knisternde Spannung im Raum. Die Empfangsdame erstarrte, die Sekretärin vertiefte sich in Wachters Visitenkarte mit gerunzelter Stirn und schmollendem Mund. Etwas lag in der

Luft, soviel erkannte Wachter. Er spielte mit Fluchtgedanken, doch es kam nicht dazu. Während er mit der Tür liebäugelte, erklang Briscos gebieterische Stimme:

„Ah, Herr Wachter, ich freue mich Sie zu sehen. Kommen Sie herein," befahl er im dröhnenden Ton eines schmächtigen Mannes.

Im Büro reichte ihm Wachter die Hand, doch Brisco ließ die Geste unbeachtet. Ja, er versteckte beide Hände hinter dem Rücken. Er entschuldigte sich:

„Verzeihen Sie mir, es ist eine dumme Angewohnheit. Ich hatte kürzlich einen Unfall, wobei mein ganzer Leib zerschunden wurde, am meisten die Hände, weshalb ich sie unwillkürlich verstecke."

Wachter ging ein Licht auf, er holte tief Atem. Susie, der Papagei, mußte Briscos wehrende Hände arg zugerichtet haben, vermutete er. Ja, Susie hinterließ eine Spur die lauter sprach als Worte. Ein Gedanke nach dem anderen fuhr durch Wachters Kopf. Ihm wurde heiß und kalt bei der Erkenntnis in einem Raum zu sein mit einem zweifachen Mörder. Sicher besaß er zweimal die Kräfte des Kalabresen, doch nur die Hälfte des inneren Feuers. Allein sein Blick fuhr ihm wie glühende Kohlen durch Leib und Seele.

Er fuhr herum und ergriff die Flucht. Das schrille Gelächter das ihm folgte schmerzte seine Ohren, das wohlgezielte Wurfgeschoß verletzte seinen Stolz. Von Rache gespornt und tief gekränkt eilte Wachter zur nächsten Polizeiwache, ging jedoch nicht hinein.

Einige Tage später ging Wachter abermals zu Trapper. Er näherte sich vorsichtig der Hütte. Die Gegend war verlassen, nichts rührte sich, eine schaurige Stille herrschte. Als er sich umschaute fiel sein Blick auf ein Schild: Grundstück zu verkaufen oder zu vermieten. Auskunft: Rene Levesque, St. Sauveur.

Wachter suchte den Makler auf. Herr Levesque begrüßte ihn mit französischem Überschwang. Ja, bestätigte er, das Grundstück sei zu verkaufen oder zu vermieten.

„Sind Sie interessiert daran?"

„Nicht wirklich. Ich wollte einen Bekannten besuchen, doch fand ich ihn nicht an."

„Meinen Sie Ferdinand Trapper?"

„Ja, wissen Sie wo er sich aufhält?"

Der Makler nickte:

„Er starb vor einer Woche."

„Oh, an was denn?"

„Herzstockung, soviel ich weiß," erwiderte er mit wenig Begeisterung.

Wachter schaute überrascht drein. Unmutsfalten zeigten sich auf seiner Stirn. Der Makler bemerkte:

„Sie glauben es nicht?"

„Es fällt mir schwer es zu glauben," log er. „Vor kurzem besuchte ich ihn. Er war gesund und kräftig. Zeichen von Altersschwäche fielen mir nicht auf. Er schritt umher wie ein junger Mann, er war wachsam und leutselig. Jemand muß ihm etwas angetan haben."

Levesque schüttelte den Kopf:

„Wohl kaum. Trapper war weit und breit beliebt. Nicht bloß wegen seinem elfischen Wesen, auch wegen seiner Fähigkeit glaubhaft zu flunkern. Seine Erzählungen, Münchhausiaden zumeist, fesselten jung wie alt. Wie aus dem Leben gegriffen, meinten viele."

„Das waren sie freilich,   zuweilen etwas ausgeschmückt, doch wahr," meinte Wachter.

Herr Levesque zog eine spöttische Miene:

„Wahr, sagen Sie? Gilt das auch für sein Meisterstück: Unsichtbare Ketten?"

„Ohne Zweifel," sagte Wachter, indem er sich erhob.

Als er zur Tür ging fiel ihm etwas ein. Er drehte sich mit einem Ruck herum:

„Die Schilderung Trappers, unsichtbare Ketten, besiegelte sein Schicksal."

Der Makler zog die Augenbrauen hoch:

„Wie ist das zu verstehen?"

„Ganz einfach. Die Begebenheit, Flunkerei von Ihnen genannt, kostete Trapper das Leben."

Der erstaunte Makler wollte seinen Augen nicht trauen, als sein Besucher die Hand erhob und den Finger bewegte:

„Ich schwöre, daß Ferdinand nicht umsonst sein Leben ließ."

Mit diesen Worten verschwand Wachter durch die Tür. Ob er die Worte Levesques: „Ein Verrückter, weiter nichts," noch hörte ist ungewiß.

Eine Wandlung überkam Wachter; der Zauderer wurde mutig. Ein innerer Drang lenkte seine Schritte zur örtlichen Polizeiwache. Leute die ihm begegneten starrten ihn verdutzt an; sie schüttelten erstaunt die Köpfe. Der arme Mann schien an einer Halsentzündung zu leiden, die er mit heller Gewalt wegwischen wollte. Wachter fühlte sich erleichtert. Entschlossen betrat er die Polizeistube. Auf die Frage womit man ihm dienen könne, erwiderte er:

„Ich möchte einen Mord melden."

Der diensthabende Beamte verzog keine Miene. Das ungewöhnliche Anliegen schien ihn nicht zu berühren:

„Ihr Name, bitte."

Nachdem alle Auskunft vermerkt war, hob der Beamte verwundert den Kopf:

„Verstehe ich recht, ein gewisser Ferdinand Trapper wurde ermordet?"

„Ja," gab Wachter zu verstehen.

„Ferdinand Trapper von der Mirabeauhütte?"

„Derselbe," versicherte Wachter.

„Einen Augenblick, bitte."

Mit diesen Worten trat der Polizist in ein Nebenzimmer, aus dem er sofort wieder erschien, mit einer Kartei in der Hand und gefalteter Stirn.

„Was ich hier entnehme starb Trapper eines natürlichen Todes. Herzversagen, um genau zu sein."

Wachter fuhr ärgerlich auf:

„Sie irren sich," meinte er nachdrücklich.

Der Polizist musterte Wachter mißtrauisch. Ein wissendes Lächeln umspielte seine Lippen:

„Ein Arzt bescheinigte Trappers Tod als Herzversagen. Somit konnte der alte Einsiedler rechtmäßig begraben werden; ohne viel jammern und schluchzen."

Das Gesicht des Beamten nahm eine verschmitzte Miene an:

„Wer, glauben Sie, hat unseren alten Ferdinand getötet?"

Um ein Haar hätte Wachter Philip Brisco gesagt, doch er

besann sich noch rechtzeitig. Eh der Polizist weitere Fragen
stellen konnte, eilte Wachter mit hastigen Schritten aus dem
Raum.

Auf dem Heimweg überfielen ihn widersinnige
Vorstellungen, welche er in den Wind schlug, mit der
Ausnahme, daß Andria Rutali, umgetauft zu Philip Brisco,
seine Hände im Spiel hatte in Ferdinands Tod. Er sah ohne
Zweifel in Trapper seinen Mephistopheles, der ihm gefährlich
werden könnte; er mußte aus dem Weg geräumt werden, was
ihm offensichtlich gelang. Auf welche Art und Weise bleibt
dahingestellt.

Mit Sicherheit besuchte Brisco den alten Glücksritter in der
einsamen Hütte. Was dort geschah konnte sich Wachter
ausmalen, hinsichtlich den Anhaltspunkten die er mit eigenen
Augen sah. Die heillose Erregung Susies, die blutigen Krallen
und der Schnabel zeugten von einem erbitterten Gefecht. Mit
wem? Philip Brisco, ohne Zweifel, nach dessen zerschundenem
Aussehen zu urteilen.

Freilich stockte Ferdinands Herz, doch warum so plötzlich?
Er war ein kerniger Kerl, alt ja, hinfällig nicht. Wie Brisco
seinen Aufenthaltsort erfuhr, konnte sich Wachter denken.
Seiner reizbaren Erregung ließ er mal wieder die Zügel
schießen. Bei einem Treffen im Kavendischklub kam die Rede
auf Philip Brisco, den man vielerseits als Säule der Redlichkeit
lobte. Er ist Glück und Segen Quebecs, wenn nicht ganz
Kanadas, meinten viele.

Wachter nahm Anstoß an diesen Lobhudeleien. Ein
Faustschlag auf den Tisch ließ alle verstummen. Er brauste auf:

„Wißt ihr denn nicht wer der Kerl ist?"

„Kerl?" fuhr man zornig auf.

Wachter schmunzelte:

„Ich erdreiste mich euch den reingeschmeckten Kalabresen
näher zu beschreiben. Er hieß ursprünglich Andria Rutali. Was
ihn veranlaßte seinen Namen zu ändern, kann ich euch sagen.
Er saß zwei Jahre im Gefängnis wegen fahrlässiger Tötung.
Trapper nannte das Urteil einen Klaps von süßen Worten
begleitet. Was ich von Ferdinand erfuhr, aus sicherer Quelle in
anderen Worten, bestürzte mich ungemein. Hier ist das
Wesentliche."

Wachter begann zu erzählen. Wie auf Befehl erhob sich einer nach dem anderen und verließ den Raum ohne Gruß; nur Paul Prost blieb zurück, was Wachter wunderte, da er ein schamloser Knierutscher vor den Reichen war, zu denen Philip Brisco gehörte. Wachter witterte Unrat, doch er ließ sich nichts anmerken, obwohl seine bohrenden Fragen ihm verdächtig erschienen. Als Wachter deswegen stirnrunzelnd Mißfallen äußerte, wurde er belehrt:

„Stefan, Sie wissen sicher, daß ich Berichterstatter bin für die Montreal Gazette."

„Nein, das wußte ich nicht," antwortete er etwas besänftigt. Doch seine Bedenken ließen sich nicht beseitigen. Die gezielten Erkundigungen nach Trappers Aufenthalt machten ihn argwöhnisch; er gab ausweichende Antworten darauf.

„Warum wollen Sie wissen wo er wohnt," fragte er.

Prost konnte nur schwer seinen Unwillen verbergen:

„Ich möchte mit ihm reden über sein absonderliches Erlebnis mit Philip Brisco, wie hieß er gleich wieder?"

„Andria Rutali."

Prost nickte. Wachter fuhr fort:

„Ferdinand war gewillt auf einem Stoß Bibeln zu schwören, daß Andria Rutali einen Meuchelmord an Petru Cervoni beging."

Prost lehnte sich zurück. Ein lauernder Blick umrahmte sein Gesicht, indessen er die Ursache seiner Neugier offenbarte:

„Wie erwähnt schreibe ich für die Montreal Gazette. Ein treffender Bericht in der vielgelesenen Tageszeitung kann Wunder wirken. Ich entnehme aus Ihren Äußerungen, Sie wollen den Fall Cervoni gegen Rutali wieder eröffnen."

„Soviel schulde ich meinem einstigen Kameraden, dem Bruder Lustig vergangener Tage; unvergeßliche Tage, muß ich gestehen."

„Sie meinen Ferdinand Trapper?"

„Keinen anderen."

Prosts lauernder Blick war schwerlich zu übersehen, trotz seinem Bestreben seine Ungeduld zu verbergen. Bekanntlich trübt Eifer die Sicht und die Empfindung, was auch hier geschah. Stefan Wachter fühlte sich beauftragt seinem Freund Ferdinand Trapper von den mutmaßlichen Ketten um seinen

Hals zu befreien. Folglich ging er Prost auf den Leim, der sich räusperte, wonach er verkündete:

„Glauben Sie nicht, daß ein Bericht in der Montreal Gazette Trappers Vorhaben Auftrieb gäbe?"

Der Köder war ausgeworfen, der Fisch mußte bloß noch anbeißen. Er tat es, wenngleich mit klopfendem Herzen und widerstrebendem Sinn. Kurzum, Trappers verheimlichter Aufenthalt wurde zum offenen Geheimnis.

Eine Woche verging, der versprochene Bericht blieb aus, Trapper starb unter verdächtigen Umständen. Stefan Wachter übermannten bedenkliche Regungen. Unter anderem fühlte er sich belauert.

Über der Stadt, die nie schlief, sammelten sich düstere Wolken, ein kalter Nordwind blies durch die Straßen. Der lange, unbarmherzige Winter zeigte sein Gesicht; das erste Schneegestöber stand vor der Tür.

Eines Morgens fand man Wachter oben am Berg. Er lag hingestreckt auf einem einsamen Wanderpfad, mit einem Dolch im Rücken.

Der Fremde

Man reckte sich die Hälse wund um den Neuankömmling besser sehen zu können.

„Mein Gott, der hat bestimmt ein Stelldichein mit seinem Schöpfer," mutmaßte Frau Hartwig schadenfroh.

„Die Schatten des Jenseits umspielen ihn schon," bemerkte Herr Bruno beifällig.

„Nein, lange wird er unsere schöne Welt nicht mehr zieren," stimmte Käthe Heurig bei.

So klang es zufrieden von allen Seiten, ja, sogar erlöst, denn in einem Altersheim findet Rüstigkeit wenig Anklang. Nein, sie wird eher zum Stein des Anstoßes.

Wie damals vor zwei Jahren, als so ein Kohlbeißer das ganze Heim auf den Kopf stellte. Jetzt noch lief ein eiskalter Schauer Frau Heurig über den Rücken wenn die Rede auf ihn fiel. Josef Meyer hieß der Mann, er wollte sich einfach nicht einreihen. Ihm mißfiel alles und alle; von den Pflegern bis zu den Insassen. Jede Kleinigkeit bemängelte er unbarmherzig, Niemand blieb vor seinem beißenden Spott verschont. Seine ständige Züngelei fuhr ihnen wie Dornen ins Gemüt, wobei manche schlummernde Feindseligkeit wieder hellwach wurde; ganz zu schweigen von der unterdrückten Abneigung. Der ständige Hader setzte der Verwalterin derart zu, daß sie um Versetzung bat, welche ihr gewährt wurde.

Nun, der Neue brauchte ihren Argwohn nicht erwecken. Erstens schien er halb gelähmt zu sein, ferner war er an einen Rollstuhl gebunden, dazu trug sein Gesicht den Stempel der Entsagung. Der ganze Mann drückte Kummer und Elend aus, er stand sichtlich mit einem Bein im Grab. Die freundliche Gesinnung der Insassen, sowie das Wohlwollen der Pflegerinnen, waren ihm gesichert.

Jupp Hennig, der Neue, fühlte sich in der Tat wie gerädert,

aber nicht aus Gründen wie man annahm, denn es geschah nicht das erste Mal in seinem langen bewegten Dasein, daß er unter den Messern des Schicksals lag. Körperliche Leiden bedeuteten ihm wenig, sie erschreckten ihn kaum. Gebrochene Glieder, verstaute Gelenke waren seine vertrauten Lebensgefährten. Sein Gram rührte allein von der ungewohnten Abhängigkeit her.

Die Jahre in den Wäldern des Teslingebietes hatten ihre Prägung hinterlassen, nämlich, die Gewohnheit völlig aus eigenem Willen zu handeln, ferner sich stets selber zu versorgen. Untätig herum sitzen war ihm fremd, sich zusätzlich von anderen betreuen lassen, erweckte in ihm ein stechendes Mißtrauen. Die Hand lecken welche ihn fütterte, hatte er nie gelernt. Sein eingefleischter Sinn zur Selbstversorgung verachtete das Nichtstun mit blinder Wut. Lieber wären ihm die peinlichen Fragen der alten Deutschen gewesen als die Hände in den Schoß legen, während andere ihn versorgten.

Gewiß fühlte sich Jupp Hennig wie zerschlagen, zermalmt von den Mühlsteinen der katzenfreundlichen Gesellschaft. Die Heuchelei der Mitbewohner störten ihn im selben Maß wie die huldvolle Nachsicht der Pflegerinnen. Von allen Seiten schenkte man ihm Aufmerksamkeit, sie stolperten geradezu übereinander im Bestreben dienlich zu sein. Er hätte geschworen, daß jede Pflegerin sechs rege Hände, sowie vier Zungen besaß. Der Drang nach guten Werken, jenes Unwesen mit den gestreckten Krallen, räkelte sich aus dem Schlaf, es witterte ein neues Opfer.

Mit dem allgegenwärtigen Hang zum Herdenwesen kam er überhaupt nicht zurecht. Überall, aus allen Ritzen und Fugen höhnten die Fratzen des Gruppensinns. Er hätte lieber mit den berüchtigten Grizzlys der Zlogoten gerauft, als dieser ständigen schleckfreundlichen Stimmung ausgesetzt zu sein. Tagsüber fand er keine Ruhe, während er nachts wenig schlief. Soviel Geziertheit und Unnatur hatte er noch nie erlebt, bestimmt nicht seit seiner Ankunft aus Deutschland.

Er befreundete sich damals in Vancouver mit einem Fallensteller, welcher ihm riet sein Glück im Norden zu versuchen. Er folgte dem Rat und bereute es nie. Über vierzig Jahre vergingen seither, eine lange Zeit, die ihm jedoch wie ein

Engelsbesuch vorkam, kurz aber lieblich. Ein trügerischer Zwischenfall trug die Schuld an seiner gegenwärtigen Notlage, laut seinen Erklärungen. Die Wirklichkeit jedoch trug ein Mäntelchen von anderen Farben. Der Ursprung lag gewiß in seinem fortgeschrittenen Alter, sowie den zehrenden Ansprüchen der Wildnis. Alles wehren und zetern nutzte damals nichts, man schaffte ihn schnurstracks ins Krankenhaus, wonach er kurzfristig im Altersheim abgeliefert wurde.

Hennig ahnte nichts Gutes, eine unerklärliche Furcht hatte ihn erfaßt, welche er einfach nicht abschütteln konnte. Seine sonstige Zuversicht wich schrittweise einem nagenden Zweifel, der ihm hundert Mahnbilder vor die Augen zerrte. Er kam sich vor wie in einer Zwinge, die von unsichtbaren Händen Dreh um Dreh zugeschraubt wurde. Mit wehrenden Augen betrachtete er seine Umgebung. Nichts war ihm geheuer, weder die Mitarbeiter noch die Insassen, welche er mit vernichtender Herablassung behandelte. Diese Anmaßung blieb nicht lange unbemerkt.

„Er spielt sich auf," verkündete Frau Russo entrüstet.

Diese Feststellung löste unter den Versammelten eine Heiterkeit aus, welche man allerdings nicht so recht fühlte.

„Aber er kriecht doch dem Abgrund entgegen," wandt man empört ein.

„Es stimmt, er benimmt sich wie ein Protz," meinte Erika Reifel.

„Seine bissige Art geht mir schon lange auf die Nerven. Ich habe gute Lust ihm die Leviten zu verlesen," drohte Herr Bruno.

„Still, er kommt," flüsterte Frau Heurig.

„Guten Morgen Herr Hennig," grüßten sie einstimmig.

Jupp Hennig gab keine Antwort, er ließ sich stumm wie jeden Morgen an das hinterste Fenster schieben. Dort saß er fast den ganzen Tag in sich gesunken, mit der Miene eines grimmigen Wächters. Jeden Annäherungsversuch wies er mit Murr und Knurr zurück.

„Wie ein angebundener Bock hockt er dort," spöttelte Frau Hartwig.

Sie tuschelten noch lange. Sie fühlten sich tief verletzt, fast bedroht, und in ihren Erwartungen betrogen. Seine beißenden

Worte, das unkameradschaftliche Benehmen, vor allem aber die geringschätzenden Blicke nagten schwer an ihrem Gemüt. Der Friede, das hoch geschätzte Kleinod der Bejahrten, wurde ihnen geraubt. Sie kamen ins Altersheim um vor den Forderungen des Alltags Schutz zu finden, sie suchten Anklang inmitten Gleichgesinnter. Der Trutz war längst aus ihrem Sinn gewichen. Sanftmut hieß ihr Wahrzeichen, jegliche Störrigkeit lag weit zurück in der Vergangenheit.

Adam Rickman, der neue Verwalter, war aus anderem Holz geschnitzt. Noch verhältnismäßig jung, übereifrig in seiner Bemühung das Evangelium des Alltagskerls zu verbreiten, blühte er geradezu auf inmitten Reibereien. Er betrachtete sich als begnadeter Schlichter, als Fahnenträger der neuen Ordnung. Mit verhüllten Drohungen, angedeuteten Versprechungen trat er unerschrocken jeder Widerspenstigkeit entgegen. Er pochte auf uneingeschränkte Einreihung, jede Abweichung bekämpfte er mit dem Eifer eines Tempelherrn. Wehe dem Armen der versuchte eigenmächtig zu handeln oder selbstständig zu denken, ihn verteufelte er gnadenlos.

Herr Rickman übernahm sein gegenwärtiges Amt vor etwa einem Jahr. Sein Ruf ein unermüdlicher Posaunenbläser der Zukunft zu sein, sicherte ihm die Stelle bereits nach der ersten Unterredung. Ihm saß der Floh des Mannschaftsgeistes in beiden Ohren. Ihn zierten weder Scham noch Geduld in Gefühlsdingen. Alle inneren Neigungen mußten an die große Glocke gehängt werden. Wer sich weigerte Herz wie Seele bloßzulegen, den traf die Welle seiner selbstgerechten Entrüstung mit brausender Wucht. Jedem Zweifel an der Herdenmoral, geahnt oder erwiesen, rückte er mit der Heftigkeit eines Eiferers entgegen. Natürlich fiel sein Auge sofort auf Jupp Hennig. Er ließ ihn zu sich kommen, mit der Absicht ihm die Flügel zu stutzen. Kaum erschien der Alte vor ihm, als er ihn anfuhr:

„Jupp, so kann das nicht weitergehen, wir müssen uns über einiges im klaren sein."

Hennig betrachtete ihn anfänglich mit Besorgnis, die sich allerdings bald in unterdrückte Heiterkeit verwandelte. Er konnte nur mit Mühe das Lachen verbergen als er die kleine rundliche Gestalt des Verwalters musterte. Die gestutzten

Haare über der Stirn, nach der Art der ewig Jungen, kitzelten insbesondere sein Zwerchfell. Der ganze Mensch erweckte den Eindruck eines hastig zusammen gebastelten Abt des ewigen Aufruhrs.

„Um was geht es denn?" wollte Jupp wissen.

„Sie halten sich bewußt abseits, was nicht bloß dem jüngsten Wissen widerstrebt, sondern auch meinen eigenen Anschauungen. Alle Sachverständigen sind sich einig, in der Zusammenarbeit liegt das Heil."

Jupp Hennig blieb eine Weile still, er ließ den Wortschwall des Verwalters ohne einen Muckser über sich ergehen.

„Nun, was sagen Sie dazu?" forderte Herr Rickman schließlich.

„Nicht viel, außer, daß ich die Hälfte nicht verstehe."

Adam Rickman richtete seinen Blick voll auf den Alten im Krankenstuhl. Er wurde etwas unsicher, denn Hennigs ganze Aufmachung, von der fremdländischen Kleidung bis zur bedachtsamen Redeweise, brachten ihn in Verwirrung. Er wurde nachsichtiger.

„Jupp, Sie müssen vernünftig sein, ein wenig mehr Zusammenarbeit ist schon erforderlich, sie macht sich weitaus fühlbar. Vergessen Sie nicht, daß Sie nun in unserer Obhut sind, sozusagen in meinem Bereich der Verantwortung."

„Macht nichts, in drei, vier Wochen bin ich wieder auf den Beinen und euch aus dem Weg."

Der Verwalter fuhr zusammen als hätte ihn die grüne Mamba gebissen. Von dem Altersheim hatte sich noch nie jemand entfernt außer zwischen sechs Brettern. Er wollte eben loswettern, hielt sich aber noch im letzten Augenblick zurück. Ihm fiel nämlich rechtzeitig ein, daß seine Hitzigkeit schon so manches Übel verursachte. Er verschluckte somit die barsche Zurechtweisung, welche ihm auf der Zunge lag, atmete zwei, dreimal tief ein, wonach er etwas verträglicher fortfuhr:

„Sie sind fünfundsiebzig Jahre alt, an einen Krankenstuhl gebunden, mittellos und ohne Angehörige die sich um Sie kümmern, also völlig von uns abhängig."

„Nicht mehr lange, nicht mehr lange," murmelte Hennig, trotz den drohenden Blicken des Verwalters.

„Schon gut, schon gut, Jupp, wir besprechen das später,"

entgegnete Rickman gereizt.

Hinterher rief er die Belegschaft zusammen, erklärte ihnen die Lage, betonte dies und das, vor allem, daß der Alte fortan unter Hausarrest stünde, da er unter Wahnvorstellungen leide.

„Stellt euch vor, in seinem Alter und Zustand will er noch den wilden Mann spielen," verkündete er.

„Na ja, er faselt halt gern," lenkte Frau Gruber ein.

Als Vorsteherin der Pflegschaft durfte sie es wagen ihre Meinug zu äußern. Trotzdem wirbelte Rickman geradezu auf den Absätzen herum, bereit der Frevlerin gehörig über den Mund zu fahren. Er unterdrückte jedoch seinen Unwillen, denn Frau Gruber hatte auch eine scharfe Zunge, die ihm schon manchen unruhigen Augenblick verursachte.

„Mit Nachsicht kommt man hier nicht weit, merkt euch das," mahnte er trotzdem.

Nun, wo Zwietracht herrscht reiben sich alle sieben Hauptteufel die Hände. Zwei Lager bildeten sich nun. Auf der einen Seite stand, vielmehr hockte, der trutzige Alte, während die andere Seite von den übrigen besetzt wurde. Ein schamloses Ränkespiel begann fortan, vom Verwalter heimlich geschürt, von den Insassen und Pflegerinnen öffentlich ausgeführt.

Jupp Hennig befand sich in der Zwickmühle seines Lebens. Unfähig auf eigenen Beinen zu stehen, mittellos und alt, aber trotzdem unbeugsam in der Sehnsucht nach dem fabelhaften, freien Norden, betrachtete er sich zusehends als Gefangener, den man gegen seinen Willen eine ungewollte Gastfreundschaft aufzwängte. Er durchschaute bereits am ersten Tag alles von oben bis unten, was freilich nicht viel Einsichtsvermögen forderte. Die Pflegschaft förderte die Hilflosigkeit der Alten mit reiner Inbrunst, die ihre kleinen Schikanen duldeten, aus Dankbarkeit für ein Dasein ohne Mühe. Hennig verachtete sie aus ganzem Herzen. Ihre Untätigkeit trieb ihn über die Klippe der Geduld. Er konnte sich einfach keinen Reim daraus machen, wie ein Mensch tagaus, tagein gähnend und schwatzend herum hocken kann, ohne dabei den Verstand zu verlieren. Ihre tränenumflorte Heischerei störte ihn mehr als die gespielte Betulichkeit der Pflegerinnen. Er mußte heraus aus diesem vermoderten Kasten, dieser ungesunden Stimmung. Aber wie?

Mit versagenden Gliedern, leeren Taschen, ferner keinerlei
Unterstützung, weder von außen noch von innen, konnte man
nicht viel unternehmen. Desto mehr er darüber nachdachte, um
so verzweifelter erschien ihm seine Lage.

Die Hoffnung, seine liebste Braut, entfernte sich mit
raschen Flügeln. Wehr dich! schrie sein Blut. Kusch dich!
mahnte die Vernunft, denn sie erkannte das zweischneidige
Schwert in seinem Schoß. Nachts fuhr er schweißgebadet aus
wilden Träumen hoch, tagsüber verfolgten ihn die schlimmsten
Vorahnungen. Er wurde zum Gefangenen seiner eigenen
Gedanken. Hin und her zerrte ihn der Wankelmut,
erbarmungslos kisterten die Stimmen des Zweifels in seinen
Ohren.

Zuweilen, um innere Ruhe zu finden, erklärte er sich bereit
die Lage als unvermeidlich hinzunehmen. Doch vergebens, mit
einem Ruck öffneten sich die Schleusen der Erinnerung. Bild
um Bild zog an seinem inneren Auge vorbei, die ungebändigte
Wildnis erschien lebensnah vor ihm, mit ihren weiten Tälern
und schroffen Klippen, auf denen kurz vor Sonnenuntergang
alle Schelme der Welt den Tanz der Makkabäer aufführten.
Seine Vorstellungen wurden von der Stimme des Grauwolfs
durchzogen, die klagend und wehmütig, wie so oft in stillen
Winternächten, das große Schweigen unterbrach. Nein, er
konnte nicht bleiben, ob er wollte oder nicht, denn die
gewaltige Stimme der Heimat rief ihn zurück.

Warum man sich allerdings sträubte ihn zu unterstützen in
seinem Vorhaben von hier zu gehen, war ihm ein Rätsel.
Welche Regungen wohnen in solchen Menschen, fragte er sich
wiederholt. Ist es Neid, Bösartigkeit oder eine höhere
Gesinnung, welche ihm bis jetzt fremd blieb? Er würde weder
Biest noch Waffe scheuen, die Acht oder sogar Gefängnisstrafe
hinnehmen um seinen ärgsten Feind aus dieser verstaubten
Welt zu befreien. Welchen Wert besitzt ein Leben unter
Menschen, die im Schutz der Selbstlosigkeit, Freundschaft und
Mitgefühl jegliche Urwüchsigkeit absichtlich ersticken?
Ungeachtet der Gründe, unlauter oder löblich, ihr Widerstand
diente ihm als Sporn. Sicher lag die Widrigkeit der anderen
schwer auf ihm. Selbst den Insassen, dem Verwalter, ganz zu
schweigen von den Pflegerinnen, war nicht wohl in der Haut.

Ihr Gewissen, obzwar mit den Tüchern der Heuchelei behängt, verursachte ihnen trotzdem ein leichtes Unbehagen.

Am nächsten Tag begann der Regen. Unaufhörlich strömte es von oben herab. Das Wasser sammelte sich in den Rinnen und Gräben, während der ausgetrocknete Bach auf der anderen Seite zusehends anschwoll. Ein Wind kam auf der die Baumkronen bog und den Regen vor sich herpeitschte. Wie ausgelassene Derwische wirbelten die Blätter in der Luft. Nichts stand still, unheimlich ging es draußen zu, indessen man drinnen die Vorhänge zuzog und sich fröstelnd in Umhänge wickelte.

Nicht so Jupp Hennig, er fühlte sich wie die Muschel bei der Flut. Je mehr es draußen rauschte und tobte, desto vergnügter schaute er drein. Jeder Windstoß belebte seine Hoffnung, das brausende Wasser, inzwischen zum Sturzbach geworden, schürte seinen Mut. Er wünschte sich von ganzem Herzen einen Sturm wie zuweilen über dem riesigen Atlinsee, in der Hoffnung, daß er das Dach vom Gebäude reißen würde und die Mauern dem Erdboden gleich mache.

Er schlief nun wie ein sorgloses Kind. Die prasselnden Tropfen am Fenster, sowie das ächzen in den Bäumen, schläferten ihn sofort ein. Das ungestüme Treiben klang wie ein Wiegenlied in seinen Ohren. Jeden Morgen begab er sich unverzüglich an seinen Stammplatz am großen Fenster, wo er wie üblich stundenlang verharrte. Sein ganzes Wesen hatte einen Wandel durchgemacht. Die Gesichtszüge, vormalig hart und verkniffen, hatten sich merklich gelockert. Sogar ein Lächeln huschte zuweilen um seine Lippen, allerdings nur wenn er sich unbeobachtet fühlte. Er ähnelte einem Menschen der auf der Schwelle zur freudigen Zukunft steht. Er wurde verträglicher, der Sturm schien ihm allen Widerwillen aus dem Leib gerüttelt zu haben.

Besonders heute schien er wie beseelt. Ergriffen schloß er die Augen, wobei seine Gedanken zu wandern begannen, weit zurück in die Kindheit, über die Jugendzeit ins sagenhafte Gebiet der Denes, im Yukongebiet. Die farbenprächtigen Täler während des kurzen Sommers, nur vom Schatten der schwebenden Adler getrübt, fanden nirgendswo ihresgleichen. Gesichter drängten sich vor seine Augen, charakterfest, offen wie die unendliche Tundra im Nordwesten. Immer tiefer versetzte er sich in die Vergangenheit bis er plötzlich aufschreckte. Er hatte etwas gehört. Der Schrei des Eistauchers, lockend, wild und ungebunden, riß ihn aus den Träumen. Mit einem Ruck erhob er sich, wobei er dem Krankenstuhl einen zornigen Stoß versetzte. Nichts konnte ihn mehr zurückhalten, weder der Termagant mit den Stichelhaaren noch Krethi und Plethi mit dem scheinheiligen Lächeln. Weit kam er nicht, kaum zwei Schritte, eh er ächzend zusammenbrach.

„Herr Rickman, Frau Gruber," rief man hilfesuchend von allen Seiten.

„Mein Gott, der geplagte Mann," klagte eine Pflegerin, indessen sie zu ihm eilte.

Jupp Hennig versuchte sich laut fluchend wieder aufzurichten, was ihm trotz aller Mühe nicht gelang. Eben wollten einige Pflegerinnen, sowie zwei rüstige Heimbewohner, helfende Hände ausstrecken, als er sich mit übermenschlicher Anstrengung am Fenstersims aufrichtete. Im nächsten Augenblick stockte jeder Fuß im Lauf, während die dargebotenen Hände eiligst hinter dem Rücken verschwanden. Ihnen schlug nämlich ein Wall der Abwehr entgegen, an dem sie erschrocken zurück prallten. Sie starrten wie gebannt auf das Bild des Grolls; doch nicht lange, denn die dröhnende Stimme des Verwalters riß sie aus ihrer Befangenheit.

„Kruzitürken! was geht hier vor?" polterte er schon von weitem.

Beim Anblick Hennigs aus dem Rollstuhl stutzte er zunächst, aber nicht lange. Offensichtlich faßte er die Lage falsch auf, denn er begann die Umstehenden gnadenlos auszuschimpfen.

„Was steht ihr wie die Karmeliter herum, helft ihm doch, los rührt euch. Seht ihr denn nicht der Arme möchte in seinen Stuhl zurück."

Allerdings sahen sie es nicht, man war vielmehr davon überzeugt bei jedem Annäherungsversuch gekratzt, gebissen oder geschlagen zu werden. Adam Rickman, der Mann der Tat, merkte nichts von ihrer Verlegenheit, er rückte in seiner üblich lärmenden Art voran. Weder links noch rechts schauend beförderte er den Alten zurück wo er hingehörte.

„Jupp, was ist geschehen, haben Sie sich verletzt?" wollte er wissen.

Der Bann war gebrochen, nun näherten sich auch die anderen. Teils verlegen, teils widerwillig boten sie ihre Hilfe an. Wie Peitschenhiebe prasselte Rüge auf Rüge auf sie herab, denn trotz seiner Fehde mit dem Alten gewann das Pflichtgefühl die obere Hand. Selbst Hennig blieb nicht unbehelligt von seinen Vorwürfen, jedoch mit wenig Erfolg, denn er saß wie gelähmt im Stuhl mit der Miene eines Mannes der all seine Träume ausgeträumt hat. Sogar der Verwalter wurde angesichts der Maske des Elends nachsichtiger. Kein Muskel regte sich in Jupps steinernem Gesicht, außer den Augenwimpern, welche vergeblich versuchten die heißen Tränen, einem der Hoffnung beraubten alten Mannes, zurückzuhalten.

Von jetzt an herrschte offene Feindschaft, vor allem zwischen Hennig und Rickman. Er verschanzte sich nun völlig in seinem Krankenstuhl, zusätzlich weigerte er sich mit den anderen am Tisch zu sitzen, ihre Gespräche zu teilen, überhaupt Umgang mit ihnen zu haben.

Der Sturm hatte sich inzwischen gelegt, nur der Regen hielt noch an. Hennig beachtete den Wetterwechsel kaum, er fand jetzt volle Beschäftigung in der Grübelei. Vor ihm stand das Untier Verzweiflung, mit dem Schlüssel zu seinem Untergang im geifernden Maul.

Seit Tagen raufte er sich mit dem Gedanken herum was zu tun sei. Alles drehen und wenden nützte nichts, die Wahl war gering, nämlich, das Schicksal hinnehmen, allerdings mit des Rächers Groll, oder auf nichts geringeres als ein Wunder hoffen. Denn Rache hatte er geschworen sollte ihm die Rückkehr in seine Hütte am Teslin versagt bleiben. An wem? An dem Verwalter natürlich, weil er in ihm seinen Würgengel sah. Die anderen zählten kaum, er sah sie lediglich als willensschwache Mitläufer. Adam Rickman allein war die Triebfeder im Werk. Er war es der sich seiner Genesung in den Weg stellte. In welcher Weise würde er sich rächen? Nun, das mußte noch ausgeheckt werden.

Jeder der zwei Augen zu sehen und Ohren zu hören hatte, fühlte sich von dem Vernichtungskampf, zu welchem sich der

Zwist allmählich zuspitzte, betroffen. Man tuschelte hinter ihren Rücken, beäugelte sie verstohlen und wunderte sich wie das Ganze ausgehen sollte. Daß der Alte wie ein Neidnagel unter Rickmans Haut wucherte, offenbarte sich zusehends, genauso wie die Tatsache, daß der Verwalter ungewillt war es hinzunehmen.

Die Stimmung im ganzen Heim ballte sich zu einem Knäuel der Erwartung zusammen. Man mutmaßte von allen Seiten. Was sollte geschehen, vielmehr was konnte geschehen? Schließlich besaßen beide keine große Möglichkeit dem anderen Schaden zuzufügen. Gewiß verfügte Rickman über gewisse Rechte, welche er unter dem Vorwand der Pflicht mißbrauchen konnte. Hundert kleine Schikanen, sowie Gemeinheiten, konnte er anwenden, aber wie erwiesen nützten sie nicht viel, da sie samt und sonders an der Ruppigkeit des Alten abprallten. Immerhin durfte er nicht zu offensichtlich heran rücken, angesichts der viel besungenen Menschenrechte.

Wie aber verhielt es sich mit Jupp Hennig? Nun, seine schweifenden Augen, unterstützt von dem spitzfeinen Gehör, entdeckten bald die Achillesferse des Verwalters. Hier muß erwähnt werden, daß Adam Rickman dem tief verwurzelten Hang nach Anerkennung verfallen war. Der Urian Gefallsucht hatte ihn fest an seinen haarigen Busen gedrückt. Lob bedeutete ihm mehr als aller Reichtum auf Erden. Seine ungezwungene, brausende Art diente ihm als Deckmäntelchen um eine lästige Schwäche zu tarnen. Der geringste Tadel, seien es Blicke, Worte oder Gebärden, vermutet oder ausgesprochen, stieß ihn in den gähnenden Abgrund der Brüterei. Die Selbstverherrlichung, der Fluch seiner Vorfahren, hatte ihn mit allen zehn Fingern im Griff. Wehe dem Armen, welcher den Verdacht erweckte ihn nicht gebührend zu würdigen, ihn verfolgte und verteufelte er mit dem Tatendrang eines Inquisatoren. Jedes Mittel schien ihm dann gerecht um seinen Widersacher, als solchen betrachtete er Jupp Hennig, einen vernichtenden Schlag zu versetzen.

Niemand konnte sich dagegen wehren. Rickman verfügte über die ganze Tonleiter der Scheinheiligkeit und Bösartigkeit: Versteckte Andeutungen, schamlose Verleumdungen und schrille Anklagen. All diese giftigen Pfeile steckten in seinem

Köcher. Weiterhin besaß er ein langes Gedächtnis, welches ihm nicht vergönnte zu verzeihen. Einmal nicht mitgesungen hieß bei ihm, ewig falsch gesungen. Mit Jupp Hennig mußte abgerechnet werden, entweder seine Widerspenstigkeit verschwand oder er selbst. Da Rickman nicht an eine Umerziehung glaubte, gewiß nicht ohne strengere Maßnahmen, fühlte er sich verpflichtet andere Mittel anzuwenden. Als erstes mußte die anstößige Kleidung verschwinden, denn einmal von dieser herausfordernden Aufmachung beraubt, sagte sich Rickman, würde der Alte geschwächt sein wie Simson nach dem Haarschnitt. Allerdings mußte mit Umsicht voran gegangen werden. Wie schon erwähnt, lauerten die Menschenrechtler hinter jeder Säule. Nun, es gab mehr als einen Weg sein Ziel zu erreichen. Er kannte sich aus, er besaß Macht und Mittel um dem Trotzkopf einzuheizen bis er den Tag seiner Geburt bereuen würde. Sollte er sich wehren, was zu erwarten war, nun, Pflicht und Schuldigkeit mußten ihren Lauf nehmen, sei es zu seinem eigenen Schutz oder der Sicherheit der anderen.

Ein neues Übel reckte inzwischen seinen Kopf hervor; eine veränderte Stimmung machte sich bemerkbar, welche Rickman nicht lange verborgen blieb. Trotz allen bohrenden Fragen, versteckten Erkundigungen, welche er von der Belegschaft einzog, war es ihm nicht vergönnt die genaue Ursache zu erforschen. Eins war jedoch sicher: Die veränderte Einstellung, vor allem seitens der Insassen, richtete sich gegen ihn. Soviel entnahm er aus ihren schuldbewußten Seitenblicken, dem Bestreben ihn zu meiden, weiterhin aus den wiederholten Versammlungen, die sich bei seiner Annäherung sofort auflösten. Die Achtung vor ihm schien sich im Eilschritt in Verachtung zu verwandeln. Daß die Ursache bei dem verhaßten Alten lag, hätte niemand angezweifelt. Was konnte es sein? Wo ging er fehl?

Seine Nase trügte ihn nicht. Seit dem Zwischenfall wo Hennig vor aller Augen in den Abgrund der Schmach blickte, betrachtete man ihn mit einer anderen Gesinnung. Seltsame Regungen stiegen in ihnen auf, Gefühle, welche sie verwirrten. Es ist bloß Mitleid, sagte man zuerst, aber der Murrkopf verdient doch nicht bedauert zu werden. War es vielleicht

Schadenfreude? Nein, mußten sie gestehen, Schadenfreude war es nicht. So riet man eine Weile hin und her bis die Erkenntnis unleugbar vor ihnen auftauchte: Es war Bewunderung. Ein Mann in seinem Alter, seinem Zustand, gab die Hoffnung nicht auf, er kämpfte verbissen weiter. Die klamme Hand der Reue ließ nicht lange auf sich warten. Sie zupfte erst schüchtern, aber dann mit herrischen Fingern an ihren Gemütssträngen. Der Sinn für Wahrheit, im Alter stärker als zuvor, drängte sich an die Oberfläche.

Herr Bruno eröffnete eines Morgens das Gespräch:

„Haben wir uns nicht alle wie Pharisäer benommen?"

Manche schauten betreten drein, andere blickten sich schuldbewußt an, jedoch niemand widersprach. Frau Russo nickte.

„Es stimmt."

Die Frage, welche danach allen auf der Zunge lag, wurde von Frau Reifel als erste gestellt:

„Was können wir tun um es wieder gut zu machen?"

„Uns entschuldigen," schlug Renate Hartwig vor.

„Seine schrullige Art von jetzt an dulden," fügte Käthe Heurig hinzu.

„Nein, wir schulden uns und ihm viel mehr, wir sollten ihn fortan unterstützen," wandte Walter Bruno ein.

„Inwiefern?" wollte man wissen.

„In seinem Vorhaben zu genesen und sein einstiges freies Leben in der Wildnis wieder aufzunehmen," kam die kurze Antwort.

„Sie meinen ihm beistehen, vielleicht sogar zur Flucht verhelfen?" fragte Erika Reifel erschrocken.

„Wenn es sein muß, ja."

„Kriegen wir da nicht große Schwierigkeiten mit Herrn Rickman?" warf Käthe Heurig schüchtern ein, während die anderen zustimmend nickten.

Walter Bruno verlor die Geduld. Weiberwirtschaft nannte er es im Stillen, wonach er sie mit erhobener Stimme anfuhr:

„Kruzitürken, wir reden doch nicht von einem Aufstand mit schwingenden Fahnen und klirrenden Waffen. Ein wenig Verständnis, ein bißchen Ermunterung dürfen wir ihm doch hoffentlich ungestraft zukommen lasssen."

Nach kurzer Aussprache einigte man sich Jupp Hennig heimlich oder öffentlich Hilfe zu leisten.

An einem Montag als sich der Himmel etwas erhellt hatte, legte Adam Rickman die kurze Reise nach Victoria zurück, wo Jens Larsen, der Staatsrat sein Amt ausübte. Er war ein älterer, gesitteter Mann, der keinerlei Gefallen an Rickman fand. Er nahm Anstoß an seinem ruhmheischenden Wesen, eigentlich mißfiel ihm der ganze Mensch. Larsens Vorfahren stammten aus Schweden. Sie siedelten sich in Ontario an, wo sie das verwilderte Land am Eriesee bestellten. Mit zähem Fleiß wurde dort gewirtschaftet bis aus dem Ödland ein blühendes Anwesen entstand.

Eines Tages erreichte sie der ereignisschwere Ruf vom Westen. Gold! schallte und widerhallte es vom unteren Fraser bis über die schneebedeckten Selkirks, hinab zur unendlichen Prärie und weiter über die Großen Seen. Der wohlgezielte Spatenstich an jenem ereignisreichen Märztag 1858 wurde kreuz und quer im Land vernommen. Kaum verklang der unwiderstehliche Lockruf, als die Larsenmänner Pflug und Egge stehen ließen um dem verheißenden Echo zu folgen. Das krause, abenteuerliche Wesen seiner Ahnen blieb zeitlebens an Jens Larsen haften.

„Nun, Herr Rickman, was führt Sie zu uns?" begrüßte er ihn. „Nehmen Sie bitte Platz. Wünschen Sie etwas? Tee, Kaffee oder ein Schluck aus der Flasche?"

„Nein, danke," antwortete Rickman hastig. Er spürte ein Unbehagen angesichts der verbindlichen Anrede. Das würdige Auftreten seines Vorgesetzten brachte ihn allzu leicht aus der Fassung. Sein Anliegen erschien ihm plötzlich eher schäbig als wichtig. Trotzdem raffte er sich zusammen.

„Eine heikle Angelegenheit bringt mich zu Ihnen."

Viel hatte er nicht übrig für den Staatsrat, er fand ihn zu altbacken, eine regelrechte Großvaterfigur. Seine veralterten, feierlichen Redensarten störten ihn am meisten, denn er selbst war ein Sohn der neuen Welt, welche bloß Vornamen kannte, und alle am selben Strauß rochen.

„Nur keine Scheu, junger Mann, heraus mit der Sprache," wurde er aufgefordert. Nach kurzem zögern gab sich der Verwalter einen Ruck, wonach er stockend fortfuhr:

„Es handelt sich um einen alten, na, wie soll ich sagen,
Waldläufer, so eine Art Goldsucher."

„Goldsucher, sagen Sie?"

Larsens Züge erhellten sich, seine Augen begannen zu
leuchten, sein Gesicht verjüngte sich. Er schnellte geradezu
nach vorn, wobei er Rickman beihnah herausfordernd anstarrte.
Adam Rickman wich erschrocken zurück, denn soviel
Leidenschaft hätte er nie von dem würdigen Staatsrat erwartet.

„Verzeihen Sie," murmelte Larsen, indem er sich wieder
zurück lehnte.

„So, was macht denn dieser Goldsucher?"

Rickman spürte den Biß der Reue, am liebsten hätte er sich
wieder unverrichteter Dinge entfernt. Er fühlte sich in die Enge
getrieben, absichtlich in eine unangenehme Lage versetzt,
weshalb er sich innerlich aufbäumte, wonach er forscher als
zuvor fortfuhr:

„Er sträubt sich wo er kann, ferner hetzt er alle gegen mich
auf, von den Insassen bis zur Belegschaft."

Jens Larsen ließ ihn reden, er hörte ihm mit halb
geschlossenen Augen zu, anfänglich erstaunt, dann belustigt,
aber zuletzt mit einer tiefen Vorahnung. Er merkte worum es
ging, die Seele seines Untergebenen lag wie ein offenes Buch
vor ihm. Seine Gabe sich zu verstellen täuschte ihn nicht.
Genauso wenig wie seine erzwungene Leutseligkeit und die
übertriebene Teilnahme. Beides diente ihm als Maske um den
inneren Mann zu verbergen.

Larsen kannte diesen Schlag Mensch gut, das ganze Land
ächzte unter seinem Joch; er nannte sie heimlich die ewigen
'Binsogut'. Lieber wäre er zwischen den Löwen und seine Wut
geraten als zwischen sie und ihren guten Taten. Oh, er kannte
sie wohl gut; ein Haufen Radaumacher die alles frische und
urwüchsige vernichten wollen. Moralisten mit schmutzigen
Hintergedanken sind es, dachte er, während Adam Rickman
immer noch sein Sprüchlein hersagte, allerdings nun heftiger,
obendrein mit rot angelaufenem Gesicht. Jens Larsen nickte hin
und wieder, was Rickman im Glauben ließ ein geneigtes Ohr
gefunden zu haben. Nichts wäre der Wahrheit entfernter
gewesen, denn um so näher er den Menschen betrachtete, desto

ungefälligere Gedanken huschten durch seinen Kopf. Endlich unterbrach er den Redeschwall:

„Schon gut, schon gut, was schlagen Sie vor?"

Rickman stutzte einen Augenblick, da er immer noch im Begriff stand seinen Standpunkt mit Nachdruck zu erklären.

„Er kann bei uns nicht mehr bleiben," platzte er heraus.

„Wie meinen Sie das?"

„Genau was ich sagte. Zu seinem eigenen Wohl sollte er versetzt werden," meinte Rickman.

„Wohin?" wollte der Staatsrat wissen.

„Er wäre gewiß besser dran in so einem Sonderheim, zum Beispiel."

Larsen schwieg, denn allmählich ging ihm ein Licht auf. Rickman erklärte bis ins einzelne was er im Sinn führte, vielmehr wie man seine Pflicht als Mensch und Beamter ausführen sollte.

„Besitze ich Ihre Zustimmung in dieser Angelegenheit wie erläutert voranzugehen?" wollte er wissen.

„Sie wollen also den Alten in ein Irrenhaus stecken, stimmts?"

Adam Rickman erhob sich empört.

„Sie bezichtigen mich unverdient, Herr Larsen. Ich möchte ihn weder in eine Anstalt stecken, wie Sie ungerechter Weise sagen, noch ihm etwas bösartiges antun, mir liegt lediglich sein Heil am Herzen," versicherte er.

Dann fuhr er belehrend fort:

„Übrigens heißt das nicht mehr Irrenhaus, sondern Heilstätte für Hilfe bedürftige Menschen. Zwei Ärzte pflichten mir vollkommen bei, sie sind gewillt die nötigen Unterlagen zu unterschreiben."

Weiter kam er nicht, der Staatsrat erhob sich jäh, wobei er in seinem tiefsten Bass brummte:

„Gut, schicken Sie mir alle Unterlagen, ich werde den Fall eingehend studieren. Meine Antwort erhalten Sie innerhalb zwei Wochen, inzwischen tun Sie bitte Ihr Bestes um den Frieden im Heim einigermaßen zu halten."

Kaum verschwand Rickman durch die Tür als der Staatsrat müde in seinen Stuhl zurück sank. Eine bleierne Schwere überfiel ihn. Er fühlte sich plötzlich alt, steinalt, wenn nicht lebensmüde. Wieso, dachte er, verliere ich bei jeder Begegnung mit diesem Menschen die Lust am Leben. Es mußte wohl an ihm selbst liegen, denn so übel war der Mann eigentlich nicht. Gewiß, seine Zunge reichte für hundert Ohren, dazu konnte einem sein einfältiges Geschwätz über die Klippe der Nachsicht jagen, aber immerhin verrichtete er sein Amt gewissenhaft, wenn auch nicht vorurteilslos.

Larsen seufzte tief, indem er unwillkürlich die Schublade seines Tisches öffnete. Ein Bild erschien in seiner Hand von einem Mann mit strengen, jedoch gütigem Gesicht. Sein innerer Blick wanderte zurück, zum Fraser an der Mündung des Coquihallas, wo er seine Kindheit verbrachte. Eine tiefe Sehnsucht überkam ihn nach dem unbeugsamen Mann mit der klaren Sicht und dem Mut zur Wahrheit. Wo waren die Männer vom Schlag seines Vaters? Er seufzte, denn er wußte die Antwort allzu gut. Sie verblichen im Dunst der neuen Ordnung, wo jeder Schreihals ein Schutzpatron des Minderwertes ist. Er wußte genau, daß Männer vom Schlag seines Vaters sich einen frühzeitigen Tod wünschten, denn sie fühlten untrüglich dem sogenannten Fortschritt im Weg zu sein.

Den knorrigen Einzeldenkern wurde die Acht erklärt, sie waren die Todfeinde der neuen Moral, ja, man erklärte sie als Freiwild. Die Erben der Neuzeit, Alltagskerle genannt, ertrugen keine Riffeln auf ihrem aalglatten Wasser.

Jens Larsen legte das Bild behutsam zurück. Sein Vater lag schon längst im Grab, er fand die letzte Ruhe über seinem geliebten Coquihalla. Man behauptete damals er sei ein Opfer eines Unfalls geworden als man ihn tot unten an einer schroffen Klippe fand. Er ließ sie reden, obwohl er anderer Meinung war.

Rickman wartete ungeduldig auf Larsens Bescheid. Endlich, nach zwei Wochen erhielt er einen Brief, welcher kurz, aber einschlägig verkündete:

Sehr geehrter Herr Rickman.

Nach reiflicher Überlegung in der Sache Jupp Hennig, Goldsucher, kam ich zu dem folgenden Beschluß: Der Mann bleibt wo er ist.

Hochachtungsvoll
Jens Larsen.

Kaum hatte der Verwalter den Brief gelesen als er wütend aufsprang und um seinen Schreibtisch herum stapfte. Er fühlte sich gedemütigt, mit Absicht wie ein Schulbub zurecht gewiesen. Adam Rickman zeigte sich unwillig die geistige Ohrfeige hinzunehmen, gewiß nicht ohne Gegenwehr. Grübelnd saß er lange am Tisch, den Kopf in beide Hände gestützt, indessen die Räder seines Hirns in surrende Bewegung gerieten. Ein Plan begann sich allmählich zu entfalten, deutlicher und deutlicher, bis er klar vor ihm erschien. Die beleidigende Behandlung seines Vorgesetzten sollte ihn, den Urheber, noch bitterlich reuen. Ha, Rickman rieb sich die Hände und klatschte sich auf die Schenkel, während er dem Zufall jubelnd Dank aussprach. Wartet nur, er würde sich rächen, an allen beiden, dem altbackenen Beamten, sowie dem verstiegenen Waldläufer. Er mußte sich Gewalt antun um nicht in schallendes Gelächter auszubrechen. Wie einfach plötzlich alles vor ihm lag, um den Ausgang brauchte er keine Sorge mehr tragen; Fortuna sah ihn hold lächelnd an.

Er lehnte sich zufrieden zurück, die strafgierige Handlung des Staatsrat kam ihm gelegen, er konnte sie zu seinem Vorteil ausnutzen, obendrein zur Rache gegen zwei Feinde anwenden. Er hatte seine Pflicht getan, sein Vorgesetzter wurde in Kenntnis gesetzt, daß der Alte aus Sicherheitsgründen versetzt werden müsse, mehr konnte von ihm nicht verlangt werden. Nur eine schriftliche Bestätigung fehlte, somit wäre die Sache erledigt. Sofort begann er den nötigen Brief aufzusetzen. Ohne weiteres Federlesens begann er zu schreiben:

Sehr geehrter Herr Larsen.

Ihre Anordnung in der Sache Jupp Hennig liegt in meinen Händen, welche selbstverständlich ausgeführt wird. Allerdings möchte ich hier zum zweiten Mal meine Bedenken ausdrücken, daß der Mann imstande ist sich selbst und andere zu gefährden. Er benötigt ständige Aufsicht zu welcher dieses Heim weder fähig noch befugt ist. Wir werden natürlich unser möglichstes tun.

Hochachtungsvoll
Adam Rickman

Nachdem er den Brief sorgfältig gefaltet in einen Umschlag steckte, rieb er sich zufrieden die Hände, als wollte er sagen: „So das Katharinenrad ist in Bewegung, zwar etwas langsam, aber immerhin rollt es dem ersehnten Ziel entgegen." Nun, er hatte seine Pflicht getan, sollte jetzt ein Mißgeschick über sie herfallen, sein Rücken war gedeckt. Somit konnten lang gehegte Absichten ausgeführt werden. Freilich mußte er Umsicht walten lassen, ferner mäßig vorangehen, was ihm keineswegs leicht fiel, angesichts der zunehmenden Überheblichkeit des Alten. Er rühmte sich letzthin in Kürze wie ein Ritter ohne Furcht und Tadel die Außenschwelle zu überschreiten, wenn nötig über die Pummelgestalt des Verwalters. Nur zu, nur zu, kicherte Rickman unter der Hand als er das hörte, denn er wurde sich seiner Sache immer sicherer seit ihm zu Ohren kam, daß Hennig neuerdings häufig am oberen Treppengeländer saß. Das Schicksal nahm ihn mal wieder auf seine Flügel, er brauchte es bloß lenken. In der Tat sah er Jupp Hennig dort sitzen, wo er mit lauernden Blicken, so behauptete Rickman, das Kommen und Gehen beobachtete.

„Er heckt mal wieder etwas aus," mahnte der Verwalter, „vielleicht sogar die angekündigte Fahrt in die Freiheit. Zum Glück ist der Weg nach unten halsbrecherisch, aber paßt trotzdem auf, dem Aufschneider trau ich alles zu, sogar eine holterdiepolter Fahrt ins Verderben. Seht zu, daß das Gatter stets geschlossen ist."

So ging es eine Weile. Nichts ungewöhnliches geschah. Nur die Spannung zwischen den beiden nahm ständig zu. Obwohl man sich bemühte einen freundlichen Umgang miteinander vorzutäuschen, spürte man trotzdem den gegenseitigen Widerwillen. Im ganzen Heim wurde man sich allmählich einig, freilich im Stillen, daß Adam Rickman weit über seine Pflichten waltete. Gewiß trug er die Last der Verantwortung für Jupp Hennig, aber ihn ständig mit Argusaugen beobachten, dazu seine Gehversuche im Keim zu ersticken, überschritt mit Gewißheit die Grenzen der Rechtschaffenheit.

Ihre Vermutungen wurden von einer Begebenheit bekräftigt, welche Adam Rickman Kepleins Mantel von den Schultern riß. Hennig bat seit Wochen man solle ihn mit Krücken versorgen, weil er damit ohne viel Mühe gehen könne. Ihm wurde jedoch auf Geheiß des Verwalters dieser harmlose Wunsch versagt, aus Gründen die sich niemand ausdenken konnte.

Als Jupp Hennig eines Tages wie üblich an seinem Platz erschien erwartete ihn eine Überraschung. Während er wie gewohnt mit beiden Händen die Gittertür ergriff um sich zur besseren Sicht aufzurichten, gab sie bei der ersten Berührung nach. Verwirrt ließ er sich wieder in seinen Krankenstuhl fallen. Das Törchen war nicht wie üblich verschlossen, sondern nur angelehnt. Er konnte sich vorerst keinen Reim daraus machen, da ihm doch bekannt war, daß sie ohne Fehl von selbst ins Schloß fiel; starke Federn sorgten dafür.

Heimlich und geschwind versuchte er sie zu schließen um den gefürchteten Ausbrüchen des Verwalters zu entgehen. Aber trotz wiederholten Bemühungen gelang es ihm nicht.

Kaum hatte die Neugier seinen Schreck übertrumpft, als er bei näherer Besichtigung die Ursache der Schwierigkeit entdeckte. Irgendwie hatte sich ein Holzspan zwischen Riegel und Führung geschoben, welcher den Bolzen verklemmte. Eben wollte er die erstbeste Pflegerin darauf aufmerksam machen als der Verwalter wie ein kaledonischer Eber um die Ecke schnaubte. Mit einem Blick schien er den Sachverhalt zu erkennen, weshalb er zu lärmen begann bis die ganze Belegschaft herbei lief.

„Zum Donnerwetter, sagt mir was ich noch tun muß um es euch in die Köpfe zu bleuen. Das Gitter bleibt zu! Versteht ihr denn nicht, daß wegen solchen Nachlässigkeiten ein Unglück geschehen kann? Kann ich denn nicht mal einen Augenblick den Rücken wenden ohne tausend Ängste ausstehen zu müssen?"

Mit diesem Wortschwall ergriff er die Tür mit beiden Händen, wobei er heftig daran rüttelte und sie knallend zuschlug; allerdings erst nachdem er mit flinken Fingern den Span entfernte.

Nichts konnte Hennig fortan von dieser Stelle fernhalten, denn sein Argwohn war erweckt, obwohl ihm zuweilen in der Geborgenheit seines Zimmers Zweifel aufkamen richtig gesehen zu haben. Immerhin lag auf dem Ganzen ein Dunst des Widersinns. Vielleicht hatte er sich doch getäuscht, möglicherweise fielen seine Augen einer überspannten Einbildung zum Opfer. Nein, und nochmal nein, begehrte er auf, denn auf seine Sicht konnte er sich verlassen, sie besaß die Zucht der Wildnis. Was führte der Mensch im Schild? Heckte er etwas aus wobei das Gittertürchen zweckmäßige Dienste leisten konnte? Oder stöberte er mal wieder im Sack der Möglichkeiten, beseelt von der Hoffnung zufällig Beweise zu finden, die sein Köhlerglaube ans Herdenwesen unterstützten? Inwiefern eine vorsätzlich oder zufällig offen gelassene Tür nützlich sein konnte, blieb ihm ein Geheimnis. Aber nicht lange. Etwas unerklärliches trug sich nun zu. Oftmals am stillem Morgen, wenn Hennig dort am Geländer saß, wurde der Frieden durch Geräusche gestört, die sich wie nahende Schritte anhörten. Wandte er den Kopf um die Ursache zu erkunden, verstummte das schlürfen wie auf Befehl. Die Stimme des Mißtrauens wurde nun immer lauter. Jemand belauerte ihn, mit Absichten die er nicht verstand. Was bedeutete die Mummerei? Versuchte jemand derbe Scherze zu treiben, ihn zu beängstigen oder unterlag dem Ganzen eine unheilvollere Bewandtnis? Wer steckte dahinter? Die Mitbewohner gewiß nicht, denn sie besaßen weder Neigung noch Wille zu solchen Possen. Auch die Belegschaft, vom Floh der Erziehung gebissen, hätten solchen Unfug entrüstet zurück gewiesen.

Mittlerweile hörte das Versteckspiel weder auf noch ließ es nach. Im Gegenteil, die verstohlenen Geräusche, sowie geisterhaften Schatten schienen jeden Morgen auf ihn zu warten. Jedoch verschwanden sie nach wie vor im Nichts, sobald er seine Aufmerksamkeit auf sie lenkte.

Einmal jedoch, während er sich schlafend stellte, näherten sich Schritte, oh so leise, leise, aber weiter geschah nichts. Als er sich dann nach einer Weile plötzlich umdrehte, huschte vor seinen Augen eine Gestalt um die nächste Ecke. Trotz der flüchtigen Sicht hätte er über einen Stoß Bibeln geschworen, daß die fliehende Gestalt dem Verwalter zum verwechseln ähnelte. Wie vom Donner gerührt starrte Hennig eine Weile vor sich hin, in der Hoffnung irgendwie Aufklärung zu erhalten. Des Wartens überdrüssig bat er schließlich eine ankommende Pflegerin ihn mit dem Verwalter in Verbindung zu bringen. Die

Absage wurde ihm klipp und klar mitgeteilt: Herr Rickman sei nicht zu sprechen, weder heute noch in absehbarer Zeit.

Tage vergingen eh sich etwas zutrug was jeden Zweifel an den Absichten Rickmans beseitigte. Eines Morgens als er zeitiger als sonst an Ort und Stelle saß, wo er tief versunken auf den neuen Tag wartete, fiel ihm der Schlüssel zum Rätsel samt Bart und Raute in den Schoß. Kaum ein Laut war zu vernehmen, weder draußen noch drinnen. Das ganze Heim schien noch zu schlafen, obwohl die unverkennbaren Schimmer des Morgens durch alle Fenster drangen. Die Stille, verbunden mit dem gedämpften Licht beruhigten ihn dermaßen, daß er begann einzunicken.

Eben wollte er den Forderungen der Müdigkeit nachgeben, da kamen hastige Schritte hinter ihm auf. Ansonsten hätte das kaum beunruhigend gewirkt, aber angesichts der jüngsten Ereignisse fühlte Hennig die Nähe eines Unheils. Gewaltsam verscheuchte er die Müdigkeit, hob den Kopf und drehte sich um. Was die Augen erblickten konnte der Sinn vorerst nicht verkraften. Adam Rickman bog wie angestachelt um die Ecke. Mit verkniffenem Gesicht steuerte er auf ihn zu. Obwohl Hennig Gefahr witterte, blieb er wie angewurzelt sitzen; teils aus Bestürzung, teils wegen seiner Unbeholfenheit. Immerhin waren ihm ja die wetterwendischen Gepflogenheiten des Verwalters bekannt. Gewohnheiten die zwar abwegig sein konnten, aber selten bedrohlich erschienen. Seinen Hang zur Erregung, meistens nur in Worten, konnte man höchstens belächeln.

Weiter kam er nicht in seinen Betrachtungen. Rickman ergriff wortlos den Stuhl. Ein Ruck, ein Dreh, gefolgt von einem Tritt, welcher das Türchen weit aufriß, alles spielte sich im selben Augenblick ab.

„Da sieht man was geschehen kann, wenn ich nicht ständig meine Augen offen halte," rief er laut, indem er den Rollstuhl rettend zur Seite schob.

Wem diese Mahnung galt, ihm oder Frau Gruber, die eben mit weit aufgerissenen Augen die Treppe hinauf kam, blieb Hennig verborgen. Während Rickman lasterhafte Schmähreden hielt worin alle Angestellten als Drückeberger bezeichnet wurden, zog er knallend das Gatter ins Schloß. Trotz dem

Wirrwarr und obwohl er eingeschüchtert nach Fassung rang, sah Hennig den geübten Griff des Verwalters, mit dem er wie zuvor den Span geschickt entfernte. Besorgt und mit väterlicher Stimme, aber vernichtenden Blicken auf die Angestellten, die sich inzwischen versammelt hatten, meinte er dann:

„Jupp, vielleicht verstehen Sie nun, warum ich solch einen Krawall mache wegen der vermaledeiten Tür, die doch als unfallsicher gilt. Ich werde sie noch heute untersuchen lassen, obwohl wenig Nutzen daraus entstehen kann, wenn wir von Leuten umringt sind die nichts wie Larifari im Kopf haben."

Mit anklagenden Blicken fuhr er fort:

„Ich bin am Ende meiner Geduld, ganz gleich was man von mir hält. Bedenkt doch einen Augenblick, wenn ihr dazu fähig seid, wie leicht ein Unglück geschehen kann, bloß weil einige von euch zu liederlich sind um sich zu vergewissern, daß die Tür auch tatsächlich geschlossen ist. Ein kleiner Rutsch, eine unverhoffte Bewegung...." weiter kam er nicht, die Worte schienen ihm zu fehlen.

Er strich sich über die leidgeprüfte Stirn, als könnte damit das Unheil vertrieben werden.

„Mein Gott, mir bricht der kalte Schweiß aus allen Poren beim Gedanken daran."

Adam Rickman senkte den Kopf wie ein Stier zum Angriff bereit. Seine Züge nahmen den Ausdruck eines Strafpredigers an. Indem die kurze, rundliche Gestalt sich zuerst duckte, dann streckte, schrie er die Versammelten an:

„Natürlich rede ich mal wieder in den Wind, aber nicht mehr lang, das verspreche ich euch. Seid auf der Hut, neue Maßnahmen sind im Anzug, die Schlamperei von gestern wird ab heute ein Ende nehmen."

Er verstummte, während er jeden einzelnen von oben bis unten musterte. Ein lauernder Zug schlich über sein Gesicht, welcher von einem listigen Lächeln verdrängt wurde, als wäre ihm ein Licht aufgegangen. Bedächtig, jedes Wort betonend fuhr er dann fort:

„Ganz so beschränkt bin ich nun auch wieder nicht. Nein, langsam geht mir ein Licht auf, man will mich in Verruf bringen, mir etwas unterstellen wodurch meine Fähigkeiten in

Frage gestellt werden. Ha, nur zu, strengt euch getrost an, mir eine Falle stellen ist nicht so leicht."

Zu Hennig gewandt fuhr er fort:

„Keine Sorge Jupp, verlassen Sie sich ganz auf mich. Noch heute wird ein Handwerker kommen um das verflixte Gatter entweder ein für allemal zu sichern oder im Notfall zu erneuern. Auf keinen Fall lasse ich es zu, daß Sie Angst haben müssen hier zu verweilen. Ich biete Ihnen meine eigene Hilfe an um das zu erwirken. Rufen Sie mich, ganz gleich wo ich bin oder was ich mache, denn Ihr Wohlwollen liegt mir nah am Herzen. Ein Wort, ein Ruf und ich steh an Ihrer Seite."

Mit diesem großmütigen Angebot schaute er sich Beifall heischend um. Jedoch niemand klatschte, keiner lobte, denn ihre Ahnung sagte mehr als die Worte des Verwalters. Er hätte die Einladung genauso gut in alle vier Winde verteilen können, wo sie wahrscheinlich besseren Anklang gefunden hätte.

Jupp Hennig hatte sich inzwischen wieder einigermaßen gefaßt, obwohl ihm alles wie ein böser Traum vorkam. Allerdings muckste er sich nicht, ihn beseelte bloß ein Wunsch, nämlich, in die Geborgenheit seines Zimmers zu gelangen. Kaum machte er Anstalten sich dahin zu rädeln als sich viele Hände reckten und viele Füße in Bewegung setzten, denn man erkannte die Gelegenheit einer heiklen Lage zu entrinnen. Sie hätten sich die Mühe sparen können; Rickman kam ihnen zuvor. Trotz seinen kurzen Beinen, ungehindert der beleibten Gestalt, schnellte er geradezu auf den Krankenstuhl hin, welchen er mit beiden Händen siegesgewiß in Bewegung setzte.

„Erlauben Sie mir Jupp, ich möchte mich an die Handhabung des Stuhles gewöhnen, damit in Zukunft keine Schwierigkeiten mehr aufkommen," meinte er.

Er wiederholte seine Bereitschaft ihm stets behilflich zu sein, sei es bei Tag oder Nacht.

Kaum fiel die Tür hinter Rickman zu, als sich in Hennig die Schleusen der Vorstellungen weit öffneten. Anfänglich gelang es ihm nicht, trotz aller Mühe, die ungestümen Eindrücke zu ordnen. Woge um Woge von wüsten Gedanken stürzten über ihn her. Mit aller Gewalt versuchte er die jüngsten Geschehnisse ins Licht der Vernunft zu zerren. Während diesen krampfhaften Bemühungen überkam ihm ein neues Übel: Das fratzenhafte Gespenst der Furcht, jene Regung, die aus jedem Ton ein Getose macht, dazu hinter jedem Lächeln Hinterlist vermuten läßt, bis man im Schlund der Ahnung Sinn und Verstand verliert.

Als es ihm schließlich gelang die Zerrbilder seiner Einbildungen einigermaßen zu beschwichtigen, drängte sich eine unwiderstehliche Erkenntnis in den Vordergrund, nämlich, daß der ganze Hokuspokus nur einen Zweck erfüllte: Einen Anschlag auf ihn zu vertuschen. Der Verwalter verübte ein ruchloses Spiel, welches sein wahres Vorhaben verschleiern sollte, nämlich, ihn, samt dem Krankenstuhl, die steile Treppe hinunter zu schleudern. Das Gattertürchen wurde vorsätzlich offen gelassen um vor allen Augen zu beweisen wie leicht ein Unfall geschehen kann, zwar ein verhängnisvoller. Man wollte ihn meuchlings ermorden, darüber bestand kein Zeifel mehr, denn einen solchen Sturz konnte niemand überleben.

Daß jemand solch einen vernichtenden Haß auf ihn haben sollte, raubte ihm jegliches Selbstvertrauen. Er fühlte sich wie gerädert, an Leib und Seele gelähmt. Noch nie zuvor lastete das Gewicht seiner Jahre so schwer auf ihm. Nichts erschien ihm triftig genug um seinen Tod absichtlich herbei führen zu wollen. Weder sein schrulliges Wesen, geprägt von der großen Einsamkeit des Nordens, noch sein bärbeißiges Äußeres, das ihm als Tarnung diente um seine Hilflosigkeit zu verbergen, sollte ein Grund sein für solch eine gemeine Tat.

Inzwischen erschienen die Schatten des Abends über den Bergen, stetig krochen sie über das Wasser, zwischen den verankerten Frachtern hindurch bis die Nacht sie schließlich verschlang. Es wurde stiller, denn sogar der unbändige Schrei der Möwen verstummte in der Dunkelheit. Hennig war dankbar für das günstig gelegene Zimmer mit dem Blick aufs Meer und die Berge. Lichter begannen mehr und mehr aufzuflammen, zögernd, als scheuten sie sich den Frieden zu stören. Wie Irrwische im Schilf tanzten die gelben Strahlen von Schiff zu Schiff. Unheimlich, aber trotzdem beruhigend wirkte die geisterhafte Stille.

Hennig begann seine Lage zu erwägen. Heilsam war sie nicht, denn im Grunde genommen blieb er dem Verwalter hilflos ausgeliefert. Sich beschweren, bei wem, obendrein über was? Wilde, unbegründete Anschuldigungen würden mit Gewißheit seine Lage nur verschlimmern. Wer sollte einem Außenseiter Glauben schenken, gegenüber einer Säule der Gesellschaft? Wo blieben die Gründe, welche bestenfalls sehr schwierig zu finden wären. Nein, er besaß nur sich allein, nur er selbst konnte sich aus dieser gefährlichen Lage befreien. Wie, wußte er allerdings im Augenblick nicht.

Die vertäuten Schiffe begannen sich nun wie im Takt zu senken und heben. Die Lichterstrahlen verwandelten sich in feurige Lanzen die bedrohlich auf ihn zukamen, jedenfalls empfand er es so. Das rauschen in den Tannen, so besänftigend zuvor, hörte sich nun an wie tausend fauchende Mänaden, die sich vor seinem Fenster versammelten. Sogar die Stimmen der Fußgänger knirschten in seinen Ohren als wollten sie ihm das Trommelfell zerbersten. Am liebsten hätte er seine Not zum Fenster hinaus geschrien, nur die angewohnte Zucht der Wildnis hinderte ihn daran.

Was war zu tun? Wie konnte vermieden werden, daß er nicht mit zersplitterten Knochen am Fuß der Treppe ein unwürdiges Ende fand? In der Tat, wie? Hatte die Vorsehung gesprochen, mußte er sich fügen? Es gab vielleicht einen Ausweg, nämlich, mit dem Verwalter Frieden schließen, ihn um Verzeihung bitten; für was, wußte er allerdings nicht. Bei dem Gedanken daran begann sein Herz so heftig zu schlagen, daß dabei sein alter Kampfgeist wieder erwachte. Er reckte sich so gut er konnte, denn die Lösung stand plötzlich klar vor seinen Augen. Alles wurde nun taghell, seine Beklemmung wurde von den scharfen Winden der Entschlossenheit zerfegt.

„Nimm dich in Acht, Herr Alltagskerl, dein Ruhm geht dem Ende zu," knirschte er leise zwischen den Zähnen hervor.

Händereibend malte er sich aus wie er dem hinterlistigen Wichtigtuer einen unvergeßlichen Denkzettel verabreichen würde. Die Frage wie, konnte leicht beantwortet werden. Wie bereits erwähnt fühlte sich Hennig rüstig genug um auf Krücken zu gehen, die ihm freilich verweigert blieben. Eigentlich war er imstande auf seinen Beinen zu stehen und im Zimmer auf und ab zu laufen. Doch hielt er es absichtlich geheim um eines Tages vor allen Augen einen Auftritt zu geben, der selbst dem Verwalter das Zittern lehren sollte. Alle

Gehversuche wurden deshalb in seinem Zimmer hinter verschlossener Tür ausgeführt.

Mit dem Eifer eines Zeloten ging er jetzt an die Arbeit, jeder verfügbare Augenblick wurde nun zu Gehübungen benutzt. Die anfänglich nebelhaften Vorstellungen seines Vorhabens nahmen inzwischen greifbare Formen an. Die Stunde der Entscheidung, der Vergeltung, rückte unerbittlich näher, sie hing lediglich von seinem Willen ab. Allein der Gedanke nicht machtlos den Schlichen des Verwalters ausgesetzt zu sein, verlieh ihm übermenschliche Kräfte. Stechende Schmerzen, quälende Zweifel, zerstieben in der Erwartung, Adam Rickman bald auf alle Zeiten das Handwerk zu legen.

„Warte nur, Herr Unbedingt, dein Süppchen ist gekocht, es muß nur noch aufgetischt werden."

Mittlerweile mied er mit Bedacht das Gitter an der Treppe, zwar nicht völlig, aber zu gewissen ruhigen Stunden. Verdacht durfte keiner aufkommen, weshalb Rickmans helfende Hände zuweilen angenommen wurden, aber nur in Gegenwart von anderen.

Endlich war es soweit. Das trübe Wetter verwandelte sich mit einem Mal in lachenden Sonnenschein, der den Boden erwärmte und den Saft unter den Rinden der Bäume hochtrieb. Der Frühling zeigte nach langen Regentagen sein freundliches Gesicht. Die japanischen Pflaumenbäume öffneten ihre Knospen fast über Nacht. Blaurote Blüten prangten straßauf, straßab mit einer Pracht die jedes Herz erwärmte. Sogar die Bejahrten und Schwergeprüften vergaßen gebückt zu gehen.

Hennig begab sich nun wieder öfters an seinen Platz oben an der Treppe. Die Hilfe des Verwalters nahm er nun stets dankbar an. So fürsorglich hatte sich schon seit langem niemand um ihn gekümmert.

„Wie fühlen Sie sich heute, alter Haudegen?" erkundigte sich Rickman im scherzhaften Ton.

„Nicht so gut," kam die verdrießliche Antwort.

„Ihre Beine, geht es besser damit?"

„Überhaupt nicht, eher schlechter. Ich weiß beim besten Willen nicht mehr wo das enden soll. Sogar das Aufstehen bereitet mir zunehmend größere Mühe. Der Weg vom Stuhl zum Bett streckt sich von Tag zu Tag."

„Nur keine Ziererei, sollten Sie Hilfe brauchen, ein Wort genügt, und ich bin an Ihrer Seite," munterte er ihn auf.

Kaum betrat Adam Rickman eines Abends sein Zimmer, da merkte Hennig sogleich die veränderte Stimmung. Wie ein Pfeilschuß durchfuhr ihn die Erkenntnis: Jetzt ist es soweit, heute soll es sein. Die Anzeichen waren klar erkennbar, von der knisternden Stimmung, welche die mopsige Gestalt des Verwalters umwitterte, bis zu seinem geheimnisvollen Getue. Auf der sonst einfältigen Miene wucherten die Zuckungen des Ränkeschmiedes. Er kisterte geradezu:

„Verzeihung Jupp, daß ich Sie störe, aber ich kann meine Begeisterung einfach nicht mehr zähmen."

„Oh, was gibt es denn?" fragte Hennig.

„Ich muß es Ihnen zeigen, zur Erklärung fehlen mir die Worte."

„Wo wollen Sie mir etwas zeigen?"

„Oben an der Treppe," kam die erwartete Antwort.

„Ist es nicht etwas spät?" wandte Hennig mit gespielter Besorgnis ein.

„Nicht wenn ich bei Ihnen bin. Auf, Bruder Lustig, ich warte dort auf Sie. Es lohnt sich, glauben Sie mir, die Sicht ist unvergleichlich."

Mit diesen Worten verließ er das Zimmer.

Jupp Hennig wußte Bescheid, denn solch eine Gelegenheit kam nicht so schnell wieder. Die ganze Belegschaft, vom Putzer bis zum Vorstand, samt den Insassen nahmen an der Jahresfeier im großen Saal teil. Niemand der Beine hatte fehlte, außer Rickman, der sich heimlich entfernt hatte. Säumen durfte er nicht, weil man bald nach ihm rufen oder ihn suchen würde. Die heimtückische Tat mußte somit ohne zögern ausgeführt werden, was jedoch nicht ohne sein Mitwirken geschehen konnte. Ein merkwürdiges Gefühl bemächtigte Hennig, eine prickelnde Erregung, gemischt mit Angst und Erwartung kroch ihm unter die Haut. Gegensätzliche Gedanken umschwirrten ihn, von der Flamme der Rache erhitzt, vom Lüftchen der Furcht gekühlt. Er übekam jedoch seine Bedenken und räderte hinaus. Voller Ungeduld kam Rickman auf ihn zu, wortlos ergriffen seine Hände die Rückenlehne, wonach er zügig vorwärts schritt. Hennigs scharfes Auge entdeckte sogleich den Span in der Sperre, ferner merkte er wie verlassen die ganze Umgebung war. Viel Zeit zum umsehen bestand nicht, denn alles geschah nun so schnell, daß ihm der Wind um die Ohren pfiff. Im Nu standen sie am Gatter, welchem Rickman einen kräftigen Tritt versetzte, daß es an der anderen Seite abprallte. Im selben Augenblick verabreichte er dem Rollstuhl einen heftigen Stoß, daß er fünf Stufen auf einmal übersprang.

„Ha, den hab ich los," zischte er vor sich hin.

Er ging mit solch einem geballten Eifer voran, daß ihm zunächst etwas Entscheidendes verborgen blieb, nämlich, der sich überschlagende Stuhl war leer. Hennig hatte sich im letzten Augenblick, mit einem zu diesem Zweck eingeübten Sprung, aus den Polstern entfernt. Rickman wollte sich eben händereibend zurück ziehen als er Jupp Hennig sah, der sich krampfhaft am Geländer festhielt. Verdutzt blickte er von dem mittlerweile still liegenden Stuhl auf den feixenden Mann. Er beutelte sich wie ein nasser Hund, bis die gestutzten Haare von Schläfe zu Schläfe flogen. Dann ging ihm ein Licht auf. Sein innerstes Wesen sträubte sich erstmal die Wahrheit einsickern zu lassen; er rieb sich wiederholt die Augen. Als die grinsende Gestalt erkennbare Umrisse annahm, stürzte er sich mit einem gurgelden Schrei auf den Alten, der mit aller Kraft das Geländer umklammerte.

„Hund, elender Hund," brüllte er mit überschlagender Stimme, indessen beide Hände seinen Hals umklammerten.

Nur das rechtzeitige Auftauchen etlicher Pflegerinnen, angelockt von dem Lärm, retteten Hennig vor dem sicheren Erdrosseln.

„Um Himmels willen, Herr Rickman, Herr Rickman, was machen Sie denn? Sind Sie von Sinnen?" rief Frau Gruber entsetzt, während viele Hände versuchten ihn zurück zu halten.

Aber der aufgebrachte Mann war nicht zu besänftigen, er ließ nicht locker. Seine Hände umfaßten verbissen den Hals des Alten. Erst als männliche Hilfe erschien, mit kräftigen Händen und größerer Entschlossenheit, ließ er von seinem Opfer ab, wonach er wie ein Eber schnaubend seinem Arbeitszimmer entgegen hetzte.

Inzwischen versammelte sich die ganze Schar. Auch die Alten, soweit sie gehfähig waren, kamen angeschlürft. Ein entsetzlicher Wirrwarr brach nun aus. Erregte Stimmen schallten von Wand zu Wand, indessen alles was Füße hatte von Stelle zu Stelle drängelte.

„Was ist geschehen, was macht der Stuhl da unten? Wo ist Jupp Hennig?"

„Zu Hilfe, zu Hilfe. Herr Rickman, schnell, schnell, kommen Sie," erscholl es von allen Seiten.

In dem Durcheinander beachtete man Hennig nicht, weil man ihn unten auf der Diele vermutete, wahrscheinlich tot. Erst nach einer Weile gewahrten sie ihn an einen Pfosten gelehnt. Erstaunt knuffte man sich mit den Ellbögen und rieb sich die Augen. Daß Jupp Hennig, der Lahme vom Norden, vor ihnen stand, glaubte anfangs niemand. Doch schließlich sickerte die Erkenntnis sogar in das schwerfälligste Hirn. Der Malefizkerl! Hatte er nicht versprochen demnächst auf eigenen Beinen die verstaubten Hallen zu verlassen? In der Tat, er war echt wie sein Wort.

Der Lärm begann sich zu legen, eine völlige Stille trat nun ein, worauf Jupp Hennig angespannt gewartet hatte; es war das Zeichen für seinen Auftritt, die Vorstellung konnte beginnen. Unter den erstaunten Blicken der Versammelten ging er mit rüstigen Schritten der Treppe entgegen. Die aahs und oohs, teils erschreckt, teils bewundernd, mißachtend, setzte er den Fuß auf die erste Stufe. Weiter kam er nicht, alles begann sich plötzlich um ihn zu drehen, die ganze Treppe schien sich von unten bis oben in alle Richtungen zu bewegen. Vom Schwindelgefühl ergriffen umklammerte er mit bleichen Knöcheln das Geländer, während seine Augen hilfesuchend an den Umstehenden hingen.

Die rüde Faust der bitteren Erkenntnis traf ihn wie ein Schlag mitten ins Gesicht. Gewiß hatte er mit Fleiß und Schweiß das Gehen und Aufspringen geübt, aber leider nur auf ebenem Boden, dazu in der Sicherheit einer gewohnten Umgebung. Wie nun alles anders aussah. Unendlich steil erschien ihm der Weg nach unten, die Stiege schwankte wie eine Jakobsleiter. Mit schlotternden Gliedern sank er nieder. Er wäre unfehlbar dem Wrack auf der Diele gefolgt, hätten ihn nicht hilfreiche Hände aufgefangen. Mit viel Getue, sowie tröstenden Worten wurde er in die Polster eines schnell herbei gebrachten Krankenstuhls gesetzt. Kaum saß er darin als ein peitschender Schuß ertönte. Alle Köpfe wandte sich den Räumen des Verwalters zu. Sie nickten, denn sie verstanden.

Eine seltsame Begebenheit

*K*atherine Simmer saß schon eine ganze Weile wie auf glühenden Kohlen. Wiederholte Blicke auf die Wanduhr wurden von Worten begleitet wie: „Die Uhr steht doch, die Uhr geht nach." Sie schlug die Hände über den Kopf zusammen: „Noch eine Stunde, wer hält denn das aus," jammerte Frau Simmer, während sie hin und her schritt.

Stefans erwarteter Besuch beunruhigte sie. Warum? Nun, er war unterwegs zu ihr und ließ durchblicken, daß er eine wichtige Mitteilung zu vermitteln hatte, hinsichtlich des tötlichen Unfalls ihrer Schwester.

Frieda Fuchs, Stefans Frau und Frau Simmers Schwester, verlor ihr Leben in einem reißenden Fluß, vor genau einem Jahr. Ihr Leichnam wurde nie gefunden. Diese Tatsache wurde von Stefan, ebenso von Katherine und ihrem Mann Heinrich, mehr beklagt, als ihr bedauernswertes Mißgeschick.

Katherine wurde nachts von Alpdrücken geplagt und tagsüber beschlichen sie düstere Ahnungen, wie jetzt zum Beispiel. Was wollte Stefan ihr mitteilen? Friedas Mißgeschick wurde bereits zur Genüge erörtert. Hieß der gerichtliche Befund nicht eindeutig Tod durch Unfall?

„Schwamm darüber," polterte ihr Mann, unverkennbar mißgestimmt, wenn das Gespräch von Friedas Tod in seiner Gegenwart aufkam.

Auch Frau Simmer hatte genug von den Mutmaßungen und Anspielungen, die sich nicht zu Grabe tragen ließen. Etwas war faul an der ganzen Sache, welche zunehmend einen breiten Pfad zu einem ungelüfteten Geheimnis schlug.

Wie erwähnt litt Katherine an einer unergründlichen Ahnung. Mißtrauen gegen ihren Schwager wucherte seit dem ersten Tag in der sittenstrengen Frau. Als ihre Schwester mit nassen Augen ihr von Stefans Untreue erzählte, verwandelte sich ihr Argwohn in feindliche Gesinnung. Nach dem rätselhaften Unglück Friedas, belauerte sie ihn mit Argusaugen. Frau Simmer ahnte viel, doch wußte wenig. Seit Friedas Ehe mit Stefan Fuchs wurde das friedliche Heim der Simmers zu einem Unruheherd. Anspielungen und Mutmaßungen waren an der Tagesordnung, manche gut gesinnt, andere bösartig. Heinrich Simmer äußerte hemmungslos sein Mißfallen am Zuwachs der Familie:

„Ich sehe ihn als einen Mann mit dem Blick eines Jettaturen, der Gesinnung eines Duckmäusers, außerdem wirft er einen üblen Schatten."

Obwohl seine Frau ihm solche Redensarten verübelte, teilte sie insgeheim seine Meinung. Stefan Fuchs erfüllte keineswegs ihre Vorstellung eines Schwagers. Seit dem Tod ihrer Schwester verstärkte sich ihre Abneigung ihm gegenüber. Warum, ist leicht zu erklären: Der geprägte Miesepeter verwandelte sich in einen regelrechten Eisenfresser und Lebemann. Freilich mußte Katherine gestehen, daß die Ehe ihrer Schwester schon längst nicht mehr mit Rosen behängt war. Folglich war Stefans Frohsinn verständlich. Der Tod seiner Frau mußte ihn doch eher ermutigen als bedrücken. Schon, schon, sagte man vielerseits. Aber warum die Gleichgültigkeit so kurz nach ihrem Tod so öffentlich zur Schau stellen? Katherine hatte ihrer Schwester ein gnädigeres Schicksal gewünscht, ebenso einen edel gesinnteren Mann.

Wie schon erwähnt betrachtete sie Stefan Fuchs mit Augen die mehr vermuteten als sie wahrnahmen. Heute war Friedas Todestag. Kurz vor Einbruch der Dunkelheit stürzte sie vor den Augen ihres Mannes in den tief unten fließenden Coquihalla, aus dem sie bis heute nicht geborgen wurde.

Katherine wurde immer unruhiger. Während sie wie ein gefangenes Tier von Wand zu Wand lief, gingen seltsame Vorstellungen durch ihren Kopf. Unter anderen Stefans wiederkehrender Mißmut. Ja, der tänzelnde Lebemann wurde zum Tapergreis, der sich wie eine aufgewärmte Leiche hilflos fortbewegte. Ohne Zweifel belastete ihn mehr als böse Ahnungen, vermutete Katherine. Ihm saß gewiß die Furcht im Nacken und Blei haftete an seinen Füßen. Frau Simmer,

Stefans verschworene Widersacherin, fühlte sich gehemmt seinen Zustand zu beschreiben; der Mann sah fürchterlich aus.

„Hat es etwas mit dem Wetter zu tun?" fragte sie ihren Mann."

„Hm, mag sein. Immerhin liegt schon eine ganze Weile eine Bruthitze über den Bergen."

„Und eine ungewöhnliche Trockenheit," bemerkte seine Frau.

Sie schaute betreten um sich, dann auf ihren Mann: „Heinrich, nagt nicht etwas an Stefan?"

„Ja, der Zahn des Gewissens."

Einen Monat danach erreichte Katherine Stefans Nachricht, er muß ihr etwas wichtiges mitteilen. Nun wartete sie auf ihren Schwager mit Ungeduld und Bedenken. Er hatte sich verspätet. Endlich klopfte es. Mit zwei Sätzen war sie an der Tür und öffnete sie mit einem Ruck. Beinahe hätte Katherine sie wieder zugeschlagen. Mit Entsetzen schaute sie auf die Gestalt. Ohne Zweifel war es Stefan, doch sein Aussehen erschreckte sie ungemein.

„Den beißen die Angstläuse," war ihr erster Gedanke.

Sie hieß ihn eintreten, allerdings mit Argwohn im Herzen. Katherine betrachtete ihn verstohlen, während ihr so manches durch den Kopf ging. Ja, sie mußte sich gestehen, Stefan hatte sich verändert. Aus dem einstigen schroffen Mann wurde ein reumütiger Tapergreis. Wie Damokles unter dem Schwert saß er da, verstört und wie gelähmt.

Frau Simmer befand sich in Verlegenheit. Sollte sie den Schwager, treulosen Schwager, als einen Ganelon betrachten oder einen Schwächling der vom Gleis geraten ist? Katherine war keine Mimose. Sie hörte und sah so manches, doch nahm wenig für bare Münze. Ihr Ahnungsvermögen reichte tiefer als ihr Verstand.

Während sie noch die Lage erwägte, durchzuckte sie ein Gedanke: Friedas Unfall kam ihr nach wie vor schleierhaft vor. Zwei Dinge bewegten sie: Stefans Aussagen und die Tatsache, daß Friedas Leiche nie gefunden wurde. Seine eidesstattlichen Erklärungen beeinflußten sie nicht sonderlich. Stefan war schon immer ein begnadeter Lügner, dessen erbitterter Feind die Wahrheit war. Die Sache mit der unauffindbaren Leiche kam Katherine schon immer rätselhaft vor, dreifach umwickelt mit Schichten des Zweifels. Sie wußte aus sicherer Quelle, daß jeder Quadradmeter des Coquihallas durchkämmt wurde, und das mehr als einmal. Erfahrene Taucher, bewährt in tosenden Flüssen und reißenden Bächen, bemühten sich die verunglückte Frau zu finden. Alle Mühe erwies sich als erfolglos.

Stefan Fuchs schien in Verlegenheit zu sein, die sich merklich steigerte. Er scharrte mit den Füßen, hüstelte befangen und trommelte mit den Fingern auf den Tisch, während seine Augen unstet hin und her schweiften.

Katherine musterte ihn mit unverhohlener Schadenfreude. Sie wußte aus eigener Erfahrung von den Qualen der Unentschlossenheit, welche Stefan bedrängten. Kam er nicht um ihr etwas mitzuteilen? Warum druckste er herum? Vielleicht wollte er ein Geständnis ablegen, eine Beichte, um die Stimme des Gewissens zu beruhigen, die bekanntlich zehn Stentorenlungen besitzt.

Das längere Schweigen machte Frau Simmer befangen. Sie bemühte sich eine Unterhaltung in Gang zu bringen, doch die ungewöhnliche Hitze verhinderte es.

„Ah, das ist die Gelegenheit," meldete sich eine innere Stimme.

„Heiß, nicht wahr?" bemerkte sie wie so nebenbei.

Stefan zuckte erschreckt zusammen:

„Was meinst du?"

„Nichts weiter als was ich eben sagte," erwiderte sie.

Dann geschah etwas unvorhergesehenes. Was Katherine bewegte falsche Behauptungen zu machen, hätte sie nicht sagen können, genauso wenig was sie damit bezweckte. Doch die Folgen erwiesen sich als schicksalhaft. Ihre Lüge brachte den berüchtigten Stein ins rollen, der einen Geröllsturz auslöste.

Katherine juckte der Übermut, überdies wollte sie den Schwager zwingen die angekündigte Mitteilung zu machen. Nun, sie hatte sich verrechnet, Stefan stand nicht der Sinn danach.

Sie schien sich an etwas zu erinnern:

„Eh ich es vergesse, Heinrich und ich besuchten vorigen Sonntag die Unglücksstelle," log Katherine.

„Warum denn?" fragte Stefan unwirsch.

„Gute Nachrichten, Schwager, sehr gute Nachrichten. Der Wasserstand des Coquihallas fällt beinahe täglich. Heinrich meint, sollte die Trockenheit und Hitze anhalten, müßte die Leiche Friedas bald gefunden werden."

Weiter kam sie nicht. Trotz seines erbärmlichen Zustands fuhr Stefan ruckartig auf und näherte sich ihr schnaubend. Katherine schaute erschrocken auf. Sie hob die Hände zur Abwehr. Der Anblick seines entstellten Gesichtes wie auch seine drohende Haltung, erheiterte sie freilich mehr als es sie erschreckte.

Plötzlich durchfuhr Frau Simmer ein Gedanke, so unvorstellbar, daß ihr ein kalter Schauder über den Rücken lief. Warum verlor Stefan die Fassung bei ihrer Bemerkung, daß bei anhaltender Trockenheit Friedas Leiche womöglich gefunden wird? Ist er nicht ebenfalls bestrebt ihr ein christliches Begräbnis zu geben? Sie warf einen forschenden Blick auf ihn. Stefan schien unschlüssig zu sein wie er sich verhalten sollte. Zwei Absichten spiegelten sich in seinem Gesicht: Fliehen oder streiten; er verließ das Haus. Doch zwischen Tür und Angel drehte er sich um:

„Friedas Leiche wird nie gefunden werden," orakelte er.

Gegen Abend kam Heinrich von der Arbeit zurück. Katherine fiel mal wieder mit der Tür ins Haus:

„Stefan war hier," verkündete sie.

Kaum waren die Worte über ihre Lippen getreten, da bereute sie es. Die Gründe waren stichhaltig. Heinrichs abweisende Miene bedrückte sie mehr als zügelloser Tadel. Sie kannte seine Abneigung gegen ihren Überschwang. Überdies wollte er nichts hören von Stefan Fuchs, noch weniger ihn sehen. Er gab sich einen Ruck:

„Was wollte er schon wieder?" fragte er nicht gerade freundlich.

„Mir etwas mitteilen."

„Tat er es?"

Katherine verzog ihren Mund.

„Mehr oder minder. Er machte eine Prophezeiung."

Heinrich schaute verärgert auf seine Frau:

„Hör auf zu orakeln, komm zur Sache."

Katherine nickte:

„Stefan sagte, daß Friedas Leiche nie gefunden wird."
Heinrich horchte auf, doch er sagte nichts.

Stefans Voraussage wäre wahrscheinlich zugetroffen ohne
Amalia Pilger. Vom ersten Tag an mißtraute die hartnäckige
Frau von der Prärie, wo drückende Not und helle Freude Hand
in Hand gehen, dem wetterwendischen Nachbar. Sie nahm kein
Blatt vor den Mund. Ermutigt von ihrer Zuneigung für Frieda
Fuchs, angefeuert von einem schwelenden Mißtrauen gegen
Stefan, beachtete, nein, verfolgte, sie ihn mit einem
unlöschbaren Rachedurst.

„Seine Weste ist nicht rein," dachte sie und sagte es auch
rückhaltlos.

Sie wurde teils verlacht, teils gerügt und auf Tatsachen
aufmerksam gemacht:

„Der Fluß wurde von Tauchern gründlich abgesucht,
zweihundert Meter flußaufwärts und runter bis zur großen
Sandbank."

Ja, so verhielt es sich.

„Na, liebe Frau Pilger, bedenken Sie doch, da könnte nicht
mal ein kleines Tierchen unsichtbar bleiben, geschweige denn
eine wohlbeleibte Frau," wurde ihr verbindlich gesagt.

Was sie hörte, leuchtete ihr ein, aber dennoch blieb Amalia
beharrlich:

„Stefan Fuchs verbirgt etwas, er sagt nicht die ganze
Wahrheit," behauptete sie nach wie vor.

Obwohl Frau Pilger nichts beisteuern konnte, versäumte sie
keine Minute der Gerichtsverhandlung. Stefans eidesstattliche
Aussagen brachte ihr Gleichgewicht arg ins wanken. Sie fand
sie nicht nur unglaubhaft, sondern frei erfunden. Mit einem
nassen Auge und einer Leichenbittermiene, sprach er vom
Verlust seiner Frau, welcher er treu ergeben war. Frau Pilger
wollte Einspruch erheben. Er war weder treu noch ergeben, das
wußte die ganze Nachbarschaft, vornehmlich die Weiblichkeit.
Kaum stand sie auf und erhob die Hand, zog Katherine ihre
Freundin zurück:

„Nicht die Fassung verlieren, meine Liebe, bleiben Sie
ruhig," ermahnte sie.

Die zwei Frauen hatten vor Gott dem Herrn geschworen,
Stefan Fuchs zur Strecke zu bringen. Bis jetzt war es nicht

einfach. Beide waren sich einig, daß er Schuld am Tod seiner Frau trug; doch inwiefern? Sobald die Frage aufkam, schauten man sich fragend an.

Frau Pilger erhielt eine Nachricht die sie zu tiefst erschütterte:

„Komm sofort, Mutter ist schwerkrank."

Amalia verlor keine Zeit. Sie packte ihren Koffer und bestieg den nächsten Zug nach Regina. Als sie ankam lag die Mutter im Sterben. Das Begräbnis fand drei Tage später statt.

Amalias lange Abwesenheit von der Stätte ihrer Kindheit und Jugend hatte ihre tiefe Liebe für das Leben in der Prärie nicht vermindert. Ihre hartnäckigen Verwandten nahmen den Verlust gleichmütig hin. Auf der gnadenlosen Ebene, wo sich Not und Überschwang die Hände reichen, wurde mehr gehandelt als getrauert, vor allem zur Erntezeit.

Auf dem Rückweg hatte Amalia Zeit die Lage nochmals zu durchdenken. Die Ehe der Fuchses mag im Himmel zustande gekommen sein, doch sie ging bald den irdischen Weg. Friedas Leid war in der ganzen Umgebung bekannt. Ihr Mann, der nie ein Buch aufschlug, geschweige denn darin las, kannte das Leben Casanovas, dessen Gepflogenheiten er mit glühendem Eifer nachahmte. Harmlose Seitensprünge nannte er seine Ehebrüche, die schließlich einem Mann gebührten.

„Das nimmt kein gutes Ende," meinte Amalia.

Auch Katherine war derselben Meinung.

Als der Zug die große Wasserscheide überquerte, war Amalia noch tief in Gedanken versunken. Sie sah weder die Eisfelder noch hörte sie die aahs und oohs der staunenden Fahrgäste, die aus dem wundern nicht heraus kamen.

Der Zauber des Felsengebirges ließ Amalia unberührt, ihr ganzes Sein beschäftigte sich mit Friedas Schicksal; vornehmlich die Tatsache, daß man ihre Leiche nicht finden konnte. Sie las die Niederschrift der Verhandlung wiederholt durch. Außer Stefan Fuchs waren keine Zeugen vorhanden. Polizeiberichte wurden vorgelegt, die weder Hand noch Fuß hatten. Sie hinterließen den Eindruck, daß so manche Meldungen frei erfunden waren. Die eidesstattliche Aussage Fuchses kann folgendermaßen wiedergegeben werden:

„Wir verbrachten schöne Tage in der einsamen Wildnis, bis

es anfing zu regnen. Frieda wurde seltsam unruhig."
„Wie meinen Sie das?" fragte der Obmann.
Stefan druckste herum bis ihn der Obmann rügte:
„Wir warten, Herr Fuchs," drängte er ihn nicht gerade
freundlich.
Stefan räusperte sich, eh er heraus platzte:
„Sie verlor sichtlich die Nerven."
Der Richter forderte ihn auf näher zu erklären.
„Frieda benahm sich zunehmend unerträglicher. Sie lief
ziellos hin und her, während sie die Wolken vom Himmel
runter jammerte.
„'Wir müssen zurück gehen, ich fühle mich unwohl. Hörst
du, Stefan, ich bin krank, krank an Leib und Seele.'
"Endlich willigte ich ein. Ich forderte sie barsch auf zu
packen. Frieda atmete erlöst auf, sie machte sich an die Arbeit.
Plötzlich erscholl ein gellender Schrei, der mir durch Mark und
Bein ging. Erschreckt fuhr ich auf. Was meine Augen sahen,
konnten meine Sinne kaum bewältigen. Frieda stand am Rand
der Schlucht, sie schien in arger Bedrängnis zu sein, nach
ihrem Benehmen und Hilferufen zu urteilen."
"Erläutern Sie schon," forderte der Obmann.
"Sie taumelte und schrie: 'Stefan, Stefan, hilf mir.' Eh ich
sie erreichte verschwand sie vor meinen Augen. Ich war weder
im Stande zu denken noch zu handeln."
Frau Pringel verließ den Gerichtssaal in einer Wolke des
Ärgers. Sie hatte genug gehört und gesehen. Es war mehr als
Leib und Seele ertragen konnte.
Amalia kam nach zwei Wochen von Regina zurück. Das
Wetter blieb weiterhin heiß und trocken. Am folgenden Tag
erschien Fuchs bei ihr. Sein Anblick ließ sie zurück schrecken.
Durfte sie ihren Augen trauen? Stand tatsächlich Stefan Fuchs
vor ihr oder war es ein wildfremder Mensch? Die Merkmale
eines Eisenfressers und Schürzenjägers, einst so deutlich
hervor gehoben, waren verschwunden. Wahrhaftig, der Mann
ähnelte einer aufgewärmten Leiche, gelinde gesagt. Furcht
schien ihm in den Knochen zu stecken, schwere Lasten beugten
seinen Nacken, der flotte Weiberheld von einst schien
ausgeschäkert zu haben. Sie rief bestürzt aus:
„O jerum, Herr Fuchs, was ist geschehen? Hat meine kurze

Abwesenheit Sie aus dem Gleichgewicht geworfen?"

Es muß erwähnt werden, Frau Pringel besaß eine spöttische Ader. Eigentlich war ihre Anspielung nicht unbegründet. Stefan Fuchses Auge haftete schon lange an der eigenwilligen Frau. Allerdings nicht heute. Nein, Stefan warf nicht mal einen flüchtigen Blick auf sie. Offensichtlich hatte Amalia ihren Zauber für den Schwerenöter verloren. Fuchs fiel mit der Tür ins Haus:

„Verflixtes Wetter," stöhnte er.

Verwundert fragte Amalia:

„Was ist verkehrt mit dem Wetter?"

Stefan brauste auf:

„Da fragen Sie noch. Wenn die Trockenheit weiterhin anhält versiegen die Flüsse."

„Na ja, was macht das schon," meinte sie.

Fuchs starrte sie betroffen an, dann wandte er sich ruckartig um und verließ wortlos das Haus. Sein flegelhaftes Benehmen verletzte Amalia. Sie machte Anstalten ihm zu folgen. Eine Strafrede lag ihr auf der Zunge. Doch sie blieb wie angewurzelt stehen. Eine plötzliche Eingebung hielt sie zurück.

Am nächsten Tag begegnete sie Julia Rudnick im Dorf. Die zwei Frauen hatten viel gemeinsam. Gleiches Alter, ähnliche Gesinnung und sie sangen vom Recht der Frauen mit lauter Stimme. Beide waren geschieden und priesen sich deswegen.

„Julia, sind Sie in letzter Zeit unserem Casanova begegnet?" wollte Amalia wissen.

„Ich halte mich fern von ihm so gut ich kann," erwiderte Frau Rudick. „Wie steht es mit Ihnen?"

„Er kam gestern zu mir ins Haus."

„Oh, was wollte er?"

„Mir schien, er wußte es selber nicht."

„Hören Sie auf zu orakeln," rügte Julia.

Amalia zuckte die Achseln und warf den Kopf zurück:

„Der Mann sieht nicht bloß verstört aus, sondern verhärmt. Merkwürdigerweise schreibt er seine Zerrüttung dem Wetter zu."

„Zugegeben, es ist ungewöhnlich heiß und trocken, aber warum sollte ihn das stören?"

„Er sorgt sich wegen den versiegenden Flüssen."

Frau Rudick starrte sie entgeistert an:

„Im Ernst?"

„Das waren seine Worte," wurde ihr bestätigt.

Frau Rudick schwieg. Sie sah Amalia forschend an:

„Sie wissen etwas," meinte sie.

„Wissen, nein, ahnen schon."

„Ezählen Sie," verlangte Julia.

„Nicht jetzt. Zuerst möchte ich Umschau halten."

„Umschau halten?" wiederholte Julia.

„Genau das. Ich werde in den nächsten Tagen die Unfallstelle besuchen."

Frau Rudick räusperte sich:

„Aber die Polizei hat doch mit Hilfe von Tauchern die ganze Gegend durchsiebt."

„Die ganze Gegend?"

„Sie zweifeln daran?"

„Mit Herz und Seele. Gewiß wurde der Coquihalle bis zur Mündung sorgfältig durchgekämmt. Aber von wo an?"

Frau Rudick schüttelte verwundert den Kopf:

„Ich verstehe Sie nicht."

„In der Tat, von welcher Stelle an?" wiederholte Frau Pringel.

Beinahe ärgerlich betonte Frau Rudick:

„Wie sich beim Gerichtsverfahren herausstellte, blieb die Lage von Fuchses Zelt unverändert, wie verordnet von der Polizei. Somit erübrigt sich die Frage, von wo an."

„Nicht so, meine Liebe, nicht so. Zu berücksichtigen ist ein Haken."

„Was für ein Haken?"

„Die Anhaltspunkte wurden von Stefan Fuchs gegeben. Wohl geleitet oder irre geleitet?"

Verblüfft meinte Frau Rudick:

„Verstehe ich Sie recht? Sie deuten an, daß die Polizei und die Taucher hinters Licht geführt wurden?"

„Vielleicht, meine Liebe, vielleicht."

Alles weitere drängeln ging zu einem Ohr rein, zum anderen raus. Amalia verabschiedete sich ohne weitere Erklärungen.

Einige Tage später meldete sich Frau Pilger bei Katherine Simmer. Sie besprachen allerhand, zumeist jedoch Friedas Tod.

Amalia platzte plötzlich heraus:

„Katherine, ich habe dir etwas mitzuteilen."

Frau Simmer nickte beifällig:

„Ich höre mit beiden Ohren," ermutigte sie.

„Wie du weißt, traue ich deinem Schwager nicht."

„Das hast du noch nie getan."

Amalia nickte:

„Aus guten Gründen, wie es sich mal wieder erwies."

Als Katherine fragend aufblickte, hob Amalia die Hand:

„Gestern machte ich einen Spaziergang am Coqihalla entlang, bis zu Friedas angeblicher Unglücksstelle."

„Angeblich?" wiederholte Katherine, als hätte sie nicht richtig gehört.

Amalia schenkte ihrer Bemerkung keine Beachtung. Sie fuhr fort:

„Als ich mit dem Feldstecher die Gegend flußaufwärts absuchte, sah ich eine Gestalt am Ufer hin und her gehen. Es war Stefan Fuchs."

„Aha, infolge des niedrigen Wasserstandes hoffte er Friedas Leiche zu finden, nehme ich an."

Amalia betrachtete die Freundin mit halb geschlossenen Augen, indessen sie nickte:

„Das dachte ich auch, bis mir etwas auffiel."

„Du machst mich neugierig."

Stefan suchte an der verkehrten Stelle, nämlich, etwa vierhundert Meter flußaufwärts vom Unglücksort, der nach wie vor abgesteckt ist."

„Na ja, wer weiß warum er sich dort aufhielt," bemerkte Katherine.

„Das ist schon möglich, aber fraglich."

Mit diesen Worten griff Amalia in ihre Handtasche, woraus sie ein kleines Schild entnahm, welches sie ihrer Freundin reichte:

„Schau das an, vielleicht änderst du deine Meinung."

Katherine betrachtete das Schild mit umwölkter Stirn. Beide Seiten waren laienhaft mit einem fratzenhaften Sensemann bemalt, worunter rätselhafte Worte standen: Neugier tötet die Katze. Katherine gab es erschreckt zurück:

„Wo hast du das her?"

„Es hing an meiner Haustür."

„Was bedeutet das?"

„Hm, was schon. Entweder ist es ein fader Scherz oder eine Mahnung an mich von jener Stelle am Coquihalla fern zu bleiben."

„Hast du eine Ahnung wer die Nachricht hinterließ?"

„Mehr als das, meine Liebe, ich habe ein Bild von dem Schleicher, das eindeutig zeigt wie Stefan etwas an meine Haustür heftete."

„Wohl eine versteckte Kamera, vermute ich."

„Genau das," versicherte Amalia.

„Hast du es schon der Polizei gemeldet?"

„Noch nicht, aber ich werde es heute noch tun."

Kurz danach sprach Frau Pringel bei der Polizei vor. Wachtmeister Rattan empfing sie herzlich. Frau Pringel kannte und mochte ihn. Beide stammten von der Prärie, sie waren vom selben Holz geschnitzt. Rattan hörte geduldig zu, er stellte Fragen die Frau Pringel mit Überzeugung beantwortete.

„Kann ich das Schild und das Bild haben?"

„Gern, Herr Wachtmeister."

Als Amalia das Amtsgebäude verlassen hatte, besprach Rattan die Sache mit seinen Kollegen. Er ersuchte das Einverständnis seiner Vorgesetzten, planmäßig vorangehen zu dürfen. Trotz den beträchtlichen Unkosten und dem Aufwand wurde es ihm genehmigt. Die Vorbereitungen begannen noch am selben Tag.

Alles klappte wie am Schnürchen. Beide Ufer des Coquihallas wurden abgesperrt, von der angeblichen Unfallstelle, bis etwa vierhundert Meter flußaufwärts.

Stefan Fuchs schöpfte Verdacht als er davon Wind bekam, vor allem als er hörte, daß Wächter Tag und Nacht auf Posten standen. Er erhob ein Mordsgezeter wegen den unnötigen Kosten und nicht weniger der vermuteten Eselei. Zum Wachtmeister gewandt zeterte er:

„Man kann doch nicht die ganze Strecke ausbaggern."

„Das wird wohl nicht nötig sein," meinte der Beamte in einem geheimnisvollen Ton und einem Blick auf Fuchs, welcher ihm durch alle Glieder fuhr.

Stefan faßte sich schnell wieder. Er gab sich einen Ruck,

wonach er seinen abgekämpften Leib reckte, so gut es eben ging. Er begann Gift und Galle zu spucken und bezichtigte die Polizei kostspielige Eseleien zu begehen, die zu nichts führen würden.

„Wie kann man im Ernst glauben, daß ein Leichnam flußaufwärts gegen eine reißende Strömung getrieben wird," zeterte er.

Rattan schenkte ihm keine Beachtung, er schmunzelte lediglich und unterrichtete seine Leute:

„Paßt auf den Kerl auf, laßt ihn nicht aus den Augen."

Zwei Tage später wurde eine arg zerschundene Leiche gefunden, mit einem Dolch in der Brust. Es war Frieda Fuchs, wie es sich bald herausstellte.

Stefan Fuchs wurde auf der Stelle festgenommen. Die Anklage hieß Todschlag. Die Polizisten ließen die Köpfe hängen in Scham und Ärger:

„Wir wurden auf stümperhafte Weise überlistet," gestand der Wachtmeister.

Seine Untergebenen stimmten bei:

„Man hat uns getäuscht, wie strauchelnde Anfänger an der Nase herum geführt."

Rattan kicherte über seine eigene Torheit, dann sagte er sich:

„Nun, das geschah gestern, heute ist ein anderer Tag."

Trotzdem bejammerte er seine Torheit. Die Sache verhielt sich so: Fuchs erstach seine Frau an der Stelle wo das Zelt stand. Sie fiel oder wurde ins schäumende Wasser gestoßen. Wahrscheinlich erschreckte ihn diese Tat, doch er behielt ein Maß seiner üblichen Besonnenheit. Von dem Gedanken geleitet, daß niemand mit einem Gram Hirn im Kopf weit flußaufwärts nach Friedas Leiche suchen würde, versetzte er das Zelt vierhundert Meter flußabwärts. Fuchs kannte die Gegend gut. Obwohl die Strömung am Tatort stark war, bestand nicht die geringste Möglichkeit, daß der Leichnam hunderte Meter flußabwärts getrieben würde. So mutmaßte die Polizei. Doch rechnete Fuchs nicht mit einer ungewöhnlichen Trockenheit.

Frau Pringel, stutzig gemacht wegen seiner wachsenden Unruhe, folgerte dies und das. Als eine sichtliche Zerrüttung bei ihm eintrat, ahnte sie die Ursache, welche er immerhin

bestätigte. Der fallende Wasserstand des Coquihallas nagte an
den Fasern seines Seins, so viel konnte man mit einem Auge
sehen. Amalia Pringel begann Fuchs zu belauern. Das weitere
ist bekannt.

Drei Wochen später wurde das Urteil gefällt: Mord zweiten
Grades. Stefan Fuchs erhielt zwanzig Jahre Gefängnis.

Eine Woche später besuchte Katherine ihn dort. Sie
erwartete einen ungnädigen Empfang, vielleicht sogar
abgewiesen zu werden; nichts dergleichen geschah. Der
Schwager zeigte sich überraschend fügsam und reumütig.
Katherine druckste nicht lange herum:

„Stefan, warum hast du es getan?" fragte sie ohne
Einleitung.

Er begann zu erzählen. Was sie hörte machte sie traurig, wie
auch nachdenklich:

„Unsere Ehe war ein Unglück, Liebe hatte uns umgangen.
Oh, gewiß, wir kamen gut miteinander aus, viel zu gut, möchte
ich sagen. Wir waren viel zusammen, aber unserer Nähe fehlte
die Innigkeit, es machte uns unruhig. Gleichgültigkeit ist ein
schlimmer Feind, sie ergriff uns schon in den Flitterwochen, sie
trübte unsere Tage. Von den Nächten möchte ich erst gar nicht
reden."

Fuchs holte tief Atem, wonach er sagte:

„Katherine, nichts für ungut, Schwester oder nicht, ich muß
dir etwas gestehen."

„Erzähl schon," ermunterte sie.

„Ich fühlte mich nie so einsam wie kurz nach der Heirat.
Wir lebten unter einem Dach, gingen hunderte Male aneinander
vorbei, doch wir sahen uns nicht. Kannst du das verstehen?"

Katherines Miene verdunkelte sich. Sie nickte unwillkürlich
mit dem Kopf.

Stefan fuhr fort:

„Nachdem ich meine langjährige Stellung als Bürgermeister
verlor, begann sich unser Verhältnis zu lockern."

„Inwiefern?" unterbrach Katherine.

„Wir sahen uns mit anderen Augen an, redeten mehr
miteinander, vor allem suchten wir zuweilen unsere Nähe."

„Erstaunlich," murmelte Katherine.

„Erstaunlich, jedoch auch verständlich. Wir hatten ein Alter erreicht, wo man entweder die Gesinnung ändern muß oder unter die Räder kommt."

Katherine beugte sich vor. Mit krauser Stirn und bedächtiger Stimme fragte sie:

„Stefan, warum erzählst du mir das?"

„Hm, warum wohl. Aber zurück zur Sache. Frieda lebte auf. Ermutigt von ihrer Zugänglichkeit, faßte ich ein Herz und machte einen Vorschlag."

„Na, na, doch hoffentlich nichts unzüchtiges," spöttelte die Schwägerin.

Mit der Miene eines ertappten Sünders, stotterte er:

„Nein, nein, ich schlug bloß vor einen Ausflug in die Wildnis zu machen."

„Frieda war begeistert, nehme ich an."

„Keineswegs. Ich mußte meine ganze Überredungskunst anwenden eh sie einwilligte. Was dann geschah fällt mir schwer zu erklären."

„Du hast es versprochen," erinnerte Katherine.

„Das tat ich. Hier ist es: Wir fuhren zum Tulameen Gebirge, wo wir am Rande des Coquihallas unser Zelt aufschlugen. Innerhalb zwei Tagen in der Einsamkeit geschah ein Wunder."

„Ein Wunder?" rief Katherine überrascht aus.

„Nichts weniger, meine liebe Schwägerin, nichts weniger. Wir wagten nicht darauf hinzuweisen. Weder in Gedanken, Blicken noch Worten. Ich sage dir, Katherine, wir fühlten uns verjüngt, übermütig und wie in einen Bann geschlagen. Ja, wir betrachteten uns gegenseitig zum ersten Mal mit mehr als bloßen Augen. Bald schlenderten wir Hand in Hand am Ufer des Flusses entlang. Scheue Küsse wurden ausgetauscht, zuweilen umarmten wir uns mit einer schamhaften Inbrunst.

„Dann begann der Regen. Ich kenne diese Gegend. Wenn mal der Herbstregen beginnt, kann es Monate lang wie aus Eimern schütten. Friedas Verhalten veränderte sich schlagartig. Sie schaute oftmals vom trüben Himmel auf mich. Ihre Blicke sprachen Bände. Offensichtlich war ihr Maß voll, sie wollte zurück. Jede Faser meines Leibes sträubte sich dagegen. Der Gedanke an die Stätte unseres Elends in Hope, wo die nackten Wände vor innerer Spannung knisterten, erweckte alle bösen Geister in mir. Als Frieda wiederholt darauf bestand das Zelt abzubrechen, verlor ich die Beherrschung."

Katherine seufzte:

„Schade, Stefan, schade."

„Ja, ich erstach deine Schwester."

Die entsetzte Miene der Schwägerin veranlaßte ihn mehr zu sagen:

„Ich war gänzlich außer mir, folglich kann ich nicht genau sagen wie sich alles zutrug. War alles ein böser Traum? Gab mir das Schicksal den Dolch in die Hand? War es wirklich meine Frau, die mich mit weit aufgerissenen Augen anstarrte, indessen sie rückwärts taumelte? Während ich krampfhaft versuchte Frieda zu retten, stürzte sie über den Rand der Schlucht in den schäumenden Fluß."

Mit beiden Augen auf Katherine gerichtet, machte Fuchs eine seltsame Bemerkung:

„Etwas kann ich heute noch nicht verstehen, es verfolgt mich wahrscheinlich bis ins Grab."

Verblüfft verlangte Katherine zu wissen:

„Was, Stefan, was?"

Als ich Frieda den Dolch ins Herz stieß, gab sie weder einen Laut von sich noch rührte sie ein Glied. Sie empfing den Stahl mit einer unheimlichen Gelassenheit, als begrüße sie ihn."

Katherine fuhr erschreckt hoch:

„Was sagst du da?"

„Nichts weiter wie das: Als ich mit gezücktem Dolch auf sie eindrang, stand Frieda unbeweglich da. Sie lächelte als wäre sie von einer unerträglichen Bürde erlöst."

Katherine gab dem Wärter ein Zeichen, daß sie gehen wollte.

„Folgen Sie mir bitte, ich führe Sie hinaus," sagte er."

Der Ombubaum

*B*egrabe nie jemanden unter einem Ombubaum. Männer, Frauen, ja, sogar Kinder in der Pampa wissen das, außer Armin Scheuer, wie es sich herausstellte. Er verspottete solche Vorstellungen mit Begeisterung. Mummenschanz nannte er diesen Aberglauben. Heute ist sein einst stattliches Anwesen zerfallen. Die Gärten sind verwuchert, nur der mächtige Ombubaum steht stolz und unversehrt mitten auf dem Grundstück. An einem Ast baumelt die Hanfschlinge mit welcher sich Armin Scheuer vor langer Zeit erhängte. Sein Gerippe erduldete jahrzehntelanges Unwetter; niemand beseitigte es, aus Furcht ein Opfer zu werden vom Fluch der Pampa.

Aber nun zu glücklicheren Tagen, als Erfolg und innige Liebe sein Leben krönte. Er war ein besonnener Mann, vielseitig begabt, wohlbelesen und beträchtlich bemittelt, aber auch ein schrankenloser Spötter.

Scheuer erschien in Rosario in der Blüte des Mannesalters, gesegnet mit unverwüstlicher Gesundheit und begnadet mit unaufhaltsamer Unternehmungslust. Kurz nach seiner Ankunft ließ er durchblicken, daß er sich in der Pampa niederlassen wolle, in einer abgelegenen Gegend. Zu seinem Erstaunen riet man ihm allerseits davon ab. Vor allem hörte er die wiederholte Mahnung:

„Hüten Sie sich vor dem Ombubaum."

Sogar der Bürgermeister von Rosario mischte sich ein. Er schlug die Hände über dem Kopf zusammen. Sein braves, braunes Gesicht erbleichte:

„Sind wir nicht Freunde, mein Lieber?"

„Das sind wir," gestand Scheuer, etwas eingeschüchtert.

„Dann folgen sie meinem Rat. Meiden Sie die Nähe eines

Ombubaumes, er ist der Fluch der Pampa. Schon in seinem Schatten sitzen kann einem das Hirn verkalken und die Sinne verwirren. So, lieber Freund, meiden Sie den Ombu wie die Todsünde."

Armin Scheuer konnte sich kaum das lachen verbeißen, doch ließ er nichts von seiner Einstellung merken. Ein Haus und Nebengebäude wurden errichtet. Außenanlagen folgten auf dem Fuß. Die Handwerker kehrten in ihre Dörfer zurück, somit blieb Armin Scheuer der einzige Mensch weit und breit. Die Einsamkeit empfand er äußerst angenehm. Zugegeben, der Gedanke einer Heirat tauchte zuweilen auf, doch verschwand schnell wieder. Was er sah und hörte von diesem gebenedeiten Sakrament ließ ihn einen weiten Bogen um Frauen machen.

Besucher empfing er höchst ungern. Er fertigte sie kurzerhand mit saurer Miene und unfreundlichen Worten ab. Sollte das mißverstanden werden, dann fuhr er mit schwereren Geschützen auf: Die Männer wurden an Wickel und Hosenboden rausmaschiert, Frauen folgten von selbst.

Eines Morgens, als Scheuer vor dem Haus saß, hörte er entfernte Hufschläge die sich näherten. Nachdem er einen langen Hals machte, sah er zwei Reiter im Trab auf ihn zukommen:

„Heilige Einfalt, ich krieg Besuch," rief er aus.

In der Tat, so verhielt es sich. Auf dem einen Pferd saß ein Mann, auf dem anderen eine Frau. Armin Scheuer fiel aus allen Wolken:

„Da hört doch alles auf, den Mann kenne ich doch."

Es war Emil Marner. Sie wuschen Gold zusammen im Selkirkgebirge in Britisch Kolumbien. Auch arbeiteten sie gemeinsam an den Bahngleisen in der Nähe von Revelstoke.

„Dieser Besuch verheißt nichts Gutes," schoß es ihm durch den Kopf. „Nein, nichts Gutes. Sei es reiner Zufall oder Absicht, hier kommt eine Hiobsbotschaft," mutmaßte Scheuer, der unsichtbare Alarmglocken läuten hörte; in anderen Worten, er witterte Gefahr.

Mit Recht. Marners tief verwurzelte Falschheit entfaltete sich vor seinen Augen. Bei Scheuers Anblick zügelte er sein

Roß, rieb sich die Augen, schirmte eins nach dem anderen, wonach er seiner Begleiterin zuwinkte:

„Ich kann es nicht glauben, Barbara. Sag schon, meine Liebe, seh ich einen Geist oder sitzt dort tatsächlich mein guter, alter Freund Armin? Welch ein Zufall, welch eine Freude," rief er mit erhabener Leidenschaft eines Thespians.

Scheuer ließ sich nicht täuschen, er merkte woher der Wind wehte. Ein musternder Blick auf Marners Begleiterin bestätigte das Vorgefühl eines bevorstehenden Übels. Der Besuch galt nur einem Zweck, nämlich, ihn mit seiner Schwester zu vermählen.

Barbara bemühte sich ihre Reize spielen zu lassen, die aber bei Scheuer die Wirkung verfehlten. Er war nicht blind noch abgeneigt fraulichem Zauber gegenüber, weit davon entfernt. Doch das Schauspiel einer rosigen, zwinkernden Maid, deren besten Jahre schon hinter ihr lagen, zog ihn nicht an.

Trotzdem lud er beide ins Haus ein, die Sitten der Pampa erforderten es. Mit einer verdrießlichen Miene, doch fürstlicher Verbeugung, führte er beide hinein. Barbara Marner, die neckische Frau, schien unter dem Schatten einer Vorstellung zu stehen, welche sie ungehalten machte. Marner hatte sie Scheuer als seine Schwester vorgestellt, welche erst kürzlich aus Deutschland kam.

Wie erwähnt, Scheuer ahnte was Emil im Schilde führte: Eine Heirat seiner Schwester mit ihm, zwar eher bald als später. Marners ränkevolles, eigennütziges Wesen warf einen langen Schatten. Scheuer kannte ihn viel zu gut. Er sah die nackte Wahrheit: Barbara mußte heiraten, bevor ihre Tage des küssens und kuschelns vorbei waren.

Das ging so nebenbei durch Scheuers Kopf, während eine flotte Unterhaltung im Gange war, zumeist von Fräulein Marner geführt.

"Na ja," dachte er, heimlich grinsend, "Fräulein Marner hat noch einen langen Weg zu gehen, eh sie den Mann findet, der züchtiges oder unzüchtiges Verlangen in ihm erweckt. Vor allem ihre rege Zunge würde den feurigsten Verehrer in die Flucht jagen."

Emil Marner war kein Hohlkopf. Er merkte, daß heute nicht gefreit wird. Somit nahm er Abschied mit dem Versprechen bald wieder einzutreffen. In der Tat dauerte es nicht lange da erschien er abermals mit seiner verblühten, neuzeitlichen Messaline auf dem Hochzeitspfad. Scheuer erwiderte weder Emils Gruß noch beachtete er Barbaras einladende Gesten. Mit zwei, drei Sätzen verschwand er hinter dem Haus. Kurz darauf zerriß ein scharfer Knall die große Stille, welche die Pferde aufbäumen ließ und wie Pfeile in die weite Ebene sandte. Scheuer atmete erleichtert auf:

"Auf Nimmerwiedersehn," rief er ihnen nach. "Hol euch der Teufel," war sein zweiter Wunsch.

Der erste Wunsch ging nicht in Erfüllung. Der zweite? Na ja, das war schwieriger zu sagen. Gewiß belästigten die Marners ihn nicht mehr; jedenfalls nicht in Gestalt. Die Redensart: Aus den Augen aus dem Sinn, traf leider nicht zu. Armin Scheuer ergriff eine unbeschreibliche Unruhe, die ihn tagsüber plagte und nachts nicht Ruhe finden ließ. Sein unbeständiger Zustand begann ziemlich unauffällig, aber innerhalb einiger Wochen hatte ihn ein regelrechtes Schreckgespenst in den Klauen, namens Reue. Der Mann, der einst einem prustenden Grizzly die Stirne bot und mehr als einmal einen fauchenden Vielfraß über die Hügel jagte, unterlag nun einem unverständlichen Wankelmut. Reue nagte ihm das Mark aus den Knochen, sie drosselte seinen Eifer und schwächte seinen Willen.

Ja, Armin Scheuer fühlte sich schuldig. Der Draufgänger vergangener Tage wurde zaghaft. Gewissensbisse höhlten ihn aus. Hätte ihm jemand noch vor drei Wochen gesagt, daß ein Schuldgefühl, wegen einer Kleinigkeit, sein urwüchsiges Gemüt verheeren könne, dann hätte er ihn quer über die Pampa gelacht. Doch leider verging ihm das lachen, im Hinblick einer Wirklichkeit, die sich mit keinem Maß von Bravade verscheuchen ließ. Traute sich Scheuer das undenkbare beim Namen zu nennen? Wie konnte ein Glücksritter ohne Arg und Fehl plötzlich so fahrig sein? Scheuers gepriesener Gleichmut erwies sich als ein Merkmal der Vergangenheit. Stimmen der Natur, wohltuend, ja, zuvor einschläfernd, hielten ihn nun wach, wenn nicht auf dem Sprung. Sogar das knisternde Pampagras brachte sein Blut in Wallung, ganz zu schweigen vom rascheln der Blätter des Ombubaumes, das ihn schier aus der Fassung brachte. Das Leben und Treiben der Natur, einst so beruhigend, beängstigte ihn nun zunehmend. Das weite Grasland mit den vereinzelten Bäumen und Sträuchern, welches zuvor ein wunderliches Geheimnis barg, erschien ihm nun unheilvoll. Hufschläge in der Ferne, eingebildet oder echt, erweckten Vorstellungen in ihm, welche an Entsetzen grenzten. Er suchte Zuflucht im Haus. Er war bereit zu schwören, daß die Marners angesprescht kamen, mit Verwünschungen auf den Lippen und erhobenen Fäusten, um Rechenschaft zu verlangen. Dann geschah etwas undenkbares. Der unbekümmerte, hochmütige Mann, wurde rührselig.

Als er eines Morgens im Schatten des Ombubaumes saß, ging ihm so allerhand durch den Kopf, vornehmlich die Angelegenheit mit Emil Marner und seiner Schwester, die ihn mehr und mehr bedrückte. Ohne Zweifel tat er ihnen ein Unrecht, das gesühnt werden mußte. Ihn störte mal wieder alles. Selbst der Dunst über dem Grasland empfand er lästig. Die einst begrüßte Einsamkeit lag nun wie eine Nachtmahr auf seinem Gemüt. Etwas mußte geschehen.

Eh die Sonne ihren Höhepunkt erreichte, raffte sich Scheuer auf. Ein Entschluß wurde gefaßt, sein inneres Gleichgewicht mußte wieder hergestellt werden, zwar besser noch heute als morgen. Er sattelte sein Pferd, belud ein Saumtier und machte sich auf den Weg. Geschah ein Wunder? Hm, wer weiß. Seine Stirn glättete sich, die Augen strahlten wieder und sein Schritt wurde rüstiger.

Scheuer ritt am Fluß entlang, bevor er die erste Brücke überquerte. Rosario lag noch weit vor ihm. Als er ankam ließ er seine Pferde bei einem Stallknecht den er gut kannte. Danach begab er sich in den Deutschen Klub, wo er einige Gläser leerte. Kaum geriet er unter den Einfluß der heiligen Flasche, Bacbuc, in anderen Worten, als ihm jemand zurief:

„Seh ich recht oder ist das ein Geist?"

Überrascht drehte sich Scheuer um. Eine Frau kam auf ihn zu, die ihm bekannt vorkam, deren Name er jedoch nicht auf Anhieb nennen konnte. Als sie vor ihm stand, stutzte er, wonach sich sein Gesicht erhellte:

„Steffi, was machst du hier?"

„Ich suche dich. Komm, gib mir einen Kuß," verlangte die

Frau mit einem verführerischen Lächeln.

Scheuers Bestürzung war echt, ebenso seine Verlegenheit. Er hatte einst ein Liebesverhältnis mit Steffi Sachs, welches sie mir nichts dir nichts beendete. Diese glühende Leidenschaft begann vor langer Zeit am Ufer des Rheins, wo sie eng umschlungen mit der Innigkeit von jung verliebten ihre freie Zeit verbrachten. An dem Fluß, der die deutsche Seele trägt, schworen sie ewige Treue, welche allerdings nicht lange währte. Seither floß viel Wasser unter den Brücken.

Scheuer befand sich in einer Zwangslage. Seine innere Stimme hörte nicht auf zu flüstern. Einmal hieß sie ihn Steffis Nähe zu suchen, ein andermal sie wie die Pest zu meiden. Sein Vorhaben, Frieden mit den Marners zu ersuchen, geriet in Vergessenheit. Was ihn veranlaßte mit Steffi zu liebäugeln, lernte er erst viel später. Er stellte viele Fragen, worauf er nur zögernde Antworten erhielt. Unbewußt geriet das Gespräch ins Bereich der Vermählung, was Steffis Unmut erweckte. Erzürnt fuhr sie Armin an:

„Davon möchte ich nichts hören.“

„Na ja, das ist für mich ohnehin nicht wichtig,“ versicherte er kichernd.

„Oh, bist du nicht verheiratet?“

Scheuer schüttelte den Kopf:

„Nein, und du?“

Die Frage schien Steffi zu kränken. Sie starrte Scheuer mit blitzenden Augen an:

„Ich bin eine Strohwitwe,“ fauchte sie.

Scheuer nickte:

„Ah, ich verstehe.“

„Nein, Armin, du verstehst garnichts. Die Sache ist die: Mein Mann von vielen Jahren verließ mich ohne Gruß und Kuß, ganz zu schweigen von einem Abschiedsbrief.“

Aus Mitgefühl fragte Scheuer:

„Hast du Erkundigungen eingezogen?“

Steffi schnaubte:

„Nein, laß den Wurm in der Hölle schmoren.“

Etwas eingeschüchtert meinte Scheuer:

„Warum läßt du dich nicht scheiden?“

Steffi sah ihn mit rügenden Blicken an. Sie sprang auf und

schrie erzürnt, indem sie zweimal aufstampfte:

„Auf keinen Fall."

Verdutzt schaute Scheuer auf. Steffi erklärte versöhnlicher:

„Eine Scheidung ist hierzulande nicht so einfach. Es würde Jahre dauern und mich dem Männlichkeitswahn ausliefern." Armin Scheuer packte den Stier bei den Hörnern. Er lud sie ein mit ihm zu kommen. Steffi blieb unverbindlich. Ihre Miene drückte Zweifel aus, ebenso Mißtrauen. Sollte sie mitgehen oder nicht? Sie konnte sich weder entschließen, noch erklären warum nicht. Der Mann, den sie einst liebte, hatte sich grundsätzlich verändert. Nicht bloß äußerlich, sondern im Kern seines Wesens, das ihr seltsam, wenn nicht beänstigend, vorkam.

Scheuer unterbrach Steffis Erwägung:

„Ist etwas verkehrt mit mir?" spottete er.

Steffi schaute verlegen zu Boden. Da seine Einladung nicht gewürdigt wurde, gab er zu verstehen:

„Steffi, es war mir ein Vergnügen dich wiederzusehen. Solltest du je meine Einladung annehmen, hier ist eine Zeichnung, ein Wegweiser der zu mir führt."

Steffi entschloß sich mitzugehen. Als sie in Arnheim ankamen, so nannte Scheuer sein Besitztum, nickte Steffi anerkennend. Das große Grundstück am Saladillo gefiel ihr sofort. Doch am meisten bezauberte sie das anmutige Haus nahe eines mächtigen Ombubaumes. Es erweckte wehmütige Erinnerungen an die alte Heimat.

Trotzdem fühlte sich Steffi vom ersten Tag an unwohl in der ungewohnten Einsamkeit. Die große Stille, welche zuweilen von unheimlichen Rufen unterbrochen wurde, beängstigte sie ungemein. Schaurige Stimmen in der Nacht ließen ihr das Blut in den Adern erstarren. Am meisten erschreckte sie der grauenhafte Schrei eines geheimnisvollen Wesens, Kiak genannt. Verkünder eines bevorstehenden Unheils, nannten ihn die Einheimischen. Wehklage eines Toten, der im Schatten des Ombubaumes begraben liegt, behaupteten andere. Steffi fragte wiederholt:

„Armin, wo kommt die Stimme aus einer anderen Welt her?

„Es ist der Wind in der Krone des Ombubaumes, weiter nichts," beruhigte er sie.

Mit der Zeit entspannte sich Steffi, somit wurde sie auch zugänglicher. Bald setzten sie ihr inniges Leben fort, das sie vor zwanzig Jahren aufgaben. Unter der brennenden Sonne über dem knisternden Grasland, wanderten sie Hand in Hand am Fluß entlang. Die unheilvolle Stimme der Kassandra blieb unbeachtet oder sie wurde in den Wind geschlagen. Sie hörten nur den Lockruf der Natur. Steffi Sachs schwelgte in einem Zustand der an Glückseligkeit grenzte.

Trotzdem konnte sie nicht ihre nagenden Gedanken überwinden, daß ihr ein Mißgeschick bevorstand. Als sie ihre Bedenken Armin mitteilte, wurde er verblüffend ungehalten. Mürrisch, wie selten zuvor, fuhr er sie an:

„Steffi, du sorgst dich um jede Kleinigkeit und das ist wahr," schimpfte er.

Seine Zurechtweisung besaß wenig Gültigkeit, denn Gründe zur Besorgnis bestanden. Etwas schien Armin zu belasten. Er stand öfters tief in Gedanken versunken am Fluß oder ging murmelnd auf und ab. Sobald Steffi ihm näher trat wandte er sich ungehalten zur Seite, mit einer Miene die sie veranlaßte wie angewurzelt anzuhalten.

Ja, Armin veränderte sich vor ihren Augen. Er stand im Begriff sein seelisches Gleichgewicht zu verlieren. Steffi fühlte sich noch nie so einsam wie jetzt. Das menschenleere Grasland hatte seinen Zauber verloren. Ihr Liebhaber von gestern erschien ihr heute wie ein feindlich gesinnter Gegner. Sie erwägte Flucht, doch verwarf den Gedanken sofort wieder. Umstände sprachen entschieden degegen. Ohne Armins Einwilligung und Hilfe war daran nicht zu denken.

Seit Tagen fühlte sie unsichtbare Fesseln an allen Gliedern, die sie nicht abstreifen konnte, aus unverständlichen Gründen. Ja, sie wurden enger, da sich Armins Zustand von Tag zu Tag verschlimmerte. Freundliche Worte, eine frohe Miene, konnten ihm nicht mehr entlockt werden. Zu allem Übel quälte Steffi wieder ihr altes Übel: Mutlosigkeit, jener Unhold, den sie über das weite Meer mitbrachte.

Die Tage wurden kürzer, Nächte länger, die Sonne verlor ihren brennenden Stich. Der Wind ließ etwas nach, eine angenehme Zeit begann für Mensch und Tier. Aber nicht für Steffi und Armin. Sie wanderten wortlos mit gesenkten Köpfen durch die Pampa. Lästige Gedanken bedrückten beide. Eine nagende Vorahnung beschwerte Steffis Gemüt. In jeder unruhigen Nacht nahm sie sich vor mit Armin in der Früh zu sprechen. Doch ihre Lippen blieben versiegelt, im Gegensatz zu Armins.

„Steffi, wie ich sehe, hast du wieder mal nicht gut geschlafen," stellte er beinahe anklagend fest.

Eine tiefe Ratlosigkeit erfaßte Steffi. Das innige Verhältnis mit Armin bestand nicht mehr, man konnte es fast feindlich nennen. Vorbei waren die liebevollen Tage und Nächte wo sie eng umschlungen am Fluß entlang liefen und abends unter dem Ombubaum saßen, mit sich und der Welt zufrieden.

Steffi zermarterte sich den Kopf die Ursache von Armins Verstimmung zu finden, welche sie weder erraten konnte, noch sonst in Erfahrung brachte. Seine offenkundige Zwangslage schien ein undurchschaubares Geheimnis zu sein, dessen Quelle vielleicht bei ihr entsprang. Mutmaßungen wurden erörtert, Erklärungen jedoch fand Steffi nicht. Armins einstige Offenherzigkeit verschwand im Eilschritt, sie wurde von bitterer Verschlossenheit ersetzt; in anderen Worten, der sorglose Glücksritter wurde zum kummervollen Sauertopf.

Steffis Ratlosigkeit quälte sie unbarmherzig. Sie wollte Armin verlassen, doch ihr Gewissen sträubte sich dagegen.

„Ich geh zurück nach Rosario," sagte sie sich zehnmal am Tag."

In der Tat offenbarte sich vor ihren Augen eine unleugbare Tatsache: Armin heckte etwas gegen sie aus. Er lockte sie in die Wildnis mit der Absicht ihr etwas anzutun. Was, warum, konnte sie einfach nicht erraten.

Eines Morgens faßte sie sich ein Herz und stellte Armin zur Rede. Mit der Gebärde einer Bittstellerin und verschleierten Augen trat sie ihm entgegen:

„Armin, was bedrückt dich?"

Ein Blitz aus heiterem Himmel hätte ihn nicht so erschreckt, wie diese Frage. Während er wie gehetzt um sich blickte, fragte Steffi:

„Armin, hab ich etwas verkehrtes gesagt?"

In der Tat, das hatte sie. Er versuchte zu antworten. Seine Lippen bewegten sich, doch Worte waren nicht zu vernehmen.

Bis ins Mark erschrocken hafteten Steffis Augen an dem bestürzten Mann. Ihre weibliche Eingebung ahnte viel, eine atemberaubende Erkenntnis wallte auf: Der Mann vor ihr war ein Fremder, den sie zu fürchten begann. Freilich bestürmte sie mal wieder ihr unentrinnbarer Widersacher, Vorahnung, der immer noch einen langen Schatten warf, dem sie beim besten Willen nicht ausweichen konnte. Beide flüchteten sich in die Welt der Gedanken, die sie aus verschiedenen Gründen nur widerwillig verraten hätten.

Steffi begriff eins: Ihr sehnlichster Wunsch nach Ruhe und Frieden saß auf den Schwingen der Hoffnung, die zum Absturz gespreizt waren. Sie mußte handeln, unverzüglich und ohne Bedauern. Auf Armin war kein Verlaß mehr. Entweder hatte ihn der fauchende Urian in den Fängen oder er verlor den Verstand. Somit konnte sie ihn nicht im Stich lassen; auf alle Fälle nicht mit ruhigem Gewissen. Sie mußte bleiben oder Armin bewegen mit ihr nach Rosario zurück zu kehren. Den bloßen Gedanken daran verwarf sie als eine Herkulesarbeit, welche ihre Fähigkeiten weit überschritt. Außerdem erkannte sie die Tatsache, daß Arnheim sein unabwendbares Schicksal barg. Er konnte diesen Ort nicht verlassen, außer zwischen sechs Brettern, also in der Geborgenheit eines Sarges.

Die Wintersonnenwende lag hinter ihnen. Tage wurden länger, Nächte kürzer. Luft und Land erwärmten sich, ein ständiger Wind blies über das Land, der einem schier die Kleider vom Leib riß.

Steffi und Armin befanden sich auf dem Pfad ohne Rückkehr; auf jeden Fall dachte Steffi so. Sie mieden einander wie der Teufel das Kruzifix. Sie gab auf Armins wunderliches Verhalten zu enträtseln. Doch ihr Mißtrauen blieb haften, daß Armin etwas gemeines, wenn nicht verhängnisvolles, gegen sie ausheckte. Sie glaubte fest daran, daß diese Vermutung berechtigt war. Tag und Nacht wurde sie von dieser Erkenntnis verfolgt. Der Unhold Vergeltung hatte Armin im Hilpertsgriff, seine eisernen Krallen umklammerten seine Gurgel, sein fauler Atem raubte ihm die Sinne; so mußte es sein, dachte sie.

Steffi Sachs war nicht mimosenhaft veranlagt, doch die große Stille auf dem Land setzte ihr erheblich zu, vor allem in Anbetracht Armins unerklärlichem Verhalten. Er schien von einer Zwangslage bedrängt zu sein. Warum, konnte Steffi anfänglich kaum sagen, doch langsam ging ihr ein Licht auf. Sie lernte Männer im zunehmenden Alter kennen. Ihr Ehrgefühl warf lange Schatten, vor allem im Umgang mit Frauen. Sein Stolz wurde verletzt, obwohl es vor langer Zeit geschah. Steffi hätte schwören können, daß Armin vorhatte die eingebildete, demütigende Abfuhr vor zwanzig Jahren, zu rächen, wenn auch der bloße Gedanke daran sein eigenes Leben zur Hölle machte.

Steffi näherte sich dem Ende ihrer Kräfte. Eines Abends, kurz nach Sonnenuntergang, geschah etwas erstaunliches. Scheuer saß wie üblich um diese Zeit unter dem Ombubaum. Plötzlich zuckte er zusammen, unten am Fluß tauchte eine Gestalt auf. Täuschten ihn seine Augen oder war es tatsächlich Steffi, die mit schlenkernden Beinen und schwingenden Armen hin und her lief? Scheuer schüttelte den Kopf. War es wirklich die Frau, die sich seit Wochen mit bleiernen Füßen dahin schleppte, nun aber plötzlich flink und frei sich bewegte?

Für einen Augenblick trübte Enttäuschung sein Gesicht, denn alles geschah überraschend schnell. Nachdem Steffi eine Erhöhung am Fluß erreicht hatte, blieb sie stehen. Ein Schauder durchfuhr ihn. Er hörte die Stimmen der Parzen, die von einem bevorstehenden Unheil wisperten. Es geschah schneller als erwartet. Steffi hob eine Hand während sie um sich schaute. Armin stand auf um besser zu sehen, er blieb wie angewurzelt stehen. Ein erschreckender Gedanke durchfuhr ihn.

„Steffi nimmt Abschied von mir und der Welt. Sie hat eine Verabredung mit ihrem Schicksal," flüsterte er.

Plötzlich zerriß ein überirdischer Schrei die Luft, welchen die Einheimischen Kiak nennen; Klageruf einer entseelten Frau zwischen Leben und Tod. Nach einem zweiten unmenschlichen Schrei sprang sie in die rauschende Flut.

Scheuer stürzte voran. Zwei Dinge trieben ihn vorwärts. Steffi konnte sich keine zwei Schwimmstöße über Wasser halten; zweitens war das Wasser an dieser Stelle trügerisch und tief. Diese Tatsachen waren ihm bekannt.

Von Schuld befleckt und Reue besudelt tauchte er ins strömende Wasser. Er war ein guter und leidenschaftlicher Schwimmer. Von dem Gedanken beschwert, daß nur ein

Wunder Steffi retten konnte, schwamm er flußabwärts, dann kreuz und quer flußaufwärts, ohne eine Spur von ihr zu finden. Doch er ließ nicht locker, sie mußte gefunden werden; tot oder lebendig.

Über eine Stunde suchte der verzweifelte Mann, bis er sie endlich fand; mausetot natürlich. Beim Anblick der Toten, die er einst liebte, wallten Tränen in seinen Augen auf, die aber schnell wieder versiegten.

Rechtfertigung verdrängte alle anderen Regungen und Schuld. Gewiß fand er Steffis Geschick bedauernswert, doch was es war verstand der sachliche Mann nicht. Der Sprung in die Fluten glich in seinen Augen einem Selbstmord. Doch warum? Armin Scheuer war kein gefühlloser Mensch, doch er ahnte sein schreckliches Vergehen an ihr. Er hatte sich versündigt, eine bösartige Stimmung geschaffen in der Steffi erstickte, vielmehr den Sinn des Lebens verlor.

„Na ja," sagte er mit einem Achselzucken, "zwar hätte ich Steffi nie ein grausames Ende gewünscht, doch muß ich schon sagen, ganz ohne Schuld ist sie nicht an ihrem Geschick. Ihre übertriebene Empfindlichkeit war kein Geschenk der drei Weisen, sondern eine verhängnisvolle Schwäche."

Kurz nachdem Steffis Leiche geborgen war, wechselte der Wind die Richtung, wie auch seine Stärke. Im Nu heulte er wie entfesselt von der Sierra Cordoba herab, mit solcher Wucht, daß die Sträucher sich bogen und das Haus zu zittern begann. Regen folgte auf dem Fuß. Er begrenzte die Sicht und erschwerte den Gang.

Steffi in dem Sturm nach Rosario bringen war nicht möglich, Hilfe erwarten grenzte an ein Hirngespinst. Somit mußte Steffi unverzüglich begraben werden, sei es auch ohne Amt und Segen.

Als Scheuer nach einem geeigneten Platz Umschau hielt fiel sein Blick auf den Ombubaum. Ritt ihn der Teufel? So etwas ähnliches geschah gewiß, nach seinen Worten zu urteilen:

„Dort, im Schatten des Ombubaums, wird Steffi ihre ewige Ruhe finden und der Satan hole den Aberglaube."

Am nächsten Morgen zimmerte er einen Sarg, er schnaubte und schuftete wie ein Roß. Trotzdem war er erst nach Anbruch der Dunkelheit damit fertig. Zufrieden legte er die Werkzeuge zur Seite. Dann legte er Steffi in den Sarg. Eh er den Deckel zunagelte warf er einen letzten Blick auf die Tote, die er einst liebte. Da geschah etwas erschreckendes: Beide Hände der Toten zuckten plötzlich. Entsetzt wich Scheuer zurück, ein Ausruf des Schreckens entfuhr ihm, er wäre am liebsten geflohen. Doch dann erinnerte er sich von so etwas schon gelesen und gehört zu haben.

Er trat wieder vorsichtig an den Sarg. Dort erwartete ihn eine zweite Überraschung. Steffis verkrampftes Gesicht begann sich zu glätten, sie sah verjüngt und entspannt aus. Scheuer hätte schwören können, daß im Sarg die einst anmutige Steffi lag wie er sie früher kannte. Ein Gedanke erfaßte ihn: Steffi ist nicht tot. Doch die Vernunft gewann die Oberhand. Er atmete erleichtert auf. Gewiß war Steffi tot, tot und vergessen. Kein Mensch kann so lange unter Wasser bleiben ohne Luft zu holen. Wie gesagt, die Vernunft sprach lauter als wilde Einbildung.

„Morgen wird Steffi begraben, die Leichenstarre ist im Gang, die Verwesung wird bald beginnen," sagte Scheuer, indem er den Deckel mit kräftigen Schlägen befestigte.

Kaum war das getan, als der grauenhafte Ruf des Kiaks wieder die Luft zerriß. Die unheimlichen Schreie kamen vom Ombubaum. Scheuer hielt sich die Ohren zu, doch die gruselige Stimme, von den Einheimischen Verkünder eines Unheils genannt, gellte unvermindert weiter. Ihm lief es kalt und heiß über den Rücken, beim Gedanken an ein weit verbreitetes Gerücht, nämlich, daß die markerschütternden Schreie des Kiaks bloß von Menschen gehört werden, die zwischen Tod und Leben schweben. Wie oft mußte er hören, willig oder nicht, wie man ihm erzählte wie eins seiner lieben Nächsten ächzend verkündete: „Ich höre den Ruf des Kiaks," wonach er oder sie den Geist aufgab.

In der Nacht flehte Scheuer alle Götter an ihn mit Schlaf zu segnen; doch es sollte nicht sein. Zugegeben, der heulende Sturm war nicht grad ein Wiegenlied, doch die Quelle seiner Unruhe entsprang vom Sarg den er morgen unter dem Ombubaum beisetzen würde.

Das Begräbnis fand ohne Predigt und Gesang statt. Eine unerklärliche Furcht ergriff Scheuer als er den Sarg mit Mühe in die Tiefe senkte. Das schonungslose Wetter erschwerte seine

Arbeit. Als er die letzte Schaufel Erde über der Grabstätte verteilt hatte, ließ Wind und Regen plötzlich nach. Die Sonne kam hinter den Wolken hervor, es erhellte sich.

„Morgen werde ich nach Rosario reiten," verkündete Scheuer laut und deutlich.

Jedoch die Reise mußte verschoben werden, weil der Saladillo immer noch über seine Ufer stieg, somit die Überquerung ausschloß.

„Na ja, warum die Eile, Steffi ist versorgt, das Amt kann warten," sagte er sich.

Zaudern schwächt den Willen. Die Reise wurde verschoben, dann in Frage gestellt, und schließlich als unnötig erklärt.

Drei Wochen später erwachte Scheuer aus einem schauderhaften Traum. Etwas lag schwer auf seiner Brust, das ihm den Atem aus den Lungen drückte. Während er verzweifelt nach Luft rang, gellten Hilferufe an seine Ohren, die wie erstickende Schreie einer Sterbenden klangen.

Mit heller Gewalt versuchte er das vermutete Gewicht von sich zu wälzen. Der kalte Schweiß brach ihm aus allen Poren, eh es ihm gelang sich halbwegs aufzurichten. Mit knirschenden Zähnen und erzwungener Ruhe horchte er in die Nacht hinaus. Eine unheimliche Stille herrschte draußen, kein Lüftchen regte sich, kein Tropfen Regen war zu hören.

Trotz aller Mühe gelang es ihm nicht vom Bett zu steigen. Was ihn zurück hielt war Furcht vor der Außenwelt und Angst vor der Ungewißheit. Er fühlte Blei an den Füßen und eiserne Krallen an der Gurgel, die im Begriff standen ihm den letzten Hauch aus den Lungen zu pressen.

Kaum hatte sich Scheuer von dem eingebildeten Würgegriff befreit, als die unheimlichen Schreie wieder ertönten, gellender als zuvor. Wie bereits erwähnt war er keineswegs zimperlich veranlagt, was er mehr als einmal bewies in Kanadas Wildnis. Wie oft er angriffslustigen Tieren gegenüber stand, die ihm ins Gesicht grollten und fauchten, konnte er sich nicht erinnern, doch wich er keinen Schritt zurück.

Hier verhielt es sich völlig anders. Wahnsinnige Töne füllten seine Ohren, die mal verzweifelt schluchzten, dann wie verirrte Seelen klangen, die am Ende ihres Seins waren. Scheuer horchte auf, die unmenschlichen Stimmen näherten sich dem Haus. Angst fuhr ihm wie heißer Stahl durch den Leib. Er mußte handeln, etwas tun oder fliehen. Es gelang ihm vom Bett zu springen. Er riß einen handfesten Prügel an sich, den er nach allen Seiten schwang, indessen er ein regelrechtes Kriegsgeschrei anstimmte. Mit viel Wirbel und mehr Lärm stürmte er durchs Haus. Nichts begegnete ihm, aber das schauderhafte Krakamal verstummte.

Drei Tage später klopfte Scheuer an die Tür seines Freundes Felipe Esteban, Bürgermeister von Rosario.

„Felipe, sind Sie mein Freund?"

„Bis ans Grab, Armin."

„Ich bin in einer Notlage."

qq„Nehmen Sie erst mal Platz, der Tequila wartet."

Nachdem die üblichen Annehmlichkeiten ausgetauscht waren, wiederholte Scheuer:

„Filipe, Hilfe tut Not."

„Reden Sie schon," forderte der Bürgermeister.

Filipe Esteban war ein Mann vom echten Schrot und Korn, ein einstmaliger Gaucho mit den Gepflogenheiten eines gereizten Bären. Das Grasland lag ihm im Blut, der Rücken eines Pferdes bedeutete ihm mehr als ein Prachtschloß.

Bekanntlich vertragen sich Politik und Charakter nicht gut, eine Tatsache die Esteban zu seinem Leidwesen bald erfuhr. Ohne Zweifel hatte das Alter die Schneide des Draufgängers etwas abgerundet; aber der Kern blieb. Er ahnte, daß sein einstiger Zechbruder die mühsame Reise nicht zum Vergnügen unternahm. Er wartete geduldig auf Scheuers Mitteilung, welche nach einigen Anläufen erfolgte:

„Steffi ist tot," verkündete Armin.

„Steffi, Steffi? Ah, Fräulein Sachs?" erkundigte sich der Bürgermeister unberührt.

„Dieselbe."

„Sie starb?"

„Sie ertrank," gab Scheuer zu verstehen.

„Hm, das ist bedauerlich," meinte der Bürgermeister mit spürbarer Gleichgültigkeit.

Tod betrübte ihn nicht im geringsten. Tod und Verderben waren ständige Begleiter der unbarmherzigen Pampa. Viele Abenteurer, Glücksritter, wie auch Ausreißer, wanderten in der ungezähmten Gegend herum. Etliche lagen dort begraben ohne Amt und priesterlichen Segen. Es fehlte oft am Willen der Behörde und den Beamten die nötigen Nachforschungen und Eintragungen zu machen.

Esteban räusperte sich wiederholt, viele Fragen bestürmten ihn; Antworten ließen auf sich warten. Sein ehemaliger Kamerad und Zechbruder schien in einer Zwangslage zu stecken. Es verwunderte ihn wie er ihn so verzagt vor sich sah; doch nicht lange. Er unterbrach die bedrückende Stille: „Armin, was ist geschehen? Reden Sie doch," verlangte er mit Nachdruck.

„Ach, Felipe, verzeihen Sie meine Verstimmung, ich bin schon darüber hinweg."

Esteban war kein Einfaltspinsel. Gewiß trübte der jahrelange Umgang inmitten einer Stimmung von Rauch und Schall seinen Scharfsinn, doch täuschen ließ sich der alte Haudegen nicht leicht. Er warf mißtrauische Blicke auf seinen Besucher, den offensichtlich etwas quälte.

Wie unter einem Zwang begann man in Erinnerungen zu schwelgen. Mehr aus Verlegenheit als Bedürfnis sprachen sie von vergangenen Erlebnissen:

„Das war eine herbe, doch schöne Zeit," wiederholte der Bürgermeister.

„Ja, das war es. Erinnern Sie sich noch?"

Esteban nickte, während Scheuer erzählte. Die weite Pampa lag unauslöschlich in ihrem Gemüt. Sie durchstreiften das Grasland von Bahia Negra bis zum Sierra Grande. Mal lebten sie in Saus und Braus, mal war Schmalhans ihr Gefährte. Sie teilten mehr als einen Sack Mehl miteinander, mußten sich gegen heulende Stürme und blutrünstige Insekten wehren; ganz zu schweigen von der brennenden Sonne. Ihre Kameradschaft war unverbrüchlich, keine Not oder Gefahr konnte sie ins wanken bringen.

Esteban hatte Scheuer vor Steffi Sachs gewarnt, ihm geraten die Finger von ihr zu lassen. Sie war als treuloses Weib bekannt, deren Mann sie aus Gründen verließ, welche Esteban geheim hielt.

Als das Gespräch ins stocken geriet, verabschiedeten sie sich. Kaum fiel die Tür hinter Scheuer ins Schloß, als Esteban erleichtert aufatmete, während er keuchte:

„Armin, Armin, unsere Glanzzeit ist vorbei."

Ein eisiger Hauch, genannt Wirklichkeit, umfing den alten Gauner, welcher ihn seltsamerweise beruhigte. Er ahnte, nein, wußte, was seinem einst übermütigen Freund die Lebensgeister raubte; nichts anderes als Steffi Sachs. Die Versöhnung mit seiner vormaligen Flamme warf tiefe Schatten über seinen Frohsinn. Seine Einladung auf das einsame Gut erwies sich als schicksalhaft.

Eine Woche später meldete sich Scheuer abermals:

„Felipe, ich verliere den Verstand," rief er schon zwischen Tür und Angel.

Der Bürgermeister schreckte unwillkürlich zusammen, der Anblick raubte ihm schier den Atem. Wie gehetzt von allen Teufeln zwischen Himmel und Erde, taumelte Scheuer auf ihn zu:

„Hören Sie es nicht? Hören Sie nicht die Stimmen aus der Hölle?" jammerte Armin, indessen er sich die Ohren zuhielt.

Anfänglich dachte Esteban, daß sein Freund eins über den Durst getrunken hätte, bis ihm ein Licht aufging. Armin kämpfte mit den satanischen Mächten seines Gewissens. Entschlossen näherte er sich dem jammernden Mann, welchen er umfaßte. Dann brachte er Scheuer in sein Privatzimmer. Mit einem Ruck entfernte er die Hände von seinen Ohren. Armin stieß einen Schrei der Erleichterung aus:

„Felipe, es ist weg," keuchte er.

„Was ist weg?"

„Der unmenschliche Lärm, die gellenden Stimmen aus der Unterwelt sind verstummt."

„Beruhigen Sie sich doch, Sie stören den Frieden," belehrte der Bürgermeister.

Ein kalter Schauer lief ihm über den Rücken. Der Mann mit dem er einst Rinder und Regenbögen jagte, schien im Serbonischen Sumpf zu stecken, aus dem es bekanntlich kein Entrinnen gibt. Allmählich beruhigte sich Scheuer, er fragte:

„Felipe, kann ich Ihnen trauen?"

„Ohne Vorbehalt."

„Gut, hören Sie zu, hier ist meine Zwangslage. Sie ahnen sicher, daß Steffi Sachs etwas damit zu tun hat."

„Ich weiß es," bestätigte Esteban.

„Dann wissen Sie auch, daß Steffi sich das Leben nahm."

„Sie sagten mir, daß sie im Saladillo ertrank."

„Das stimmt. Sie nahm sich das Leben. Ich versuchte sie zu retten, aber ich kam zu spät."

Die Miene Estebans verfinsterte sich:

„Das ist bedauerlich," meinte er, wonach er sich erhob und nach dem Amtsverzeichnis verlangte.

Zu Scheuer gewandt sagte er:

„Ich werde die nötigen Eintragungen selber machen."

Warum er dabei sein Gesicht zu einer Grimasse verzog, zeigte sich erst später. Alles verlief reibungslos bis nach einem ärztlichen Befund gefragt wurde oder dem Ergebnis einer Leichenschau.

„In beiden Fällen, nein," verkündete Scheuer.

Ein tiefer Schatten überflog das Gesicht des Bürgermeisters, der sich bei der nächsten Frage vertiefte.

„Begräbnisstelle," las er.

Scheuers Antwort ließ auf sich warten. Esteban wiederholte die Frage. Scheuer räusperte sich, holte tief Luft, wonach er antwortete:

„Auf meinem Grundstück."

„Ihr Grundstück ist groß, also, wo genau?"

Stefan versuchte abzulenken:

„Keine Sorge, mein Lieber, Steffi bekam eine christliche Beisetzung."

Der Bürgermeister schaute seinen Besucher mißbilligend an. Zeichen des Unmuts zeigten sich in seinem Gesicht.

„Gewiß, gewiß, Armin, doch ich möchte wissen, nein, muß wissen, wo genau ihr Grab zu finden ist."

Etwas unsicher geworden von Estebans ungewöhnlicher Beharrlichkeit, meinte Scheuer:

„Warum denn?"

„Weil ihre Angehörigen benachrichtigt werden müssen. Also, wo genau liegt Steffi Sachs begraben?"

Scheuer wandte sich hin und her, suchte nach einer Antwort, die er endlich fand:

„Unter dem Ombubaum neben dem Haus."

Der Bürgermeister schreckte sprachlos zurück. Maßloses

Entsetzen verschlug ihm die Stimme. Jedoch nicht lange:
„Sagten Sie eben, daß Steffi eine christliche Beisetzung erhielt?"
„Das stimmt."
„Also mit Grabstein und Grabinschrift?"
„Sie vermuten richtig," bestätigte Scheuer.
Der Bürgermeister klappte das Amtsbuch mit einem lauten Knall zu. Während er Scheuer anstarrte, stieß er aus:
„Da haben wir es ja."
„Was haben wir?" wiederholte Scheuer mit einem Maß an Hochmut.
„Ha, die Quelle ihres Kummers."
„Ich verstehe Sie nicht."
„Sie verstehen mich recht gut, sonst wären Sie nicht hier," entgegnete Esteban, den man, wie schon erwähnt, nicht leicht irre führen konnte.

Scheuers Miene sprach lauter als Worte. In der Tat hinterließ er ein Bild der Betroffenheit. Er schien zwischen Ahnung und Vernunft zu schweben. Natürlich hatte sein Freund recht, er suchte ihn aus zwei Gründen auf. Erstens wegen Steffis rechtswidriger Beerdigung, zweitens wegen ihrem Selbstmord. Armin Scheuer war weder gefühllos noch rücksichtslos. Das heißt, bis zu Steffis Treulosigkeit vor zwanzig Jahren, die ihn offensichtlich vom Gleis der Redlichkeit schubste.

Bürgermeister Esteban besaß Gefühle der Wildnis, welche kein langjähriges Schmarotzertum ganz untergraben konnte. Sein Wirken und Aufenthalt inmitten Gauchos und Landleuten hatte ihm Ehre und Würde verliehen, welche ihm wie auf den Leib geschrieben waren. Allerdings hatten die Machenschaften der Stadtverwaltung ihm arg zugesetzt.

Esteban betrachtete seinen Besucher mit verschleierten Augen, er wünschte sich die Fähigkeit eines Gedankenlesers. Wie es auch sei, Armin hatte sich gänzlich verändert. Aus dem ehemaligen Himmelsstürmer wurde ein regelrechter Leisetreter. Hatte er etwas mit Steffis rätselhaftem Tod zu tun, welcher ihm die übliche Gelassenheit raubte? So mußte es sein, mutmaßte der Bürgermeister, welcher Anstoß nahm an Armins gehetztem Blick und fahrigen Bewegungen. Wurde er aufgesucht aus tieferen Beweggründen, in anderen Worten, bissen Scheuer die Angstläuse? Esteban roch Unrat, er ahnte nichts Gutes. Freund Armin hatte sich nachteilig verändert. Offensichtlich hinterließ Steffis Tod dunkle Schatten, wenn nicht tiefe Wunden. Er fand geringe Freude an seinem Besucher. Das alte umstrittene Übel, tauchte abermals auf. Esteban schöpfte vom ersten Tag an Verdacht, nämlich, daß der Ursprung Armins Verdrußes von seinem Verhältnis zu Steffi herrührte, die er unverblümt eine Jezebel nannte. Überhaupt bezeichnete Scheuer alle Frauen, jung, alt und mittendrin, als treulos, wie auch trügerisch. Es war eine bittere Pille zu schlucken für den treuherzig ritterlichen Gaucho; aber zum Glück die einzige.

Scheuer nahm Anstoß an der rügenden Miene seines Freundes, bis ihm ein Licht aufging. Esteban gab seinen Gefühlen freien Lauf, sie spiegelten sich in seinem Gesicht wieder. Er beschuldigte seinen Freund einen verfänglichen Fehler begangen zu haben, nämlich, Steffi unter einem Ombubaum zu beerdigen.

Scheuer stöhnte auf. Diese unsinnigen Ammenmärchen erzeugten so manchen Zwist zwischen ihnen; zum Glück den einzigen. Freilich fühlte er eine kribbelnde Schuld auf der Haut, aber es war getan und konnte nicht ungeschehen gemacht werden. Doch sich rechtfertigen fand er schon angebracht. Er lehnte sich zurück, lachte gezwungen, wonach er verächtlich schnaubte:

„Felipe, Sie versteigern sich doch nicht wieder in den alten Hokuspokus des El Ombus? Er ist ein Baum wie jeder andere, ihm zauberhafte Mächte zuschreiben grenzt an Albernheit."

Der Bürgermeister richtete sein breites Gesicht auf Scheuer. In seinen Augen schienen alle Kobolde der Ahnen zu tanzen. Sein tiefgründiges Lächeln störte Scheuer, wie schon so oft, als sie gegensätzlicher Meinung waren was den Ombubaum betraf, der angeblich ein schreckliches Geheimnis birgt:

„Larifari," bemerkte Scheuer.

„Na ja, mein Lieber, ich wäre einig mit Ihnen, doch lehrte mich die Erfahrung etwas anderes, nämlich, der Fluch des Ombubaumes ist echt: Beerdige nie jemanden in seinem Schatten. Soviel hat sich erwiesen im Fall Steffi Sachs."

Als der Bürgermeister Armins abweisende Grimasse sah, bemerkte er mit gerunzelter Stirn:

„Keine Bravade, mein Freund, Sie sind schwer von dem Fluch betroffen. Leugnen hängt der Tatsache kein Mäntelchen um."

Esteban stand auf. Er ging bedachtsam hin und her, eh er vor einem Fenster stehen blieb, welches einen unbehinderten Blick auf einen Park gewährte. Ohne sich umzudrehen fragte er: „Armin, warum kamen Sie zurück?"

Scheuer hüstelte verlegen, er zögerte mit der Antwort. Esteban drehte sich um.

„Sie besuchten den Park nahbei."

„Ja, das tat ich."

Das Gesicht des Bürgermeisters verdunkelte sich, indessen er seinen Besucher betrachtete. Der Mann hat schwere Sorgen, dachte er. Wie viele Missetäter schien Armin im Wettlauf mit der Verzweiflung zu sein; in anderen Worten, ihn quält die Stimme des Kiaks, der Klageruf eines Menschen der weder leben noch sterben will. Er nickte seinem Freund zu:

„Ich kenne den Park gut. Er hat eine bewegte, aber düstere Vergangenheit," meinte er.

Scheuer stimmte bei:

„Ich entnahm so etwas ähnliches angesichts der Ehrentafel am Eingang, die allerhand ahnen läßt."

„Ich hoffe Sie fanden Freude an der herrlichen Anlage."

„Leidlich, muß ich sagen," gab Scheuer zu verstehen.

Esteban verstand, er fragte:

„Wollen Sie die traurige Geschichte des Parks hören?"

„Gern."

„Der Name der Anlage, wie Sie wahrscheinlich wissen, ist Fernando Aluino. So genannt nach dem Eigentümer, der den Ausdruck prägte: Beerdige nie jemand unter einem Ombubaum. Es waren seine letzten Worte, eh des Henkers Falltür herab fiel."

„Er war ein Verbrecher?" fragte Scheuer verwundert.

„Ein Mörder, um genau zu sein."

„Wie kam er zu so einem bemerkenswerten Park?" staunte Scheuer.

„Er stammte aus einer angesehenen Adelsfamilie, die ihm

das Anwesen vermachte, welches er der Stadt hinterließ. Es geschah allerdings mit einem Vorbehalt."

Der Bürgermeister zögerte. Scheuer forderte ungeduldig: „Reden Sie schon."

„Die Anlage muß ewig seinen Namen behalten."

„War das die einzige Bedingung?"

„Soviel ich weiß wollte Aluino eine Art Schrein aus seinem beachtlichen Grundstück machen, aber des Henkers Tochter vereitelte es. Fernando Aluino war ein sehr reicher, namhafter Minister, der seine Frau ermordete. Es geschah weit vor meiner Zeit, doch die Angelegenheit erzeugte solch einen Wirbel, der bis heute nicht abflaute. Seine mahnenden Worte gingen in die Zeitgeschichte der Pampa ein."

Wie bereits erwähnt war Scheuer ein unverbesserlicher Zweifler, ebenso ein Spötter ohne Hemmungen. Diese Eigenschaften gestand er frank und frei, im Gegensatz zu seinem Hang zur Bosheit, welchen er vor sich und der Welt verbarg, vielmehr, versuchte zu verbergen.

Felipe Esteban hatte viele Jahre mit Scheuer Rinder und Schafe gehütet, man konnte sie getrost ein Herz und eine Seele nennen, doch nur bis jetzt. Esteban besaß eine ritterliche Veranlagung. Scheuers verbitterte Feindschaft gegen Steffi, die er Jezebel nannte, widerstrebte ihm. Gewiß sie behandelte ihn nicht gerade edelmütig, aber das geschah vor vielen Jahren.

Den Bürgermeister plagte ein heimlicher Verdacht, den er nicht an die große Glocke hängen wollte. Waren tiefere Beweggründe der Anlaß Steffi auf sein Gut einzuladen oder gehorchte er lediglich einer Laune? Das wird sich nie offenbaren, mutmaßte Esteban.

Etwas schien Armin an Aluinos Schicksal zu fesseln, er forderte den Freund auf zu erzählen. Der Bürgermeister zeigte sich ungewöhnlich verbindlich:

„Was geschah ist schnell gesagt. Gemäß den Jahrbüchern, wie den drei Pfennig Schreibern, ertrank die Frau des Ministers im Parana. Es erwies sich als eine glatte Lüge. Eines Tages meldete sich Aluino bei der Polizei, wo er in seinem üblichen herrischen Ton nach dem Chef verlangte. Ihn forderte er zu einer Unterredung unter vier Augen auf. Laut und deutlich gestand er: 'Ich habe meine Frau ermordet.' Diese Verkündung wurde sogar von den Untergebenen gehört. Ja, er hatte seine verhaßte Frau im Schlaf erstochen und sie heimlich unter einem Ombubaum begraben."

Scheuer zuckte zusammen, während der Bürgermeister fortfuhr:

„Er zeigte der Polizei die Stelle wo sie in der Erde lag. Der Sarg wurde gefunden, ausgegraben und geöffnet. Der Befund der Leichenschau hieß eindeutig: Isabel Aluino verstarb an einem Messerstich, von ihrem Ehemann Fernando ausgeführt. Aluino legte ein Geständnis ab, vollständig doch mit einer Ausnahme."

„Die wäre?" unterbrach Armin ihn aufhorchend.

„Er hüllte sich in grimmiges Schweigen was den Beweggrund zu dieser Tat betraf. 'Erhängt mich und laßt alles andere sein,' gab er zu verstehen. Die Obrigkeit war bestürzt, schließlich konnten mildernde Umstände Geltung haben. Doch Aluino wollte nichts davon hören: 'Erhängt mich. Behaltet euren Segen für euch,' fuhr er die wohlmeinenden Fürsprecher an. Ihn quälte nur ein Gedanke. 'Warum, oh warum, begrub ich Isabel unter einem Ombubaum,' jammerte er. 'Es war der größte Fehler meines Lebens.' Der Minister schien in ständiger Angst zu leben, er alterte von Tag zu Tag. Etwas jagte ihm Schrecken ein."

„Na ja, das ist verständlich unter den Umständen. Der Mann hatte Grund sich zu sorgen," meinte Scheuer.

„Wie meinen Sie das?"

Scheuer stutzte einen Augenblick, eh er einlenkte:

„Schließlich erwartete ihn ein schlimmes Urteil."

Der Bürgermeister schmunzelte:

„Ich verstehe das anders. Aluino verzehrte ein nagendes Entsetzen, das nur die Schlinge des Henkers beenden konnte, welche er freimütig einlud. Seine Worte: 'Henkt mich lieber heute als morgen,' klangen echt. Nein, er fürchtete sich vor etwas anderem."

Scheuer ahnte den Ursprung Aluinos Kummer, der einer quälenden Folter gleichkam. Richtig, die nächsten Worte des Bürgermeisters bestätigten seine Vermutung. Auf Scheuers Frage was Aluino so schrecklich zusetzte, antwortete Esteban:

„Der unheilvolle Schrei des Kiaks. Die Verzweiflung die

Ihnen ja bekannt ist," erklärte er.

Zuckte Scheuer unwillkürlich zusammen? Ohne den leisesten Zweifel tat er es. Man konnte Esteban kaum einen Wortklauber nennen, streitsüchtig war er auch nicht. Allerdings besaß er ein treffliches Verständnis für die Menschennatur. Indessen er sich zurücklehnte, betrachtete er Scheuer erwägend: „Armin, wenn ich mich nicht irre, suchen Sie meinen Rat."

„Ja, das tu ich."

„Nun, hier ist er."

„Ich höre."

„Als erstes sollte Steffi auf dem hiesigen Friedhof beigesetzt werden, das weitere ergibt sich von selbst. Soll ich das Nötige veranlassen?"

Scheuer zögerte, während der Bürgermeister überlegte ob er sich aus der ganzen Sache raushalten sollte. Sein langes Leben und Wirken auf dem Grasland hatte ihn gelehrt seiner Kunde Gehör zu schenken. Sogar jetzt hörte er die mahnende Stimme der Pampa, die ihm einen Rat gab:

„Solange Steffi im Schatten des Ombubaumes begraben liegt, wird Armin keine Ruhe finden."

Nach einer Weile willigte Scheuer ein den Rat zu befolgen.

„Soll ich Männer schicken die Ihnen dabei helfen?" fragte der Bürgermeister.

„Das ist nicht nötig," meinte er mit wenig Begeisterung.

Esteban nickte. Er hatte genug gehört. Außerdem beschlich ihn ein Gefühl, daß ihre Freundschaft zu Grabe getragen wurde. Ja, die lang gepflegte Zuneigung erhielt einen Riß, welchen kein Mittel zwischen Himmel und Erde ausbessern konnte. Die Quelle ihrer Uneinigkeit konnte mit einem Wort beschrieben werden: Frauenfeindschaft.

Wie bereits erwähnt besaß Felipe Esteban ein ritterliches Wesen, wie auch eine Neigung zur Nachsicht, welche Scheuer ebenfalls sein eigen nannte; doch mit einer Ausnahme, nämlich, seine Einstellung zu Frauen. Seine guten Eigenschaften wurden fast von diesem Wahn verschluckt. Er fühlte sich gerade genötigt an Frauen nichts Gutes zu lassen. Wie gesagt, es war eine krankhafte Veranlagung, welche ihr brüderliches Verhältnis trübte. So nannte es Freund Esteban. Scheuer verwahrte sich mit vollen Lungen:

„Krankhafte Veranlagung?" widersprach er entrüstet.
Dann fügte er hinzu was Esteban schon wußte: Steffi hatte
ihn schmählich hintergangen, somit sein Ansehen als Mann
unwiderruflich verletzt. Felipe widersprach:
„Aber Armin, das geschah doch vor zwanzig Jahren."
Der Gaucho von alters her verstand weder das Alpha noch
das Omega der ganzen Geschichte. Noch weniger begriff er
wie ein Mann seine vormalige Freundin bei sich aufnehmen
konnte, die ihn doch schmählich hinterging.
Armin verabschiedete sich. Auf dem Rückweg betrachtete
er seine Lage von allen Seiten. Als er sich seinem Anwesen
näherte schrak er zurück. Steffis Bildnis erhob sich lebensnah
vor seinen Augen. Was immer es war starrte anklagend auf ihn.
Ein heilloses Entsetzen fuhr ihm durch alle Glieder. Sein
Gesicht verwandelte sich in eine Fratze der Furcht. Während er
überlegte was zu tun sei, ertönte der Schrei des Verderbens in
seinen Ohren. Unwillkürlich entfuhr ihm ein Seufzer der Not.
Doch er faßte sich. Mit einem lauten hussa gab er dem Pferd
die Sporen. Im gestreckten Galopp jagte er der Erscheinung
entgegen, die sich plötzlich in Luft auflöste. Selbst die
irrsinnigen Rufe der Verzweiflung verstummten. Scheuer
zügelte sein Pferd, er ging mit sich zu Rat. Mit gewölbter Brust
und vorgeschobenem Kinn verkündete er der Welt:
„Armin verzagt nicht, noch viel weniger läßt er sich
einschüchtern. Der Satan hol den Fluch der Pampa. Wie? Ha,
ganz einfach. Ich werde zurück nach Kanada gehen. Den
Köhlerglauben samt dem verruchten Schreckgespenst, welches
die Hiesigen Kiak, den Ruf des Verderbens nennen, kann zur
Hölle fahren. Die gruselige Stimme aus einer anderen Welt
wird mich im Land der Mitternachtssonne niemals finden."
Wie man weiß ist ein gefaßter Entschluß die halbe Tat. Das
geschah mit Armin Scheuer. Doch verstand er auch, daß der
Pfad zur Erlösung mit Dornen und Disteln überwachsen war.
Sein Grundstück verkaufen wird nicht leicht sein im Hinblick
auf Steffis Grab unter dem Ombubaum. Scheuer atmete
erleichtert auf bei dem Gedanken, daß nur wenige davon etwas
wußten. Ja, der Bürgermeister mag nur einer der wenigen
Eingeweihten sein. Er wird gewiß die angebliche Freveltat

nicht an die große Glocke hängen. Wie so oft fiel Scheuers Hoffnung ins Wasser.

Als er sich seinem Haus näherte, fiel ihm etwas ins Auge; ein Mann lief davor hin und her. Eine schlimme Ahnung durchzuckte ihn. Mit geschirmter Hand versuchte er den Mann zu erkennen.

„Der kommt mir doch bekannt vor," murmelte Scheuer.

Richtig, es war Emil Marner, den er ans andere Ende der Welt wünschte. Der Mann mit der Stimme eines Kookaburras und dem Blick eines Jettators, grüßte ihn von weitem wie ein leiblicher Bruder.

„Armin, welch eine freudige Überraschung," rief er mit erhobener Hand. „Wie geht es Ihnen? "

„Gut, bis jetzt," erwiderte Scheuer verstimmt.

Dann zuckte er erschreckt zusammen, denn Marner brach in sein bezeichnendes Gelächter aus, welches dem Gekreische einer aufgebrachten Hyäne ähnelte.

„Ha, ha, ha, da schau her, mein alter Freund besitzt immer noch einen Dreh für Neckereien."

Während Scheuer überlegte ob er weiter reiten sollte, fiel ihm Marners seltsames Verhalten auf. War es sein lauernder Blick? Die schadenfrohe Miene oder sein wissendes grinsen? Die Ungewißheit verflog bei Marners nächsten Worten:

„Mein Lieber, darf ich Ihnen mein Beileid ausdrücken?"

Wie von allen Furien gehetzt fuhr Scheuer hoch:

„Was reden Sie denn da?" schrie er ihn an.

Unbefangen kam eine Antwort:

„Ich drückte mein Beileid aus an Steffis frühzeitigem Tod."

„Frühzeitig?" wollte Scheuer aufbegehren, doch er schwieg.

Seine Hand tastete unwillkürlich nach dem geladenen Gewehr. Ja, er verstand um was es ging. Emil, die Schlange im Gras, hatte Steffis Grab entdeckt. Der Wichtigtuer geht nun gewiß mit dieser Nachricht haussieren, vermutete er. Es sei denn, hm, hm, es sei denn, wisperte die Stimme welche niemals ruht. Er schüttelte den Kopf, die Vernunft siegte. Marner verabschiedete sich mit einem schadenfrohen grinsen.

Scheuer ritt im Galopp davon. Als er sich dem Ombubaum näherte durchfuhr ihn der blanke Schrecken: Steffis Grabmal war verschwunden. Mit einem Satz sprang er vom Pferd. Er

suchte umher, konnte aber nichts entdecken. Nur eins war klar:
Jemand hatte alle Spuren von Steffis Grabstätte beseitigt. Emil
Marner drängte sich in seinen Sinn. Was er damit bezweckte
war nicht schwer zu erraten: Er wollte seine Absichten
vereiteln, ob bewußt oder nicht blieb dahingestellt.
Tatsachen überwiegten Mutmaßungen. Steffis Sarg nach
Rosario befördern war nun nicht mehr möglich, sowie die
Rückkehr nach Kanada.

Armin Scheuer, bekannt wegen seiner Gelassenheit, hätte
man jetzt nicht wieder erkannt. Jammernd lief er umher. Ein
Beschauer hätte sich gewiß in Sicherheit gebracht vor dem
Mann im gesetzten Alter, der sich die Haare raufte indessen er
wie verstört um den Ombubaum taumelte und sich beide Ohren
zuhielt. Sein Gezeter erfüllte die Luft. Er schien mit allen
bösen Geistern zwischen Himmel und Erde zu ringen.

Kurz gesagt, die Stimme des Kiaks verfolgte ihn, sie
verkündete sein schmachvolles Ende. Scheuer begann wie ein
Besessener zu graben, doch bald sank er ächzend zu Boden; er
hatte sich verausgabt. Steffis Sarg würde er nie wieder finden.

Als die Dunkelheit herein brach strauchelte er dem Haus
entgegen. Düstere Gedanken beschwerten seinen Gang, er war
wie gelähmt. Die Vorstellung eines neuen Anfangs in Kanada
in der baumlosen Tundra, sank mit der untergehenden Sonne.

„Es ist ein Opiumtraum," seufzte er.

Seine Hoffnung schwand mit zunehmender Dunkelheit.
Schaurige Vorstellungen quälten ihn. Eine darunter war, daß
die irrsinnigen Schreie Steffis, die sie ausstieß ehe sie in den
Fluten versank, bis zu seinem letzten Atemzug widerhallen
würden. Er gestand sich seine Schuld an ihrem Elend und Tod
ein. Ihre Klagerufe dröhnten immer noch in seinen Ohren. Sein
Schuldbekenntnis verlieh ihm keine Erlösung.

Zuletzt kam er zu der Erkenntnis, was immer geschah bleibt
unabänderlich. Was aber geschehen mußte, konnte nicht
aufgeschoben werden. Steffis Sarg mußte gefunden werden,
ihn in Rosario kirchlich beisetzen blieb unerläßlich. Doch der
bloße Gedanke daran gab ihm Zustände. Die Flucht nach
Kanada stand außer Frage, sie erschien ihm nun wie eine
Luftspiegelung. Wer würde schon sein einsames, doch gut
gepflegtes Anwesen kaufen, das vom Fluch der Pampa

gezeichnet ist, den nicht mal ein pästlicher Erlaß verbannen kann?

Scheuer stöhnte während ihn eine Ahnung schier in die Knie zwang. Er sah die Handschrift an der Wand: Der Betrüger wurde betrogen, der Fallensteller tapste in seine eigene Falle. Mühsam erhob er sich und strauchelte zum Fluß. Steffis Schicksal wollte er, nein, mußte er, teilen. Dann blieb er plötzlich stehen; eine Erkenntnis ergriff ihn welche er nicht zurückweisen konnte. Er mußte kichern bei dem Gedanken sich wie Steffi Sachs das Leben im Saladilla zu nehmen. Wie konnte ein Meisterschwimmer wie er sich ertränken? Armin, der Fisch, wurde er in seiner Jugend genannt. Das war am Rhein wo er oft von Bacherach nach Rüdesheim schwamm, sogar in den Unbilden der Witterung.

Scheuer verringerte seinen Gang, dann blieb er stehen. Wie auf Geheiß tauchten vor seinen Augen Bildnisse seiner Kindheit und Jugend auf. Wunderliche Gestalten machten ihre Aufwartung, welche die neue Welt nicht aufweisen kann. Leblos und hölzern dünkte ihn das gelobte Land Amerika, wo man suchte und suchte nach Weißnichtwo bis zum seligen Ende, es aber nie fand. Seine Heimat am Rhein wimmelte von Geistern und Feen, teilweise freundlich gesinnt, aber auch welche mit Giftpfeilen in ihren Köchern; wie zum Beispiel die Todesfee und ihr Gefolge, deren unheimliche Klagerufe Tod und Verderben verkündeten. Der Sage nach heißt es, wer diese Kunde vernimmt, erlebt den nächsten Tag nicht mehr.

Scheuer winkte verächtlich ab. Kiak, Todesfee, beide sind nichts wie Schreckgespenster aus dem Aberwitz, meinte er.

Trotz dieser Geringschätzung war ihm nicht wohl zumute, er nahm seine Lage ernst. Eine blinde Hast befiel ihn. Er machte kehrt und suchte Zuflucht im Haus. Der Mann welcher einst Wölfen und Bären forsch entgegen trat, glich nun eher einer wandelnden Leiche als einem Manderl mit Kren. In der Tat war er bereit auf Knien die höhere Macht um Erlösung zu bitten, doch etwas hinderte ihn daran. Stolz und Würde übermannten ihn. Ruckartig änderte sich sein Gebaren. Die Leidensmiene verschwand, Entschlossenheit entspannte seine Züge, er lächelte. Wankelmut, jener Fluch ohnegleichen, hatte mal wieder den kürzeren gezogen.

Scheuer machte die ganze Nacht Vorbereitungen. Er holte Stricke aus der Scheune, schnitt sie zurecht und flocht daraus in aller Ruhe ein Seil mit einer Laufschlinge. Nach getaner Arbeit lehnte er sich seufzend zurück. Er begann über sein Leben nachzudenken. Wehmut erfüllte ihn. Mit einer Sehnsucht, schmerzlich, aber auch erlösend, nahm der vormalige Gaucho Abschied von der schönen Welt; er war bereit sich von ihr zu trennen. Ja, er begrüßte das Stelldichein mit seinem Schicksal.

Dann geschah etwas bestürzendes. Die schicksalhaften Schreie, der Lärm in seinen Ohren verstummte, der Kiak hatte sein Werk getan.

Als die ersten Sonnenstrahlen über dem Land erschienen, wurde Scheuer rege. Er befreite die Pferde aus ihren Ställen und führte sie ins Freie, wonach er mit dem Seil in der einen Hand, einem Stuhl in der anderen zum Ombubaum ging. Mit ruhiger und sicherer Hand befestigte er das Seil an einem starken Ast, legte sich die Laufschlinge um seinen Hals, wonach er dem Stuhl einen heftigen Tritt versetzte. Seine Abschiedsworte: „Das Schicksal hat gesprochen," trug der Wind zu Steffis Grab.

Mangel an Mitgefühl

*E*s war der Halm, der das Kamel in die Knie zwang. Helga, Ernst Brooks Frau, eine berufliche Kranke in seinen Augen, ging zu weit. Anfangs hinkte sie, dann folgte ein Stock zum laufen, schließlich humpelte sie auf Krücken umher, bis ihr Mann sich die Schwindsucht an den Hals ärgerte und keinen Hehl daraus machte.

Da Frau Brooks kein Mitgefühl von ihrem Mann erhielt, dachte sie: Na, warum nicht? In anderen Worten, sie erwarb eine Gehhilfe, einen zusammenklappbaren Stuhl, mit dem sie sich behelfsmäßig fortbewegen konnte.

Ernst betrachtete den Käfig, wie er das Gestell heimlich nannte, mit gekräuselter Stirn und Argwohn. Helga nahm Anstoß an seinen abfälligen Blicken; sie schrie ihn an:

„Soll ich den ganzen Tag wie eine Gipsfigur im Haus herum hocken?"

Ernst zog eine Grimasse und zuckte mit den Achseln. Es machte seine Frau noch wütender, sie hoppelte trutzig vor seinen Augen hin und her. Als er sich angewidert abwandt, rief sie ihm nach:

„Bin ich denn für mein Geschick verantwortlich?"

Ohne sich umzudrehen antwortete er:

„Ja, du bist es, mit Sicherheit."

Helga gab nicht auf:

„Dr Vanstrom bestcht darauf, daß ich die Gehhilfe immer benutzen soll."

„Ha, der Quacksalber kann nicht mal Männchen von Weibchen unterscheiden."

Die Brooksehe, einst ein Pfad mit Rosen bestreut, wurde allmählich ein Weg von Disteln und Dornen überwuchert. In der Tat ruschte ihr Verhältnis ins berüchtigte Tal der Tränen.

Wie üblich, gab eins dem anderen die Schuld daran. Beide vertraten die Ansicht, daß ihre Feindseligkeit eine Fügung der langjährigen Ehe sei. Freilich hätte ein gelegentliches Lächeln oder versöhnliches Wort, diese eingebürgerte Irrlehre Lüge gestraft. Doch es sollte nicht sein.

Ihre Reibereien erreichten mit der Zeit unausstehliche Zustände, welche beiden das Leben vergällte und leider das Bestreben nach Zank verstärkte.

Helga Brooks verwandelte sich in eine waschechte Niobe, jene Verkörperung fraulichen Kummers. Die Herzlosigkeit ihres Mannes steigerte ihre Qualen, behauptete sie. Ernst nahm Anstoß an diesen Unterstellungen, welche er boshaft nannte. Was ihn betraf war die Ursache ihres Haders Helgas eingebildetes Gebrechen, welches sie nährte um ihn zu bestrafen. Der Ärger darüber verdroß ihm das Leben und es verschlimmerte Helgas Leiden.

Doch die Hauptquelle ihrer Zwietracht entsprang woanders. Der treibende Dorn in Helgas Leib war das Wesen ihres Mannes, welches sie vergeblich zu ändern versuchte. Frau Brooks fühlte sich unbeachtet, weder geschätzt noch verehrt. Sie tat ihrem Mann ein Unrecht. Er würdigte sie, doch er trug sie nicht auf Händen. Er besaß eine Neigung zur Zurückhaltung.

Frau Brooks dünkte sich ein Muster an Geduld, Nachsicht und ehelicher Ergebenheit, die ihres Mannes unwürdige Behandlung mit einem wohltätigen Lächeln ertrug. Doch nichts konnte der Wahrheit entfernter sein. Schon als Brooks sie kennen lernte war sie engstirnig, herrschsüchtig und obendrein selbstherrlich. Aber er störte sich nicht daran, denn wie Goethe glaubte auch er seine Frau erziehen zu können. Doch welch ein Irrtum, sie erzog ihn.

Nach und nach zeigte Helga ihr wahres Gesicht. Die Maske einer gütigen, verständigen Frau begann zu rutschen bis sie gänzlich abfiel. Darunter zeigte sich ihr wahres Wesen, die Gedanken wie auch ihre Gesinnung. Diese Erkenntnis erschütterte Ernst Brooks. Er konnte nicht verstehen, wie die einstige Braut, ein Bild des blühenden Lebens, sich in solch ein Jammerbild verwandeln konnte.

Helgas Beschwerden, wie auch ihr zerquältes Aussehen, empfand er wie eine unverdiente Strafe. Sie suchte fast jeden

Arzt in der Gegend auf, bis sie endlich in die Klauen Doktor Vanstroms geriet. Schon nach der ersten Beratung änderte sich Helgas Verhalten. Sie wurde dreister und trutziger, leider auch kränker. Sie befolgte Dr Vanstroms Rat sich eine Gehhilfe zu besorgen. Herrn Brooks Nachsicht nahm beträchtlich ab; sein Maß war zum überlaufen voll.

Eines Tages brauste ein Krankenwagen mit heulenden Sirenen durch die Straßen, welcher mit quietschenden Bremsen vor Brooks Haus anhielt. Ein schrecklicher Unfall trug sich dort zu, wurde den Sanitätern gesagt. Sie fanden Helga Brooks, ums liebe Leben jammernd, unten an der Treppe gekrümmt liegen, wahrscheinlich mit gebrochenen Gliedern.

Frau Brooks überlebte den Treppensturz, obwohl schwer verletzt. Die polizeiliche Untersuchung verlief mit viel 'aber, aber'; in anderen Worten, zweifelhaft. Ernst Brooks Aussage erschien ihnen höchst unglaubwürdig.

„Er verschweigt uns etwas," mutmaßte der Polizeichef.

„Er führt uns an der Nase herum," meinte der Staatsanwalt.

Kurzum, die Behörden nahmen die Sache nicht ernst.

„Etwas verblüfft mich. Bei jeder Aussage widerspricht sich Brooks," bekundete der vernehmende Beamte.

Die zuständige Behörde befand sich in der berüchtigten Zwangslage: Vorangehen, heißt das Gesetz biegen, die Sache fallen lassen, bedeutet so viel wie sich Lästermäuler aufhalsen.

Frau Brooks war allgemein beliebt und bedauert, im Gegensatz zu ihrem Mann, der nicht mal mit der Lupe einen Freund oder Wohltäter aufspüren konnte. Leute, von Arg gerädert und Ach und Weh gebeugt, sahen in dem sachlichen Mann einen abgefeimten Widersacher, somit auch die Tatsache: Der Mann ist schuldig. Um das zu folgern bedarf es keines Orakels.

Nun, wie einst Julius Cäsar verkündete: Der Wille des Volkes ist Gottes Wille, so entschied der Staatsanwalt, daß die Forderungen vieler Menschen der Wille einer höheren Macht sei. Die Anklage hieß: Grundloser Angriff auf eine behinderte Frau, nämlich, Helga Brooks, die schwere Körperverletzungen dadurch erlitt.

Brooks erklärte sich schuldig, ohne Hilfe eines Anwalts. Helga erlitt anscheinend eine Gehirnerschütterung, welche ein

Gedächtnisschwund zur Folge hatte. Somit hatte sie nicht viel zu sagen. Hier ist ihre Wiedergabe des Geschehens.

„Mein Mann und ich gerieten in einen heftigen Streit."

„Um was handelte es sich?" wollte der Staatsanwalt wissen.

„Meine Gehhilfe war ein Dorn in seinem Auge."

„Erzählen Sie weiter."

„Plötzlich kam mein Mann wutentbrannt auf mich zu. Er versuchte mir die Gehhilfe zu entreißen, wobei ich samt dem Gestell die Treppe hinab stürzte."

Wie erwähnt erklärte sich Brooks schuldig, gemäß der Anklage. Der Richter, welcher wenig Gefallen an dem Angeklagten fand, verurteilte ihn zu zwei Jahren Gefängnis.

Erschreckt fuhr Brooks auf:

„Herr Richter, ich möchte mein Schuldbekenntnis widerrufen."

Der Richter lächelte nur, wonach er die Verhandlung für beendet erklärte.

Pfarrer Kurz verließ kopfschüttelnd das Gefängnis. Der Neuankömmling, Ernst Brooks, gab ihm zu denken.

„Der Mann kommt mir rätselhaft vor," murmelte er. „Er ist unschuldig."

Bald danach meldete sich der Priester beim Vorstand der Strafanstalt, der ihn höflich empfing:

„Hochwürden, was kann ich für Sie tun?"

Räuspern oder hüsteln lag dem Priester nicht, er kam zur Sache.

„Ich besuchte Ernst Brooks in Zelle zweiundvierzig."

Der Vorstand verzog das Gesicht als ahne er was kommen würde.

„Seltsamer Kauz, nicht wahr" bemerkte er.

Der Seelsorger nickte:

„Ich muß schon sagen, Sie haben recht."

Als ihn der Vorstand mit hochgezogenen Augenbrauen betrachtete, fragte Vater Kurz:

„Was ist die Anklage?"

„Grundloser Angriff auf seine gehbehinderte Frau."

Vater Kurz schaute überrascht auf, doch er sagte nichts. Er bedankte sich und ging seinen Weg.

Im Verlauf des Tages erschien Ernst Brooks immer wieder

vor seinen Augen. Der Mann ging ihm nicht aus dem Kopf, etwas rätselhaftes umrahmte ihn. Es störte die Gemütsruhe des Priesters, den ein Verdacht umschlich, daß Brooks schmählich hintergangen wurde. Am nächsten Tag meldete er sich bei der Polizei:

„Könnte ich mit dem Chef sprechen?" fragte er den Beamten am Schalter.

Sie kannten sich, somit erübrigten sich weitere Fragen und Förmlichkeiten. Richard Karmack, der Polizeichef, ein Mann von wenig Worten und noch weniger Gehabe, bot Vater Kurz einen Stuhl an:

„Setzen Sie sich, Hochwürden, was kann ich für Sie tun?"

„Ich bin der Gefängnisgeistliche."

„Ich weiß, ich weiß, kommen Sie zur Sache."

„Ich war gestern in der Strafanstalt. Ich besuchte dort einen erst kürzlich eingelieferten Häftling, namens Brooks, Ernst Brooks."

„Was ist mit ihm?"

„Nichts für ungut, Herr Polizeichef, ich glaube der Mann ist unschuldig."

Chef Karmack schaute verdutzt auf, er betrachtete den Priester mißtrauisch:

„Hm, Sie glauben."

Er wollte ihn eben schroff zurechtweisen, als ihm etwas einfiel:

„Ernst Brooks sagten Sie? Wie sieht der Mann aus, beschreiben Sie ihn," forderte er mit gerunzelter Stirn.

Pfarrer Kurz tat es. Der Polizist stand auf, öffnete die Tür und rief:

„Katherine, bringen Sie mir die Kartei von Ernst Brooks."

Kurz danach erschien die Sekretärin:

„Die Kartei ist geschlossen," berichtete sie.

„Suchen Sie trotzdem danach," befahl er.

Höchst unwillig gehorchte Fräulein Katherine.

Zum Priester gewandt sagte der Chef:

„Wie Ihnen sicherlich bekannt ist, trat ich den Posten erst kürzlich an."

Pfarrer Kurz erhob sich:

„Ich danke Ihnen für Ihre Mühe, bis später."

Zwei Tage danach besuchte Karmack Ernst Brooks im Gefängnis:

„Grüß dich, Alter. Wie gehts, wie stehts?"

„Es könnte besser sein," gestand Brooks, wonach er sich erkundigte:

„Was bringt dich her, alter Sünder?"

„Ich las die Polizeiakte von dir."

„Hat sie nicht bereits Staub angesammelt?"

„Schon, doch ich blies ihn ab."

Die Männer betrachteten sich mit Augen, welche den Glanz der Vergangenheit verloren hatten. Beide waren nicht mehr jung. Die Zeit, Wohltäterin zuweilen, Feindin vieler, hinterließ unverkennbare Spuren des Mißmuts in ihnen.

„Ernst, was ist geschehen?"

„Du hast meine Akte durchblickt?"

„Mehr als einmal."

„Dann weißt du ja Bescheid."

„Warum hast du dich schuldig erklärt?"

„Weil ich schuldig bin."

Sein Freund rümpfte die Nase:

„Ernst, du wirst nie lernen. Du weißt so gut wie ich, daß die Anklage auf Sand gebaut war."

Brooks wiegte den Kopf:

„Richard, ich bin kein Jurist, aber Schuld von Unschuld kann ich schon auseinander halten."

Karmack, der sich Schritt für Schritt aus den untersten Reihen emporfochte, schaute bedächtig auf seinen einstigen Freund:

„Ich habe gute Lust deine Akte wieder zu öffnen."

„Ohne mich, Richard," ließ Brooks wissen.

Karmack sah ihn verwundert an, indessen vergangene Jahre im Polargebiet vor ihm auftauchten, welche sie gemeinsam in Frobisher Bay verbrachten. Es ging ihm allerhand durch den Kopf, vor allem die Inuit, sie waren beiden ein Buch mit sieben Siegeln. Sie ahnten deren unabwendbare Vernichtung, doch kein Schatten trübte deshalb ihre lachenden Gesichter.

Karmack vertrat das Gesetz in der anwachsenden Siedlung, Brooks besaß ein Hotel. Trotz ihrer Freundschaft hatten die beiden so manchen Ärger miteinander. Es gab viel zu tun für den Polizisten. Die Inuit in Schach halten, das heißt im Rahmen der europäischen Sitten, war keine leichte Sache. Er raufte sich mit betrunkenen Männern und Frauen herum, die stocknüchtern nicht gerade fügsam waren. Karmack und Brooks tauschten noch einige Erinnerungen aus, wonach sich der Polizeichef verabschiedete.

Brooks Entlassung nahte, ihm wurde ein Drittel seiner Strafe erlassen. Der Gefängnisvorstand, wie auch andere, hatte ohnehin an Brooks Schuld gezweifelt. Warum der sonderbare Mensch eine Tat gestand die er wahrscheinlich nicht verübte, fand er von Anfang an unverständlich.

Pfarrer Kurz besuchte Brooks einige Tage vor seiner Entlassung. Er reichte ihm die Hand mit den Worten:

„Nun, Herr Brooks, ich gratuliere Ihnen. Alles Gute für die Zukunft."

„Ich weiß es ist aufrichtig gemeint. Was glauben Sie, wird man mir verzeihen?"

Verdutzt schaute ihn der Priester an, eh er fragte:

„Den Angriff auf Ihre Frau?"

Brooks betrachtete ihn mit einem wehmütigen Lächeln.

„Vater, ich habe Helga weder angegriffen, geschubst, noch Gewalt angewendet."

Entgeistert schaute ihn der Priester an:

„Aber, Herr Brooks, warum sich dann schuldig erklären?"

„Herr Pfarrer, kann ich mit Ihnen vertraulich reden?"

Überrascht sah ihn der Geistliche an:

„Sie wissen doch, daß meine Lippen versiegelt sind," wurde Brooks belehrt.

„Gewiß, aber hier handelt es sich nicht um eine Beichte."

„Sondern?"

„Um eine Gemütserleichterung. Ich muß mich jemanden anvertrauen," bekannte er.

„Durchaus, durchaus," ermunterte ihn der Priester.

„Meine Frau und ich verbrachten viele glückliche Jahre miteinander, bis sie begann mit dem Schicksal zu hadern."

Vater Kurz nickte verständnisvoll, er ahnte um was es ging.

„Was vorfiel ist schwierig wiederzugeben. Ich versuche es trotzdem. Helga befiel nach und nach ein leiblicher und seelischer Verfall, man kann es nicht anders nennen. Sie suchte

Flucht in Krankheiten und Gebrechen, irrige Vorstellungen wurden zur Tagesordnung. Abwegige Gedanken führten sie von einem Übel zum nächsten. Glauben Sie mir, Herr Pfarrer, Helgas Abstieg ins Tal der Verzweiflung zehrte an mir; es änderte meine Einstellung zu meiner einst geliebten und verehrten Frau. Es machte mich erst traurig, dann wütend, und schließlich schadenfroh."

Vater Kurz zog rügend die Augenbrauen hoch:

„Was meinen Sie?"

„Nun, was wohl. Ich weidete mich an ihrem sogenannten Unglück. Meine Enttäuschung über ihren Abstieg ins Reich ohne Hoffnung kann ich nicht beschreiben. Sie hatte sich gänzlich verändert. Ich freite eine lebhafte, lebenslustige Frau, die nun zum schäbigen Zankteufel herab sank. Wir lebten in einer jämmerlichen Gegenwart und gingen einer quälenden Zukunft entgegen."

„Na, na, Herr Brooks, ich finde Ihre Voraussage ein bißchen übertrieben," meinte Vater Kurz. „Übrigens, suchen Sie eine Versöhnung mit ihrer Frau?"

„Niemals, Geißelungen liegen mir nicht."

„Was meinen Sie damit?"

„Ihr Leben ist dahin, warum ein zweites vernichten."

„Die Kirche vertritt andere Ansichten. Es heißt: Bis daß der Tod euch scheidet," wandte er ein.

„Treue wäre in diesem Fall falsch am Platz."

Als der Priester einwenden wollte, kam er ihm zuvor:

„Hochwürden, meine Frau ist unrettbar verloren. Sie hat die Frucht Zakkum verkostet, die für unsäglich verbitterte Menschen gedacht ist. Elend ist und bleibt ihr Gefährte. Freude, Hoffnung ihr Todfeind. Aber lassen Sie mich weiter erzählen. Die Zeit kam wo Helga keinen Schritt mehr tat ohne dem vermaledeiten Gestänge. Ja, sie schlief beinahe mit dem Käfig."

Vater Kurz nahm Mißfallen an Brooks folgenden Worten:

„Meine Frau stürzte von einer Täuschung in die andere."

„Täuschung?" wiederholte er.

„Selbsttäuschung, wäre besser gesagt. Mit Hilfe der Ärzte, muß ich hinzufügen."

Dann fuhr er fort:

„An einem Freitag kam ich früher als gewohnt von der Arbeit nach Hause. Auf dem Heimweg regten sich seltsame Gefühle in mir. Gewissensbisse plagten mich, Mitgefühl erweichte mein Herz."

„Für Ihre Frau?" fragte der Priester.

„Genau. Ich beschloß Helga mit Blumen und einem Kuß zu überraschen."

Vater Kurz nickte beifällig, er lächelte anerkennend.

„Allein der Gedanke erleichterte meine Schritte und erfüllte mich mit Freude. Ich fühlte mich um Jahre verjüngt. Glühende Erwartung durchströmte mich. Mit den Blumen in einer Hand und einer Schachtel Pralinen in der anderen, kam ich an. Ich trat leise ins Haus, mit pochendem Herzen und gütigen Gefühlen, ja, keimender Liebe, welche ich längst nicht mehr fühlte. Da hörte ich Schritte im oberen Gang, die mich stutzig machten. Auf Zehenspitzen schlich ich mich zur Treppe. Ich blieb stehen und horchte."

Von einer qualvollen Erinnerung beunruhigt, starrte Brooks auf den Priester.

„Als ich vorsichtig hinauf blickte, traute ich meinen Augen nicht, sie fielen mir schier aus den Höhlen."

„Ja, warum nur?"

„Im oberen Gang hüpfte Helga trällernd hin und her."

Vater Kurz zuckte zusammen:

„Ohne Gehhilfe? fragte er verwundert.

„Ja, ganz und gar ohne Gehhilfe. Als Helga mich erblickte wußte sie, das Spiel ist aus. Mit haßerfülltem Gesicht und einem Melusinenschrei ergriff sie das Gestell, welches sie mit solcher Wucht auf mich schleuderte, daß sie das Gleichgewicht verlor und die Treppe hinunter stürzte. Dort lag sie vor meinen Füßen und jammerte ums liebe Leben."

Vater Kurz saß wie betäubt da, unentschlossen ob er Brooks trösten oder rügen sollte. Obwohl ihn das eben gehörte betrübte, glaubte er Brooks vorbehaltlos. Er schaute auf die kahlen Wände und versuchte die Fassung zu behalten. Vorstellungen schossen durch seinen Kopf. Manche verstiegen, andere achtbar. Das Alter hatte ihn gelehrt die Wirklichkeit nicht bloß mit Augen zu sehen und Ohren zu hören; sie besaß viele

Farben und Schattierungen. Eine Frage lag ihm noch schwer auf der Zunge:

„Warum bekannten Sie sich schuldig vor Gericht?"

„Ja, warum wohl?" orakelte Brooks.

Brooks besaß weder Neigungen zur Seelenkunde noch quälte er sich mit Gedanken die zu nichts führen. Jedoch eins störte ihn gewaltig: Der blinde Haß Helgas, welcher wie giftige Dolche aus ihren Augen sprühte, an jenem schicksalhaften Nachmittag. Was damals geschah änderte Brooks Leben. Er fühlte sich nicht bloß gedemütigt, es machte ihn nachdenklich. Ihn ergriff eine unumwerfliche Erkenntnis. Zum Priester gewandt sagte er:

„Sehen Sie, Herr Pfarrer, im Gefängnis kam mir etwas zum Bewußtsein."

„Oh, was denn?"

„Solch bitterer Haß seitens meiner Frau konnte unmöglich in nur einer Brust gedeihen."

Vater Kurz räusperte sich:

„Sie wollen sagen, Sie fühlen sich ebenfalls verantwortlich für diese feindliche Gesinnung?"

„Genau. Ich folgerte, daß meine Einstellung ein fruchtbarer Boden war für Helgas Verbitterung. Ich gesteh, ihr Groll auf mich war und ist verständlich; doch nur teilweise."

„Nur teilweise? Wie soll ich das verstehen?"

„Der Hauptgrund unserer Entzweiung war Helgas Hader mit ihrem Schicksal."

„Der Lähmung?"

„Nein, meinem Wesen," meinte Brooks, der offenkundig an der bestürzten Miene des Priesters Anstoß nahm.

Pfarrer Kurz machte Anstalten zu gehen, er hatte genug gehört und gesehen von dem schleierhaften Mann, der ihm absonderlich dünkte. Welcher Mensch bei klarem Verstand gesteht ein Verbrechen ein welches er nicht beging? Er wollte sich eben erheben und verabschieden als er Brooks näher betrachtete. Dunkle Schatten huschten über sein Gesicht, er blinzelte wiederholt, wonach er unwillkürlich die Augen aufriß. Was er sah schreckte ihn ab. Brooks Miene verzog sich zu einer Maske der Enttäuschung. Vater Kurz hätte schwören können, daß auf seiner gefurchten Stirn Kobolde tanzten, die ihm lange Nasen machten.

Brooks litt an nagendem Verdruß, soviel erkannte der Priester nun, dem plötzlich die Erkenntnis kam, warum er sich schuldig erklärte. Er heckte etwas gegen seine Frau aus. Doch was, konnte er sich nicht denken. Nur eins leuchtete ihm ein: Ernst Brooks schaufelte sich sein eigenes Grab. Es war eine Tatsache, welche er bedauerte. Er fühlte sich hingezogen zu dem merkwürdigen Mann, den Umstände gegen seine Natur verbitterten.

Pfarrer Kurz erhob sich. Eh er Brooks die Hand zum Abschied reichte, bemerkte er beiläufig:

„Wenn Sie mir nichts mehr zu sagen haben, verabschiede ich mich."

Brooks reckte sich, in seinem Gesicht erschienen Zeichen der Unschlüssigkeit. Es zeigte Merkmale einer Zwangslage. Wollen oder müssen drückte seine Miene aus. Schließlich begann er zögernd zu reden:

„Hochwürden, ich habe noch etwas auf dem Herzen, aber ich möchte Sie nicht länger aufhalten."

„Lassen Sie das. Allerdings muß ich betonen, daß ich Sie weder aushorchen noch bloßstellen möchte. So, fangen Sie schon an. Sie wissen, daß meine Lippen versiegelt sind."

„Mein Schuldbekenntnis kommt Ihnen verdächtig vor?"

„Mir, wie auch vielen anderen."

Brooks nickte verständnisvoll.

„Vermutlich diente es einem Zweck," meinte der Priester.

„Das stimmt," gestand Brooks.

Der Priester zögerte eh er sich zur nächsten Frage aufraffte:

„Wie erwähnt, Herr Brooks, ich habe nicht das geringste Verlangen Sie auszuhorchen, aber es mag Ihr Herz erleichtern über etwas zu reden was Sie bedrückt."

Ernst Brook gab sich einen Ruck:

„In der Tat, so verhält es sich. Ich heckte etwas aus, was leider fehl ging. Die Beweise gegen mich waren fadenscheinig. Ein Schuldspruch schien dem Staat von großer Wichtigkeit zu sein. Folglich legte man mir nahe ein Schuldbekenntnis abzulegen und somit mich lediglich mit einer Bewährungsfrist von sechs Monaten zu belasten."

„Doch Sie wurden hintergangen."

„So verhielt es sich. Es geschah mit Helgas Hilfe. Sie fühlte sich plötzlich rüstig genug vor Gericht auszusagen. Ihr Meineid ließ dem Richter keine Wahl. Er verhängte die Höchststrafe für diese Anklage."

„Soviel ist mir bekannt. Doch zurück zu meiner Frage. Warum erklärten Sie sich schuldig?"

„Aus zwei Gründen. Weil ich mich mitschuldig fühlte an Helgas Schwierigkeiten."

„Der zweite Grund?" fragte der Priester.

„Weil ich ein gnädiges Angebot vom Staatsanwalt erhielt. Immerhin sind sechs Monate Bewährungsfrist leichter zu ertragen als eine lange Kerkerstrafe."

Pfarrer Kurz zögerte, ihm lag scheinbar eine weitere Frage auf der Zunge, welche er mit Bedacht erwägte. Brooks schmunzelte, er ahnte was dem Geistlichen durch den Kopf ging:

„Na, Herr Pfarrer, Sie schwanken. Was wollen Sie noch wissen?"ermunterte Brooks.

„Sie haben recht, mir liegt etwas auf dem Herzen. Ich studierte eine Zeit lang Jura. Ferner besprach ich Ihren Fall mit einem Anwalt, der folgendes beteuerte:

„'Frau Brooks Aussage war keinen Pfifferling wert, sie mußte jedoch angefochten werden.' "

„Ich konnte es mir denken. Sogar der Richter bat mich einen Anwalt zu Rate zu ziehen," meinte Brooks."

„Sie weigerten sich."

„Ich weigerte mich."

Vater Kurz seufzte, er ahnte was Worte nicht erklären konnten. Brooks nahm eine zweijährige Gefängnisstrafe hin, in der Hoffnung seine Frau im Feuer der ewigen Schuld büßen zu lassen.

Pfarrer Kurz verabschiedete sich mit dem Gedanken: Wie verwirrt ein Mensch doch sein kann.

Der einzige Ausweg

Vor vierzig Jahren war die Ostküste Barbados noch ein einsamer windverwehter Landstrich. Wogen brachen sich schäumend am Strand. Entlang der aufgewühlten See konnte man unbehelligt jeden Tag des Jahres wandern. Zelte wurden zuweilen zwischen Dünen aufgeschlagen. Niemand dachte je daran ihnen auf den Zahn zu fühlen; ganz gewiß nicht die Obrigkeit. Es war eine schöne Zeit. Überfälle waren unvorstellbar.

Östlich von der sturmgepeitschten Bathshebaküste liegt Crane Beach. Es ist, vielmehr war einmal, das Schmuckstück Barbados. Beim ersten Blick auf jene schmerzhaft schöne Gegend fühlte Lisa Hermian die tastende Hand des Schicksals. Das offene, stürmische Meer, das ungehindert bis nach Afrika wogt, und die Wellen die sich weiter draußen über den Riffs brechen, betrachtete Lisa mit nassen Augen.

„Ich habe Weißnichtwo gefunden," murmelte sie vor sich hin.

Freilich mußte die Angelegenheit des Unterhalts in Erwägung gezogen werden. Ihr Dasein fristen mit den Eingeborenen kam nicht in Frage. Sie liebte Behaglichkeit, Dürftigkeit lag ihr nicht. Umgang mit kultivierten Menschen bedeutete ihr viel.

Drei Monate waren vergangen seit ihrer Ankunft. Es war eine traumhaft schöne Zeit, welche leider von einer nagenden Sorge getrübt wurde. Lisas schwindende Mittel konnten nicht länger in den Hintergrund geschoben werden. Die sonst bedenkenlose Abenteuerin begann ihre Lage mit gerunzelter Stirn zu betrachten. Beklemmende Tage und unruhige Nächte trübten zusehends ihre Freude am Leben. Doch die Hoffnung ließ Fräulein Hermian nicht verzagen. Immerhin führte ein geneigtes Schicksal die unverbesserliche Abenteuerin nach Utopia; es wird ihr gewiß weiterhin helfen. Der Gedanke ermutigte sie beträchtlich, er verlieh ihr Auftrieb, der allerdings nach einem Kassensturz sank. Ein innerer Kampf entstand in Lisa Hermian. Sollte sie nach Montreal zurück kehren und weiter träumen oder ausharren? Ihre innewohnende Zuversicht und angeborene Hartnäckigkeit, ließ Lisa so manches Hindernis überwinden. Warum sollten diese Eigenschaften ihr auch diesmal nicht weiter helfen?

Lisa nahm die Zügel fest in die Hand und überlegte: Als erstes wird gespart, gelobte sie, dann muß ich mich geselliger zeigen, was allerdings ihrer Natur widerstrebte.

Der erzwungene Umgang mit der oberen Schicht trug Früchte. Ein prächtiges Haus, von Gärten umgeben, wurde ihr als Wohnsitz angeboten. Fräulein Hermian nahm es mit einer Verbeugung an, doch erst als die Besitzer jegliche Vergütung zurück wiesen. In jenem Haus, nur eine kurze Strecke entfernt vom Cranestrand, verbrachte sie vergnügte Tage und heilsame Nächte. Lisa blühte zusehends auf. Leute, besonders Männer, nahmen es zur Kenntnis.

Der einzigartige Strand war als Juwel von Barbados bekannt. In jenen Tagen befand sich dort nur ein Hotel, welches man als dürftig bezeichnen konnte. Die ganze Gegend war im Sommer verlassen, im Winter spärlich besucht, zu Lisas Zufriedenheit.

Jeden Morgen schlenderte sie zum Strand hinunter, wo sie oft stundenlang verweilte. Die Sicht kann nicht mit bloßen Worten beschrieben werden. Vor einem liegt der unruhige Atlantische Ozean; nichts hindert die Sicht. Die Wucht der offenen See wurde allerdings vom ausgedehnten Riff gehemmt, somit war die Brandung erträglich.

Dicht am Strand befand sich eine Plantage aus vergangenen Zeiten, mit Gärten und Lauben, die allerdings den alten Glanz verloren hatten. Es machte einen verlassenen Eindruck. Doch der Zauber einer liebenswürdigeren Zeit haftete immer noch an ihr. Es strahlte eine wehmütige Stimmung aus, die Lisa in ihren Bann schlug. Sie versäumte keine Gelegenheit die Böschung am Weg zu erklettern. Dort saß sie oft lange, umhüllt von Ehrfurcht, befangen von einer unerklärlichen Sehnsucht. Unten lag das weite, wilde Meer, wo sich Welle um Welle schäumend und dröhnend über dem Riff brach.

Die anfängliche Neugier, die Lisa Hermian anzog, wurde von Tag zu Tag stärker. Sie überwand ihre angeborene Zurückhaltung und näherte sich dem rätselhaften Grundstück. Umringt von Steinmauern lag es auf einer Anhöhe über dem rauschenden Meer. Das eiserne Tor, kunstvoll geschmiedet, verlieh dem Anwesen eine besondere Vornehmheit. Das Herrenhaus über dem steilen Abhang, obwohl vernachlässigt, barg einen Hauch von höherer Gesinnung. Lisa war zutiefst berührt von der ländlichen Stille, dem stürmischen Meer, aber am meisten von dem geheimnisvollen Anwesen.

„Ein Fleck Himmel auf Erden," nannte sie es.

Freilich ahnte sie nicht, daß ihr dieses Paradies fast zum Verhängnis werden sollte.

Heute stand Lisa abermals vor dem großen Tor. Vorstellungen kreuzten sich mit Gedanken in ihrem Kopf, während sie die Frauen betrachtete die sich auf dem Weg zum Markt befanden. Ihre sprühende Laune berührte Lisa zutiefst, ebenso die bunten Röcke und Blusen, welche eine unerklärliche Sehnsucht in ihr erweckten. Mit einem Gruß auf den Lippen und wiegenden Hüften gingen sie an ihr vorbei. Die schweren Körbe auf den Köpfen schienen ihren Übermut nicht zu dämmen.

Das Anwesen mit dem anheimelnden Herrenhaus bezauberte Lisa immer wieder. Sie versuchte Auskunft über die einstige Plantage einzuholen, doch leider ohne Erfolg. Die Einheimischen schüttelten bloß die Köpfe während sie antworteten: „Ich bedaure, mir ist nichts bekannt." Irrte sich Lisa oder geschah es tatsächlich, daß der eine oder andere den sie um Auskunft bat, sichtlich erschreckt zusammenfuhr, als hätte ihn ein Schauder erfaßt? Ein älterer Herr betrachtete Lisa mißtrauisch, indessen er mahnte:

„Bleiben Sie lieber fern von diesem verwünschten Ort."

„Verwünscht?" wiederholte Lisa verwundert.

Der Mann nickte:

„Dieser Ort des Schreckens ist nicht empfehlenswert, gewiß nicht für Frauen," betonte er.

„Könnte ich näheres erfahren?"

„Nicht von mir, aber Herr Gratton oben im Crane Hotel mag Ihnen behilflich sein."

Jaques Gratton, der Hotelbesitzer, war Lisa nicht unbekannt. Obwohl beide aus Montreal stammten, bestanden keine näheren Beziehungen zwischen ihnen. Jaques Gratton zeigte wenig Lust Bekanntschaften zu machen, erst recht nicht mit neugierigen Frauen. Herr Gratton wußte Bescheid. Fräulein Hermian wohnte schließlich nur einen Katzensprung vom Hotel entfernt. Ihre wiederholten Besuche zerrten an seinen Nerven. Da war sie schon wieder. Eh er sich abwenden konnte, grüßte ihn Lisa überschwenglich, somit mußte er gute Miene zum bösen Spiel machen:

„Ah, Fräulein Hermian, welch ein Vergnügen," rief er aus.

Lisa kam zur Sache:

„Herr Gratton, wissen Sie etwas über die verlasssene Plantage drüben auf der Anhöhe?"

„Nicht das Geringste," kam eine Antwort wie aus der Pistole geschossen.

Als Lisa eine unwillige Miene machte, meinte er:

„Sie müssen verstehen, Fräulein Hermian, hierzulande stellt man selten Fragen, schon gar nicht aus eitler Neugierde."

Lisa nickte, sie verstand. Die Unterredung war beendet. Auf dem kuzen Weg zu ihrem Haus quälte sie der Gedanke, daß ihr Landsmann etwas verschwieg. Er wollte ihre Aufmerksamkeit von dem geheimnisvollen Besitz ablenken.

Sie stand nun öfters vor dem großen eisernen Tor, dessen Geheimnis zu lüften sie entschlossen war. Doch es sollte nicht sein. Die Vorsehung, die im Begriff stand ihre Neugier zu bestrafen, blieb noch im Hintergrund. Sie wurde zur einer Zwangsvorstellung, die scharfe Krallen in ihr Gemüt gruben.

Wie ein Dieb dreister wird, wenn man ihm nicht Einhalt gebietet, so verhielt es sich mit Lisa Hermian. Der Drang das Geheimnis dieses Ortes zu lüften ließ sie nicht mehr los.

November ging dem Ende zu. Der Regen wurde seltener, der Passat erzielte Stärke und kühlte das Land. Die drückende Hitze ließ nach, kühlere Nächte, angenehmere Tage folgten. Eine schöne Zeit ohne quälende Insekten stand bevor.

Freilich trübten bald dunkle Streifen den heiteren Himmel: Die Horden aus einer rüderen Welt waren im Anzug. Mit viel

Tamtam und mehr Trara würden sie bald umherstreifen. Zum Glück blieb die Ostküste von diesem Getümmel verschont. So merkte Lisa wenig von dem heillosen Treiben das sich auf der anderen Seite der Insel zutrug. Nach wie vor galt ihre Aufmerksamkeit dem geheimnisvollen Ort, von dessen Zauber sie sich nicht lösen konnte.

Jeden Morgen vor Sonnenaufgang eilte Lisa dorthin. Eines Tages erwartete sie eine Überraschung; etwas bewegte sich im Garten. Zwei schattenhafte Gestalten entpuppten sich als Männer, die im Gang der Gefangenen hin und her liefen, während sie laut und heftig redeten. Sie wollte sich eben abwenden, da erkannte sie in dem einen der Männer Jaques Gratton. Eine brennende Erregung erfaßte Lisa, welche in Entrüstung ausartete. Sagte er nicht, daß er von diesem Ort nichts wisse? War er ein abgefeimter Lügner oder ein Duckmäuser? Wahrscheinlich beides, beschloß Fräulein Hermian, während sie mit zunehmender Erregung den beiden Männern zuschaute. Sie schienen sich zu streiten, davon zeugten ihre Gebärden und ihre heftigen Worte, ganz zu schweigen von den verbitterten Mienen, worin sich angesammelter Groll spiegelte.

Wie gebannt stand Lisa am Tor. Sie fühlte eine Versuchung sich bemerkbar zu machen, hauptsächlich um Jaques Gratton in Verlegenheit zu bringen, doch sie entschied anderweitig. Als die Männer sich dem Tor näherten verschwand Lisa. Sie geriet in einen Zwiespalt. Sollte sie Jaques Gratton zur Rede stellen oder über seine Lüge hinwegsehen? Die Vernunft siegte. Es war nicht ihre Art mutwilligerweise Feinde ins Leben zu rufen. Schließlich ging es sie ja auch nichts an.

Am nächsten Morgen ging Lisa wie gewöhnlich zum Strand. Als sie sich dem Anwesen näherte, sah sie, daß das Tor weit offen stand. Ein Mann, der ihr bekannt vorkam, unterhielt sich mit einem Eingeborenen, der wiederholt nickte, jedoch kein Wort sagte. Indessen sie noch überlegte woher sie den Mann kannte, grüßte er Fräulein Hermian:

„Guten Morgen, Fräulein Hermian."

Überrascht schaute Lisa auf. Aha, es war der Mann der sich gestern mit Gratton stritt. Ein gewinnendes Lächeln umrahmte sein Gesicht, als er sich mit ausgestreckter Hand vorstellte:

„Ich bin Arthur Bastian, der Eigentümer dieses Anwesens, das leider seinen alten Glanz verloren hat."

„Nicht für mich," beteuerte Lisa erregt, während sie den Kopf schüttelte.

Lisa wurde fortan mit einem Eifer umworben, welcher ihr schmeichelte, aber zur gleichen Zeit Bedenken machte. Die Mahnung ihres Vaters kam ihr zuweilen in den Sinn:

„Der Kerl ist zu schön um war zu sein," bezeichnete er manchmal einen ihrer Freier.

Lisa belächelte anfangs sein Urteil, doch später, nach seinem Tod, vermißte sie solche Ansichten, wie jetzt zum Beispiel. Sie wurde nicht klug aus ihrem Verehrer, dessen ritterliches Benehmen unvereinbar war mit seinem Aussehen. Fräulein Hermian hatte schon allerhand gesehen, man konnte sie nicht so leicht täuschen. Doch wie bei vielen Menschen überwiegte ihr eigenes Urteil alles andere.

Lisa bemerkte und vermerkte unangenehme Eigenschaften an ihrem Freier, die keimende Zweifel aufkommen ließen. Vornehmlich nahm sie Anstoß an seinen erwägenden Blicken, die ihr lauernd vorkamen, als ersinne er nichts Gutes gegen sie. Trotz diesen Bedenken sagte sie ja als Arthur um ihre Hand bat.

Die Trauung fand im Gemeindehaus statt. Lisas Absicht ihren Landsmann Gratton als Brautführer zu verpflichten schlug fehl. Er war nicht da. Seine Rückkehr konnte nicht festgestellt werden. Lisa zuckte die Achseln und ging hinaus. Aber nicht bevor sie eine Nachricht hinterließ:

„Sagen Sie dem Duckmäuser, Lisa Hermian heiratet Arthur Bastian."

Als Lisa sich nach den Hochzeitsgästen erkundigte, schaute ihr Bräutigam bestürzt drein. Seine Miene verwandelte sich in eine Maske des Widerwillens. Erschreckt fuhr Lisa zurück:

„Aber Arthur, was hast du denn?" stammelte sie.

Ihr Verlobter gab sich Mühe seinen keimenden Jähzorn zu verbergen:

„Verzeih mein unhöfliches Benehmen. Ich dachte an eine unauffällige Hochzeit, ohne weiteres Aufsehen." Dann fügte er hinzu: „Schon deinetwegen."

„Meinetwegen?" entfuhr es Lisa überrascht.

Arthur verschlang sie schier mit seinen Augen. Er machte

den Eindruck eines gestellten Tieres. Empfindungen schienen ihn zu durchströmten, von denen Lisa nichts ahnte.

„Ja, meine Liebe, ich dachte, vielleicht irrtümlich, daß du aufwendige Feste verabscheust."

Lisa nickte. Arthurs Vermutung entsprach der Wahrheit. Doch sie ahnte, daß es nicht der wahre Grund sei. Nein, ihr Bräutigam wollte kein Aufsehen erregen, die Vermählung vielleicht sogar geheim halten. Herr Grattons Abwesenheit war somit fingiert.

Arthur verließ selten das Haus. Anfänglich empfand Lisa seine anhaltende Nähe angenehm. Doch mit der Zeit erzeugte es einen keimenden Argwohn. Beschlich sie ihr Mann oder litt Lisa unter falschen Vorstellungen? Freilich hüllte er seine auffällige Aufmerksamkeit in den Mantel der Fürsorge. Mit einer Offenherzigkeit, die Lisa falsch vorkam, sagte er:

„Das Haus, meine Liebe, ist alt. Es hat viele Ecken und Winkel, Unfälle können geschehen. Ich möchte dich im Auge behalten, ich will nicht, daß dir etwas zustößt."

„Na ja, übertreiben brauch man ja auch nicht," meinte sie lachend.

Ansonsten fühlte sich Frau Bastian wie die Muschel in der Flut. Obwohl ihr Mann sich weder leidenschaftlich noch zärtlich erwies, zeigte er sich weiterhin ritterlich ohne Tadel.

Die Flitterwochen gingen dem Ende zu. Der Zauber der Ehe verblaßte. Die vorherrschende Stimmung, zuvorkommend, wenn auch nicht herzlich, begann zu verblassen. Arthur wurde merklich zerstreut, eine unerklärliche Unruhe befiel ihn. Der selbstsichere Mann wurde fahrig. Kein Zweifel, Herr Bastian stand im Begriff sein gewohntes Gleichgewicht zu verlieren. Was Lisa sah und fühlte stimmte sie nachdenklich und traurig. Die Frau von den Ufern des schicksalhaften St. Lawrence war kein spitzfindiger Mensch, sie konnte die ungewohnte Erregung Arthurs nicht ergründen. Auf ihre wiederholte Frage:

„Arthur, was hast du denn?" wandte er sich ärgerlich ab und knurrte:

„Laß mich in Ruh."

Lisa ahnte viel, doch wußte wenig, außer, daß düstere Wolken ihr Eheglück verdunkelten. Argwohn erhob sein häßliches Köpfchen, es verschlimmerte Arthurs Zugeknöpftheit.

Beseelt von der Hoffnung, daß ihn etwas aus seiner Vergangenheit quälte, stellte sie verschleierte Fragen, die mit finsterer Miene und gerümpfter Nase unbeantwortet blieben. Erkundigungen nach seinem vergangenen Liebesleben verstimmte ihn am meisten. Der sonst gefaßte Mann verwandelte sich in einen wutschnaubenden Wüterich. Aus einem Teil seines Lebens machte Bastian jedoch keinen Hehl, nämlich, seinem Vermögen.

Die verstorbenen Eltern kamen aus Guyana. Er war der einzige Nachkomme. Man hinterließ ihm das Anwesen in Barbados, welches Fräulein Hermian Amhara nannte, dazu erhebliche Besitztümer in Georgetown und Partica. Alle Erbschaften in Arthurs Besitz waren schuldenfrei, Pfandrechte bestanden keine. Arthur Bastian galt als ein steinreicher Mann, jedoch von zweifelhafter, dunkler Vergangenheit, die er Lisa verschwieg.

Ihre erste Mißhelligkeit, geringfügig, aber trotzdem bezeichnend, ließ nicht lange auf sich warten. Nicht weit entfernt stand ein altes Schloß indem sich eine kleine Bücherei befand. Dieses Schloß hatte eine düstere Vergangenheit. Lisa ging fast täglich dorthin; warum ist leicht zu erklären. Sie las fürs Leben gern, doch nichts passendes war in ihrem Haus zu finden. Außerdem erweckte der kurze Spaziergang ihre Lebensgeister.

Lisas Umgang mit Fräulein Emma, der Inhaberin der Bücherei, hatte angenehme Folgen. Ein Hauch des Friedens und Wohlwollens umgab die unscheinbare Frau, welche Lisa schmerzlich berührte.

Fräulein Emma schien etwas zu bewegen, sie seufzte wiederholt, warf verstohlene Blicke auf Lisa, als ob sie mit der Absicht rang ihr etwas zu sagen. Es kam nicht dazu.

Auf dem Rückweg dachte Lisa über das merkwürdige Verhalten Fräuleins Emmas nach, deren verfängliche Blicke ihr keine Ruhe ließen.

Mit krauser Stirn und dem Kopf voller unklaren Vorstellungen näherte sich Lisa ihrem Haus. Von Unruhe geplagt und Bedenken gepeinigt blieb sie stehen. Wie oft zuvor, wenn sie nicht mehr ein noch aus wußte, wanderten ihre

Gedanken an das Ufer des St. Lawrence, wo sie ihre Kindheit und Jugend verbrachte.

Während sie noch in Erinnerungen schwelgte, hörte Lisa tastende Schritte hinter sich. Überrascht fuhr sie herum, doch nicht schnell genug. Eine schattenhafte Gestalt war flinker, sie verschwand hinter einem Felsen. Lisa konnte nicht viel erkennen, außer, daß es ein Mann war. Vielleicht ein heimlicher Verehrer, mutmaßte sie schmunzelnd.

„Na, na, altes Mädchen, mach dir keine Hoffnungen."

Trotz dieser scherzhaften Auslegung beschleunigte sie ihre Schritte. Arthur war nirgends zu sehen, was Lisa wunderte, da er seit kurzem wie ein grimmer Wächter Haus und Hof hütete.

„Arthur, Arthur, komm doch mal, schau was ich mitgebracht habe," rief sie wiederholt.

Nach einer Weile erschien er. Lisa lief ihm freudig entgegen, doch blieb sie wie angewurzelt stehen als sie näher kam. Beim Anblick seiner entstellten Züge prallte sie zurück. Ein Schauder erfaßte sie, sprachlos starrte sie ihn an. Am liebsten wäre sie Hals über Kopf geflohen.

„Wo warst du?" herrschte er sie an.

Zu spät erkannte Arthur seinen Fehler. Lisa Hermian war leicht aus der Fassung zu bringen, doch einschüchtern konnte man sie nicht. Sie starrte ihren Mann entgeistert an, indessen eine undenkbare Ahnung in ihr aufstieg; Arthur, ihr vornehmer Gatte mit ritterlichen Neigungen, beschattete sie. Die Bücher fielen ihr aus den Händen. Was dann geschah öffnete die Schleusen des Argwohns in Lisas Gesinnung.

Arthur, ihr zuvorkommender Gatte, mit dem Benehmen eines Diplomaten, geriet außer sich. Er rügte seine Frau mit Worten die eher einem Straßenräuber ziemten als einem gebildeten Mann.

„Lisa, du solltest jene Bücherei meiden," wetterte er.

Seine Frau überrascht nennen wäre nicht mal die halbe Wahrheit gewesen. Sie war verdutzt, wenn nicht entsetzt. Doch raffte sie sich auf. Ihre Augen sprühten Funken. Mit glühenden Wangen fragte sie:

„Aber warum denn?"

Verblüfft über ihre Heftigkeit meinte Arthur:

„Ich kann Dir den Grund nicht erklären, aber er besteht,"

sagte er geziert.

Dann fügte er in seiner gewohnten geschmeidigen Art hinzu: „Verzeih mein unfreundliches Benehmen, meine Liebe." Dann schaute er traurig drein und seufzte: „Mir ist nicht wohl, ich muß mich eine Weile ausruhen." Mit diesen Worten verließ er sie.

Trotz dieser unangenehmen Gegenüberstellung ging Lisa weiterhin zur Bücherei. Zwei Gründe bewegten sie es zu tun. Erstens gefielen ihr die Bücher des Hauses, zweitens besaß Fräulein Emma eine außergewöhnliche Anziehung für sie. Vor allem seit der Überzeugung, daß die schüchterne Frau ihr etwas mitteilen wollte.

Lisa Hermian war keine Mimose. Der Einwand ihres Mannes veranlaßte sie wider den Stachel zu löcken. Sie war von widerspenstiger Natur, auch hatte sie eine Neigung zum Schabernack.

Nun, sie war wieder einmal auf dem Weg zur Bücherei. Eh sie hinter einer Biegung verschwand erhob sie ihre Hand, welche sie neckisch bewegte ohne sich umzudrehen. Es war ein Gruß für ihren Mann, der ihr gewiß heimlich folgte.

Von nun an begann allerhand zu geschehen, vielleicht zufällig, doch immerhin verdächtig. Anfänglich schenkte Lisa den Vorfällen wenig Beachtung. Doch Arthurs Feindseligkeit Fräulein Emma gegenüber beunruhigte sie.

Seit der unliebsamen Auseinandersetzung geschah nichts dergleichen mehr. Doch trug Arthur eine düstere Miene, hinsichtlich der angeblichen Machenschaften Lisas, welche weiterhin die Bücherei gegen seinen Willen besuchte. Allerdings legte er ihr nichts in den Weg, außer sie zu beobachten.

Immerhin erhielt ihr Verhältnis einen Riß. Wie schon erwähnt bestand keine leidenschaftliche Liebe zwischen den beiden, doch erfreute man sich gegenseitiger Zuneigung, die jedoch durch Arthurs tückisches Verhalten ins wanken geriet.

Lisas Argwohn war erweckt, ihr Blick schärfte sich und ihr Gehör wurde besser; sie war auf der Hut. Ihr Mann wurde gewogen und zu leicht befunden. Je mehr sie die Augen öffnete, die Ohren spitzte, kam ihr Arthur fremder vor als beim ersten Kuß.

Sein Widerstreben sich nicht außerhalb der Mauern mit ihr sehen zu lassen, hatte Lisa von Anfang an verwundert. Sein Bedürfnis sie zu beschatten verletzte sie. Am meisten jedoch verdroß Lisa seine Abneigung, wenn nicht Abscheu, Fräulein Emma gegenüber. In ihrem Ermessen gebührte der kultivierten Frau Achtung, keineswegs Mißachtung. Warum ein gebildeter, weltgewandter Mann von Arthurs Rang, zumeist gelassen und beherrscht, außer Rand und Band geriet sobald Fräulein Emmas Name genannt wurde, erschien ihr rätselhaft.

Als Lisa schalkhaft vorschlug Silvester drüben im Schloß zu feiern, sprang Arthur erbost auf:

„Nie wird mein Schatten die Schwelle jener Stätte trüben. Nie! sage ich dir, nie!"

Zutiefst bestürzt lenkte Lisa ein:

„Aber Arthur, warum die Erregung. Ich machte doch bloß einen Vorschlag. Immerhin wäre das Schloß ein geeigneter Platz für solch eine Feier."

Einigermaßen beschwichtigt gab er zu verstehen:

„Schon, schon, doch dort verkehren Leute die mir höchst widerlich sind."

Lisa lächelte:

„Wie Fräulein Emma, zum Beispiel," meinte sie schelmisch.

„Ja, wie sie."

„Was hast du eigentlich gegen diese Frau?"

Arthur gab keine Antwort, er zuckte lediglich mit den Achseln. Freilich mußte Lisa zugeben, daß Fräulein Emma auch sie beunruhigte. Ihre Gewohnheit sie verstohlen zu betrachten empfand sie sonderbar. Es erweckte den Eindruck, daß sie ihr etwas sagen wollte. Aber ihre Zurückhaltung ließ es nicht zu. Lisa konnte ihre Neugier nicht länger zügeln. Eines Tages fragte sie:

„Fräulein Emma, haben Sie etwas auf dem Herzen was Sie mir mitteilen wollen?"

Die Bibliothekerin errötete. Mit gesenktem Kopf stammelte sie:

„Nein, nein, Frau Bastian, ich bewundere bloß ihr Kleid."

„Oh, ist das alles?"

Obwohl Fräulein Emma erleichtert aufatmete, glaubte Lisa daß es eine Notlüge war.

Nicht lange danach hatte Lisa beinahe einen ernsten Unfall. Als sie eines Abends auf dem Balkon saß geschah es. Arthur war in seinem Arbeitszimmer im unteren Stock. Lisa schwebte zwischen Glück und Zufriedenheit. Geisterhafte Schatten huschten über das offene Meer. Welle um Welle brach sich geräuschvoll am Strand. Schrille Pfiffe aus winzigen Kehlen erfüllten die Luft. Wie immer verfehlten sie nicht Lisa zu bezaubern und zu beruhigen. Sie nannte den Gesang dieser kleinen Frösche ihr Wiegenlied, welches plötzlich von einem lauten Knall unterbrochen wurde.

Erschrocken sprang Lisa auf:

„Arthur, was ist geschehen?" rief sie überrascht.

Sie eilte zum Geländer welches sie mit beiden Händen ergriff. Um ein Haar wäre sie samt der Brüstung in die Tiefe gestürzt; es gab nach und fiel krachend hinab. Ihre Geistesgegenwart grenzte ans wunderliche; sie sprang mit einem Satz zurück und dankte ihrem Schutzengel für den glimpflichen Ausgang.

Wie bereits erwähnt war Lisa Hermian nicht zimperlich. Sie stand schon seit vielen Jahren auf eigenen Füßen. Sie einschüchtern war unmöglich. Lisa ahnte worum es ging, als sie eine dunkle Gestalt im Gebüsch verschwinden sah. Es war ihr Mann.

Arthur Bastian gab eine meisterhafte Vorstellung, die einem Thespian zur Ehre gereicht hätte. Als er den Schaden sah jammerte er untröstlich, hauptsächlich wegen der eigenen Nachlässigkeit, die seiner geliebten Frau beinahe das Leben kostete. Lisa zog eine Grimasse, während Sturmglocken in ihren Ohren dröhnten. Die Botschaft war klar und deutlich:

„Gefahr! Lisa, Gefahr!"

Arthur machte Jaques Gratton verantwortlich für den Unfall.

Überrascht fragte Lisa:

„Was hat Herr Gratton damit zu tun?"

„Allerhand, wenn nicht alles," antwortete er unwirsch.

Lisa begehrte auf:

„Aber Arthur wie soll ich das verstehen?"

„Im Augenblick bin ich zu erregt um es zu erklären. Sei beruhigt, ich erzähle es dir ein andermal. Außerdem habe ich wichtigere Dinge zu tun. Der Schaden muß unverzüglich behoben werden."

So verhielt es sich. Die Brüstung mußte ohne Verzögerung ersetzt werden, das sah Lisa ein. Was ihr nicht einleuchtete war Arthurs Unruhe. Er lief erregt hin und her und hielt sinnlose Selbstgespräche. Man hatte den Eindruck, daß er zwischen Verzweiflung und Hoffnung schwebte. Sie versuchte ihn zu trösten:

„Arthur, beruhige dich doch, es ist mir doch nichts geschehen und die Öffnung kann man doch behelfsmäßig versperren."

Er nickte abwesend, dann erhellte sich sein Gesicht. Am nächsten Morgen begann die Verhandlung mit Da Costa, dem Handwerker. Eile sei von entscheidender Bedeutung wurde ihm nahegelegt.

„Aber gewiß, Herr Bastian, das versteht sich doch von selbst," wurde ihm versichert.

Zwei Wochen später erschien abermals ein Handwerker des Unternehmens. Während er den Schaden betrachtete, mal von weitem, mal von nah, zog sich seine Stirn in Falten. Er sagte wiederholt hm, hm, dann aha, aha, schüttelte ungläubig den Kopf und warf fragende Blicke auf Herrn Bastian. Als Lisa fragte wie so etwas geschehen konnte, zog er die Augenbrauen hoch, zuckte die Achseln, wonach er bedeutende Blicke auf ihren Mann warf, der sichtlich zusammen zuckte.

Lisa besaß eine Eigenschaft die ihr schon oft so manchen Ärger bereitete; ihre Zunge war manchmal dem Verstand voraus, wie jetzt zum Beispiel. Zum Handwerker gewandt fragte sie:

„Bolzen fehlen, sagten Sie?"

Als der Mann nickte, bemerkte sie:

„Wahrscheinlich sind sie rausgefallen, soll ich mal unten nachsehen?"

„Es wäre reiner Zeitverlust. Diese Bolzen lockert nicht mal ein Erdbeben," wurde Lisa belehrt.

Arthur schaltete sich ein. Er befahl dem Handwerker unverzüglich mit der Arbeit zu beginnen.

„Mutmaßungen und lange Erörterungen führen zu nichts. An die Arbeit," rief er, mit einem Seitenblick auf seine Frau.

Kurz danach meldeten sich vier Arbeiter. Zwei kümmerten sich um das Geländer, zwei suchten nach anderen Mängeln, die sie behoben. Sie rüttelten und hämmerten vier Tage lang, wonach der Vorarbeiter verkündete, daß nun alles in Ordnung sei:

„Herr Bastian, ich kann mit gutem Gewissen berichten, alles ist fest und sicher. Mißgeschicke sind eine Sache der Vergangenheit."

Drei Tage später hatte Lisa abermals einen Unfall. Sie trat auf eine lockere Stufe im Haus, taumelte und stürzte die Treppe hinunter. Das Glück stand ihr wieder zur Seite. Sie zog sich nur leichte Verletzungen zu.

Zwei Handwerker machten den Schaden wieder gut. Nach getaner Arbeit überhörte Lisa ein Gespräch zwischen ihrem Mann und dem älteren Arbeiter, der sagte:

„Sie haben Unrecht, die Nägel waren nicht verrostet. Sie wurden heil und ganz heraus gezogen."

„Unmöglich," fuhr ihn Arthur an.

„Vielleicht unwahrscheinlich, Herr Bastian, aber unmöglich wohl kaum," belehrte er.

Lisa hatte genug gehört. Sie entfernte sich auf Zehenspitzen. Von da an rutschte sie tiefer in die Schwemme Mißtrauen. Jeder Kleinigkeit wurde ungeheure Wichtigkeit zugeschrieben. Sie stand im Begriff ihre Fassung zu verlieren, oder anders ausgedrückt, sie betrat den Serbonischen Sumpf, aus dem es bekanntlich kein Entrinnen gibt.

Stolperte sie, über weiß der Himmel was, glaubte sie man hätte ihr absichtlich etwas in den Weg gelegt, um ihr weh zu tun. Löste sich ein Ziegel vom Dach und fiel herunter, sah Lisa ein Wurfgeschoß auf sie gerichtet. Wie gesagt, Lisa befand sich in einer unbehaglichen Lage.

Sie ahnte viel, wofür Erklärungen fehlten. Ihr Mann belächelte ihre Zwangsvorstellungen, wie er es nannte, und versuchte sie zu beruhigen, doch ohne Erfolg; Lisa blieb mißtrauisch.

Trotz ihrer bedenklichen Lage schöpfte sie Mut und Entschlossenheit. Arthurs Andeutung, daß Jaques Gratton verantwortlich sei für das Unglück mit dem Geländer, kam ihr in den Sinn. Er hatte versprochen ihr davon zu berichten.

Sie fand Arthur in seinem Arbeitszimmer. Lisa fiel mit der Tür ins Haus:

„Arthur, du wolltest mich überzeugen, daß Jaques Gratton verantwortlich sei für den Mißstand deines Anwesens. Was hat er damit zu tun?"

„Viel, wenn nicht alles."

„Inwiefern?"

„Die Sache ist die: Während meiner langen Abwesenheit in Guyana verwaltete er das Grundstück. Die Unkosten wurden von einem Sonderkonto bezahlt, welches ich ihm zur Verfügung stellte. Als ich zurück kam, fand ich Haus und Hof verwahrlost. Zu meinem Verdruß war das Konto bis zum letzten Dollar blank."

„Du verdächtigst also Herrn Gratton zwielichtig gehandelt zu haben?" fragte Lisa mit hochgezogenen Augenbrauen, denn sie hielt ihn eher für einen ehrbaren Pfennigfuchser als einen trügerischen Verschwender.

Arthur zögerte mit der Antwort. Er schaute überall hin, außer auf seine Frau.

„Nicht unbedingt," sagte er schließlich, „das wird sich erst herausstellen nach einer gründlichen Abrechnung."

„Verweigert er sie?"

„Bisher schon," meinte Arthur nicht gerade überzeugend.

Lisa lebte nun in ständiger Furcht, welche kein Maß von Vernunft beschwichtigen konnte. Das Schwert des Damokles, einmal geahnt, ließ sich nicht mehr vertreiben. Vor allem als sie abermals um ein Haar den Tod unten auf dem felsigen Boden fand. Sie stand mal wieder wie so oft auf dem Balkon über der Klippe des Meeres. Vorsichtig geworden rüttelte sie an der Brüstung, die krachend zu Boden fiel. Ein Aufschrei Lisas rief Arthur herbei.

Er schien überrascht zu sein als er seine Frau heil, doch zitternd, am Abgrund stehen sah. Ihre Beschwerde schien ihn eher zu verärgern als zu bekümmern. Allerdings untersuchte er sorgfältig die Befestigungsstellen des gebrochenen Geländers. Erst dann kümmerte er sich um seine Frau. Er bemerkte:

„Lisa, meine Liebe, du mußt schon vorsichtiger sein, ich sagte dir doch, die ganze Anlage ist mehr oder minder baufällig."

Bestürzt, nicht minder verletzt, starrte sie ihren Mann an:
„Verzeih mir, daß ich nicht deine wunderliche Umsicht besitze," spöttelte sie
Dann fügte sie hinzu:
„Irre ich mich? Wurden nicht erst kürzlich bei dem ersten Unfall alle Schäden behoben? Von Da Costa, einer alteingesessenen Baufirma von gutem Ruf?"
Arthur antwortete nicht. Er schaute mißmutig auf Lisa. Ein Auge strömte Arglist aus, das andere Bosheit. Ihr Argwohn, daß mit ihrem Mann etwas nicht stimme, verstärkte sich. Sie hörte die Rufe Kassandras klar und deutlich.
Am nächsten Morgen auf dem Weg zur Bücherei, gingen allerhand Gedanken durch Lisas Kopf. Einer davon ließ sich nicht verscheuchen: Warum geschahen diese Mißgeschicke nur ihr und nicht Arthur? Schützte ihn ein Zauber oder ein Schutzengel vor den gefährlichen Stellen? Oder wandelte sie auf einer Pechsträhne, wie ihr Mann hänselte? Er machte ihr Sorgen, sie fühlte sich zusehends wie die sprichwörtliche Fremde am Tor.
Inzwischen näherte sich Lisa der Bücherei. Sie beschloß noch heute Fräulein Emma ihre Befürchtungen mitzuteilen. Lisa fühlte sich wohl und geborgen in der Nähe der gesitteten Frau, die ihr offenkundig etwas anvertrauen wollte; davon sprachen unverkennbare Zeichen. Schon beim ersten Besuch ahnte Lisa, daß ein düsteres Geheimnis sie bedrückte, dessen Wurzeln in Lisas gegenwärtigem Heim keimten; bei Arthur Bastian in anderen Worten. Diese Ahnung verstärkte sich bei weiteren Besuchen. Fräulein Emma wollte ihr etwas mitteilen, sie von einem drohenden Unheil warnen.
Lisa hatte sich nicht getäuscht. Kaum betrat sie die Bücherei, als Fräulein Emma auf sie zustürzte:
„Frau Bastian, waren Sie es die gestern bei dem Riff schwamm?" fragte sie in heller Aufregung.
Lisa war verblüfft, denn noch nie hatte sie Fräulein Emma so erregt gesehen. Sie antwortete:
„Mag sein, ich schwimme öfters bei gutem Wetter über das Riff."
Fräulein Emma schüttelte heftig den Kopf, während ihr Gesicht eine Maske des Schreckens annahm:

„Lisa, Lisa, Sie spielen mit Ihrem Leben," jammerte sie.
Lisa belächelte Fräulein Emmas Besorgnis, obwohl es ihr
angenehm war.
„Keine Sorge, ich bin eine gute Schwimmerin. Außerdem
begleitete mich gestern mein Mann."
Entsetzt und fahl im Gesicht stammelte sie:
„Nein, Frau Bastian, alles, nur das nicht."
Lisa mißverstand sie. Sie tröstete:
„Keine Sorge, Arthur schwimmt wie ein Fisch. Ihm
geschieht gewiß nichts."
Fräulein Emma machte nicht den Eindruck als hätten die
Worte Lisas sie beruhigt. Im Gegenteil, sie schaute entgeistert
auf ihre Besucherin:
„Lisa, Lisa, Sie scheinen nicht zu wissen in welcher Gefahr
Sie sich befinden, was Ihnen bevorsteht. Arthur Bastian ist ein...
nein, ich kann es nicht sagen."
„Was ist er? Fräulein Emma, bitte, sagen Sie es mir," bat sie
etwas verstimmt.
Da sie keine Antwort erhielt fragte sie:
„Sie kennen meinen Mann?"
„Ich kenne ihn."
Lisa hätte es nie für möglich gehalten, daß drei einfache
Worte so viel Verachtung enthalten könnten.
„Anscheinend mögen Sie ihn nicht?"
„Nicht sonderlich," erwiderte sie mit triefender Abscheu.
Sie faßte Lisa näher ins Auge:
„Spielt sie mir etwas vor? Weiß sie nichts vom Fluch der
auf dem Haus am Strand lastet?" drückte ihr Blick aus.
Nach einer peinlichen Pause bemerkte Fräulein Emma:
„Sie wissen doch sicherlich, daß bei dem Riff zwei Frauen
ertranken?"
„Nein, das wußte ich nicht."
„Ihr Mann sagte nichts davon?"
„Keine Silbe, ich vermute es ist ihm nicht bekannt."
Fräulein Emma war den Tränen nahe:
„Arthur Bastian weiß es nur zu gut. Es ist sein Jagdgebiet."
„Jagdgebiet?" wiederholte Lisa erstaunt.
„Genau das, und ich vermute Sie sind seine nächste Beute."
Lisa verzog unwillig den Mund. Sie verstand nicht wovon

sie redete. Wie eine Bittstellerin sagte Fräulein Emma:
„Frau Bastian, ich ersuche Sie auf Knien, nie wieder dort zu
schwimmen, schon garnicht im Beisein ihres Mannes."
    „Mein Mann behauptet es sei eine ungefährliche Stelle."
    „Im Gegenteil. Es ist die gefährlichste Stelle südlich von
Bathsheba. Ein tückischer Sog, kaum merklich bis es zu spät ist,
kann sogar einen Delphin hinaus ins Meer ziehen," klagte
Fräulein Emma.
    Lisa mußte lächeln:
    „Na, na, übertreiben Sie nicht ein bißchen? Den Riff
überqueren ist freilich nicht so leicht. Aber einen Delphin ins
Meer spülen? Wo denken Sie hin! Außerdem versicherte mir
Arthur, er wäre schon öfters über das Riff geschwommen."
    „Arthur ist ein Lügner," wollte Fräulein Emma sagen, doch
sie war zu vornehm es zu tun.
    Ihr Gespräch wurde unterbrochen von spärlich bekleideten
Touristen, die viel zu sagen hatten. Trotz Fräulein Emmas
deutlicher Geste zu bleiben, verließ Lisa eiligst die Bücherei.
    Nachdem sie sich in Sicherheit wähnte, blieb sie stehen. So
manches ging ihr durch den Kopf. Was in letzter Zeit geschah
widersprach aller Vernunft. Fräulein Emmas Vorhersage
stimmte Lisa nachdenklich „Seine nächste Beute werden Sie
sein." Was meinte Sie damit? Allmählich begriff Lisa worum
es ging; um nichts weniger als daß ein Anschlag auf ihr Leben
geplant war. Sie fragte sich wer wohl dahinter stecken könnte,
obwohl sie es ahnte. Arthur hatte gewiß seine Hände im Spiel,
entweder als Täter oder Auftraggeber. Aber warum nur?
wunderte sich Lisa.
    Stöhnend ließ sie sich nieder. Sie stützte ihren Kopf in die
Hände und lenkte ihre Gedanken zu Fräulein Emma zurück.
Die liebwerte Frau barg ein Geheimnis, welches ihr auf der
Zunge brannte.
    Plötzlich fiel Lisa etwas ein. Ihre Bemerkung, daß Arthur
die ganze Zeit neben ihr herschwamm, entsprach nicht der
Wahrheit; bei weitem nicht. Er hielt sich zurück, während er
sie ermunterte getrost weiter zu schwimmen, obwohl dort
bereits schon einige Frauen ertranken.
    Beseelt von einem plötzlichen Einfall erhob sich Lisa. Sie
beschloß zur Bücherei zurück zu gehen. Fräulein Emma schien

auf sie zu warten. Ihre Bereitschaft ein drückendes Geheimnis preis zu geben, stand auf ihrem Gesicht geschrieben. Sie trat freudig auf Lisa zu:

„Bin ich aber froh, daß Sie zurück gekommen sind."

Mit diesen Worten verschloß Fräulein Emma die Tür, zog den Vorhang zu und drehte das Schild an der Tür um. Geschlossen, hieß es nun. Zu Lisa gewandt sagte sie:

„So, nun können wir ungestört reden. Die großmauligen Touristen habe ich hinaus befördert, sie waren ohnehin ungehalten, weil ihre Suche nach Schund und Plunder nicht erfolgreich war."

Fräulein Emma bat Lisa Platz zu nehmen:

„Ich habe Ihnen etwas wichtiges mitzuteilen."

„Das Gefühl habe ich schon lange," gab Lisa zu verstehen.

Beide Frauen blieben eine Weile stumm und sahen sich an. Lisa entnahm aus Fräulein Emmas Miene aufrichtige Besorgnis und Teilnahme:

„Fräulein Emma, Sie erwähnten, daß draußen bei den Riffs einige Frauen ertranken. Können Sie mir näheres darüber erzählen?"

„Ja, das kann ich. Dort wo ich Sie gestern sah, sind sie ertrunken."

„Kannten Sie die Frauen?"

Fräulein Emma zögerte. Sie fuhr sich einigemal mit der Hand über die Stirn, wonach sie bemerkte:

„Frau Bastian, Sie wissen sicherlich, daß Ihr Mann schon zweimal vor Ihnen verheiratet war."

Lisa warf überrascht den Kopf hoch. Sie erblaßte und schaute entgeistert auf Fräulein Emma:

„Nein, das wußte ich nicht," stammelte sie.

Fräulein Emma errötete. Sichtlich verlegen erklärte sie:

„Ich kann mit Sicherheit sagen, daß es wahr ist."

„Das ist doch nicht möglich. Arthur hätte es mir doch gesagt," widersprach Lisa.

Fräulein Emma verzog keine Miene, sie sah Lisa mit festem Blick an.

„Ein Gerücht geht um, er schloß eine weitere Ehe in Guyana. Doch unverbürgte Nachrichten sind oft erfunden.

Doch eins kann ich Ihnen beschwören: Arthur Bastian war zweimal in Barbados verheiratet."

„Vor mir?" fragte sie ungläubig.

„Ja, vor Ihnen."

Solch ein Bildnis des Unglaubens hätte nicht mal ein Kunstmaler wiedergeben können, wie es sich in Lisas Gesicht spiegelte.

„Wo sind diese Frauen jetzt?"

„Auf dem Boden des Meeres," kam eine kurze Antwort.

Erschreckt fragte Lisa:

„Sie ertranken?"

„Ja, sie ertranken."

Lisa war zutiefst erschüttert. Sie dachte an ihr eigenes Geschick. Ein blankes Entsetzen fuhr ihr durch Mark und Bein. Der Nebel begann sich zu lüften, die schleichende Vorahnung ließ ihre Schleier fallen. Eine schreckliche Erkenntnis raubte ihr schier die Sinne: Arthur, ihr Mann, wollte sie umbringen. Ihr Gatte, ein vorgeblicher Ehrenmann, wollte sie beseitigen.

Wie gesagt, Lisa Hermian war keine Mimose; weit davon entfernt. Sie besaß Funke und Feuer. Sich selbst bedauern fand sie frevelhaft, sich ducken noch schlimmer. Arthur hatte ihr den Fehdehandschuh hingeworfen, hiermit hob sie ihn mit einem innerlichen Jauchzer auf.

„Fräulein Emma, bitte sagen Sie mir alles, vor allem wer diese Frauen waren."

„Susanne Gratton war eine."

„Und die andere?"

„Amalie Wateau, meine Schwester. Susanne war die Schwester von Jaques Gratton, den sie wahrscheinlich kennen."

„Welch ein Unglück," stöhnte Lisa, während sie Fräulein Emma umarmte.

Mit Tränen in den Augen sahen sich die Frauen an. Lisa straffte sich, sie fragte:

„Glauben Sie, daß Arthur damit etwas zu tun hatte?"

Fräulein Emma, die vornehme Frau antwortete ungewohnt schroff:

„Mit Gewißheit. Was meine Schwester betrifft lege ich die Hand ins Feuer, daß er ihren Tod absichtlich verursachte. Hinsichtlich Susannes Geschick bin ich nicht so sicher. Sie und ihr Bruder kamen vor langer Zeit aus Guyana. Man wußte, weiß immer noch nicht viel von ihnen."

Fräulein Emma lehnte sich lächelnd zurück:

„Ich möchte betonen, daß man hierzulande wenig von Nachbarn weiß und von anderen überhaupt nichts."

„Wie können Sie so sicher sein, daß Arthur verantwortlich ist für den Tod Ihrer Schwester?"

„Amalia und ich standen uns sehr nahe. Sie war viel jünger als ich, folglich betrachtete sie mich als treue Ratgeberin, wenn nicht Erzieherin. Ja, sie zog mich in ihr Vertrauen, was mir nicht immer lieb war."

„Wann heiratete ihre Schwester?"

„Etwa ein Jahr nach Susannes Tod. Amalia war nicht bloß jünger als ich, sondern auch stark beeinflußbar. Arthur verwirrte sie vom ersten Tag an. Sein prächtiges Grundstück bezauberte sie noch mehr."

„Mir geht's genauso," bemerkte Lisa.

„Auf kurze Dauer fühlte sich Amalia wie im Himmel. Der märchenhafte Hauch einer glücklichen Ehe wirkte Wunder. Sie blühte sichtlich auf, doch leider verblaßte dieser Zustand bald. Sonderbare Vorfälle geschahen fast täglich. Anfänglich maß sie diesen merkwürdigen Ereignissen wenig Wichtigkeit bei. Weiter nichts als Zufälle, meinte sie übermütig, bis es zu bunt wurde."

„Sie meinen mit den verdächtigen Vorfällen, vermute ich."

„Genau, ihre Beschwerden wurden lauter und eindringlicher. Ich bezichtigte sie an Wahnvorstellungen zu leiden. Wie ich schon sagte, Amalia teilte jede Kleinigkeit mit mir; sie konnte nicht anders. Jetzt, allerdings zu spät, bedaure ich meine Sorglosigkeit gegenüber ihren Klagen, die sich als begründet erwiesen. Nachdem meine Schwester behauptete beschlichen zu werden, neckte ich sie mit den Worten: „'Sicherlich ist es dein Schatten, meine Liebe.'"

„Wen verdächtigte sie?"

„Arthur, ihren Mann."

Lisa nickte zustimmend. Sie wußte Bescheid. Fräulein Emma fuhr seufzend fort:

„Eines Morgens kam Amalia atemlos herein gestürzt:

„'Arthur trachtet mir nach dem Leben,' keuchte sie.

„'Amalia, du machst aus einer Mücke einen Elefanten,' wies ich sie zurecht. 'Dein Mann liebt und achtet dich.' "
Fräulein Emma sah ratlos vor sich hin, sie murmelte:
"Wie töricht ich war stellte sich bald heraus. Arthur ließ die Maske fallen."

Sie schaute Lisa mit einem lächelnden und einem tränenden Auge an:
„Ich muß gestehen, daß Herr Bastian mich vom ersten Tag an widerwärtig berührte. Ich fand ihn zu schön um wahr zu sein. Mich störte nicht bloß sein lauernder Blick, sondern auch seine erwägende Gesinnung. Es war schwer meine Schwester zu bewegen etwas gegen ihre Überzeugung zu tun.

„Doch schließlich erkannte sie die Gefahr in der sie lebte, die auch mir langsam einleuchtete. Wie ich schon erwähnte belächelte sie die Vorfälle im Haus wie auch im Hof, bis zum Vorfall mit der Treppe, welcher um ein Haar unheilvolle Folgen hatte. Sie nahm sich vor Arthur zur Rede zu stellen. Dazu kam es nicht, denn die rätselhaften Geschehnisse blieben plötzlich aus. Amalia lebte wieder auf, Arthur wurde sichtlich annehmlicher. Er benahm sich abermals wie ein fürsorglicher und liebwerter Gatte. Unsere schwesterliche Innigkeit kehrte zurück."

Lisa hatte Fräulein Emma mit ungeteilter Aufmerksamkeit zugehört. Jetzt wollte sie wissen:
„In anderen Worten, alles renkte sich wieder ein."
Fräulein Emma machte eine nachdenkliche Miene:
„Bis zu dem schicksalhaften Tag wo Amalia im Beisein ihres Mannes in den Fluten verschwand. Sie kam nie wieder zurück, im Gegenteil zu Herrn Bastian, der Rotz und Wasser heulend am Strand erschien."
„Fand eine gerichtliche Untersuchung statt?" fragte Lisa.
„Oh, freilich, es war ein herrliches Bühnenstück. Alte, rumgetränkte Männer, Säulen der Gesellschaft, spielten als Geschworene auf. Getüncht mit vorgefaßter Meinung zeigten sie mehr Teilnahme den Ruf der alteingesessenen Bastian Familie zu schützen, als meine Anklage anzuhören."
„Sie waren eine Zeugin, vermute ich."
„Ja, ebenso erschienen Herr Bastian und Jaques Gratton."
„Wie verlief alles?"

„Wie erwartet. Ich berichtete von Amalias Beschwerden, doch die Geschworenen, voraus der Obmann, wollten davon nichts hören. Sie rümpften die Nasen und verharmlosten solche Vorstellungen als Trugbilder erhitzter Gemüter."

„Was hatte Arthur zu sagen?"

„Ha, er gab eine glänzende Vorstellung. Das eine Auge trauerumflort, das andere entrüstet wegen meiner unerhörten, wie auch unverdienten Anklage, die ihn in den Schlund der Verzweiflung schleuderte. Arthur führte sich auf wie ein Thespianer in seiner Glanzzeit. Allein die Grabesstimme, eingeübt für diesen Zweck, schlug jedes schlagende Herz in ihren Bann. Mit blutendem Herzen, ich wiederhole nur seine Worte, beschrieb er Amalias krankhafte Neigungen, welche bedauerlicherweise vererbt waren. Bei dieser Bemerkung fiel sein Auge auf mich, als wäre ich mitschuldig an Amalias Tod."

„Wie ich vermute sagte auch Jaques Gratton aus. Beeinflußte das die Geschworenen?"

„Nicht im geringsten. Er ist bekannt als der Schleicher, den man um einen leckeren Happen kaufen kann."

Mit einer Stimme die vor Verachtung zitterte, fügte sie hinzu:

„Das ganze Gerichtsverfahren, von mir erzwungen, erwies sich als eine Spiegelfechterei, weiter nichts, wie es sich heraus stellte."

„Sie weisen auf den Befund hin?"

„Genau," bestätigte Fräulein Emma."

„Was war er?"

„Was schon. Tod durch Nachlässigkeit der Verstorbenen."

„Sie glauben es war vorsätzlicher Mord?"

„Nichts anderes."

Ein längeres Schweigen trat danach ein. Beide Frauen wurden nachdenklich. Fräulein Emma betrachtete ihre Besucherin mit gerunzelter Stirn und halb geschlossenen Augen. Eine unwiderrufliche Tatsache schimmerte vor ihren Augen, nämlich, daß die unerschrockene Frau von den Ufern des St. Lawrence, Amalias Schicksal teilen würde. Sie unterbrach das Schweigen:

„Jaques Grattons Aussage kann mit einem Wort genannt werden: Trügerisch."

Lisa schaute verdutzt auf:

„Wie ist das möglich?"

„Ja, wie wohl? Ich kenne Gratton sehr gut. Das Rückgrat ist ihm gebrochen. Der einst feste, junge Mann steckt nun im Sumpf des üppigen Lebens. Werf ihm einen Happen zu, schon hat man den Schurken. Ich bin gewillt auf einem Stoß Bibeln zu schwören, daß ihr Mann den Tod meiner Schwester plante und verursachte."

„Die Geschworenen glaubten Ihnen nicht."

„Weder sie noch der Vorstand. Sie belächelten meine Anklage, runzelten die Stirn, wiegten bedenklich die Köpfe und machten mich darauf aufmerksam, daß Herr Bastian ein Ehrenmann sei, der nicht einmal imstande wäre so niedrig zu denken."

„Kam es ihnen denn nicht verdächtig vor, daß Susanne Gratton ebenfalls an dieser Stelle ertrank, und das im Beisein ihres Mannes? "

„Scheinbar nicht."

„Wie ich entnehme war Amalia überzeugt, daß Arthur ihr nach dem Leben trachtete."

„Nicht überzeugt, doch sie ahnte es. Vor allem als er sie wiederholt antrieb über das Riff zu schwimmen, doch sie weigerte sich."

„Aber nicht an jenem unheilvollen Tag," meinte Lisa.

„Scheinbar nicht, aber niemand weiß was tatsächlich geschah."

„Außer Arthur," entfuhr es Lisa.

„Richtig, außer Arthur. Aber er führte uns alle an der Nase herum."

„Er schwieg?"

„Oh nein, er schwieg überhaupt nicht. Er redete wie der grüne Papagei, mit einem nassen Auge, dem anderen tropfend. Amalia hätte sich an diesem Tag merkwürdig benommen. Sie forderte ihn wiederholt auf schwimmen zu gehen, zwar an jener Stelle von der er sie schon so oft gewarnt hatte. ,Ich versuchte mit heller Gewalt sie von der gefährlichen Stelle fern zu halten; doch vergeblich. Eine Frau in ihrem Wahn ist nicht leicht zu zähmen.' So sagte er vor Gericht aus. Die Herren nickten; sie wußten Bescheid. Arthur Bastian war unschuldig."

Fräulein Emma schaute lächelnd auf Lisa:
„Ich vermute Ihr Gatte spielt dieselbe Geige mit Ihnen."
Als Lisa widersprechen wollte, meinte sie:
„Frau Bastian, ich bin eine ältere Frau mit einiger
Lebenserfahrung. Ich besitze Augen zu sehen und ein Herz zu
fühlen. Ich bin sicher, daß Arthur Sie in jene trügerischen
Fluten lockt aus denen es kein Entrinnen gibt. Ich sah es ja
gestern mit eigenen Augen."
Lisa gab keine Antwort. Es war auch nicht nötig, ihre Miene
sprach lauter als Worte. Eine Weile saß sie erschüttert mit
gesenktem Kopf da. Endlich fand sie den Mut etwas zu sagen:
„Können Sie mir erklären warum ein Mann, der ein
ritterliches Bildnis wirft, kultiviert ist, Großzügigkeit und
Nachsicht vortäuscht, seine Frau, vielmehr Frauen beseitigen
will?"
Fräulein Emmas Lippen verzogen sich zu einem Lächeln:
„Ist Ihnen der Ausdruck Spiegel und Rauch bekannt?"
„Ist das nicht eine Art Täuschung?"
„Selbsttäuschung in diesem Fall," bestätigte Fräulein Emma.
„Ich glaube es ist eine Zwangsvorstellung; in anderen Worten,
er muß es tun."
Lisa horchte überrascht auf:
„Wie ist das gemeint?"
„Ich will versuchen es zu erklären. Arthur Bastian ist ein
Frauenhasser."
„Warum heiratet er dann?"
„Hm, warum wohl. Meine Auslegung mag abwegig klingen,
doch hier ist sie: Arthur fürchtet Frauen. Furcht erzeugt Haß,
aber auch das Verlangen zu vernichten. Das übrige können Sie
selber erraten."
Verblüfft mutmaßte Lisa:
„Sie meinen Arthur nähert sich Frauen mit der Absicht
ihnen etwas anzutun?"
„Das meine ich."
Indessen Lisa noch verdutzt dreinschaute, bemerkte
Fräulein Emma:
„Ich flehe Sie an nie wieder an dieser gefährlichen Stelle zu
schwimmen, ganz gleich wie eifrig Ihr Mann sie dazu antreibt."
Lisa erhob sich. Sie hinterließ den Eindruck etwas auf dem

Herzen zu haben. Zwischen Tür und Angel drehte sie sich um: „Fräulein Emma, ich bin eine bessere Schwimmerin als Sie glauben."

Auf dem Heimweg gingen ihr viele Gedanken durch den Kopf, die ihr trotz der brennenden Sonne den kalten Schweiß über den Rücken jagten. Was sie eben erfuhr stärkte ihre nagenden Bedenken. Eine ungewisse Zukunft lastete schwer auf ihr. Wie sollte das enden? Was sich bisher zugetragen hatte, ließ nur eine Folgerung zu: Jemand wollte ihr etwas antun. Arthur hatte gewiß die Hände im Spiel. Eine fürchterliche Erkenntnis ergriff sie. Lisa blieb ruckartig stehen. Eine würgende Tatsache durchfuhr sie. Bin ich vorgesehen das nächste Opfer eines Mannes zu werden, der von einem bestialischen Wahn befallen ist?

Lisa näherte sich dem Haus mit klopfendem Herzen und schweren Schritten als sie plötzlich Arthur am Strand erblickte. Umwillkürlich schreckte sie zurück. Er verschwand hastig hinter einem Gebüsch. Gewiß wurde ich abermals beschattet, mutmaßte sie.

Zum Glück täuschte ihr Mann vor sie nicht gesehen zu haben, was ihr recht war. Doch seine anklagenden Blicke verwirrten sie mehr und mehr. Überhaupt benahm sich Arthur in letzter Zeit wie ein gehetztes Wild, das weder ein noch aus wußte. Etwas schien ihn zu quälen das gewiß mit Fräulein Emma in Zusammenhang stand.

Lisa fühlte sich äußerst unwohl. Um die Wahrheit zu sagen, sie hatte Angst, daß sie entweder bald verkrüppelt auf einem Krankenbett läge oder kalt wie Marmor in einem Sarg. Flucht kam nicht in Frage, Arthur zur Rede stellen noch weniger. Somit mußte eine andere Lösung gefunden werden, folgerte Lisa.

Arthur hatte ihre Achtung wie auch Vertrauen verloren. Sie erkannte in ihm einen Menschen mit einverleibten Trieben eines Draculas. Warum wollte er sie beseitigen? Gewiß war sie keine Griselda, aber ein rasendes Weib auch nicht. In der Tat zierten Lisa Hermian redliche Gefühle. Ein Frauenhasser sei er, meinte Fräulein Emma. Vielleicht hatte sie recht.

Dann geschah etwas unerwartetes. Lisa hatte eine Eingebung, welche sie anfänglich erschütterte, dann beruhigte und schließlich ermunterte. Sie trat forsch in Arthurs Arbeitszimmer wo sie ohne Einleitung zur Sache kam: „Weißt du, Arthur, ich habe einen Entschluß gefaßt." Herr Bastian fuhr erschreckt auf: „Was meinst du, Lisa?" fragte er sichtlich bestürzt, doch nicht weniger neugierig.

„Das Schloß, vielmehr Fräulein Emmas Bücherei, werde ich von jetzt ab meiden." Arthurs Augen erhellten sich, ein seltsames Lächeln umspielte seine Lippen. Der ganze Mann strahlte von oben bis unten. Was er hörte gefiel ihm augenscheinlich. Ja, Lisa befürchtete einen Augenblick er würde aufspringen und sie umarmen. Doch er besann sich noch rechtzeitig, eh er seine Würde verlor. Herzlichkeit fürchtete er, sie war ihm ein Greuel. Überschwang geziemt sich nicht für einen Mann. Mit Zufriedenheit auf der Stirn geprägt meinte er:

„Ich befürworte diesen Entschluß. Erstens hat man in Bridgetown eine viel größere Auswahl, zweitens muß ich gestehen dünkt mich die Bücherei im Schloß eine Brutstätte der üblen Nachreden."

Lisa konnte den Anflug eines spöttischen Lächelns nicht verbergen:

„Du meinst doch nicht Fräulein Emma?"

„Dieselbe. Ich wiederhole, die Bücherei ist eine Brutstätte der üblen Nachrede. Frage doch mal Herrn Gratton, er hat die lasterhafte Zunge Fräulein Emmas zu spüren bekommen, welche von der Spitze bis zur Wurzel in Gift und Galle getunkt ist. Ich wette sie hat auch mich bei dir angeschwärzt."

„Oh nein," log Lisa.

Arthur verzog ungläubig den Mund:

„Dann geschah ein Wunder," bemerkte er.

Lisa betrachtete ihren Mann mit einem forschen Blick:

„Wie ich schon sagte, besuche ich von nun an die Bücherei in Bridgetown," beteuerte sie.

Dort suchte Lisa stundenlang nach Rechtsbüchern, welche sie mit freudiger Miene mit nach Hause nahm. Auf dem Heimweg summte sie vergnügt vor sich hin. Sie machte den Eindruck eines Menschen der sich zu einem Entschluß durchgerungen hatte: Das ist die Lösung, nur das allein. Ihr

Golgatha verschwand vor ihren Augen, die Zukunft sah rosig aus. Sie fühlte sich wie neugeboren. Wie verzückt betrachtete Lisa die Zuckerrohrfelder, deren geisterhaftes rascheln sie oft bezauberte; doch nicht heute. Der Schlüssel zur Freiheit lag fest in ihren Händen. Der Wind in den Palmenkronen erweckte plötzlich eine Sehnsucht nach ihrem Heimatort Lachine in Quebec. Wehmut erfaßte sie. Vor ihren Augen erschienen die stürmischen Stromschnellen des Flußes der nie ruht. In ihren Ohren dröhnte ein mächtiger Ruf: „Lisa, bald bist du frei!"

Heimweh ist ein arges Weh, welches nur Tränen mildern kann. Den Zauber der Kindheit vermag keine Macht zwischen Himmel und Erde zu vernichten. Diese unerschütterliche Wahrheit erkannte Lisa plötzlich. Sie war sich bewußt, daß eine Trennung von Arthur unvermeidbar war; es gab keinen anderen Ausweg.

Lisa fand Arthur in bester Laune. Er begann mit ihr zu schäkern. Mit einer gespreizten Miene fragte er:

„Na, was hat meine Gemahlin gefunden?"

Lisa breitete die Bücher vor ihm aus. Mit gespielter Teilnahme besah er sie. Er pfiff anerkennend durch die Zähne:

„Da schau her, die Verfassung Barbados, ernste Lektüre, muß ich gestehen."

Mit einer gezierten Kopfbewegung sagte Lisa:

„Hoffentlich billigt sie der gestrenge Herr."

Bastian lächelte:

„Aber sicher."

Dann fügte er hinzu:

„Da wir schon von Gesetzen reden möchte ich dir etwas mitteilen."

„Oh, was denn?"

„Mein Testament ist in Bridgetown bei Goldstein und Murray hinterlegt. Du bist die Alleinerbin meiner Besitztümer in Barbados."

Lisa winkte ungehalten ab:

„Mal etwas anderes. Ich möchte wieder mal schwimmen gehen, kommst du mit?"

„Aber gern. Wann und wo?"

„Morgen früh, dort wo wir immer schwimmen."

Am folgenden Morgen, kurz nach Sonnenaufgang, sprangen

sie ins Wasser. Beide konnten eine seltsame Erregung nicht verbergen. Man lachte gezwungen, planschte wie übermütige Kinder, bespritzte sich gegenseitig während sie sich dem Riff näherten und weiter in den Sog getrieben wurden.

Fräulein Emma sah dem Treiben mit einem Feldstecher zu. Mit bleichen Wangen und klopfendem Herzen lief sie am Strand entlang. Sie erkannte Lisa und Arthur. Sie ahnte das Schlimmste. Alles rufen und winken wurde von Lisa nicht beachtet; sie schwamm vergnügt weiter.

Was sie dann sah ließ ihr den Atem stocken. Fräulein Emma blieb wie angewurzelt stehen, als Lisa und Arthur plötzlich in den Wellen verschwanden. Ein Schrei des Entzetzens entfuhr ihr. Sie geriet außer sich, um ein Haar wäre sie ins Wasser gesprungen. Es war jedoch nicht nötig, denn Lisa tauchte wieder auf; Arthur war nicht zu sehen.

Fräulein Emma schaute erregt zu wie Lisa hin und her schwamm. Sie schien nach ihrem Mann zu suchen, doch vergeblich. Er tauchte nicht wieder auf. Ohne Zweifel ist Arthur in den tosenden Wellen verschwunden, mutmaßte Fräulein Emma, zwar auf ewig. Während sie verzweifelt hin und her lief, befreite sich Lisa aus den Wellen und schwamm dem Land entgegen.

Plötzlich jagte ein Gedanke durch Fräulein Emmas Kopf. Etwas stimmte hier nicht. Arthur Bastian galt als einer der besten Schwimmer weit und breit, der unter der Last seiner Auszeichnungen und Ehrentafeln ersticken würde. Ja, Fräulein Emma stutzte. Wie ist es möglich, daß ein berühmter, viel geehrter Wassersportler ertrinkt, während eine unbekannte Frau fast mühelos in der sogenannten Charyptis umher schwamm?

Leute erschienen am Strand. Darunter waren einige Burschen, die nicht zögerten ins Wasser zu springen. Lisa empfing sie mit lauten Bitten ihren Mann zu retten; es sollte nicht sein. Sie schwammen bis zum Riff wonach sie umkehrten. Kein Zeichen eines lebenden oder toten Mannes wurde gefunden.

„Ihrem Mann ist nicht mehr zu helfen," sagte man Lisa.

So verhielt es sich. Drei Tage später wurde seine Leiche gefunden. Die Leichenschau bestätigte was viele ahnten: Der Beißer wurde gebissen. Der Befund hieß: Tod durch ertrinken, infolge eigener Nachlässigkeit. Lisas Aussage war kurz und bündig, sie konnte nicht widerlegt werden.

„Mein Mann lud mich ein schwimmen zu gehen, ich sagte zu."

Einer der Geschworenen fragte:

„Wo ertrank Ihr Mann?"

„Am Rande des großen Wasserstrudels, gegenüber vom Schloß."

Der Geschworene wandte sich dem Vorstand zu:

„Ist das nicht die dieselbe Stelle wo schon zwei von Herrn Bastians Frauen ertranken?" fragte er mit vorgetäuschter Unschuldsmiene?"

Es bescherte ihm einen vernichtenden Blick vom Vorstand, wie auch lautes kichern der Zuschauer.

Lisa fuhr fort:

„Trotz meinen Einwänden bestand mein Mann darauf bis zu dem gefährlichen Riff zu schwimmen. Wie sie wahrscheinlich wissen, war er ein ausgezeichneter Schwimmer."

„Im Gegenteil zu Ihnen?" wollte ein Geschworener wissen.

Lisa verzog ihr Gesicht zu einer Miene die kein Orakel hätte deuten können. Viele Regungen spiegelten sich darin, doch wenige konnten den verborgenen Sinn enträtseln; außer der Gewißheit: Lisa verheimlichte etwas. Auch Fräulein Emmas Gedanken gingen in diese Richtung. Wie schon erwähnt empfand sie es höchst sonderbar, daß ein meisterhafter Schwimmer an einer Stelle ertrank, die Lisa wiederholt mit Leichtigkeit überquerte; sie war ja eine Augenzeugin.

„Ich stand am Ufer und verfolgte mit einem Feldstecher den ganzen Vorgang. Frau Bastians Schilderung kann ich im wesentlichen bestätigen. Ich möchte hinzufügen, daß ich sie auf den gefährlichen Sog am Riff aufmerksam machte und sie ermahnte von dieser Stelle fern zu bleiben.

„Aber warum nur?" fragte ein Geschworener pflichteifrig.

Doch spiegelte sich in seinem Gesicht böse Hintergedanken.

„Weil dort bekanntlich starke Saugströmungen vorkommen, worin schon einige Menschen ertranken. Unter anderen Herrn Bastians zwei frühere Frauen. Eine davon war meine Schwester Amalia."

Was dann geschah hatte niemand erwartet. Fräulein Emma,

die Verkörperung der Sanftmut, zog sich nicht zurück wie geheißen. Sie reckte sich und bemerkte trotzig:

„Wohlgemerkt, beide Frauen ertranken während Herr Bastian, der ausgezeichnete Schwimmer, neben ihnen schwamm."

Die Geschworenen sahen sich betroffen an. Der Vorstand schüttelte ungehalten den Kopf. Dann befahl er Fräulein Emma wiederholt den Zeugenstand zu verlassen.

Monate vergingen, der Sommer nahte, Tage wurden länger, Nächte wurden kürzer und schwüler. Die lästigen Stechmücken plagten wieder Mensch und Tier. Dunkle Wolken erschienen draußen über dem Meer. Sie sammelten sich, wonach tägliche Regengüsse folgten.

Fräulein Emma und Lisa schlossen engere Freundschaft. Sie besuchten sich öfters. Die Vergangenheit wurde selten erwähnt, Arthurs Tod noch weniger. Nicht mal als Fräulein Emma eine erstaunliche Entdeckung machte, welche sie keiner Seele anvertraute. Allerdings betrachtete sie danach Lisa mit schmunzelnden Lippen und voller Hochachtung.

In einer Zeitschrift, die ein Tourist in der Bücherei liegen ließ, blätterte sie unlustig herum. Da fiel ihr Blick auf ein Bild von Lisa. Darunter war eine Beschreibung von ihrer Schwimmkunst. Sie war weit und breit bekannt als 'Lisa der Delphin.' Was sie vollbrachte ist niemanden zuvor und danach gelungen. Sie durchschwamm die gefürchteten Lachin Schnellen, und das zweimal. Nicht einmal Kanus und Boote gelang es durchzukommen. Fräulein Emma verbrannte die Zeitung. Sie verstand nun Lisas Worte:

„Fräulein Emma, ich bin eine bessere Schwimmerin als Sie glauben."